马克思主义文艺理论论著书系

郭运德　王　杰　李心峰 主编

国家出版基金项目
NATIONAL PUBLICATION FOUNDATION

前所未有的路

中国现当代文学中农村的历史叙述问题

鲁太光　著

中国文联出版社
http://www.clapnet.cn

图书在版编目（CIP）数据

前所未有的路：中国现当代文学中农村的历史叙述问题 / 鲁太光著. --
北京：中国文联出版社，2019.7
　　（马克思主义文艺理论论著书系 / 郭运德，王杰,李心峰主编）
　　ISBN 978-7-5190-4202-8

　　Ⅰ．①前… Ⅱ．①鲁… Ⅲ．①现代文学－文学研究－中国②当代文学－
文学研究－中国 Ⅳ．①I206.6

　　中国版本图书馆 CIP 数据核字(2019)第 117658 号

前所未有的路：中国现当代文学中农村的历史叙述问题

作　　者：鲁太光

出 版 人：朱　庆

终 审 人：奚耀华　　　　　　　复 审 人：曹艺凡

责任编辑：邓友女　　　　　　　责任校对：朱为中

封面设计：马庆晓　　　　　　　责任印制：陈　晨

出版发行：中国文联出版社

地　　址：北京市朝阳区农展馆南里 10 号，100125

电　　话：010-85923078（咨询）85923000（编务）85923020（邮购）

传　　真：010-85923000（总编室），010-85923020（发行部）

网　　址：http://www.clapnet.cn　　　http://www.claplus.cn

E－mail：clap@clapnet.cn　　　　　dengyn@clapnet.cn

印　　刷：中煤（北京）印务有限公司

装　　订：中煤（北京）印务有限公司

法律顾问：北京市德鸿律师事务所王振勇律师

本书如有破损、缺页、装订错误，请与本社联系调换

开　　本：710×1000　　　　　　1/16

字　　数：294千字　　　　　　印　张：18.5

版　　次：2019 年 7 月第 1 版　　印　次：2019 年 7 月第 1 次印刷

书　　号：ISBN 978-7-5190-4202-8

定　　价：93.00 元

《马克思主义文艺理论论著书系》编委会

目　录

CONTENTS

前言　因为湮没，所以书写

——现代中国农村变迁及其文学显现

> 亚洲铜，亚洲铜
>
> 祖父死在这里，父亲死在这里，我也将死在这里
>
> 你是唯一一块埋人的地方
>
> ——海子《亚洲铜》

　　有理论说：文学是时代的镜子，烛照着时代的曲折与展开，以及这曲折与展开的历史脉络。还有人说：文学是时代的脉搏，跳动着时代的最强音。这说法千真万确：中国现代文学就是在与现实的亲密接触和激烈碰撞中诞生的，自诞生之日起，其一举一动、一声一息，无不反映着时代的面貌，呼喊着时代的诉求；进入当代以来，新中国的作家和诗人更是以极大的热情投入火热的生活中，不仅以百分之百的热情赞颂时代的新生，更以百分之百的投入感触时代的律动，把握历史规律，并为此而欣喜，而困惑，而呐喊，而彷徨，而思考，而创作……留下了一篇篇既刻写着时代印记又洋溢着未来思考的文字。然而，这说法似乎又不那么灵，因为，自新时期以来，特别是自20世纪80年代中期以来，中国当代文学以一种离奇的方式离开了现实，不仅不再努力地拥抱生活，感知生活，升华生活，而且，由于或沉迷于精神的凌空高蹈和文字的智力游戏，或沉迷于物质的狂欢和欲望的恣肆，其对生活的"表现"不仅越来越隔膜，而且越来越晦涩，以至于扭曲。[①]

　　这一现象，在有关中国农业、农村、农民的表述中尤甚：要么忽略

[①]　当然，也不排除另一种可能，那就是：文学的暧昧和困乏，反映的恰恰是现实的暧昧和困乏。

了历史的基本事实，将历史视为"无主题变奏"，因而，将中国革命——从某种意义上说是"农民革命"——写成了"胜者王侯败者寇"的野蛮游戏，而其中的人物——往往是农民——便也成了本能支配下的"马铃薯"，不仅丑陋不堪，而且怪异无比；要么戴着欲望的眼镜去"观察"农村社会，因为自己城市小资产阶级的利比多得不到发泄，就在欲望的宣泄中，将农民写成性欲旺盛的"动物"；要么对广袤的农村、熙来攘往的农民视而不见，使其成为文学世界中彻底的"缺席者"，无声无息，沉默压抑；要么流于浅薄的人道主义同情，借别人的酒杯浇自己的块垒，将对中国农村和中国农民的描写转化为对个人得失的"不平而鸣"，甚至转化为对现实的不满和控诉，而忘记了对问题追根溯源的探究——或者，他们压根儿就不想这么做——从而以一种艺术而人文的方式展开深入而绵延的建设性思考……

不过，在深入讨论这个"文学"问题以前，我们还是先看看社会学、经济学、历史学等学科在中国农村社会研究上的贡献吧。因为，与中国当代文学，特别是新时期以来文学在这个问题上的冷漠和无知相比，这些学科不仅始终高度关注中国农业、农村、农民问题，而且其研究也层层推进，由现实关注延伸到理论探究，再由理论探究回归现实关注，循环往复，辩证发展，越来越清晰、绵密，逐渐超越一般的经济、社会层面而上升到文化、政治层面，构建了一个观察中国农村社会乃至中国社会的宽阔、厚重平台。可以说，这些学科在一定程度上担负起了文学的功能，成了时代的脉搏，跳动着时代的最强音。同时，由于研究的深刻，我们甚至可以说这些学科成了一面镜子，照出了文学领域的种种问题。

关于农村社会研究的几个传统学派，黄宗智在《华北的小农经济与社会变迁》和《长江三角洲小农家庭与乡村发展》两书中有一个比较全面清晰的归纳。下面我就在黄宗智归纳的基础上阐述这个问题，并在必要的地方对这个问题做相应的延伸和补充。

研究小农社会的一个传统学派是形式主义学派。这一学派的主要代表是西奥多·舒尔茨，其代表作是《改造传统农业》。这一学派主要研究小农类似于资本主义企业一面的特征。例如，西奥多·舒尔茨在《改造传统农业》一书中指出：小农的经济行为，绝非西方社会一般人心目中那样懒惰、愚昧，没有理性。事实上，他是一个在"传统农业"（在投入现代的机械动力和化肥以前）的范畴内，有进取精神并对资源能作最适度运用的人。传统农业可能是贫乏的，但效率并非不高。它渐趋接近一个"均衡"的水平。在这个均衡之内，"生产因素的使用，较少有不合理的低效率现象"。西奥多·舒尔茨认为小农作为"经济人"，丝毫不逊色于任何资本主义企业家。因此，他提出改造传统农业的正确途径，不是苏联式的改造，而是在保存家庭式农场的生产组织结构的基础上，提供小农可以合理运用的现代"生产因素"。因为，在他看来，一旦有经济利益的刺激，小农便会为追求利润而创新，从而改造传统农业，如同美国所经历的那样。

　　需要指出的是，在归纳中，黄宗智正确地呈现了西奥多·舒尔茨试图通过市场经济改造传统农业的理论地图，但他却忽略了一个重要的方面——或许，这是由于这一方面与他的研究关系不大，因而未能引起注意——即，他忽略了西奥多·舒尔茨对医疗卫生和基础教育等因素的重视，特别是对基础教育的重视。在我看来，西奥多·舒尔茨的这一点不可或缺，因为，他虽然十分重视通过市场把传统农业改造为现代农业，但他却不是简单地"为改造而改造""为市场而市场"，而是秉承"授之以鱼，不如授之以渔"的理念，试图通过改善基础教育、医疗卫生等途径提升传统农业状态下农民的素质，使其有能力在更大的范围内施展聪明才智，发展生产，改善生活。也就是说，西奥多·舒尔茨不仅特别重视"市场"的作用，而且也特别重视"人"这一活因素在社会构架中的重要作用。或者说，"人"与"市场"是支撑西奥多·舒尔茨理论的两大基石。而且，考虑到中国农业资源禀赋有限等特点，相对"市场"而言，这一点对我们的启示显得更加重要。①

　　波普金进一步发展了西奥多·舒尔茨的分析。在他看来，小农的农场最宜于用资本主义的"公司"来比拟、描述。而作为政治行动者的小农，则最宜比作一个政治市场上的投资者。总之，在波普金的分析框架中，小农是一个在权衡长短期利益之后，为追求最大利益而作出合理生产抉择的人。

　　① 或许，对那些无视中国农村社会保障系统支离破碎、农民孤独无依的现实而一味宣扬农村市场化的专家学者来说，西奥多·舒尔茨的这一点尤其重要。至少，他使我们认识到，农村市场化并不是无条件的。

对形式主义学派把小农当作资本主义企业家分析持批评态度的是实体主义学派，这一学派特别强调小农为自家生产的一面。这一学派以蔡雅诺夫为代表。他在20世纪20年代对革命前俄国小农所作的研究，令人信服地说明了小农经济不能以研究资本主义的学说来理解，即，他认为资本主义的利润计算法，不适用于小农的家庭式农场。因为，这种农场不是依赖于雇佣劳动的，其家庭全年投入的劳动，很难分计为一个个劳动单位的成本。农场一年所生产的农产品，是全年劳动的成果，也不易像现金收入一样按单位计算。最重要的是，小农的家庭式农场的生产，主要是为了满足其家庭的消费需要，而不是为了追求最大利润。

其后，经济史家卡尔·波拉尼又从另一个不同的角度批评了用资本主义经济学来研究小农经济的弊端。卡尔·波拉尼和他在哥伦比亚大学的同派学者认为，资本主义经济学的概念和分析方法，都是以一个根据供求规律而定出价格的市场的存在为前提。将这种经济学应用到尚无此类市场的经济体系——小农经济体系——上，实际上等于强把"功利的理性主义"世界化：把世界上所有的人，都等同于一个追求经济合理化的"功利的原子"。

虽然在大的范畴上都可以被视为实体主义学派，但与蔡雅诺夫和卡尔·波拉尼侧重于从经济上分析小农的行为特征不同，詹姆斯·斯科特则着重阐明了蔡雅诺夫和卡尔·波拉尼的学说在分析农民思想和政治行为方面的含义。在《农民的道义经济学：东南亚的反叛与生存》等著作中，斯科特力持：小农经济行为的主导动机，是"避免风险""安全第一"；在同一共同体中，尊重人人都有维持生计的基本权利的道德观念以及"主客"间的"互惠关系"等。因此，小农的集体行动，基本上是防卫性和复原性的，是为了对抗威胁生计的外来压力，对抗资本主义市场关系以及资本主义国家政权的入侵。而在《弱者的武器》一书中，他又将在人类历史上像闪电一样明亮而短暂的农民革命行动与像闪电背后的乌云一样晦暗而宽广的农民的消极反抗进行了对比，指出诸如偷懒、装糊涂、开小差、纵火、诽谤、暗中破坏等布莱希特式——或帅克式——的反抗形式才是农民长期以来为保护自己的利益对抗或保守或进步的秩序所做的大多数努力，而革命等暴力形式则是常规反抗难以维系时不得已的抉择。总之，詹姆斯·斯科特的研究为我们理解农民的"政治抉择"提供了一个合情合理的坐标系。在这样的坐标系中，我们不仅可以观察到如竖线一样直接的、富有象征意义的革命行动，而且还可以清晰地观察到如波浪线一样委婉坚韧的、富有现实考量的常规反抗。

日本学者沟口雄三的观点与詹姆斯·斯科特有异曲同工之妙。在《中国前近代思想的演变》一书中，沟口雄三在追踪中国以"天理"为核心的自然法逐渐下延的过程时，委婉地指出：正是由于资源有限以及人口众多，为了维持社会发展，在中国的自然法中逐渐形成了人人都有维持生计的基本权利的道德观念，而且，这一观念以"天理"的形式表现出来。他还着眼未来，进一步指出，相对于欧洲的强调扩张和掠夺的发展观来看，中国强调均衡性和可持续性的内敛的发展观更富科学色彩，也更有未来。

毫无疑问，蔡雅诺夫和卡尔·波拉尼关于小农经济主要是为了满足家庭需要的观点，阐明了农民生活的一个重要特色，而詹姆斯·斯科特与沟口雄三的观点则解释了农民政治选择的特点，特别是为农民反叛和农民革命提供了强有力的道德与伦理支持。

在对形式主义、实体主义以及马克思主义学派[①]的小农学说进行条分缕析的归纳后，黄宗智得出了自己的观点。他主张：要了解中国的小农，需进行综合的分析研究，其关键是应把小农的三个方面视为密不可分的统一体，即：小农既是一个追求利润者，又是维持生计的生产者，当然更是受剥削的耕作者。三种不同面貌，各自反映了这个统一体的一个侧面。在此基础上，他进一步指出：要采用一个区别不同阶层小农的综合分析来研究中国农民问题，因为，这些特性的混合成分和侧重点，在不同阶层的小农身上有不同的表现，因而在研究时应有所区别——一个经济地位上升的、雇佣长工以及生产有相当剩余的富农或经营式农场主，要比一个经济地位下降的、在饥饿边缘挣扎、付出高额地租和领取低报酬的佃农或雇农，较为符合形式主义分析模型中的形象，后者则更符合马克思主义的分析模型，而一个主要为自家消费而生产的自耕农，则接近于实体主义者所描绘的小农。

[①] 对马克思主义学派的小农学说，黄宗智的研究相对简单，本书将在下文对这个问题进行详细讨论，因此，在这里不多论述。

与大多数形式主义学派、实体主义学派和马克思主义学派侧重于研究小农的经济关系以及由此而产生的阶级关系——后者是马克思主义学派研究的重点——不同，一些著名的史学家和社会学家侧重于研究中国村落共同体的社会关系、文化关系和政治结构。黄宗智指出，关于这一方面的研究，在美国影响最大的是威廉·史坚雅①。威廉·史坚雅企图纠正人类学主流学派只注重小社团而忽略村庄与外界联系的实体主义倾向，他写道：

> 人类学者在中国社会作实地调查时，把注意力几乎全集中在村庄上，大多歪曲了农村社会结构的实况。要是说中国的小农生活在一个自给自足的世界中，那个世界不是村庄，而是基层市场共同体。我要指出的是：小农的实际活动范围，并不是一个狭隘的村落，而是一个基层集市所及的整个地区。②

按照史坚雅的说法，基层集市是地方市场系统的三层等级中最低的一级。在这个地方性场域里，"农户一般贸易需要"都可得到满足，它也是农产品和工艺品向上流动的起点和供应小农消费的货物向下流动的终点。他还对这一系统的基本范围做了大体界定，指出一个典型的基层集市，是一个约有 18 个村和 1500 个农户的核心点，所及范围为约 50 平方公里的六角形地区。后来，史坚雅又把他早期分析市场的模式延伸成一个包含八层等级的"中心地"模式。这一"中心地"向上可达县城及区域性和中央性的大都市，市场系统也由此延伸成为整体的"区域系统"。

史坚雅的观点也间接得到了其他几种研究的支持。美国学者对"帝国后期"中国政治结构的研究，大多集中于国家政权和士绅阶级，而庶

---

① 在黄宗智看来，威廉·史坚雅大体上属于形式主义学派，这一派反对实体主义学派只注重小社团而忽略村庄与外界联系的倾向。在我看来，形式主义学派的研究尽管过于"系统"而有点"僵化"，但确实点出了中国村社与外界联系的纽带。不过，这一学派在强调自己的观点时，却也忽略了实体主义学派研究的合理内核：中国的村庄确实在一定程度上是一个具有内在权力结构和组织的共同体。因此，在我看来，关于农村社会文化政治的研究，应该从实体主义学派研究的小社团扩展开来，研究这一扩展中的"网点"——类似于形式主义学派的基层集市，以及这些"网点"交织的缘由和路径。

② ［美］威廉·史坚雅：《中国农村的市场和社会结构》，转引自［美］黄宗智《华北的小农经济与社会变迁》，中华书局 2000 年版，第 22 页。

民小农，除了在叛乱期外，都被视为纯粹被动地受国家统治和士绅领导的对象。譬如萧公权的主要著作《中国农村：十九世纪帝国政权对人民的控制》，就是运用国家、士绅这个二元分析模式的好例子。在这样一个以小农为纯粹被动因素的图景中，中国历代社会政治结构变迁的主要动力是国家和士绅间的二元权力转移。在这一权力的角力中，19世纪是一个重要的拐点，因为在这一时期，国家正式机关逐渐衰落，权力重心移向"非正式"的士绅政权。持这一观点的研究者，还有瞿同祖和张仲礼。

　　基于上述研究，孔飞力指出了中国农村社会权力转变中"军事化"的长期趋势：它开始于18世纪末年，其源头为镇压白莲教叛乱而在士绅领导下成立的地方团练。这个趋势以及随之而来的权力从国家向士绅的转移，又成为20世纪地方"自治"运动中士绅僭取更大政治权力的背景。他认为20世纪20—30年代土豪劣绅的兴起，是国家权力向士绅转移的长期过程中的一个现象。

　　在对西方形式主义学派和日本实体主义学派关于中国村庄的看法进行比较后，黄宗智指出，两者之所以得出不同的结论是因为两者所依赖的实证根据不同：西方的学者多着重研究中国较先进的地区，即那些商品经济较发达、社会分化较明显、宗族组织较严密的地区，因此，他们多强调村庄结合于市场系统与上层社会亲族网的一面。而日本对中国的研究，则多受战时在华北平原所作实地调查的影响。该地区农业以旱作为主，且缺乏河道运输，因此，农村经济商品化程度远低于长江下游和四川盆地，小农为市场生产的比率较低，为贩卖产品而上集市所花的时间较少。商品经济的不发达和较少的农业剩余造成了一个以自耕农（即在生产关系上与外界接触较少的人）为主的社会。村庄成员的绝大部分是拥有土地的自耕农，这又意味着国家政权在村民生活中占有相对重要的地位——因为自18世纪中叶起，国家赋役已经摊丁入亩。国家政权渗入村庄，又促使村庄政治组织为应付国家赋税而形成。村庄之中，居民未经高度阶级分化，缺乏显要人物，又使家族的组织结构较长江下游和珠江流域地区薄弱。

　　关于这个问题，杜赞奇在《文化、权力与国家：1900—1942年的华北农村》做了更为深入、系统、辩证的论述。杜赞奇指出，在1900年（新旧世纪之交）前后，乡村社会中的政治权威体现在由组织和象征符号构成的框架之中，即"权力的文化网络"。尽管源自各种组织形式的象征及机构资源被编织进文化网络中的正统权威结构，但乡村社会中最直接而且最典型的权威则体现在宗教和宗族组织之中。在那些血缘聚落，即村政与宗族相一致的村庄，乡村政权则掌握在由宗族代表组成的公会之中。义务型庙会组织为乡村精英提供了施展领导才能和尽其社会责任的场所，当然，不同村庄中精英们的参与程度是不同的。

毫无疑问，地位和尊敬属于那些能为村民在交易中争来优惠条件，并承担其他社会责任的村庄保护人。不过，要成为名副其实的乡村领袖，这些保护人必须将其在各种人际关系中积累的"象征资本"转化到宗族或宗教组织之中，并进一步加入"保护型经纪体制"①。这些组织和机构在一定程度上具有"合法"地位，因为它们在下层体现着正统的国家政权。例如，宗族意识便得到国家的默认。事实上，在宗教领域，国家政权一直想方设法将其文化霸权强加于大众信仰之上，尊崇关帝的历史过程就很好地说明了这一点，特别是 18 世纪雍正时期更是如此。龙王、关帝崇拜同时又十分模糊（具有歧义性），能调节不同的利益集团，这是文化网络中权威产生的关键。关帝崇拜更加突出地表明，符号有时之所以能产生法统，恰恰是因为各种利益集团都追求它。当然，国家政权并不能将其意志强加于所有的文化网络结构之上，但总的来说，晚清国家政权基本上成功地将自己的权威和利益融合进了权力的文化网络之中，从而得到乡村精英的公认。

进入 20 世纪之后，国家权力的扩大及深入极大地侵蚀了地方权威的基础。当然，这并不是说国家政权有计划、有系统地毁坏整个文化网络，很明显，它缺乏这种摧毁能力。尽管它削弱了乡村宗教的基础，但军事性会社和其他组织却大量出现。从这个意义来看，文化网络为我们理解乡村社会如何对国家政权的深入所产生的压力以及普遍腐化做出反应提供了另一种理解方式。

---

① "经纪模型"是杜赞奇对中国乡村统治模式的一种概括。他阐释说：在英语中，"经纪"是指在交易中起不可或缺作用的中介人，其本身既无褒义，也无贬义。杜赞奇把官府借以统治乡村社会的"经纪人"（中介者）分为两类：一类为"保护型经纪"，他代表社区的利益，并保护自己的社区免遭国家政权的侵犯，该经纪同社区的关系比较密切，社区有点类似于"乡村共同体"；另一类为"赢利型经纪"（掠夺型经纪），他们视乡民为榨取利润的对象，而非保护对象。杜赞奇的这一"经纪模型"为我们理解乡村精英积极和反动的两面性提供了很好的观察点。

史坚雅在其有关农民社会"开放"和"封闭"的论文中指出，当社会动荡时，农民社会为了保护自己，自我关闭起来，减少同外界的联系，而当社会秩序恢复之后，它又渐渐开放。黄宗智的看法与此不同，他认为面对上述压力，不同的村庄会做出不同的反应，要么更为团结和封闭，要么彻底分崩离析。杜赞奇对以上两种观点评析道：以上两种观点均将村庄作为分析对象，考察其在乡村社会中的作为，这种以乡村或集市为焦点的封闭性分析方式，不可避免地带有专断性和抽象性。市场体系之外的村际联系，如军事会社、亲戚关系、水利组织、看青组织等，在各种压力下，仍然存在并发挥作用。因而，他认为：通过集中精力考察各种特殊组织内部及相互之间的关系，文化网络的概念可以引导我们避开设想模式的陷阱，进而弄清楚乡村社会对外界势力如何做出多种多样的反应。

如此看来，对地方权威基础的侵蚀，部分是文化网络受到冲击的一种结果，因为，"现代化"过程中的国家政权完全忽视了文化网络中的各种资源，而企图在文化网络之外建立新的政治体系。在"现代化"意识形态偏见影响之下，国家政权力图斩断其同传统的（甚至被认为是"落后的"）文化网络的联系。其结果必然是，尽管乡村精英领导有与国家利益结为一体的雄心，但文化网络在国家范围内赋予乡村精英领导作用的能力却逐渐丧失。

1928年国民政府统一北方之后，闾邻制取代宗族组织的"代表制"，文化网络的政治功能进一步衰落。实行大乡制以后，决定权掌握于乡长等少数人之手，这进一步削弱了村一级宗族组织的作用。新式"保护型经纪"的首要任务是征收摊款，这是令人厌恶的差使，有地位的乡村领袖均不愿为之。而且，尽管划定村界对国家控制有利，但因为村庄领导不得不向外村人及村外地主收款，从而削弱了村级"保护型经纪体制"的功能。不过，受国家政权的深入冲击最大的还是乡村宗教——宗教财产及机构被纳入公共政治范围。这一转变之所以易于执行，在一定程度上是因为乡村精英和国家政权有着共同的信仰，如对关帝和龙王的供奉。新生的民族国家的政治体制为乡村精英提供了新的政治资本和名誉，从而使精英们乐于将旧的宗教特权移交给民族国家。

但是，民国政权并不能有效地利用并发展旧的信仰及权威。现代化政权与乡村精英之间的逐步联合——查尔斯·蒂利和其他学者将其称为

"欧洲国家政权建设中的一个重要阶段"——并未开花结果。现代化政权的新型政治学说并未成功地找到一种使乡村领袖和国家政权合法化的传统文化网络的可行替代物。其失败的主要原因在于：现代化的国家政权财政需求过快，这与传统农业经济的发展不相适应。利用传统的赢利型经纪体制来征收赋税，导致了"国家政权内卷化"①。在这方面，战争的破坏力亦不容忽视，不过同自然灾害一样，战争的毁坏作用是剧烈而短暂的，相比起来，国家政权的深入对华北地区的作用却如同侵蚀水土一样，温和但却持久。

各级军政当局的繁重勒索使摊派和征集更为棘手，但使乡村精英不再迷恋政治的原因除国家政权内卷化和国家机构正规化两个因素外，还在于乡村精英与国家政权相互争权的间接后果。县政权之下区、乡机构的建立，就是进一步将村长直接控制在国家政权之下。对村庄来说，这意味着将一个更为冷酷的压榨机器强加在自己头上。而且，国家有关契税、商税和土地清丈等新政策迫使村庄领袖在国家政权和自己所领导的村民之间进行抉择，确定自己到底站在哪一边。在这种情境下，顾及自己在村民中地位的乡村领袖是无法保持其领导地位的，他们大批地退出了乡村政权，甚至迁离村庄。随着国家政权的步步进逼，乡村领袖与国家政权建设的目标不仅不再一致，而且差距越来越大。这种权威危机造成"政治真空"，而唯一趁此机会钻入政治舞台的，则是从前的"赢利型国家经纪"之类的人。

在这一过程中，普通乡村民众的反应如何？杜赞奇通过研究指出，大部分民众并不像乡村精英那样欢迎国家对宗教活动的干预，他们常常采取激烈的行动来反对没收宗教财产和取缔宗教组织。如此看来，尽管不怎么明显，但国家政权的扩张和深化确实严重地影响了乡村大众和乡村领袖以及国家政权的关系。

在对"权力的文化网络"和近现代以来"国家政权内卷化"之历史过程进行梳理、描述后，杜赞奇进一步分析了国家政权与中国革命的

---

① 这是杜赞奇对近现代以来国家政权扩大及深入结果的一个精辟的概括，简言之，所谓的"国家政权内卷化"指的是国家政权不断扩张与部分能力萎缩之间的悖论，通俗的说法是，随着国家政权的扩张和延伸，国家的一些功能逐渐弱化乃至消失了，或者说，国家的榨取功能强化了，而服务功能却严重萎缩了。

关系——乡村中的政权内卷化造成一种恶性循环：国家捐税的增加造成"赢利型经纪"的增生，而"赢利型经纪"的增生则反过来要求更多的捐税。在这种环境下，传统村庄领袖不断地被"赢利型经纪"所取代。对这些"赢利型经纪"，村民们一般称其为"土豪""无赖"或"恶霸"。这批人无所不在，影响极坏，在 20 世纪 20—30 年代，国民政府不得不掀起打倒土豪的运动。19 世纪末期的一位观察家曾描述说，"土豪"不仅身强力壮，而且与衙门吏役相互勾结。那时土豪虽然也横行霸道，但往往被排斥于村政之外。进入民国以后，随着国家政权的内卷化，土豪乘机窃取各种公职，成为乡村政权的主流。

土豪劣绅与其他政治领袖的区别主要在于其追求权力的动机不同：土豪劣绅谋求公职主要是为了追逐私利，为了达到这个目的，他不惜以牺牲所领导的集体的利益为代价。从这个意义上来讲，不应把土豪视为一个阶层——他可能是一个富人，也可能是一个穷光蛋——而应将其视为一个有特殊目的的追求权力的政治类型。如果采取上述划分标准，则不难理解，20 世纪的土豪与封建时代活动于县城内的国家经纪没有什么明显的区别。总而言之，民国政权造就了一大批赢利型政客，他们成为乡村社会中的主要力量，这一状况一直持续到革命爆发。

在此基础上，杜赞奇引申证明道：越来越多的证据表明，共产党在中国获取政权的原因不止一个，如地主所有制或帝国主义，如果将其归纳为一条，那就是共产党能够了解民间疾苦：从殴打妻子到隐瞒土地，无所不知、无所不晓，从而动员群众的革命激情。华北乡村的苦难之一来自于国家与社会之间的关系：经济上的横征暴敛，政治上的强迫专制，乡村公职成为谋利的手段等。

进一步探索国家政权内卷化与革命之间的关系，我们便不得不改变过去对共产党革命的一些看法。例如，过去一种流行观点认为，国家政权的衰弱是发生革命的前提条件。但"国家政权内卷化"的研究则对此有着不同的解释，它认为，国家政权在某些方面的加强亦会导致自身的腐败和革命的发生。①

---

① 彭慕兰的《腹地的构建：华北内地的国家、社会和经济（1853—1937）》从不同的角度论证了这个观点，下文就此进行具体论述。

共产党领导政权的建立标志着国家政权"内卷化"扩张的终结。新中国成立初期大批裁减"赢利型国家经纪"是税收大幅度增加的一个重要原因。共产党之所以能够如此，是因为它从基层开始建立了与国家政权相联合的各级组织。从另一角度来看，新中国成立初期完成了民国政权所未能完成的"国家政权建设"的任务，它根治了自明朝以来历届政府无法解决的难题——偷税漏税——即是一个明证。杜赞奇进一步解释道：很久以来，中国政府力图将纳税责任固定在一个稳定的、可靠的社区组织之上，帝国晚期的里甲制即是此类组织的一种，但如前文分析所示，这种组织越来越不适应地方实况及国家需要。同样，20世纪的摊款也是力图将纳税义务同社区领袖联系起来。但在实际征收过程中，"现代化"的国家政权却不得不利用非正式力量，从而影响国家收入。偷税漏税和贪污中饱直到20世纪50年代实行合作化后才得到解决，它使征税单位、土地所有权和政权结构完全统一起来。合作化从政治上和经济上均实现了"政权建设"的目标。

彭慕兰的《腹地的构建：华北内地的国家、社会和经济（1853—1937）》是研究这一问题的又一重要收获。在这本书中，彭慕兰通过对1853—1937年间"黄运"——包括山东西部、河北和河南部分地区——地区从在旧网络中担当至关重要的地位向在新的更强大的网络中沦为边缘性地位的痛苦演变的研究发现了一个重要问题，即国家作为资源的榨取者与其作为服务的提供者（并因此是资源的分配者）的能力之间存在着差异。毫无疑问，正如那些看到了国家构建的人所强调的那样，在19世纪后期到20世纪，中国政府的榨取能力极大地提高了，尽管这种榨取的效率仍然极为低下，从农民们那里榨取来的许多东西仍然被地方上的征收者所吞没，但国家和各省所得的收入增长很快。同时，与不对等的榨取者增加相联系的，是资源分配中惊人的低效，并且，主要是作为一个公共秩序、治水等事务的提供者的国家不能有效地行使职能及其失败的后果，吸引了众多研究者的关注。

同时，把榨取和提供服务区分开来，还可以使我们对国家构建和国家崩溃的混合形态从地理上进行分别对待：在战略上显得重要和商业化程度较高的地区——长江三角洲、京津地区等——国家增加了其影响力，而不让其他的竞争者来控制正在创办的机器工业。另外，这些地区强大的商业经济不但使得在当地可以征收税收，而且能更容易地进行分配。因此，人们发现，在这些地区中，国家既变成了一个更加成功的捐献者，也是一个更加成功的榨取者——警察、公共卫生和其他关键服务看起来确实得到了改善。然而，彭慕兰同时指出，晚清和民国时期的国家为取得在这些沿海地区所显示的活力付出了极为沉重的代价：部分代价是国家从其曾经十分重视的地区退了出来，使其成为"被遗忘的角落"，从而为国家的长治久安留下了重重隐患。

在对小农村社的经济关系、文化关系、政治关系等进行研究的同时，一些学者也对中国农村的演变形式进行了深入研究。有关这个方面的研究，我们仍然在黄宗智归纳的基础上展开。

形式主义学派特别强调明清时期人口的压力。这一研究的代表者是德怀特·珀金斯。他在何炳棣运用中国历代田赋和人口资料系统研究中国人口史的数据资料基础上，采用埃斯特·博塞拉普所总结的一个模式：人口增长是历史上农业发展（也就是集约化）的主要动力。这一模式认为，从20—25年一作的"森林休耕制"（刀耕火种式农作），到6—10年一作的"灌木休耕法"、三年两作的"短期休耕法"、一年一作法，以及人口稠密的小农经济中的复种制，是一个由人口增长推动的集约化发展过程。根据德怀特·珀金斯的研究，从明朝初期到1949年，中国人口增加了7—9倍，而农业产量增长的比例也约略相同。在这段时间内，农业技术和"制度形式"（土地所有和生产关系的形式）基本上没有变化，因此人口增长本身是推动产量增加的主要动力。人口的递增促使小农向他处迁移，从而把耕地面积扩大了约4倍，这是产量提高7—8倍的原因之一。另一主要原因是单位面积产量的倍增。在这一期间，投资于农业的"资本"有所提高，主要是需要大量劳力的水利工程和有机肥——两者皆得自人口和劳力的增长。同时，单位面积投入的劳力增多了，也促使小农选种产量较高、劳动较集约的作物，或提高复种比率。这样，中国的农业得以和人口保持齐头并进。直到21世纪，可供移民的边区开发殆尽，集约化的道路也已走到尽头，方始面临危机。

在德怀特·珀金斯的人口增长推动农业集约化的理论模式之上，马克·艾尔温又添加了"边际劳动生产率"递减（当土地、资本和技术不变时）的概念。当中国农业伴随着"帝国后期"的人口增长，集约化程度越来越高时，"边际劳动生产率"就逐步下降，小农场在必需消费上的剩余也随之消失。换言之，小农经济已像吉尔茨的研究所揭示的那样内卷化了。

西方学者的研究重点是人口，而中国学者则出于民族和政治情感，侧重于研究生产关系，其主要模式是"资本主义萌芽论"。这一观点坚持认为，在帝国主义入侵之前，资本主义已在中国"萌芽"，其论据是商品经济和雇佣关系的发展。实体主义者之中，蔡雅诺夫提出了最独特和完整的关于前资本主义小农经济变迁的一个模式。他认为农场家庭经济的情况主要随家中消费者与劳动者比例的周期变化而升降（这种比例随家中子女的数目和年龄而变化）：家庭的经济条件在成年父母不需要供养老人而又没有子女时（消费者对劳动者的比例是一比一）最佳；在没有劳动能力的消费者（儿童和老人）至多时最差。

在对上述观点进行归纳分析后，黄宗智认为必须兼顾考虑人口和生产关系，综合形式主义和马克思主义的观点才有可能说明中国农村在帝国主义入侵之前的变化形式。他指出，形式主义经济学阐明人口增长对中国农业所起的作用，肯定作出了极大贡献：19世纪和20世纪，中国的家庭农场平均面积只有当时美国农场的1/60，法国农场的1/10左右。这一根本差异，对中国农业和经济整体结构，有着一定的约束作用。中国的农业经济，与美国、英国或欧洲农业的主要差异之一在于，它主要依赖农作物，而较少饲养牲畜。而这种以农作物为主的农业经济的特色，表现为极高的土地生产率和极低的劳动生产率，而高土地生产率与低劳动生产率的结合，正是农业内卷化的证明。另一方面，资本主义萌芽的分析，使我们得以掌握小农经济的商品化以及伴之而来的阶级分化现象。明清时代中国农村所经历的并不只是伴随人口压力所引起的量性变化，实际上，越来越多的小农加入了经济作物的种植，因此分化为一系列在两种生产关系中处于不同地位的阶层。"封建主义"这个概念，突出租佃关系的轴线，即把租种土地、把农场的一半收成用来付租的人和脱离生产、依赖地租为生的人区别开来。资本主义萌芽的分析，则强调革命前小农经济中的第二条生产关系轴线——雇佣劳动——并将雇主（用劳动者生产的价值的约1/3雇用农业工人）与佣工区别开来。根据这两条轴线，我们可以像1950年土地改革法那样，系统地区别农村社会中的地主、富农、中农、贫农和雇农。这样的分析，基本上可以阐明革命前三四个世纪中国农村社会演变的主要形式。

在此基础上，黄宗智又在大量实地调查资料和分析清代刑科档案资料的基础上，对冀—鲁西北平原上的经营式和家庭式农业的历史做了比较分析。这两种农业生产关系迥异：一个主要依赖雇佣劳力，一个则是靠家庭劳力。家庭式农业之转化为经营式农业，显示雇佣劳动和大农场的扩展。这两种农场对人口压力的反应也不相同：一个可以根据农场的需要调整其劳动力的数量，而另一个却常常无法做同样的调整。比较两种农场劳动力使用的不同，有助于我们理解人口压力对家庭式农业的小农经济所起的影响，而分析比较两种农场的生产率，则可以解释农业经济的发展及停滞的原因。经营式农场是华北平原最大和最成功的农场，它伴随商业性农业而兴起，证实了本地区农业的发展，而其未能导致农场生产力发生质的改变，则说明了农业经济的停滞。总之，经营式农场和家庭式农场这一孪生现象的历史，清楚地说明了经济内卷化下社会分化的客观事实：华北农村所经历的变化，不是简单地内向超集约化，不是简单地向资本主义过渡，而是一个极端集约化的小农经济中的阶级分化，是"贫农经济"的逐步形成。①

中国农村演变的结果就是"内卷化的小农经济"及在其之下的阶级分化，这是黄宗智通过翔实的资料和周密的分析得出的一个客观结论。这一结论为我们研究乡土中国提供了有益的借鉴，即：由于人多地少这一瓶颈的客观制约，大约从晚清以来，中国农村就陷入了一个"没有发展的增长"阶段。也就是说，无论从一个农户家庭这样的微观范围来看，还是从一个国家这样的宏观范围来看，即使付出再多的努力，中国农村的生产总量虽然有所增加，但劳动生产率却日趋接近零增长乃至负增长的极限，因此，如何提高劳动生产率成为我国农村发展面临的严重问题。

这是一个再清楚不过的观点，然而，遗憾的是，在中国"三农"研究领域，这么一个清晰的出发点，却成了许多学者的"绊脚石"或"挡

---

① 虽然长江三角洲的人口与土地状况等与华北平原大不相同，但在《长江三角洲小农家庭与乡村发展》一书中，黄宗智通过细致的研究得出的结论却与本书约略相同，即长江三角洲所经历的仍然是农业经济内卷化下的阶级分化。因而，综合两书的观点，我们可以看到黄宗智的核心观点：中国的小农经济是内卷化的，其阶级分化亦是内卷化小农经济下的阶级分化。

箭牌"。在讨论中国农村问题，尤其是中国农村的发展问题时，要么躺在这块"大石头"下不思进取，在这个"内卷化"的圈子中绕来绕去；要么总是先提出这个前提，然后就一劳永逸地得出一个结论，说由于内卷化的客观制约，中国农村没有更好的出路了，能维持现在这个样子就不错了。岂不知，假如笔者没有看错的话，在黄宗智的研究中，这一结论背后就隐含着解决这一困境的诉求，至少，应该有这样的内涵包孕在里面：既然中国农村不适合资本主义式的现代发展路径，那么，调整国家的农村发展规划就是必要的了——对农业，要在"少取"的基础上给予一定补偿，因为，已经无法向农村索取了，再索取就是杀鸡取卵，应该使之休养生息，而后再寻找打破"内卷化"禁锢魔咒的钥匙。

同样，尽管黄宗智在《长江三角洲小农家庭与乡村发展》一书中论述合作化时期中国农村发展状况时，仍然认为那时中国农村的发展是"没有增长的发展"，但在笔者看来，互助合作的道路却包含着打破这一困境的可能性。因为，说到底，导致这一困境的主要因素是两个名词和两个分别限定它们的形容词：一个名词是"土地"，限制"土地"这个名词的形容词是"少"，即匮乏；另一个名词是"人口"，限制"人口"这个名词的形容词是"多"，即剩余。所以，要想打破这个困境，要么增加"土地"，要么减少或转移"人口"，二者兼之当然更好。可是，在中国目前的状况下，向外，我们不能像殖民主义者一样扩张，对内，开疆拓土的潜力基本上没有了，也就是说，"土地资源少"这个困难没有好的解决途径。那么，剩下的办法，就只能是减少——我国20世纪80年代以来实行的计划生育政策就体现了这一努力，但这是一个漫长的工作，不可能一蹴而就，再考虑到长期实行这一政策之后的人口老龄化等负效应，那么，此项工作的成效需要积极而谨慎地进行评估——或转移农业人口，因农业生产早就饱和了，所以，只能向第二和第三产业转移。可是，一方面由于我们的农村人口太多，另一方面由于我们的城市人口消化能力有限，大多数农业人口就只能就地转移、消化。因此，对农村而言，也只能在统筹规划、规模经营的基础上，因地制宜地发展第二、第三产业，以转移剩余劳动力。互助合作的规划其实就包含着这样的理想。20世纪80年代以来，以费孝通为代表的一部分社会学者提出的"离土不离乡，进厂不进城"的思路，也部分地提出了这样的解决方案。还有，即使这一由"内卷化"导致的"没有增长的发展"的瓶颈真的像孙悟空脑袋上的金箍一样难以破除，我们也可以超越黄宗智的研究，考虑乡土中国的文化建设——在建立健全农村社会保障制度的基础上，建设有中国特色、社会主义特色的乡土文化，使农民过上虽然不怎么富裕但却相当满意的和谐生活……

综上所述，我们已相当清楚地勾勒出了近现代以来中国小农经济的图景：由于土地匮乏、人口过剩、建立在古代技术基础上的农业制度以及缺乏公共投入等因素的限制，自近代以来，中国农村就已步入"过密化"的发展困境，这一困境决定了中国农村不可能生产出更多的产品。处于这种生产条件下的农民，就像站立在洪水中的难民一样，孤立无援，而且，洪水已经淹没了他的脖子，稍微有一点风浪，水就会涌进他的口中，使其窒息。同时，工业资本开始向农村渗透，农民也想借此改变自己的命运，譬如大量种植棉花、烟草等经济作物，但从总体上来说，农民种植经济作物以阻止自己生活恶化的努力收效甚微，在部分地区，工业资本和商业资本进入农村，甚至起了相反的作用。借用上面的比喻，这好像一阵风，尽管风力轻微，但却仍在危险的洪水上吹起了层层波澜，使身处洪水中的农民的处境进一步恶化。这也从另一个侧面印证了黄宗智等人提出的"过密化"理论。

此时的中国乡村，不仅在经济模式上陷入困境，而且在文化政治上也陷入了"内卷化"的泥淖。正如杜赞奇、彭慕兰等人的研究所指出的那样，伴随着晚清以来逐渐展开的国家现代化运动，国家的力量逐渐深入乡村，不仅瓦解了原来的保护型经纪体系，因而极大地削弱了本来就相当有限的乡村公共服务能力，而且滋生了一大批掠夺型经纪，成为国家掠夺乡村的锐利爪牙。在这利爪利牙的攫取、撕扯下，农民头上那本来就相当脆弱的权力的文化网络——充当农民和政权打交道的中介——被粉碎了。

由于经济、政治、文化的全面衰败，中国农村社会"沙化"了，资源、制度、文化、风俗、道德等过去纠结在一起维持着中国乡村生活的社会体系土崩瓦解了。在这"沙化"的过程中，农村社会进一步分化，农村阶级关系——在一定程度上，可以说是中国的阶级关系——也进一步恶化。毛泽东1927年在长沙的调查显示："乡村人口中，贫农占百分之七十，中农占百分之二十，地主和富农占百分之十。百分之七十的贫农中，又分赤贫、次贫二类。全然无业，即既无土地，又无资金，完全失去生活依据，不得不外出当兵，或出去做工，或打流当乞丐的，都是'赤贫'，占百分之二十。半无业，即略有土地，或略有资金，但吃的多，收的少，终年在劳碌愁苦中过生活的，如手工工人、佃农（富佃除外）、半自耕农等，都是'次贫'，占百分之五十。"① 而且，由于阶级关系恶化，詹姆斯·C.斯科特在《弱者的武器》中所描述的诸如诽谤、偷懒、纵火等弱者的常规反抗方式已逐步升级为有组织的暴力反抗方式。革命的星星之火，已经被点燃了。

只有站在这个出发点上，我们才能理解经典马克思主义作家对小农和小农经济的观察及他们对小农和小农经济的辩证态度。

在情感上，马克思主义者是坚定地站在小农这一边的，正如恩格斯在《法德农民问题》一文中旗帜鲜明地指出的那样：

> ……我们可以促使资本家和大土地占有者反对小农的斗争现在就尽量少用不公正的手段进行，并且尽可能阻挠现在常常发生的直接掠夺和欺诈行为。……在发达的资本主义生产方式下，谁也搞不清楚到何处为止算是诚实，从何处起就算是欺诈。然而政权是站在欺诈者方面还是站在被欺诈者方面，这始终是有很大差别的。而我们则坚决站在小农方面；我们将竭力设法使他们的命运较为过得去一些……②

然而，在理论上，马克思主义者对小农和小农经济的分析则是在批判的原点上展开的。在《资本论》中，马克思指出：小农"这种生产方式是以土地及其生产资料分散为前提的，它既排斥生产资料的积聚，也

---

① 毛泽东:《湖南农民运动考察报告》,《毛泽东选集》第一卷，人民出版社 1991 年版，第 21 页。值得注意的是，虽然毛泽东这篇文章是为答复当时党内外对于农民革命斗争的责难而写的，是为了弄清楚"谁是我们的敌人""谁是我们的朋友"这个"革命的首要问题"，因而有强烈的实践色彩，同时，由于这只是长沙一地的调查，用来描述全国的情况，难免有点以偏概全，但如果考虑到文章中讨论的整体情况以及毛泽东为了写这篇文章做了 32 天的考察工作，那么我们可以说这个材料是很有代表意义的。

② ［德］恩格斯:《法德农民问题》，中共中央马克思恩格斯列宁斯大林著作编译局编译，《马克思恩格斯文集》第四卷，人民出版社 2009 年版，第 526 页。

排斥协作，排斥同一生产过程内部的分工，排斥社会对自然的统治和支配，排斥社会生产力的自由发展。"由此，马克思、恩格斯认为小农生产方式是一种过时的生产方式，其前途注定是没有希望的。在《资本论》第三卷中，马克思指出："小块土地所有制按其性质来说就排斥社会劳动生产力的发展、劳动的社会形式、资本的社会积累、大规模的畜牧和科学的不断扩大的应用"，"高利贷和税收制度必然会到处促使这种所有制度没落"，"……对这种生产方式来说，好年成也是一种不幸"。恩格斯也指出："资本主义的发展必然导致小农土地所有制的消灭。"在《法德农民问题》一文中，他更是用形象的文字指出："……资本主义的大生产将把他们那无力的过时的小生产压碎，正如火车把独轮车压碎一样是毫无问题的。"列宁则通过对俄国现实的考察提出小农经济必然灭亡但是具有长期性的特点，认为："在自然经济状态下靠双手劳动谋生的宗法农民，是注定要灭亡的。"由于小农经济灭亡的长期性，列宁指出：彻底改造小农需要很长时间，"需要整整一个历史时代"。

在厘清近现代以来中国农村的发展路径及其发展困境，并参考经典马克思主义作家对小农和小农经济的辩证态度后，我们才能理解为什么革命胜利后，以毛泽东为代表的第一代中国领导集体在中国农村积极推行互助合作的社会主义道路，也才能在客观分析的基础上满怀历史同情地指出，尽管由于受当时国际和国内政治、经济、军事等因素影响，也由于具体操作中出现了诸如速度过快、官僚化等重大失误，互助合作运动以失败而告终，但以毛泽东为核心的第一代中国领导集体所开创的中国农村互助合作的社会主义道路，在理论上是比较科学的，在构架上是比较合理的，在实践上也是可行的。因而，无论从其失败的教训来看，还是从其成功的经验来看，互助合作运动这一社会主义的新事物，都可以为今天的社会主义新农村建设提供有益的历史借鉴。

首先，"革命中国"的农村建设是在统筹规划当时国内重工业、轻工业、农业关系以及城市和乡村关系的基础上展开的，即考虑到当时我国重工业几乎空白，而没有强大的重工业支撑，国家不仅难以发展，而且无法立足的现实，新中国确定了以重工业为主体而以农业和轻工业为两翼的——有研究者称这样的结构为"一个屁股两个拳头"——总体规划，但我们必须看到，这"一个屁股两个拳头"的结构是辩证的，在时机成

前言　因为湮没，所以书写

19

熟的时候，"屁股"和"拳头"是可以换位的。也就是说，在农村勒紧裤腰带提供资金、劳动力、资源，把工业这个"钢铁巨人"养大后，工业就可以"反哺"农业了——不仅为农业发展提供必要的机械、化肥等必需的工业品，而且，还可以通过"消费"粮食等农产品，为农村提供必要的积累，从而促使工业和农业互相促进，良性发展。关于这一点，毛泽东在《论十大关系》中就有相关的论述——

> 重工业是我国建设的重点。必须优先发展生产资料的生产，这是已经定了的。但是决不可以因此而忽视生活资料尤其是粮食的生产。如果没有足够的粮食和其他生活必需品，首先就不能养活工人，还谈什么发展重工业？所以，重工业和轻工业、农业的关系必须处理好。
>
> ……我们现在的问题，就是还要适当地调整重工业和农业、轻工业的投资比例，更多地发展农业、轻工业。这样，重工业是不是不为主了？它还是为主，还是投资的重点。但是，农业、轻工业的比例要加重一点。
>
> 加重的结果怎么样？加重的结果，一是可以更好地供给人民生活的需要，二是可以更快地增加资金的积累，因而可以更多更好地发展重工业。重工业也可以积累，但是，在我们现有的经济条件下，轻工业农业积累得更多更快些。①

在充分考虑新中国重工业和轻工业、农业的关系时，这样的规划还充分考虑了新中国农业的发展逻辑，即"互助合作"的道路是一条"梯子"形的道路，是一个从低级的互助组逐步发展到高级的合作社的道路，是一个逐渐扬弃的过程，直到这样的梯子沟通了城市和乡村，弥合了城乡之间、工农之间的断裂带。而实现这样的道路的重要途径就是公积金和公益金的积累，通过这样的积累，不仅可以建立健全诸如医疗卫生和基层教育等农村社会保障体系，使农村人和城市人一样，过上虽不富裕但却放心的生活，而且还可以通过积累兴办乡村工业，为农村社会发展提供多种多样的渠道，解决人多地少等困难，并最终打破"内卷化"的

---

① 毛泽东:《论十大关系》，《建国以来毛泽东文稿》第六册，中央文献出版社 1992 年版，第 83—84 页。

小农经济的困境。关于这点，毛泽东同样有高度精警的论述——

> 在没有实现农村的全民所有制以前，农民总还是农民，他们在社会主义的道路上总还有一定的两面性。我们只能一步一步地引导农民脱离较小的集体所有制，通过较大的集体所有制走向全民所有制，而不能要求一下子完成这个过程，正如我们以前只能一步一步地引导农民脱离个体所有制而走向集体所有制一样。由不完全的公社所有制走向完全的、单一的公社所有制，是一个把较穷的生产队提高到较富的生产队的生产水平的过程，又是一个扩大公社积累，发展公社的工业，实现农业机械化、电气化，实现公社工业化和国家工业化的过程。目前公社直接所有的东西还不多，如社办企业、社办事业，由公社支配的公积金、公益金等。虽然如此，我们伟大的、光明灿烂的希望也就在这里。①

需要提示的是，由于历史的大转折，毛泽东所展示的"伟大的、光明灿烂的希望"没有成为现实，但在市场经济的汪洋大海中取得巨大成功的"社会主义土围子"南街村、华西村、大寨村等的成功，则为我们阐释这一道路留下了一条可以追溯的线索。

同时，这样的安排还是一个文化的安排。不过，为了清楚地回答这个问题，我们还得先回到费孝通在《中国绅士》一书中所提出的近现代中国农村的"社会腐蚀"②问题。李林塞尔在《TAV 在美国》（《美国在前进》）一书里，用"采矿"一词来描写在美国南方贫瘠的农田里种植棉花的方法。这种方法只为了一季庄稼，就用完土地的肥力，耗尽它的财富。即使施加了化肥，也不能抵抗土地腐蚀的破坏作用。洪水进一步加剧了这个过程，它至少直接减少了部分覆盖土地的庄稼，破坏了森林，结果使土壤缺乏有机成分来保持水分。正是这种腐蚀使原本十分肥沃的田纳西流域土地变成了荒芜的不毛之地。费孝通扩展了李林塞尔的概念，

---

① 毛泽东：《在郑州会议上的讲话》，《建国以来毛泽东文稿》第八册，中央文献出版社 1993 年版，第 68—69 页。

② 费孝通：《中国绅士》，中国社会科学出版社 2006 年版。此处所引内容可参见第七章"农村社区的社会腐蚀"。

将其应用到社会分析上，特指近现代中国乡村以"人"为维系的风俗、制度、道德和领导体系等构成的文化保护系统——费孝通认为，这个文化系统使大多数人能维持生活，尽管这生活十分艰难，水平很低，但生活中却没有危险和骚扰——逐渐瓦解以至于无，从而导致贫困、疾病、压迫、苦难和动荡的过程。

为了深入浅出地说明这一"社会腐蚀"过程，费孝通特意剖析了一个乡土"背离者"——不能回家的农村子弟——的事例。费孝通指出，在中国的传统文化中，有才能的人是分布在地方社区的。他和潘光旦教授分析了915位清朝贡生、举人和进士，发现他们所在地区分布如下：52.5%来自中国传统城镇，41.46%来自农村，6.43%来自中间的小城镇。而且，如果按照省籍计算的话，山东、安徽、山西和河南这四省，农村的比例超过城市的比例。这表明在中国有才能和学问的人不是像西方那样集中在大城市——按索罗金的理论，在西方，除非一个人变为城里人，否则他将永无出头之日。但在中国，传统是叶落归根，这有助于保持农村人口的较高质量，也就是说，有能力的人不会永远离开他们的"根"，并会在一定的时间为家乡做力所能及的贡献。

到了近现代中国，情况完全变了：现在，出身农家在外求学的人并没有回乡发挥作用，他们宁愿待在城市里从事不怎么体面的工作，甚至做一个漂泊流浪的失业者，也不愿意回自己的家乡。这当然不仅仅是他们个人的问题：他们在大学里所受的"现代"教育，跟乡土中国是隔膜的，这不仅使他们无法将所学的知识应用于家乡，而且还使他们从意识上与家乡隔离了。其结果是：农村不断派出她的孩子，又不断丧失她的金钱和人才……

当土地被腐蚀时，土地是赤裸裸的。没有草和树木的覆盖，土地就不能保持水分，就会有洪流，给人民带来祸害。同样，社会腐蚀导致了人口流失。在社会腐蚀的过程中，首先是上层被带走了，那些经济上较富裕、受过较好教育的人也不愿再待下去了。当有钱和有能力的人被冲走后，农村的情况进一步恶化，留在村里的富人也变穷了，而我们上面提到的那些"掠夺型经纪"则进一步恶化为"土豪"和"恶霸"，变本加厉地祸害农民，再加上工业化的压力，最终，"穷人"也待不下去了，开始背井离乡。"总之，河岸崩溃、河水泛滥的结果便是农民造反。中国面临着生活、经济、政治和道德的瓦解，她需要新的领导和改革。"① 这就是费孝通在《中国绅士》一书结尾时得出的结论。

只有廓清了这样的历史图景，我们才能理解为什么新中国的领导者在农村互助合作运动中那么强调"文化"建设——查阅当时的资料，你会发现有关文化教育的文字到处都是；阅读文学作品，你同样会发现，有关文化教育的故事也遍地生花。这个"文化"建设首先是在历史与阶级意识的层面上展开，因为，就像我们上面分析的那样，新中国成立后，面临的一个重要问题就是培养具有自觉的历史与阶级意识的国家主人翁，而这一任务历史地落在了互助合作运动身上。只有在这个意义上，我们才能理解对电影《武训传》的批判——因为，这部电影完全曲解了历史发展规律，把命运寄托在对地主磕头作揖"办教育"上，而这部电影在当时那么流行，则表明虽然中国革命取得了胜利，但革命并没有自然而然地解决历史与阶级意识的问题，即已"当家做主"的人们并没有认清历史的发展方向和发展动力问题，并自觉地承担起自己的历史使命。只有在这个意义上，我们才能理解为什么当时的文学作品对农村倾注了那么多的心血——因为，一方面中国革命是从中国农村发展起来的；另一方面，鉴于中国的实际，新中国的社会主义建设也必须从农村那里寻求物质和精神的动力支持，而作为"时代的脉搏"的文学当然应该把注意力集中在孕育着新中国未来的土地上。只有在这个意义上，我们才能理解为什么当时的作家作品那么钟情"社会主义新人"，尽管他们关于"社会主义新人"的塑造在艺术上并不一定那么成功——因为，能否培养合格的"社会主义新人"，是社会主义革命和建设成败的关键，而那时社会责任感相当强烈的作家自觉地承担了这一光荣而艰难的历史重担。

其次，这个"文化"建设是在知识教育的层面上展开的，即在农村培育大量有理想、有道德、有知识、有能力的"带头人"。而且，值得注意的是，这一"文化"建设就地取材，是在农村展开的，即采取"从农民中来，到农民中去"和"在实践中学习，在实践中应用"的方式培育人才。这样的培育方式，有效地修复了因"社会腐蚀"而千疮百孔的中国乡村，使其不再继续"沙化"，而且还因其延续性，逐渐在中国乡村培

---

① 费孝通：《中国绅士》，中国社会科学出版社 2006 年版，第 99 页。

育一个承上启下、绵延不绝的人才梯队，为中国乡村发展提供源源不断的人力支持，久而久之，将在中国乡村形成一个独特的中间力量，塑造一种厚重的文化传统，既有效地沟通与政府的关系，又在乡村社会遭遇恶性力量侵蚀时起保护乡村社会的作用。

进入 20 世纪 80 年代以后，由于历史转向，互助合作的道路渐渐终止，中国农村又走上了一家一户的承包经营之路。这样的经营方式在取得了一定成绩后，也暴露出众多问题，并以一种独特的方式在呈现互助合作运动的得失后折射出自身的得与失。①

今天，"三农问题"已成为社会热点问题，不仅专家学者时有高见发表，大小报章时有专题讨论，而且街谈巷议之时也屡屡有人提及，大家都相当熟悉，因此，笔者不一一介绍。在这里，我只简要介绍两本对我有较大启发，并对论证本书主题有重要意义的书。其实，在某种意义上，我们可以将其视为研究当代中国农村社会的"姊妹篇"。这两部杰作分别是曹锦清的《黄河边的中国》和潘维的《农民与市场——中国基层政权与乡镇企业》。

在《黄河边的中国》中，通过深入中原大地的田间地头和闾巷人家，通过算一家一户的"小"经济账，曹锦清将当代中国农村的困境清晰地呈现出来。而且，尤其重要的是，通过对中国乡村困境的呈现，作者还委婉地告诉人们：这一困境不仅仅是农业、农村和农民的困境，而且还是整个中国的困境。其中最令人触目惊心也最引人深思的是：农民的日常消费基本上是自给自足的，除了衣服和自行车之类的日用必需品，他们很少消费城市工业品，特别是大件工业品，尤其是农业机械。这不仅暗示一家一户的经营方式使农民的生产日渐萎缩，日常生活日益内化，而且还暗示中国农村与城市已经断裂——至少在经济上如此。而在改革

---

① 有研究者——潘维就是其中的一位——指出，改革开放之后，特别是 1982 年到 1983 年间粮食生产大丰收和农村生活水平提高的一个重要原因是"价格激励"，即从 1980 年开始，国家政策规定粮食收购价剧增 50%，而与农业有关的工业品价格下调 10%—15%，这一调整极大地激发了农民的劳动热情，在那时候，除了种粮食，农民没有什么别的致富之道。然而，遗憾的是，在市场条件下，这一人为的"价格激励"却难以持久，统计数据表明，随着农村产品和与农业有关的工业品价格逐渐放开，农产品与工业产品之间的价格比率开始逐年逆转，不仅恢复到改革前的水平，甚至变得更糟。还有研究者——比如黄宗智——则从另外的角度阐释了改革后农产品丰收的原因，认为这是互助合作时代大规模兴修水利、改良土地、培育良种、生产化肥等一系列措施"迟到的报答"。

开放前，由于户口和社会福利等因素的限制，中国农村和城市壁垒森严，但至少在经济上，两者之间存在着潜在而活跃的交流。

这样的断裂，则为中国经济继续发展埋下了重重隐患。

在《农民与市场》中，潘维指出，一般而言，把计划经济市场化可能会导致大规模的社会动荡，因为，就中国的情况来说，回归家庭耕作不过创造了两亿多独立的个体农户。对小农而言，变幻莫测的市场价格并不比国家计划更友善，或者说，在市场的汪洋大海中，缺乏社会保障的小农岌岌可危，稍有风吹草动，他们的生活就有可能遭受重大的打击，从而带来苦难和动荡。然而，令人惊喜的是，在中国农村改革中，不仅没有发生大的动荡，而且从计划经济到市场经济的过渡还相当平稳。那么到底是什么将那么多的小农从计划经济的陆地上平稳地摆渡到市场经济的大海上的呢？通过细致的研究，潘维令人信服地回答了这个问题。他指出，通过改革前就存在的农村集体社区，农村干部使农民能够有组织地、相对安全地迈入市场。这省掉了很多摧毁旧机构和建立新机制的高昂成本。更重要的是，这些被保留下来的农村集体对市场竞争具有出人意料的适应能力，竞争力非常巨大，在小农和中介市场之间发挥了有效的中介作用。

自1984年市场化进程开始之后，工业品的价格不断上扬，农产品的价格起伏不定，造成农民的"绝对贫困化"。同时，市场也促成了农村内部剧烈的贫富分化，造成更严重的"相对贫困化"。如果不能实现工业化，多数农民将沦为改革的牺牲品。这就迫使农民兴办工业，而且只能靠"集体"的力量，在自己的村庄边兴办工业。在国家改革经济制度、鼓励市场竞争的前提下，通过原有的农村集体，农村基层干部大力扶植乡镇集体企业，在技术、资金、土地、劳动力使用、行政资源、教育设施、经济基础设施以及社区凝聚力等各个方面给予支持。在极短的时间内，一个具有惊人规模的工业制造业就在中国农村出现了。

通过归纳、比较、分析，潘维进一步指出：在回归家庭耕作较晚也不太彻底的地区，农村干部通常能有效地领导和组织农民。在这些地区，社区纽带往往更强，集体有能力建设成本高昂的基础设施，乡镇企业更发达，腐败也不那么普遍，社会秩序比较稳定。相反，在那些较早也较彻底地回归家庭耕作的地区，农村基层政权受到严重削弱。在这样的村或乡，社区纽带往往被破坏，农村集体无力建设基础设施，乡镇企业发展不起来，干部容易变得腐败自私，农民在市场经济中损失惨重，社会秩序也因此不稳定。这表明：乡镇企业的迅速扩张与农村集体的社会主义传统密切相关，也就是说，一座原先用千百万人的血汗和生命建造起来的社会主义桥梁为中国经济的市场化和繁荣昌盛铺平了道路，也为经济体制转型中的政治稳定构筑了坚实的基础。

通过曹锦清和潘维鞭辟入里的研究，我们不仅清楚地看到了当代中国农村面临的危机和挑战，而且也找到了历史与现实间的隐秘知识通道，使我们可以打通古今，辩证思考。

这就是近现代以来中国农村社会演变的基本情形。

在这样的社会历史坐标中，中国现当代文学对农村的表述变得相当清晰了。我们可以以"农民面孔的清晰度"和"背景色的明暗度"为切入点，绘制一条抛物线，以点带面地说明这个问题。

在现代文学的集大成者鲁迅那里，背景是黯淡的，乃至是黑暗的。我们基本上看不见农民的面孔，听不到农民的声音，即使听到了，也只听到一些无意义的聒噪声。我们看到的是乡村士绅的精彩表演，听到的也只是他们高亢的喊声。诚如毛泽东所言，那时是地主老爷、太太小姐、才子佳人占据了历史舞台，而创造了历史的人民，则被隐藏到深深的黑暗中去了。毫无疑问，尽管由于启蒙主义史观的限制，鲁迅没有看到隐藏在农民背后的力量。但总体而言，鲁迅对中国农村的整体把握是到位的，描写是准确的，特别是他对乡村士绅的刻画，可以用入木三分来形容。因为，他描摹的时刻，正是中国农村黎明前的黑暗期。在那个时候，政治、经济、文化等纠结在一起形成的所谓"封建制度"已达到了其发展的最高峰，而这一制度的代表者乡村士绅也高度成熟，不仅将政治、经济玩弄于股掌之中，而且在文化上也处于绝对的垄断地位，因而，他们的一言一语、一举一动，代表的都是秩序，都是权威，都是力量，而农民们，只好在他们高大的身影下循规蹈矩、悄然无声了。然而，高度成熟的另一面就是高度腐化，即当封建制度达到其高峰后，其对乡村社会的压抑作用远远超过了其保护作用，给乡村社会带来了巨大的压力。同时，由于晚清和民国时期政府主导的现代化运动所导致的"权力的内卷化"——攫取加重，服务萎缩——进一步加剧了这一变了形的制度对

26

乡村社会的压抑、破坏作用。在这样的情况下，黑暗中的农民们呼喊起来了，行动起来了。你看，那悲伤而热烈、柔弱而勇敢的"女吊"不是在促迫的锣鼓声中旋到舞台中心上来了吗？①

新歌剧《白毛女》延续并发展了"女吊"的故事。

新歌剧《白毛女》对农村的描摹可谓泾渭分明：当以黄世仁和穆仁智为象征的旧势力占据舞台的时候，呈现在我们面前的一切都是黑暗的，农民的生活悲惨而黯淡；而当以共产党为象征的新力量出现在舞台上时，呈现在我们面前的一切都明亮而新鲜。而且，令人赞叹的是，这明暗转换恰恰是作者匠心独运的设计，是推动戏剧发展的动力之源——在这舞台背景黑暗与明快的转换中，"喜儿"（人）被变成了"女吊"（鬼），又由"女吊"（鬼）变成了"喜儿"（人），不仅真实而艺术地传达了"旧社会使人变成鬼，新社会使鬼变成人"的主题，而且呼喊出了被三座大山压抑了太久的人们的最强音：为有牺牲多壮志，敢叫日月换新天。通过上述梳理我们知道，新歌剧《白毛女》是一个充满了象征色彩的戏剧，而这浓重的象征色彩则来源于对现实的深刻认知，它告诉我们：封建制度的黑暗力量和晚清以来的现代化运动的黑暗力量相结合，给中国农村造成了巨大的伤害，不仅瓦解了乡村经济，而且毁坏了乡村文化，导致礼崩乐坏，民不聊生。在这样的情况下，人民揭竿而起，砸碎了束缚在自己身上的千年锁链，解放自己的双手双脚，释放自己的聪明才智，创造新生活。

经过艰难的跋涉，我们终于来到了《创业史》和《三里湾》。

这时候，我们才真正告别了黑暗，来到了一个彻底光明的新世界。在这里，我们看到的一切都如朝阳一样生机勃勃。我们看到，刚刚从黑暗中脱身而出的农民的面孔新鲜而生动。他们团结、紧张、严肃、活泼，挥汗如雨，正聚精会神地建设新世界。他们的任务可真不轻呀——不仅要修复被旧制度摧毁了的乡村社会，在一穷二白的基础上建设一个富强、民主、文明的新中国，而且还要跳出历史的循环，彻底打破小农经济的

---

① 在鲁迅那里，农村是有两张面孔的：一张是现实而讽刺的，一张是回忆而抒情的。而且，发源于鲁迅的这两个文学精神绵延不绝，逐渐形成了两个传统：一个是由于站在城市"文明"之上回望"故乡"之苦难与绝望，因而容易产生"哀其不幸，怒其不争"之情，形成了讽刺的、现实的现代文学传统；而另一种情况则是，由于远离"故乡"，相对于都市的紧张压抑而言，乡村又往往幻化为温暖、抒情的家，由此产生了抒情的现代文学传统。由于抒情的文学传统对乡土中国的观察过于飘忽，因而，作者侧重于观察现实的文学传统对乡村中国的描写。

怪圈，既要把自己从吃人的旧制度下解放出来，还要把自己从面条一样细碎的土地上解放出来，开创一条互助合作的社会主义道路。因此，在这里，我们既看到了他们欢呼雀跃的身影，也看到了他们艰苦奋斗的身影，更看到了他们深沉思索的身影……是呀，社会主义毕竟是一个新事物，它的出生，是要经过同旧事物的不懈斗争才能实现的。

令人遗憾的是，现当代文学作品中农村的光明显现如此短暂。"十七年文学"之后，农村在文学中又迅速模糊、沉沦、消失了。在"伤痕文学"和"反思文学"那里，我们有时候也会看到农村的影子，可这个影子那么遥远、陌生、暧昧——原来，这是作家们在拿别人的酒杯浇自己胸中的块垒，在为自己鸣不平呢。

在"伤痕文学"和"反思文学""嘹亮"的哭泣声和"微弱"的单向度的反思声中，我们终于来到了"新时期文学"。在这里，农村再次浮现，然而，却是以一种令人匪夷所思的方式呈现的，让人感觉时空倒流，我们似乎穿越时空，又回到了遥远的过去。

《白鹿原》是一个很好的例证。在《白鹿原》中，作家将白嘉轩塑造成了一个至刚、至强、至善、至美的乡村精英，似乎只有他才能代表农民的利益，也只有他才能统率农民。然而，如果剥除笼罩在白嘉轩头上的神秘光环——这神秘光环，有很大一部分来源于他的"圣人"姐夫，教古书、说儒教的朱先生——我们会发现这位所谓的乡村精英是多么的落后和丑陋啊：他发家的秘诀就是明修栈道、暗度陈仓，骗来了鹿家——当然了，作者没有忘记在作品中把败坏了的商业文明的代表者鹿家描摹得更加肮脏不堪——的风水宝地；他在经济上是怎样发家的呢？是靠种鸦片，大规模种植鸦片。而当人们纷纷效仿种植鸦片的时候，在他姐夫朱先生劝说下，他又金盆洗手了。是的，他是应该在这个时候金盆洗手，因为他已经完成了资本的原始积累，没必要再冒风险干这危险的勾当了，而且，这时候罢手，还可以在道义上为自己赢得一个乐善向上的好名声，从而得到官府隐秘的支持，何乐而不为？经济上发达后，他又思考文化上的事情了，搞起了"乡约"。可这又是怎样的"乡约"呢？小娥悲惨死去和他儿子白孝文"浪子回头"——其实是滑向黑暗的深渊，因为，这里所谓的"浪子回头"，不过是阴谋败露后骗杀同乡并因此而走上了飞黄腾达之路——的故事告诉我们，这所谓的"乡约"就是族权——悬挂在农民头上的一根血淋淋的绳索，上面吊着无数冤魂。

让人困惑的不仅仅是作者塑造了什么，而且还有作者对所塑造的东西的态度。毋庸讳言，作家是高度认可以白嘉轩为象征的价值体系的，可这又是怎样的价值体系呢？简单归纳一下，我们就会发现作者所高度认可因而加以美化的价值体系是以土地为依托、以"乡约"——封建文化——为维系的小农经济的价值体系，而其背后的逻辑，则是以家族为单位的残酷的内部厮杀。写到这里，我们禁不住要问：作家为什么要为这已为历史所证明的反动的、没落的社会制度"叫魂"呢？毕竟，我们所生活的是现代社会啊！如果结合社会现实思考，我们会发现作者看对了"病症"，却开出了错误的"药方"：土地家庭联产承包后，由于政治和行政权力从乡村社会大规模撤离，致使初具规模的社会主义传统在农村逐渐瓦解、消失，特别是社会服务和社会保护方面的功能严重弱化，使农民再次陷入一家一户单打独斗——与社会斗、与自然斗——的艰难境地之中，同时，由于乡村经济在短暂的繁荣之后再次跌入低谷，中国乡村社会呈现出了逐渐离散的局面。对这一切，作家看在眼里，急在心里，因而在作品中呼唤一种超稳定的社会结构——小农经济结构，并呼唤一种超稳定的社会价值——封建的文化价值，并为这超稳定的社会结构保驾。然而，正如上文所说，历史已证明，作家心仪（在潜意识中）的制度和文化是没落的、没有前途的——如果这一制度和文化有效的话，中国革命就不会发生了。不过，作家的努力也没有白费，他通过"满纸荒唐言"，让我们再次了解历史的阴谋，小农经济的阴谋。

在《平凡的世界》中，我们再次清晰地看到了农民的面孔，这面孔如此清晰，以至于我们看到了他们脸上丰富的表情。然而，这表情告诉我们的，不是丰富的欣喜，而是"丰富的痛苦"，而且，这表情因希望与绝望交织而显得格外生动，格外令人心痛。这"丰富的痛苦"就隐含在孙少安、孙少平兄弟两人的人生之路中。公社的瓦解，把一身才能的孙少安从官僚主义的枷锁下解放了出来，他重新释放出巨大的能量，短短的时间内就在粮食生产上翻了身，而且，在乡政府——孙少安的小学同学刘新生就是其代表——扶持下，又兴办起了砖瓦厂，经过了草创期的艰难和发展期的挫折后，过上了红火日子。然而，伴随着乡土社会的离散，我们不愿意看到的一些问题也出现了——贫富分化，价值真空，公

前言　因为湮没，所以书写

共事务荒废……在这一系列负面因素的侵蚀下，我们生活的世界"变"了，变成了一个儿女不孝顺、父母不慈祥的悲惨世界。在这样的大环境下，我们禁不住为孙少安的未来担起心来。小说的结尾，也确实给我们留下了一丝不祥的色彩：在学校建成的庆祝仪式上，孙少安那懂事、能干的妻子秀莲喷了一口鲜血后昏倒了——操劳过度的她，得了不治之症。而且，如果结合现实发展逻辑来看，当政府从乡村公共事务中撤离后，孙少安们的乡镇企业的命运实在让人无法乐观，因为事实告诉我们，乡镇企业正是在社会主义传统尚未泯灭的基层政府的扶持下发展起来的。

　　如果说在孙少安的脸上，我们看到的是希望与失望交织的神情，那么，我们在孙少平脸上看到的，似乎只有无尽的失望。毫无疑问，孙少平与哥哥孙少安在精神气质上截然不同，他所追求的，不仅仅是要有充裕的物质生活，而且还要有丰沛的精神生活。这决定了他必然告别家乡、流落江湖的命运——其实，这是改革之初部分乡村青年对都市生活浪漫向往的现实显现。我们也看到，他在生活的阶梯上一步步攀登，几乎要成功了——他差点就和田晓霞结合了，田晓霞可是个"大人物"的女儿呀。然而，命运的铁拳却一次次在他将要成功的时候将其打入深渊。其实，这铁拳不是命运，而是现实，在这残酷的现实面前，他不得不屡败屡战，屡战屡败。到最后，他自己也怀疑起自己的选择来，甚至有点"认命"了——从医院出来后，他拒绝了好朋友金波的妹妹、医科大学学生金秀纯洁的爱情，毅然决然地踏上了回归煤矿的旅途，因为，在那里，有一盏微弱而温暖的灯在等着他呢。可这又意味着什么呢？他师傅的命运早就告诉了我们答案——两手空空，走向黑暗。写到这里，我再次想起了一个成语——皮之不存，毛将焉附。

　　而后，是长久的缺席——自20世纪90年代以来，在文体的先锋实验中，农村似乎从文学中消失了，幻化为无意义的碎片，而更加可悲的是，当文学从文体实验中醒悟过来，想回归现实时，却被消费文化乘虚而入，给占领了。因而，在90年代之后的文学中，我们听到的，除了欲望的嚎叫，似乎还是欲望的嚎叫。

　　十多年艰难的等待之后，农民在文学中再次凸显：以一种陌生而刺眼的形象呈现在我们面前，他们成了"流民"——他们活动的空间，不是未完成的工地和楼盘，就是幽深的矿井，以及无边的道路。

小说《我们要结婚》和《神木》是描写这一状况的代表作。

　　在那里，中国乡村问题以一种极端的方式表现出来。或者，就像鲁迅所说的那样，不在沉默中爆发，就在沉默中灭亡。小说《我们要结婚》中的主人公是在沉默中灭亡了的：因为一再怀孕，再也不能堕胎，在城里打工的一对年轻人无可奈何，只好回家办理登记手续，然而，事情却在高潮处戛然而止——出车祸了，他们死了，所有看起来难以解决的麻烦都烟消云散了。事实上，这暗示了农民工在当时社会的尴尬处境：一方面，乡村社会瓦解了，他们在那里几乎无法安身；另一方面，城市社会又不认可他们，他们在那里仍然无法安身。所以，他们的命运看起来只有一个，那就是在路上，永远在路上——在路上生，在路上活，在路上死……

　　小说结尾，他们的灵魂在风雨裹挟下来到了凋敝的乡村，我们从文字中听到了隐约的抱怨声、诅咒声乃至喊杀声。果然，他们的呐喊在《神木》里以一种最令人毛骨悚然的方式呼喊了出来——同样是贫苦农民的唐朝阳和宋金明为了金钱，就把跟自己一样的人们坑骗到矿井下砸死，制造"矿难"假象，然后向矿主勒索钱财。毫无疑问，像唐朝阳和宋金明这样的"无产者"已不是农民了，而是纯粹的"流氓"和"匪徒"。然而，问题到此并没有结束，它还迫使我们追问：到底是什么让"无产者""流氓"化、"土匪"化的呢？而且，洋溢在他们身上的那股肆无忌惮、横冲直撞的野蛮力量，也不得不让我们重新思考、正视他们。

　　在缓慢的书写中，我们已经逐渐走近自己的现实。

　　今天，农村问题已经成为中国头等重要的问题。关于中国农村问题的讨论，在社会学界、经济学界乃至历史学界已经热火朝天，而且立场、观点针锋相对，激辩不已。可是，就在这样的大背景下，我们的文学界似乎仍然沉浸在自己的小利益中，对周围的大世界——特别是以农村为代表的底层——不闻不问。在这样的情况下，贾平凹的《秦腔》异军突起，可谓是中国文学界的一件大事。然而，令人诧异的是，面对贾平凹的《秦腔》，评论界却几乎异口同声地发出了"乡土中国文学终结了"乃至"乡土中国终结了"的声音，尽管这些声音背后的立场和情感并非完全相同。如果仔细阅读《秦腔》，你会发现这样的评论是多么荒诞不经。事实上，贾平凹不过是借《秦腔》比较了封建主义、社会主义以及资本主义这三种曾经或正在主导乡土中国的力量的优劣，从而盼望在思想的角力中取长补短，创造一种有活力的思想，指导今天的乡村建设，让农民过上欢乐、和谐乃至幸福的生活。

就在文学评论者在《秦腔》面前手足无措地呼喊乡土中国——特别是革命中国——的终结时，旅美作家严歌苓的新作《第九位寡妇》问世了，这部作品以"山寨"的方式对《白毛女》进行了彻底的颠覆，讲述了一个"新社会把人（一位地主）变成鬼"的故事。尽管作家一再强调她的创作有历史依据，她曾经去那里探访过等，然而，如果我们穿越作家语焉不详的解释，深入文本背后的话，就会发现，由王葡萄"导演"的这场"捉迷藏"游戏，不仅在本质上与历史不符，而且在叙述上也站不住脚。然而，就在这个时候，我们的评论家们又出来了。不过，与面对《秦腔》时的手足无措相比，这次他们倒是驾轻就熟。在他们的阐释中，中国历史，尤其是革命中国的历史，变成了"胜者王侯败者寇"的"暴力游戏"，而在这荒谬的历史中，个人的命运就更加不可捉摸了，就像坐在"秋千"上一样，说不定什么时候，在一悠一荡之间，就跌将下来，跌得头破血流，跌得魂飞魄散。

面对这样糊涂的历史观，我们不得不指出，人类历史前进的步伐固然缓慢，代价固然巨大，就像鲁迅所说的那样，人类前行的历史，正如煤的形成，当时埋葬的是一大片森林，然而最终形成的，却是一小块煤。但历史，特别是将亿万劳苦大众从黑暗中拯救出来的革命中国的历史，毕竟不是荒谬的暴力游戏，恰恰相反，那是正义战胜邪恶、进步战胜落后、光明战胜黑暗的历史。

文学界——特别是批评界——在《秦腔》前的"手足无措"与在《第九位寡妇》前的"镇定自若"，在一定程度上反映了今天中国文学界乃至知识界在历史——特别是革命中国历史——面前的无知、无畏与无耻，因而，"从文学拯救历史"迫在眉睫。

中国农村在中国现当代文学中蜿蜒曲折、明灭可见的呈现方式，既是中国现代历史之曲折展开的"自然"显现，也是中国现当代作家现代想象的"艺术"显现。因为，说到底，中国现当代文学不过是中国人现代性想象和现代性努力的文学显现，或者说是"现代人"对"现代社会"的一种"现代表达"，是用"现代的辞藻"排列成的一种"现代形式"。因而，对这种"现代表达"和"现代形式"的研究，就必然无法离开对这一现代话语和现代规划的整体考察。换言之，在研究中国现当代文学时，必须将政治、经济和文化作为一个整体来对待，特别是必须将其放在整个 20 世纪社会转型这个大背景下来进行考察。对此，笔者不惮才疏学浅，进行了初步尝试。需要补充说明的是，今后，笔者将进行更加持久的探索，以进一步明晰问题。在这初步的考察中，我们既看到了文学与现实相依为命的生动图景，也看到了文学与现实格格不入的尴尬局面，并对其得失做了力所能及的评析。

最后，我想说的是，尽管笔者付出了相当的努力，但由于能力所限，文中必然存在不少错误，恳请博学有识之士不吝赐教。同时，更热切邀约有志于中国农村之繁荣、有志于中国国家之富强的"同道"一起探索社会主义这个伟大的新事物，在革故鼎新、去芜存精的基础上，重新创造一种有活力的思想，为建设社会主义新农村服务，为建设社会主义和谐社会服务。如果这个目的达到了，那将是笔者最大的幸福。因为，诚如马克思所言：所有的哲学家们只是用不同的方式解释世界，而问题在于改变世界。①

前言　因为湮没，所以书写

---

① ［德］马克思：《关于费尔巴哈的提纲》，《马克思恩格斯选集》第一卷，人民出版社 1972 年版，第 19 页。

33

第一章　鬼魂游荡的大地
——鲁迅笔下的农村世界

被压迫者即使没有报复的毒心，也决无被报复的恐惧，只有明明暗暗、吸血吃肉的凶手或其帮闲们，这才赠人以"犯而勿校"或"勿念旧恶"的格言，——我到今年，也愈加看透了这些人面东西的秘密。

——鲁迅《女吊》

第一节　不死的鬼魂

时间如一个不义的在场者，阴险地沉默着，又沉默地冲刷着人们的记忆，让丰盈的淡薄，淡薄的消散，消散的为流言所包裹，被包裹的又为更深厚的是非的口水所浸渍。于是，众口铄金，积毁销骨；于是，真实让位于虚假，清澈为污浊所取而代之；于是，掌握了各种各样话语权的大人先生们就说：我们所面对的，是一个中心消散、价值缺席的后现代世界；他们还说：在这个后现代的世界里，没有中心，而中心又无处不在，差异遍地，可又无迹可寻；于是，这个原本凹凸不平、丰富多彩的世界就像融化了的液体一样，流淌延展，在话语中变成一个巨大的平面；于是，一切坚硬的东西都烟消云散了；于是，"历史终结"，天下太平……

好一个太平世界，太平得令人不闻一丝战叫！

在这个太平得不闻战叫的世界里直面人生是难的，更何况追忆、面对那些在大地上游荡、徘徊的鬼魂。可是，有的人，却不得不时时面对这些不死的鬼魂，因为，它们时时来唤醒他、啮咬他、促迫他、激励他，使他直面人生，不得片刻的安宁、一息的停顿、半点的虚伪……就像一位奔波的过客一样，无地彷徨，却又拿出浑身的速度、力量和技巧来上下求索，即使呼吸停顿了，身体僵硬了，也仍然无法止息，而是化作不死的精魂，徘徊在苍茫大地上，呼唤、啮咬、促迫、激励那些良知的火焰还没有彻底熄灭的人，逼迫他们睁开眼睛，疏淪五脏，澡雪精神，做真正的勇士，直面惨淡的人生，做真正的勇士，正视淋漓的鲜血……

鲁迅就是一位终生为不死的鬼魂所追逐而又最终化作不死的鬼魂的真正的中国知识者。张承志在《鲁迅路口》一文中说诸多关于鲁迅的研究都没有足够考虑到鲁迅留学日本十年所酿造的苦涩心理：称作差别的歧视，看杀同乡的自责，从此在心底开始了漫长的侵蚀和啮噬——拒绝侮辱投海而死的陈天华，饰演荆轲的徐锡麟，命断家门的秋瑾，如同灿烂樱花般怒放而后突然凋落的同学少年……这一切，都化作一个个鲜血淋漓的影子，融入他的骨头和血脉之中，时光越久，内容越清晰，从此变作他的标准，提醒着他的"看杀"，使他不得片刻的安宁和稍微的喘息。

而此后，这或鲜血淋漓或悄无声息的死亡却没有稍微的止息，反而变本加厉地肆虐起来，一层层的尸骨和鲜血淤积起来，将人生埋没，使他几乎不能呼吸，于是才有了"不在沉默中爆发，就在沉默中灭亡"的汪洋浩叹，有了"忍看朋辈成新鬼，怒向刀从觅小诗"的金刚怒目，有了"我以我血荐轩辕"的决绝凌厉；于是才有了淤泥泛滥的天地里的清洗，魂飞魄散的世界里的呼唤，漫漫长夜里的激烈燃烧，荒芜人生路上的"荷戟独彷徨"；于是"先生小酒人"在"大圜犹酩酊"的世界里桀骜、落寞，终至无常；于是拯救人心、拯救世道的革命者的鲜血在看客们战栗的惊惧和喧哗的聒噪中流淌、干涸，终至乌有；于是孤独如狼者挣扎、嚎叫了一生之后又回到了原点，踌躇而死……于是，一个风雨飘摇的中国在凄雨冷风中浮出历史地表，在这风雨飘摇的国度内，在苍黄的天底下，"远近横着几个萧索的荒村"，在这萧索的荒村内，几位"老爷"，享受着，残酷着，萎缩着……几个鬼魂一样的匹夫、匹妇，恐惧着，沉默着，诉说着，愤怒着，生活着，死亡着……

看呀，他们越来越近越来越大越来越清楚了：那不是痛并快乐着的阿Q吗？他似乎有什么心事似的，嘟嘟囔囔地向我们走来；那不是刚刚失去了自己的"小把戏"的单四嫂子吗？她的眼睛迷茫而空洞，好像可以吞吃整个世界似的，沉默着向我们走来；那不是九斤老太和七斤以及七斤嫂们吗？他们还是那样，重复着什么"一代不如一代"向我们走来；还有，那不是祥林嫂吗？头发已经全白，全不像四十上下的人，脸上瘦削不堪，黄中带黑，而且不带一点悲哀的神色，仿佛木刻似的，挂着一支下端已经开裂的竹竿，蹒跚着向我们走来……可是突然之间，这一切都迅速地模糊、变幻、重叠、融合，一个高度清晰的面影，在悲凉的喇叭声中倏忽而出：大红衫子，黑色长背心，长发蓬松，颈挂两条纸锭，垂头，垂手，弯弯曲曲地走一个全台……她将披着的头发向后一抖，人这才看清了脸孔：石灰一样白的圆脸，漆黑的浓眉，乌黑的眼眶，猩红的嘴唇……她两肩微耸，四顾，倾听，似惊，似喜，似怒，终于发出悲哀的声音，慢慢地唱出一段人间道情……

在这悲凉如江水、凄厉如狂风的声音里，遮蔽了中国农村几千年的历史的帷幕飒飒抖动，冲天而起。大幕拉开，人物出场了……

第二节　鲁迅的悖论

如果结合中国现代文学史和中国当代文学史的脉络来仔细盘点一下鲁迅的小说，尤其是其写农村状况的小说，我们会发现一个"有意味"的"错位"现象：毋庸讳言，鲁迅对自己笔下的那些"小人物"怀有一种难以言说的深情，即使有时候"哀其不幸，怒其不争"，忍不住要幽默一下，讽刺一下，鞭挞一下，可他那悲悯的眼光却始终没有离开过他们，可以说，他在他们身上倾注了大量的心血和笔墨。可令人奇怪的是，即使如此，他笔下的农民却只是一些没有自我话语、没有自我意识甚至没有自我的模糊的影子，也就是说，他们是一些没有历史与阶级意识的"乌合之众"，而他们所发出来的声音，也不过是一些毫无意义的聒噪，即，在鲁迅笔下，他们大多以"鬼魂"的形象出现。

与此相反，尽管鲁迅对他笔下的那些乡村士绅和地主们充满了厌恶和憎恨之情，可纸上的他们却个个都活灵活现、惟妙惟肖，不仅有自己丰满的血肉和骨头，有自己铠甲一样鲜亮的衣饰，而且还都有自己的一套水泼不进、针刺不透的话语，并且他们的话语都斩钉截铁、掷地有声，容不得半点质疑，以至于有时候简练得只剩下一个词语，甚至是一个语气词、一个虚词，可也那么有力，让面对的人不得不先是胆战心惊，而后理屈词穷，最后低头认罪。也就是说，鲁迅笔下的那些乡村士绅和地主们有强烈的自我，有强烈的历史与阶级意识，他们似乎清楚地知道：自己，只有自己，才是这个世界真正的主宰者，才是这个历史舞台上真正的主角，是所有的聚光灯都应该垂青、照耀的天之骄子。

在进一步理解、阐释这种错位现象之前，清理一下这两种人物形象的谱系是必要的。在鲁迅笔下的农民形象当中，比较健康或者比较决绝的特立独行者很少：数来数去，比较健康的似乎只有《社戏》中的那帮朝气蓬勃的双喜、阿发们和粗朴、善良的六一公公。不过，如果我们剥除了笼罩在文章中因"朝花夕拾"而洋溢出来的温暖氛围的话，这里清新、温暖的景象也就变得比较暧昧、可疑起来——那些双喜和阿发们不过是另一个少年闰土，若干年后，那深蓝的天空、金黄的月亮、温情的海边沙地，将会阴晦、苍茫起来，而底下海边沙地上碧绿的西瓜田里那项戴银圈、手捏钢叉的阳光少年也将变成一个面色灰黄、双手像松树皮一样笨拙粗粝的、只会低声叫老爷的"木头人"。而那六一公公，简直就面目可憎起来，只因为一个"大城镇"里来的"读书人"——他不过是一个小毛孩子——随意的一个"好"字，就高兴得手舞足蹈、手足无措起来，不仅不追究孩子们偷他的豆、糟蹋他的田的罪过，而且还真心实意地感激起来，啰啰嗦嗦地说什么"小小年纪便有见识，将来一定中状元……"[①] 不过这话反过来说也一样，那就是：只有"夕拾""朝花"的时候，只有追忆逝水年华的时候，那一抹温暖的心情才激活了那个比较晦涩、阴沉的农村，那些命运多舛、神情麻木的农民才鲜活起来。否则，先生笔下的蚕妇村氓们就不过是这么一些"小人物"：在除夕夜怀着莫名的心情悄然死去的祥林嫂，在七老爷的声音中退却下去的爱姑，买、吃人血馒头的老栓和华小栓，稀里糊涂死去的阿Q……

而那些"老爷"们却威风得紧。

---

① 鲁迅：《社戏》，《鲁迅全集》第一卷，人民文学出版社 1981 年版，第 569 页。

对此，韩毓海有相当深刻的观察。他认为鲁迅通过小说《肥皂》传达了对启蒙内含的权力因素的明察秋毫。这样的理解与文学史上的理解是完全不同的。根据 20 世纪 80 年代以来文学史简单化的理解，先进人物天然就追求现代文明，落后人物自然就是现代文明和文化的坚定反对者，然而，"落后"的四铭和现代文明的象征"肥皂"和"字典"之间的关系不仅不是这样，而且简直就是截然相反。四铭对"肥皂"和"字典"这些现代事物，充满了渴望和向往，甚至因为过于渴望和向往而心怀焦虑。这就是说，《肥皂》这篇小说的戏剧性恰恰在于揭示了近代中国那些表面上反对"现代""西方"的政治、经济和文化的统治者，内心和潜意识里实际上对于"西方"表达出强烈的热衷、想象和敬畏。这一强烈的热衷、想象和敬畏，根源于这些统治者对于现实强权的热衷和敬畏。正是这一对于现实权力的热衷和敬畏，推动他们成为本质化的传统主义者、"中体西用"或"西体中用"者，乃至全盘西化论者，成为鲁迅所谓围着权力指挥棒转的"伪士""无特操"者。①

韩毓海的这一观察条分缕析，清晰明确，原本不需要补充或附议，尽管如此，我还是想冒险"蛇足"一下：正如古旧如四铭者围绕现代文明的象征物"肥皂"和"字典"团团乱转所追求的不是其具体存在——作为物质的肥皂和字典，而是其背后的一整套欲望话语和权力象征一样，这样的权力追逐者们早就对这一套权术把戏把玩得烂熟于胸了，四铭所呈现给我们的，除了对这种崭新的权力的强烈想象和渴慕之外，所多出来的不过是一种话语 / 权力转型期的困惑与焦虑，相信不久之后他就会在这套话语 / 权力结构中如鱼得水、进退自如了，就像他们此前在传统话语 / 权力结构中所表现出来的一模一样，而他手中的"肥皂"和"字典"，也和《离婚》中慰老爷和七老爷手中的"屁塞"和"小乌龟模样的"鼻烟壶一样，不仅怪模怪样，而且威力无边。

写到这里，结论已经比较清楚了：鲁迅笔下的那些乡村士绅和地主们的言语之所以那么有力量，恰恰就是因为这一点，就是因为他们是清

---

① 韩毓海：《所以无词的言语》。该文并未正式发表，是我跟韩毓海老师学习时，他用邮件发我学习的，其后公开于左岸会馆网站（http://www.eduww.com），笔者最后在该网站上浏览该文的日期是 2007 年 8 月 11 日下午 3 点 40 分，可惜现在查阅不到了。这篇文章后来被收入陈平原主编《现代中国》第四辑，湖北教育出版社 2004 年版。

清楚楚的"统治意识"的追逐者，因而，也就是同样清清楚楚的"统治意识"的产物，他们的言语和行动不过是其统治意识的自然流露，所以他们的言语和行动才产生了符咒般的力量。别忘了，那可是权力，是可以指东打西、指南打北的权力。至于他们穿的是长袍马褂还是西装革履，拿的是"屁塞""鼻烟壶"还是"肥皂""字典"，说的是"之乎者也"还是连篇洋话，那都是次要的了，因为，那不过是他们挖空心思攫取的现实权力的话语显现。也只有在这个意义上，我们才可以理解四铭们面对"肥皂"和"字典"时难以言说的焦虑；也只有在这个意义上，我们才可以理解有些小狡猾、小力量的阿 Q 为什么在老派的赵秀才和新派的"假洋鬼子"们面前都一样灰溜溜地败下阵来。

难道真是这样的吗？

我的回答是否定的。

在我看来，鲁迅笔下这种理智与情感"有意味"的"错位"恰恰反映了现代启蒙主义话语自身的矛盾与悖论：启蒙是一束光，它在试图照亮世界的时候，却忽略了自身内在的逻辑黑暗。这样的逻辑黑暗体现在鲁迅笔下就呈现为这样的景象：一方面它帮助鲁迅敏锐地捕捉住了形形色色的"乡村精英"强烈的权力欲望和这种欲望的疯狂言说如何屏蔽、压抑了一个丰富多彩的农村，从而对他们进行了无情的讽刺和攻击；另一方面，在对这些"乡村精英"们规范而理性的话语进行无情的怀疑、嘲讽和攻击的同时，他却无力从这个话语的圈套中跳出来，或者说，在无情地怀疑、嘲讽、攻击这些权力话语的同时，他似乎离开了这些理性话语的共同体，然而我们却总是惊奇地发现，他又以一种悖反的方式在转了一个圈子之后回到了自己的出发点，他似乎无法"告别"这个理性话语共同体以及这个理性话语共同体的构造者，即掌握着特定知识程序的知识分子、掌握着市场资源的资产阶级、掌握着各种行政法律程序的官僚集团……而在本章论述的范围之内，就是掌握着土地所有权和行政、宗法权力的"乡村精英"阶层……

虽然鲁迅决绝的怀疑精神已经将他们敲打得瑟瑟发抖、丑态百出，可是，书写也就到此为止：在意识到"乡村精英"们掌握着的理性话语力量的同时，在意识到"乡村精英"和他们掌握的理性话语勒索、压抑着农村和中国，因而向他们发动了猛烈的攻讦的同时，他却无法穿越这浓厚的屏蔽，在广袤而又复杂的农村找到一种替代性的力量。他甚至无法意识到中国农村其实是地球上最美丽也最丑陋、最超脱也最世俗、最圣洁也最龌龊、最英雄好汉也最乌龟王八蛋、最能喝酒也最能爱的地方，即是最混沌也最有活力的地方——至少，在近现代中国是这样。因此，在向这些"乡村精英"们发动猛烈攻击的时候，他甚至以一种扭曲的方式夸大了这些人及其掌握的资源的力量。所以，他无法直面一个包括迷信、祭祀、礼仪、戏剧甚至沉默等在内的农村文化生活世界，无法看到乃至想象一般民众活生生的文化生活，以及这种文化生活在形成一个无边无垠的共同体的过程中所起的伟大作用。

也许，直到红衣红裤、脸色石灰一样雪白的女吊在悲凉的锣鼓中愤然登场的时候，直到诅咒一样的文字在临终前脱口而出的时候，鲁迅才真正从这启蒙的茧中脱颖而出，回归一个真正的农村和中国。或许，我们可以把话题拉得远一点。因为，只有在这个脉络中，我们才可以理解毛泽东在看到延安平剧院演出的《逼上梁山》之后的兴奋之情，才可以理解他因此写下的热情洋溢的文字："历史是人民创造的，但在旧戏舞台上（在一切离开人民的旧文学艺术上）人民却成了渣滓，由老爷太太少爷小姐们统治着舞台。这种历史的颠倒，现在由你们再颠倒过来，恢复了历史的面目，从此旧剧开了新生面，所以值得庆贺……"[1]

从这个意义上看，鲁迅所看到的，既是一个"真实"的乡村，也是一个"虚幻"的乡村；鲁迅的书写，既是一个不断敞开的过程，又是一个不断囚禁的过程。

第三节 "封建"的衰落和"精英"的蜕变

得出这样一个结论并不困难，困难的是如何正本清源，把这个结论的来龙去脉搞清楚。而要回答这个问题，就必须回到中国漫长的封建土地所有制及与其相适应的政治经济文化制度中去，回到这一制度的演变、

---

[1] 毛泽东：《看了〈逼上梁山〉以后写给延安平剧院的信》，转引自上海市舞蹈学校创作《白毛女》（革命现代芭蕾舞剧），北京出版社 1967 年版，第 1 页。

衰落和崩溃的历史过程中去；而后，再考察"乡村精英"们在这一历史变动中所扮演的双重乃至多重角色，以及这种角色间的转化和后果；最后，在这个"抽丝剥茧"的过程中，再回到我们的问题上来，回到一个真正丰富多彩的农村。

以封建土地所有制为基础的一整套政治、经济、文化制度并不是凝固不变的铁板一块，而是有其自身的内部问题及相应的处理和调节机制，而这就造成了封建制度的形式和内核之间的有机互动，直到其退出历史舞台，逐渐化为一抹残照，最终为所谓的晚清和民国初年的现代性所蚕食、渗透、鲸吞。根据历史学的研究，魏晋之前，中国封建主义的政治经济文化基础主要是围绕着皇帝和皇权建立起来的，也就是说，皇帝以天的名义包卷宇内，囊括四海，以一己之"私"为天下之"公"；而魏晋之后，官僚士大夫阶层在维护这种政治经济文化统治的基础方面发挥着日益重要的作用；到了明朝末年，情况发生了更大的变化：地方豪绅和地主阶级成为封建的政治经济文化基础的主要承载者，这种变迁在李贽的思想、东林党人的思想，尤其是顾炎武等人的思想中都有明晰的表现。尽管他们具体的出发点和旨归不尽相同，甚至歧异甚大，但有一点是毫无疑问的：他们的言论中都渗透出了以满足个人"小私"而达成天下"大公"为内容的"理观"，他们就是用这个"理观"来对抗皇帝以一己之私为天下之公的"理观"的。这个新"理观"的真正负载者，就是当时的地方豪绅和中小地主阶层，也就是说，这个封建主义的政治经济文化统治的方式逐渐经历了一个"下行"和向民间、向社会渗透的过程。①

到了清代以后，这个在明朝末年尚须以生命和鲜血苦苦抗争的"理观"已经顺理成章地成了当时占统治地位的思想，或者说，从那个时候开始，地主阶级的土地所有制形式和"一家一户"的"私"的宗族文化、家长制度已经相辅相成地成了彼此的原因和结果，而它们又共同构成了其时封建制度的坚定基础。而且，这种地方地主和豪绅制度在清末的"地方自治"运动和清政府的改良运动中得到了进一步的加强：一方面，以曾国藩为代表的地方豪绅力量在镇压太平天国起义的过程中迅速

---

① ［日］沟口雄三：《中国前近代思想的演变》，索介然译，中华书局1997年版。

崛起，表明地方地主阶级既是封建政治、经济制度的维护者，也是其文化体系的传人和维护者；另一方面，他们同时也是晚清改良主义的"洋务运动"和"地方自治运动"的发起者。但这种改良主义的现代化运动却有其自身深刻的矛盾：它既表现了封建国家企图以深入到地方的方式来挽救自己必然没落的命运的努力，也同时表现了封建主义无力回天的自我瓦解和崩溃的趋向。在当时的条件下，这种趋向是伴随着面向资本主义生产方式的国家自强运动而发生、发展的，即允许地方豪绅有兴办企业和学校，以及参与其他公共事务的权力，以此保障封建国家的税收和调整统治方式。①

晚清和民国初年矛盾重重的权力扩张运动，导致了一个直接的后果，那就是：国家财政收入的逐渐增加和地方无政府状态的日益蔓延的同步发生。换句话说就是，国家在加强对乡村社会的榨取能力的同时，却部分地丧失了对乡村社会的控制能力，有学者用"国家政权的内卷化"这一概念来说明 19 世纪末期 20 世纪初期中国国家政权的扩张和现代化过程。②

在这个"内卷化"的过程中，政权的正式机构和非正式机构同步增长，尽管正式的国家机构可以依靠这些非正式的机构来推行自己的政策，但它却无法控制这些非正式的机构，或者反过来说也未尝不可：在国家的正式机构利用这些非正式的机构来推行自己政策的同时，它也不得不与其沟通、妥协，甚至为它服务，成为它在乡村的代言人。因此，乡村社会中的非正式团体就或直接或间接、或完全或部分地代替了过去正式的地方组织，而成为一支不可忽视的力量。也就是说，在晚清这老大封建帝国逐渐瓦解的过程中，尽管帝国的行政机构在分崩离析，但旧秩序的重要基础——"乡村精英"（地方士绅）的权威却不仅没有动摇，反而和乡村社会中多种多样的组织体系和塑造权力的各种规范纠缠在一起，组成一个"权力的文化网络"③，利用诸如宗教信仰、相互感情、亲戚纽带等关系和组织中的象征与规范，赋予自己一种受人尊敬、令人敬

---

① 汪晖：《"科学主义"与社会理论的几个问题》，《天涯》1998 年第 6 期。
② ［美］杜赞奇：《文化、权力与国家：1900—1942 年的华北农村》，王福明译，江苏人民出版社 2003 年版，第 75 页。
③ ［美］杜赞奇：《文化、权力与国家：1900—1942 年的华北农村》，王福明译，江苏人民出版社 2003 年版，第 10 页。

畏的权威。

正因为这一角色不但是乡村合法性权威的象征，而且还具有上通下达——既沟通乡村居民与外界的联系，又是国家政权深入乡村社会的渠道——的双重功能，所以，不仅乡村社会中的各种势力来角逐、竞争这一角色，国家政权等外来因素也参加了这一争夺。因此，要考察中国的乡村社会，必须在"国家—乡村精英—农民"这一三角形的结构中来理解，而不是像以往那样，局限在"国家—乡村精英"的双层结构中来理解。因为，就像我们前面所说的那样：20世纪前的国家政权没有完全渗入自然村，它直接的权力，仅限于这个双层社会政治结构的上层，对于更下面的层次，它一般只能透过"乡村精英"间接地行使权力，依靠吸引下层结构中的"上移分子"进入上层来控制乡村。20世纪中国的社会变迁，必须在这条基本的线索和结构中来理解。

写到这里，必须对"乡村精英"这个词语的内涵做一个解释。

一方面，由于生态环境等的差异而导致以华北平原为代表的北中国农村和以长江三角洲为代表的南中国农村在生存环境以及相应的土地所有形式方面有所不同，而这样的不同又进一步导致了它们和国家权力之间的关系十分不同，因而两者应付国家权力的乡村组织也十分不同：在以华北为代表的北中国农村，农民们形成了有组织的领导与国家政权交涉，村庄内有一种由"会首"组成的非正式的议事会，负责税收并统揽村庄内的各种事务；而在以长江三角洲为代表的南中国农村中，农民们并不直接面对国家政权，而主要是和居住在城镇中的不在村里的地主打交道，所以，他们并无组织村政权的需要，农村社团主要由发达的家族关系来维持。然而，尽管有这些具体差异，我们却不能得出一个简单的结论，说北中国的农村主要由国家机器来控制，南中国的农村主要由宗族势力来控制，因为，无论是在华北平原，还是在长江三角洲，如果只谈一点而不兼顾其他，是无法了解任何一个地区的实际情况的。如果不考虑国家机器的作用，就无法理解长江三角洲的"宗族社会"或"地主制"，因为有功名的士绅和有财有势的地主是依赖官僚国家和科举制度而发达的；同样，在华北，虽然国家政权的作用要比宗族组织的作用大得多，但如果不注意为国家政权充当官僚的宗族和士绅自身的特点，对那里的社会也无法充分了解。所以，这两个地区的差别在于每一个地区突出一个不同的组合，或者说，它们是同一组织的两种不同表现形式，因为，它们发生、发展的制度基础是一样的——没落的地主制和同样没落的国家政权的结合，而且，它们共同的制度基础也生长于同一块土壤——高密度的小农经济。正是这一点，把这两个本来差异颇大的地区连接到一起，使其成为一个统一的中国和统一的国家机器的两大根据地。[①]

笔者用"乡村精英"这个词语表征这一内涵丰富的机制。

另一方面，学者们就国家政权在乡村社会中的作用也各执一词：一种观点认为乡村社会完全处在国家政权的摆布之下；另一种观点则相反，认为近代以前的乡村社会基本上处于国家政权所及的范围之外，由基于"互惠"关系组成的"道义社团"来组织、协调、管理。不过，虽然这两种观点的内容截然相反，可是在逻辑上却犯了同样的错误：在看到问题一个重要方面的同时，忽视了另一个重要的方面。可是，就像黄宗智通过严谨的研究指出的一样：在这一点上，中国的乡村社会并不是一个非此即彼的问题，而是一个"一加一大于二"的问题。[②] 因此，我们必须在乡村社会和国家政权的互动关系中来理解中国乡村，而"乡村精英"这个角色则是启动这一理解的一个最恰如其分的按钮。

从积极的方面看，以"乡村精英"领衔的村社集团确实对乡村社会有一定的保护作用，他们在与国家政权打交道，尤其是在国家政权征收赋税的时候，组织起来，与国家政权"讨价还价"，在这样一个"经纪"[③]过程中完成任务，因而避免了更多的勒索和克扣。此外，他们还维持公共事务，譬如修建义仓、兴修水利、维护法律和秩序等，因而他们也是公共利益的代表者。然而，必须指出的是，这个"乡村精英"领衔的村社集团并不是一个透明的组织，也就是说，它在"保护"乡村社会免遭国家政权严酷压榨的同时，本身也是一个压抑乡村社会的组织，至少在明代的时候，这一组织的这种双重作用就已经十分明显了：他们一

---

① ［美］黄宗智：《长江三角洲小农家庭与乡村发展》《华北的小农经济与社会变迁》，中华书局 2000 年版。

② ［美］黄宗智：《长江三角洲小农家庭与乡村发展》，中华书局 2000 年版。

③ 这个概念借用自杜赞奇。参见［美］杜赞奇《文化、权力与国家：1900—1942 年的华北农村》，王福明译，江苏人民出版社 2003 年版，第 28 页。

方面在农民们困难的时候，适当地减轻他们的负担，甚至免除他们一定的租税和债务。但是，这样的举动却是极其偶然的，而且，这一组织还要求大家"各安其分"——士绅和地主保守自己做"老爷"和"保护人"的本分，而农民们则保守自己做"下人"和"奴仆"的本分，一旦谁破坏了这个本分，那就是大逆不道，是违背伦常。因而，这个本分有双重性，既是戴在地主脑袋上的冠冕——荣耀，也是套在农民脑袋上的一个"紧箍咒"——念起来势必疼痛难忍。

尤其严重的是，这种"乡村精英"们的保护作用极不稳定，很容易就蜕变为一种变本加厉的勒索机制。也就是说，虽然这种经纪体制被赋予了一定的集体价值观念，然而，它却极容易受国家政权的影响，或者就干脆沦落为其深入到乡村社会的锐爪利牙，在乡土中国已经遍体鳞伤的身体上再狠狠地攫取一把，将本来就一贫如洗的农民们推向一个两手空空的黑暗世界……

进入 20 世纪之后，"乡村精英"这一角色的双重作用及其变动、倾斜、退化乃至变质，是席卷全国的社会、政治、经济、文化动荡的主要动力之一。因而，这一角色也是理解 20 世纪中国社会、政治动荡的关键词之一。

第四节　太阳就要出来啦

鲁迅笔下的农村，正是这个时候的农村：是乡村精英们顺流而下，从乡村社会有限的"保护者"退化为恶劣的"摧残者"的时候；是他们撕去蒙在自己脸上温情脉脉的面纱而变为头角狰狞的洪水猛兽的时候；是他们竭尽全力在历史长河巨大的旋涡中垂死挣扎的时候；是政权、族权、神权、夫权这四条束缚在人民身上的绳索纠结成一条大毒蛇向农民、农村和中国的咽喉猛扑过去的时候；是他们在日暮穷途的回光返照中向着中国、向着农村、向着农民咬下最卑鄙、最恶毒、最致命的一口的时候……

这个时候，他们是不会节省任何力量的，或者说，这个时候，是他们所有恶的力量大集中、大爆发、大肆虐的时候……

所以，我们才看到了鲁迅笔下一幕幕令人触目惊心的形象：通过四婶之口而传达出来的鲁四老爷的一句指示（"这种人虽然似乎很可怜，但是败坏风俗的，用她帮忙还可以，祭祀的时候可用不着她沾手，一切饭菜，只好自己做，否则，不干不净，祖宗是不吃的"[①]），把一个体格健壮、慈眉善目的女人击打得羸弱不堪、半死不活的，而后在祝福的除夕夜不声不响地悲惨死去，因为，在这一充满了傲慢与偏见的体制中，她连最基本的劳动的权利也被剥夺了；在人群中颇能折腾的阿Q，在秀才老爷和假洋鬼子的斥呼和文明棍那里失去了自己姓什么的权利，失去了自己"革命"的权利，而后在"莫须有"的罪名中不明不白地死去；在慰老爷和七老爷装腔作势的威吓中，那在沿海三六十八村很有些名声的木叔和很是桀骜的爱姑不得不低头屈服，不得不接受"离婚"——被抛弃——的命运……

也正是在这个意义上，我们说鲁迅看到了一个"真实"的农村，不，更准确的说法应该是他看到了农村中真实的一面，看到了农村中的士绅和地主强有力的一面，甚至看到了这一强有力的阶级日益没落、崩溃的一面。因为，在他笔下，这些"老爷"们连一点日暮穷途的历史悲凉感也没有了，剩下的只是一张张丑陋、凶狠、滑稽的面孔。

可是，这样的农村又是不完整、不真实的农村——他没有看到摇摇欲坠的士绅和地主们背后那在生与死的抉择中呼吸着、挣扎着、战斗着的如野草一般渺小而又坚韧的农民们，没有看到他们"野火烧不尽，春风吹又生"的前仆后继的生命力和战斗力，没有看到在地下燃烧着的地火汹涌着、呐喊着，就要喷薄而出。

也恰恰是在这个意义上，我们说鲁迅看到的是一个"虚幻"的农村——因为，尽管他看清楚了那些压迫者们野蛮、丑恶的嘴脸，并且化笔为刀，给他们以最无情的戟刺和打击，可是，他无法清楚地意识到，对封建主义生产方式的彻底革命，不能由地主阶级、地方士绅，以及由他们转化而来的"有中国特色"的资产阶级，或者由这多重身份组合而成的"四不像"阶级或阶层来完成，因为，这种种联系使他们成为一个面目暧昧、角色不清的阶级，他们在历史中扮演的角色也必然是暧昧不

---

① 鲁迅:《祝福》,《鲁迅全集》第二卷，人民文学出版社 1981 年版，第 16 页。

清的，更直接一点说就是，他们不过是这棵已经腐朽的封建主义的老树上的一根同样腐朽、扭曲的枝条。也就是说，鲁迅没有看到推动中国农村和中国历史向前发展的真正动力——中国的农民阶级和由他们转化而来的城市无产阶级。因为，如果说历史或者对历史的"现代理解"就是把历史看作人类有意识的自觉行动的话，那么，近代以来，尤其中国革命发生后，有意识地颠覆封建制度的就是他们。

然而，我们这样说也许过于绝对，因为，鲁迅的精神世界是一个始终搏斗的世界。在这个搏斗的过程中，他的思想逐渐冲破了精英们的铠甲和服饰，而逐渐接近那个纷繁芜杂的农村世界，逐渐进入农民们浩如烟海的心灵世界。不过，如果要揭开这个秘密，就需要回到鲁迅生命中那个鬼魂出没的世界中去。

我们说，鲁迅的心灵世界是一个被深刻的怀疑和绝望所淹没的鬼魂出没的世界。就像我们在第一节中所说的那样：拒绝侮辱投海而死的陈天华，饰演荆轲的徐锡麟，命断家门的秋瑾，如同灿烂樱花般漫天怒放而后突然凋落的同学少年……这一切，都化作一个个鲜血淋漓的影子，融入他的骨头和血脉之中，时光越久，内容越清晰，从此变作他的标准，提醒着他的"看杀"，使他不得片刻的安宁和稍微的喘息。在这样的灵魂的大角力中，他又经历了太多的失败与绝望：先是决绝的大勇者如鲜花一样凋零，后是他们淋漓的鲜血在时光流逝中淡化、消失以至于无，再后来是求索者在桀骜而寂寞的途路上或无常而死，或颠沛流离，或干脆在生活的挤压下走向自己的对立面，或遽然发现自己不过是一只小小的苍蝇，在空中绕了一个圈子之后，又回到了原来的地方……

这灵魂的悲哀使鲁迅内心的角力更加剧烈，使他怀疑、绝望的眼睛更加锐利，这使他看透了那些穿着人面衣服的魑魅魍魉们物质和精神上的双重无聊、腐败及其为维护自己没落命运而施展的各种伎俩，也使他逐渐看透了启蒙内部的逻辑黑暗。所以，形形色色的"拜物教"者在他犀利得如投枪、匕首的文字下瑟瑟发抖，现出原形。所以，他笔下的农村虽然在种种权力者们的遮蔽下影影绰绰，农民们也像幽灵一样面目模糊，可是他们已经不甘心这样的命运了，已经沉默着、聒噪着"行动"起来了……

最后，在生命即将终结的时候，在即将与那些角了一辈子力的鬼魂们合而为一的时候，他内心的黑暗豁然开朗，化作一个复仇的"女吊"，在悲凉的喇叭声里跳上中国乡村无边的舞台，游荡着、旋转着、舞蹈着，唱出了清清朗朗的复仇的曲词："被压迫者即使没有报复的毒心，也决无被报复的恐惧，只有明明暗暗、吸血吃肉的凶手或其帮闲们，这才赠人以'犯而勿校'或'勿念旧恶'的格言，——我到今年，也愈加看透了这些人面东西的秘密。"

也许，鲁迅给我们最大的启示就是他终生与自己内心的黑暗做斗争的大智慧、大力量和大勇敢，他也终于凭借这大智慧、大力量和大勇敢冲破自己内心的黑暗而化作一个不死的魂灵，向那一样黑暗的世界吹响了冲锋的号角。现实没有让他失望，若干年后，在黄土高原坚硬粗犷的舞台上，在酒神一样热烈、日神一样坚定的锣鼓声、秧歌调里，一群群复仇的女吊——"白毛女"——们山呼海啸地呐喊着登上了历史的舞台，她们坚定如山、情深似海，唱遍了大江南北，唱红了长城内外，赤手空拳，打破规律，创造了一个崭新的农村，一个崭新的中国，一个崭新的世界……

太阳就要出来啦！

第二章　为什么革命？

——歌剧《白毛女》等作品中的农村世界

有些地区农村人口的境况，就像一个人长久地站在齐脖深的水中，只要涌来一阵细浪，就会陷入没顶之灾。

——R.H.托尼《中国的土地和劳动力》

第一节　哪里有压迫，哪里就有反抗

赵树理的小说《李家庄的变迁》极富戏剧性：小说以龙王庙里一场颠倒黑白的宗族审判开始，又以龙王庙里一场暴风骤雨式的清算结束，以一种"圆满"的方式结束了自己的叙述。然而，这却不是一个终点与起点重合的平面之圆，而是一个螺旋式上升、波浪式前进的立体之圆——当故事结束时，我们看到这条叙述之线如一条条夭矫的灵蛇一样，不再在地面上游移、徘徊了，而是凝聚起全身的力量，腾空而起，向着囚禁它们的铁屋子和疯狂压榨它们的敌人发起了一次猛烈的冲击。此时，这战斗的灵蛇已不再是孤独、桀骜、孤军奋战的散兵游勇了，而是手拉手、肩并肩、相濡以沫、生死与共的战斗集体——当无数分散的灵蛇在一个共同使命的召唤下而向共同的敌人冲锋时，它们已经团结、生长在一起了，既坚守自己，又超越自己，升华为马克思笔下那一旦时机成熟就从历史的隧道中一跃而起的"老鼹鼠"。

不过，我们还是先回到小说中来吧。

村民张铁锁家的茅厕边上长出了一棵桑树，按照传统的看法，这就是他家"神圣不可侵犯的私有财产"了，可是，事实却并非如此：哪一

年他也没捞着一片树叶子——树叶子早被他的邻居教书先生春喜给摘去了。气愤的铁锁和老婆二妞决定一不做二不休，把树给杀了，来个一了百了，眼不见心不烦。可是，这一举动却给他们带来了没完没了的祸患：春喜把他们给告了。在"修德堂"东家李如珍——村长兼社首——的偏袒下，没理的变成了有理的，有理的变成了没理的：春喜自然是赚了便宜又卖乖，不仅打了人、出了气，而且还得到了铁锁家的一院房子和三担麦子作为"赔偿"；而铁锁则是赔了夫人又折兵，不仅挨了打、受了气，而且还砸锅卖铁、卖房卖地，才算还清了从天而降的"阎王债"，并且，从此以后，日子是每况愈下，过得一天不如一天，但也无可奈何，只好"哑巴吃黄连"，忍气吞声，沉默度日。

接下来的叙述虽然迂回曲折，却波澜不兴，主要是以铁锁的眼睛捕捉、透视当时形形色色的怪现状。村民们依然在这乌烟瘴气的兵荒马乱中生生死死、死死生生，如草根一样苦熬岁月；而李如珍、春喜们也如变色龙一般，不停地变换自己的颜色和角色，施展出浑身解数，紧紧地抓住自己手中的权力，继续作威作福，只管过自己红红火火的"好日子"，而不管他人洪水滔天。

令人震惊的是小说的结尾，沉闷了多年之后，历史突然在沉默中爆发了：李家庄这一潭波澜不兴的死水突然间风云激荡，质变为人民战争的汪洋大海；而这死水中那些老实本分、沉默避祸的村民们也突然间燃烧、沸腾了起来，从任人宰割的无名小卒，变成了不惧威胁、不怕牺牲、一往无前的百万雄兵，乃至以牙还牙、以血还血、睚眦必报的"暴民"——还没等县长宣判，他们就在清算中将李如珍从台上拖下来，七手八脚，给活活撕碎了。

汹涌的地火喷薄而出，此时，我们看到的已经不是"一地鸡毛"的邻里争执，而是你死我活的阶级斗争，就像村民们要求枪毙李如珍时所呼喊的那样："再不毙他我就不活了！"也就是说，小说以一种素朴而又百感交集的声音讲述并追问：这"一地鸡毛"的生活故事是如何于无声处演化、质变为惊天动地、你死我活的阶级斗争和革命行动的？

其实，这"死水微澜"在瞬间裂变为"暴风骤雨"的故事，并非偶然，而是当时普遍的历史现实和书写，只要我们仔细看一看，就会发现《红旗谱》《太阳照在桑干河上》《暴风骤雨》等讲述的都是同样的故事，而对这个故事最集中、最彻底、最激烈的表达，就是延安鲁迅文艺学院集体创作的秧歌剧《白毛女》。

直到在憋屈和怨恨之中无声死去，老实本分的杨白劳脑海中都没有出现过"反抗"这两个字眼，这一方面是因为恐惧——反抗并不是没有代价的，尤其是当"刀把子"攥在别人手中的时候；另一方面是因为希望，也就是说，直到死去时，杨白劳都没有彻底绝望，他觉得即使自己死了，喜儿还有活下去的可能和希望。

正是由于心怀希望，所以他才在年关临近时，挑着一担豆腐出门躲债，他的主意很简单：只要躲过这个年关就有指望了，下一年狠命挣扎挣扎，多流两身汗，少喝一碗粥，再勒一勒裤腰带，说不定可以还清"东家"的债呢，到那个时候，就不用提心吊胆地过日子了，而且还可以欢欢喜喜地为喜儿找一个好人家呢。

也正是因为心怀希望，所以，虽然年三十晚上千里冰封、万里雪飘，家里穷苦简陋、少吃无穿，他也又冷又饿、疲惫不堪，但躲债归来的他心里却热烘烘的，像一只侥幸脱离了虎口的羔羊一样，关起门来，和女儿一起庆祝这来之不易的安全和幸福。

开始的时候，喜儿的心思也和杨白劳一样，压根儿没动过"反抗"的念头。所以，她才在风雪之夜等待躲债的父亲回家过年，才在看到父亲带回来的二斤白面和一截红头绳之后手舞足蹈、乐不可支……甚至在父亲死后不久，就进了"仇人"的家门做丫鬟，在被侮辱之后默无声息，甚至在怀孕之后还期望黄世仁娶自己，尽管这期望那么渺茫，充满了犹豫和担心……

这就是年关夜那"二斤白面"和"一截红头绳"的所有象征意义：一个贫寒而温馨的春节，这贫寒而温馨的春节则又象征着未来艰难而无忧的生活，以及他们对这种虽然卑微然而却实在的生活的强烈渴望，也就是说，虽然他们从来没有什么过高的期望，但他们也从来没有绝望——没有放弃生活的希望，微薄的希望。

然而，现实让他们绝望了，强烈的渴望没有成为事实。

他们没有想到，在前方等待着自己的，竟然是漫无边际的死亡和苦难：虽然一再缩小自己的形体以躲避阴霾的淹没，然而却仍然无法逃脱地主和狗腿子们无所不在的魔掌；虽然一再委曲求全、磕头作揖，希望

"在东家面前多跪上会子"换一个平安夜，但却仍然没能摆脱卖儿鬻女的命运，甚至搭上一条老命；虽然又做奴隶又做牛马，却没能换来片刻的安生和平静，而是被浸泡进了生活的苦水中；虽然虎口逃生，却仍然没能逃脱被侮辱与被损害的命运，不得不与自己生存的世界隔绝；虽然肉体逃离了牢笼，精神却依然被妖魔化，被污蔑为孤魂野鬼……

就这样，活着的死去了，而"人"也变成了"鬼"。

正是因为这个原因，孟悦才从文化和叙事学的角度指出——

> 虽说政治话语塑造了歌剧《白毛女》的主题思想，却没有全部左右其叙事机制。使《白毛女》从一个区干部的经历变成了一个有叙事性的作品的并不是政治因素，倒是一些非政治的、具有民间文艺形态的叙事惯例。换言之，从叙事的角度看，歌剧《白毛女》的情节设计中有着某种非政治的运作过程。这里，问题涉及的已不仅是政治文学的娱乐性，而是政治文学中的非政治实践。因为，这个非政治运作程序的特点不仅是以娱乐性做政治宣传，而倒是在某种程度上以一个民间日常伦理秩序的道德逻辑作为情节的结构原则。[1]

她进一步指出——

> 如果说贺敬之所讲的"社会"是政治化的，以政府的转换为标志的，那么这里，我们看到的却是一个以家庭和邻里关系及其交换为核心的普通社会形态。如果贺敬之认为"由鬼变人"的政治主题打动了观众，那么歌剧《白毛女》显然还满足了另外一些非政治的欣赏目的：这里不仅有地主与佃户的阶级冲突，不仅有孤儿寡女的苦大冤深以及共产党解放军的救苦救难，也有祸从天降，一夕间家破人亡，有良家女子落入恶人之手，有不了之恩与不了之怨，有生离死别音讯两茫茫，有绝处不死，有奇地重逢，有英雄还乡，善恶终有一报。一句话，普通社会长期以来形成的伦理原则和审美原则，真实的也好，想

---

[1] 孟悦：《〈白毛女〉演变的启示》，陆华编《贺敬之研究文选》下册，文化艺术出版社2008年版，第831页。

象的也好，在很大程度上与贺敬之所讲的那个"新旧社会"对立的政治原则一道，主宰着《白毛女》由传说到歌剧的生产过程。①

最后，她指出——

　　不用说，这一系列的闯入和逼迫行为不仅冒犯了杨白劳一家，更冒犯了一切体现平安吉祥的乡土理想的文化意义系统，冒犯了除夕这个节气，这个风俗连带的整个年复一年传接下来的生活方式和伦理秩序。作为反社会的势力，黄世仁在政治身份明确之前早已就是民间伦理秩序的天敌。②

毫无疑问，这是一个一针见血的洞见，然而，我们却无法仅仅从文化和叙事的意义上来理解这个问题。说得直截了当些，我个人认为，这些作品所呈现给我们的，不仅仅是叙事，更是当时的历史现实，是用故事和寓言的方式表达出来的历史和现实。

　　到此为止，我们的问题找到了自己的答案："一地鸡毛"的故事之所以爆发为你死我活的阶级斗争和革命行动，是因为形形色色的黄世仁和穆仁智们不停地把炸药堆积在自己屁股底下而后点燃了致命的导火索——爆炸和他们的灰飞烟灭因此而成为历史的必然；一向忍辱负重的老百姓之所以化作燎原的烈火，恰恰是因为形形色色的黄世仁和穆仁智们将他们压榨得一点水分也没有了——除了燃烧还是燃烧，他们别无选择。

　　在这不进则退的历史时刻，一切社会行动都转变为"政治"③行动，一切社会话语也都转变为"政治"话语，因此，《白毛女》等作品的"政治"表述不仅不与隐含在它后面的社会历史话语相冲突，而恰恰是它们的集中表达，或者说，这"政治"话语就是当时各种各样社会话语最恰

　　① 孟悦:《〈白毛女〉演变的启示》，陆华编《贺敬之研究文选》下册，文化艺术出版社2008年版，第831页。
　　② 孟悦:《〈白毛女〉演变的启示》，陆华编《贺敬之研究文选》下册，文化艺术出版社2008年版，第832页。
　　③ 在一种莫名其妙的语境中，"政治"话语竟逐渐丧失了严肃性，被许多人理解为阴谋陷害或小丑行径，然而，真正的"政治"却是一种担当精神，是一种责任感，我们就是在这个意义上谈论"政治"的。

当的凝聚和升华。

在一个反"革命"话语大流行的时代里，这么说肯定会招致各种各样的责备，然而，我之所以得出这样一个结论，并不是为了表达一种清楚然而简单的情绪，也不仅仅是为了表达一种现实立场，甚至也不仅仅是为了表达一种历史立场……而是为了响应这三者共同的招魂和呼唤，是为了从各种言不及义的后现代主义话语泥淖中打捞一种清晰的历史和阶级意识，是为了再现被我们遗忘和背叛了的历史之一种。而历史，则是现实的镜子。

第二节 内卷化的小农经济

稍微熟悉中国农村情况的人都会知道，几个世纪以来困扰中国农村发展的主要问题是小农经济的"内卷化"，即人口压力和自然资源的严重冲突，说得直白些，就是人多地少。R. H. 托尼的一个比喻形象地说明了这个问题：有些地区农村人口的境况，就像一个人长久地站在齐脖深的水中，只要涌来一阵细浪，就会陷入没顶之灾。①

这一根本问题导致了中国小农经济的发展与西欧小农经济的发展截然不同——当西欧的小农经济经历资本主义的发展和改造之时，中国的小农经济却日益萎缩凋敝；当西欧的小农社会经历阶级分化而向资本主义全面转化时，中国仍在小农社会阶段徘徊不前；当西欧越来越多的小农转化为新兴的无产阶级成员时，中国的小农仍然是小农，只不过经历了部分的无产化……这就是中国 19 世纪和 20 世纪大规模农民革命运动爆发的总根源。因而，要想了解这场惊天动地的革命，尤其是这场革命怎样从一粒星星之火演变为铺天盖地的燎原烈火，就必须对这个背景有一个清晰的认识。因为，这不仅仅是一个经济问题，也不仅仅是一个阶级问题，而是经济、阶级、国家、帝国主义等一系列问题纠缠、生长而成的一个结构性问题。

这种"内卷化"的小农经济并不是一朝一夕形成的，而是有一个漫

---

① ［英］R. H. 托尼:《中国的土地和劳动力》，安佳译，商务印书馆 2014 年版，第 79 页。

长的发展、演变过程。黄宗智指出：经过清代前半期长期的农业商品化以及随之而来的阶级分化，在以封建土地所有制为基础的小所有者经济体系内部发生了分化。在这个过程中，有的小所有者分化为雇佣劳动力的富农或经营式农场主，有的则分化为受雇的贫农与雇农；有的分化为出租地主，有的则分化为佃农。另一方面，在曾经盛行一时的庄园主经济中，固有的农奴制度因为商品化和人口压力而崩溃。这样，不论是经营式的庄园还是出租式的庄园，都从依赖农奴转而依赖从小农经济体系中滋生的雇农和佃户，它们在过渡期间使用的是半农奴性的劳动力。到了 18 世纪后期，这两种经济体系已经你中有我、我中有你、相互混合，生长为"内卷化"的小农经济，从而奠定了以华北平原为中心的北中国农村的土地所有形式，而以此为基础的生产关系也基本定形了。①

此后的中国，虽然发生了一系列变化，但这一系列的变化不仅没有使这种"内卷化"的小农经济崩溃，反而促使它沿着原先的变化道路进一步向前推进——20 世纪的变化形式和原则与过去基本相同，只是"内卷化"的程度越来越严重了，能够代表当时生产力发展方向的经营式农场遇到的问题，就是最好的证明。

在《华北的小农经济与社会变迁》中，黄宗智对经营式农场（使用雇佣劳动力或部分使用雇佣劳动力的小农场）和家庭式农场（不使用雇佣劳动力，只使用家庭劳动力的小农场）在生产力方面进行了比较，令他感到吃惊的是，这两种农场无论是在作物布局还是在牲畜和肥料的使用上，都没有显著的差别，因此，在产量上也没有什么大的差异，即主要依赖自家劳动力的中农，亩产水平相当于使用雇佣劳动力的经营式农场。

这两种农场的主要区别在于劳动力的使用：一般说来，在经营式农场中，一个劳动力可以耕种 20—35 亩耕地，而在家庭式农场中，一个劳动力则只能负担 10—15 亩耕地。其中部分原因，是前者工作日一般比后者要多——前者一年 200 日以上，后者平均只约 180 日，但更主要的原因在于经营式农场的劳动生产率普遍高于家庭式农场——前者每亩耕作平均需约 10 日，后者则需约 15 日。

---

① ［美］黄宗智：《华北的小农经济与社会变迁》，中华书局 2000 年版，第 85 页。笔者引用时，在不影响原意的前提下对文字略有修改。

　　为什么会这样呢？我们也许会发出这样的疑问。然而，只要略加分析，我们就可以解开这个令人困惑的疙瘩：统计数字显示，1934年，河北省占有耕地面积不到10亩以上的农户占40%，山东省则占49.7%，在这样人多地少，而工业、副业又不发达的情况下，农村有大量的剩余劳动力，这样，一个不言自明的道理就水落石出了：劳动力的过剩，必然会影响它的劳动生产率。一个劳动力若只占有他能力所足以耕种的一半土地，而又没有其他就业机会，他有什么必要抓紧时间拼命来干呢？提高精耕细作的程度，固然是一条出路，但这样势必会带来劳动力边际报酬的递减，从而影响它的边际刺激和效率。而使用雇佣劳动的经营式农场则不受这样的约束，为了提高利润，经营式农场主可以根据需要雇佣适度的劳动力，尽量降低劳动力的花费，并遵照资本主义企业的经营逻辑而趋向于合理地调配劳动力与土地。家庭式农场则无法这样做，因为，因繁衍子孙而带来的剩余劳动力无法解雇也不能解雇，因此，经营式农场的劳动生产率自然远远高于家庭式农场。

　　可是，下一个矛盾随之而来：虽然与家庭式农场相比，经营式农场具有较高的劳动生产率和利润，但华北的经营式农场不仅没有从当时的经济结构中脱颖而出，成为占主导地位的经营模式，并发展成为采用资本主义经营方式的大农场，反而仍然停滞在原来的经济结构之内，甚至深化了这种落后的经营模式。原因很简单：当时的土地，小而零碎，分散在不同的地方，长工多了，很难亲自监督，而请人当"工头"，效率也不一定高，而且，这样的农场一旦超过了200亩的规模，经营式农场主便有可能积累足够的资金来经营商业、高利贷，并且有可能通过科举或捐纳而进入仕途——这些"事业"的收益都远远高于农场经营，因此，占地100—200亩的经营式农场是合算的，而超过200亩的经营式农场则违背常理。

　　就这样，这种有资本主义萌芽性质的"代表生产力发展方向"的经营式农场并没有发展起来，使经营式农场主演变为"资本家"，使大量小农无产阶级化，从而导致小农经济的解体和资本主义工业社会的兴起。实际情况恰恰相反，经营式农场进退维谷，停滞不前，处于一个尴尬的困境之中，一直延续到革命前夕。

　　这样的悖论只能说明下面这个问题：这种经营式农场的出现，一方面证明了商品经济的发展和农村雇佣关系的兴起，但它同时也清楚地证明了这种农场在生产力上仍然束缚于小农经济。

农村的雇农，大部分不是完全无产化了的长工。在华北农村，完全从家庭农场游离出来的长工，一般都是无条件结婚从而再生产自己的劳动力的"光棍"，他们往往是本家庭的最后一代，等待他们的命运只有一个，那就是：孤苦无依地度过自己的一生后，也终结了家族延续的历史。而且，在占总户数 10% 的雇农之中，大部分都是第一代的长工，也就是刚刚从贫农阶层滑下来的小农——他们一般仍旧维持着一个小农场，由家里的妇女或兄弟耕种，而他一家的生计，也部分得自自己的家庭农场。

像这样的长工，和古典分析中的无产阶级很不一样——他们是从旧生产方式底层摔落的人、被社会抛弃的人，而不是正要进入一个蓬勃发展的新生产方式中去的成员、追逐希望的人，尽管这追逐的过程很艰难、很痛苦。总之，他们没有达到马克思心目中的无产阶级的最起码的生活水平，也就是足以维持自身再生产的生活条件，他们在最起码的生活线下苦苦挣扎，不仅衣不蔽体、食不果腹，而且几乎不能娶妻生子、繁衍后代。

综上所述，近数百年华北农村的主要变化，与其说是经营式农场的兴起，不如说是贫农经济的形成；与其说是小农的无产阶级化，不如说是小农的半无产阶级化——贫阶层占农村人数的大部分，他们同时依赖家庭农场和打短工维持艰难的生活。

总而言之，经营式农场犹如一面小小的窗口，它不仅没有让我们看到资本主义生产方式的蓬勃发展，没有让我们看到由于这一发展而给中国农村和中国农民带来的任何福音，反而让我们看到了近代中国农村的萎缩与凋敝，看到了小农经济的颠簸与困顿，看到了农民的辛劳、困苦和挣扎……

第三节　天灾与人祸

这样的书写很容易给人一种错觉，即近代以来的农民动乱以及最后惊天动地的农民革命完全是人力所不能及的"天灾"造成的，而与"人祸"没有任何关系。然而，这却是一种形而上学的理解，这样的理解在看到了问题的一个方面的同时，却忽略了问题的另一方面。我们必须旗帜鲜明地指出：人口压力和阶级剥削关系两种因素中的任何一种，都无法孤立地解释中国农民的处境——农民之所以如此困苦，是由于在经济停滞的情况下，人口与剥削双重压力汇合的结果。

地租之所以如此沉重，以至于无法承担，在于人多地少的压力与这种租佃关系的结合，同样地，相当于劳动产值的33%的工资，无疑反映了剩余价值的剥削，但如果劳动生产率能够得到迅速增长，佃农的生活水平则有可能逐步提高。雇佣关系之所以如此苛刻，在于生产力的停滞和劳动力的供过于求——租佃和雇佣关系，实际上都是通过人口压力的媒介而施加到农民身上的；反过来说也一样，人口压力是通过阶级关系而施加在农民身上的——分配的不均，大大加重了人口因素对农民所施加的压力，也就是说，如果分配平均的话，小农的处境也许不会如此困苦。

这样说也许仍然没有点出问题的要害之处，因为，如上文所说，这种"内卷化"的小农经济困扰中国农民已经不是一朝一夕的事情了。我们可以再次借用 R. H. 托尼的说法来阐明这个问题——生活在这种"内卷化"的小农经济体系中的农民，确实犹如一个水深没颈的人，即使是一阵轻波细浪，对他们而言也可能是灭顶之灾，然而，长久生活在没颈的"深水"中，虽然苦不堪言，可也逐渐把他们锻炼成技艺高超的忍受苦难的"水手"。

环境的困苦迫使他们寻找一切可能的办法来维持生活和生命，甚至不惜采取"自我剥削"的办法。譬如，如果土地上生产的小麦数量太少而不能维持家庭生活的需要了，他们就会考虑种红薯或其他粗粮，用这些虽然不好吃但产量多的"铁庄稼"来维持生活。从某种意义上来说，他们是"成功"的——他们竟然在这没颈的"深水"中安然生活了那么长时间。因此，到了这里，问题的重心顺理成章地过渡了，我们必须追问，置他们于死地的"轻波细浪"从何而来？把平静的死水吹成惊涛的"微风"从何而来？

我们可以用另一个形象的比喻来回答这个问题。在这种"内卷化"的小农经济体系中生活着的农民，犹如一个步履蹒跚的瘸腿巨人，必须依靠拐棍的支撑才能安全地行走。事实上，他也确实找到了一些拐棍，而这些拐棍也确实支撑着他们走过了漫长的岁月，虽然走得那么困难，那么艰苦，那么令人胆战心惊，可他们毕竟一路颠簸着走了下来。可是，肇始于晚清、肆虐于民国的现代化运动，却像一把锐利而无情的砍刀，把支撑这个瘸腿巨人的拐棍，甚至双腿给砍掉了。此时此刻，他已经无路可退，而只能思考这样的问题：倒下还是站着，活着还是死去。

让我们耐下心来，指出支撑这个瘸腿巨人的拐棍以及这拐棍是如何被砍掉的。在进一步分析之前，有必要补充一句，对这个问题的回答依然离不开"乡村精英"这个关键词。因为，就像上文所说的一样，这一角色早在晚清和民国的现代化运动中就与国家政权合而为一了，它不仅是一个实体，而且还是一个象征，就像一面清澈的多面镜，从不同的角度反映着中国农村的变动和命运。

在《帝国》一书中，迈克尔·哈特（Michael Hardt）和安东尼奥·奈格里（Antonio Negri）用诗一样的语言指出——

> 整个现代化时期一直有一个将公共财产私有化的持续运动。在欧洲，随着罗马帝国和基督教的崛起而产生的伟大的公用土地最终在资本主义原始积累的过程中转移到了私人手中。全世界广大的公共空间如今只剩下传奇之类的东西：罗宾汉的森林，美洲印第安人的大平原，游牧部落的干草原等等。在巩固大工业社会的过程中，公共空间的建构与解体按一种越来越强大的螺旋发展着。的确，当它受积累的必需所控制时（为了培养发展中的上升或飞跃，为了集中和动员生产方式，为了挑起战争等），公共财产通过侵占大片的文明社会和将财富、财产转移到集体手中的方式得以扩张。然而，公共财产不久就被私人重新侵占。在每一个过程中，被认为是自然事物的集体财产以公共的代价被转化为第二和第三自然，从而最终为私人的利益经营着。例如，可以通过筑坝拦截北美西部的大河和灌溉干涸的山谷来创造一个第二自然，然后这一新财富便移交给了农业产业巨头。资本主义运行的是私人占有公共物品的持续的循环：侵占公共财产。①

---

① ［美］迈克尔·哈特、安东尼奥·奈格里：《帝国》，杨建国、范一亭译，江苏人民出版社2005年版，第300页。

迈克尔·哈特和安东尼奥·奈格里的这一透辟论述，也同样适用于中国的现代化运动：在晚清和民国的现代化运动中，这一对公共财产的侵占，也鲸吞蚕食般地进行着，而且，由于中国人多地少这一具体条件的限制，国家，尤其是农村的公共资源相当稀少，所以，在中国农村，这一侵占活动以一种更为复杂的方式进行着，甚至变本加厉，由公共领域延伸到私人领域，由对公共财产的侵占发展为对个人财产的掠夺，最后彻底摧毁了农村的保护制度，而只剩下一些或凄惨或忧伤或悲壮的传奇故事。

随着晚清和民国的现代化运动不断深入，国家政权不断向乡村延伸，政府的公共管理部门也逐渐庞大起来。一般说来，公共部门本身，尤其是在它发展成为独立的部门之后，就应该成为农民生存资源的源泉之一，因为，就像为地主提供了劳役的佃农期望得到地主的反馈一样，为这些公共部门的建立付出了资源、财富和劳力的农民，也有权利渴望从它那里得到反馈。在这里，我们没有冒险，过分夸大这一源泉对农村的保护作用，也就是说，要求它进行土地改革，制定最高限度的租佃税率，为只占有少量土地的农民提供低息贷款……相反，我们是在最为保守的意义上讨论这个问题的，也就是说，期望他们采取一些能够增加农民收入或者稳定农民收入的公共行动，譬如短期援助，通过公共工程提供一些虽然艰苦却有效的雇佣，食品补贴……

虽然孤立地看，这些措施不仅十分脆弱，而且还接近于保守政权既避免对土地或财富再分配，又遏制可能发生农村暴动的惯用手段，但即使如此，在结构性变革的大背景下看，我们也不应该否认这一系列公共行为的合法地位。因为，这样的公共行为实际上有助于为多数农民家庭提供虽然危险然而简朴的生存条件，而这在一定的范围内，有可能消除农民暴乱的潜在爆炸性。

它对这种潜在爆炸性的消除，既是经济的，又是社会的：在经济上，它可能对生存需求提供短期的解决办法，因而使许多农民放弃作为大多数农民起义行为之特征的绝望行动；在社会上，这些机会如同农民为了生活而举家迁移一样，代表的是个人的而不是集体的安全保护路线。另外，这样的公共行为并非从天而降，而是通过地方政府和其代理人而开展的，这将会增加受惠者对施惠者的信任和感激，从而增加其威望，并消解农民的爆炸性行为。

　　然而，令人遗憾的是，在晚清和民国的现代化运动中，我们不仅没有看到这些虽然保守然而有效的公共行为，反而往往看到那些背道而驰的行为如鬼魅一样如影随形，附着在本已疲惫不堪的农民身上。

　　这一现代化运动的核心是将地方行政机构正规化，从而巩固国家政权，而达到这一目的的核心则是使下层官僚服从中央政权的调配。马克斯·韦伯认为，在现代官僚机构中，达到这一目的有三个条件：第一，官员有可靠的薪金；第二，职业稳定，有可靠的升迁机会；第三，官员有明确的职位感，下级服从上级。[①] 不过，话得说回来，这一切的实现都需要源源不断的财政支持，可是，自晚清开始，这一现代化运动最基本的动因恰恰是为了解决财政问题，而且，问题的严重之处还在于，这一策略所造成的财政负担，比政府使之实现所需要的财源增长得更快，所以，从一开始，税收就成了这场现代化运动的重中之重，并最终成为瓦解这场运动以及这个社会的力量。也就是说，它不仅没有能够解决一直压在农民身上的经济问题，反而又在这个不堪重负的巨人背上狠狠地捅了一刀。

　　政权革新不只是要使县级吏役官僚化，而且要使县级以下的行政体系正规化，从而使其能够更有效地推行国家政策。由于县级以下的行政机构直接与乡村大众打交道，是国家政权与村庄之间对话的中介，因此，其正规化显得更为迫切，也更能显示其在农村所起的作用，所以，我们的考察重点就集中在这个问题上。

　　据材料可知，县政权之下的基层警察制度以及学堂最初建于山东（1901 年）和直隶（1903 年），随着由乡绅控制的地方议会的建立，向乡村摊派的警款和学款也越来越重。到 19 世纪末的时候，乡绅们办的地方公共部门和公共事业已经很普遍，但直到 1908—1909 年政权维新的时候，这些举措才得到官府承认而合法化——1909 年的法律规定：地方自治机构有权支配摊款并在财政短缺时决定征收摊款——农民们十分怨恨的"白地摊款"，大概就在那个时候得到公开承认并成为合法的举动。[②]

---

　　① ［德］马克斯·韦伯：《经济与社会》下卷，林荣远译，商务印书馆 1997 年版，第 968 页。
　　② ［美］杜赞奇：《文化、权力与国家：1900—1942 年的华北农村》，王福明译，江苏人民出版社 2003 年版，第 41 页。

民国建立之后，采取了使地方政权正规化的第一个举措：1913 年，对知县进行了首次考试。对河南的研究证明，这些考试选拔出一批比清朝科举出身的官僚更为年轻并有实际才干的县官，而且，县官挑选的吏役必须由自治局批准任命。可是，这一正规化的过程没有持续多久就发生了畸变——到了 20 世纪 20 年代的时候，半数以上的县官并非考试出身，而且其中相当一部分就是本省人在本省任职。①

县政权之下的变化也值得注意：虽然早在清末，不少地方就建立了区级建制，但地方自治局仍利用旧有的组织征收摊款，比较完备的区级组织是在 1908—1914 年建立起来的，经常以旧有的乡级组织为基础，在较大的乡、保所在地设立区公所，有专门的区长，下辖数名属员和一队警察，有摊款权，并在警察的协助下征收。这是国家政权在民国初年扩张中的最大"成就"——它是最为有效的榨取钱财的工具，所以受到各路军阀的支持和承认。1928 年，国民政府统一北方之后，决心使区级组织正规化，到了 1933 年，它已经成为县政权的分支机构，从而更有利于县政府及其上级组织的指挥和控制。

虽然在其构想中，国民政府不仅将区政府视为国家权力的延伸和加强，而且还肯定了它在整个"民族复兴"中的地位：区政权不仅要统计人口、丈量土地、征收赋税、维护治安，而且还要担负起建设近代文明的任务，譬如兴办教育、参与自治、多种经营、发展经济……但实际上，自始至终这都不过是一些美丽的设想——虽然区政府也干些诸如组织乡村防卫的事情，但其主要职能仍然在于收税，不仅为上级组织和军队收，而且还为自身的生存和发展而叫嚣奔波。

然而，即使仅仅将其作为一个征收赋税的现代组织机构来看，区政府也没有达到理想的目的——按规定，区长是由省政府任命的县级以下的行政官员，应遵守"回避制度"，且不得在一个地方连任 3 年，而且还应该有固定的收入，即月薪 50 元左右。但实际上，区级政府存在着旧政权下层机构中的一切弊端：区长的薪金不够消费，就通过其他途径搜刮钱财，下级职员和警察的收入更低，也千方百计地从农村榨取钱财，收

---

① ［美］杜赞奇：《文化、权力与国家：1900—1942 年的华北农村》，王福明译，江苏人民出版社 2003 年版，第 42 页。

受贿赂更是司空见惯，所以，毫不奇怪，在农村财政支出中，最大的项目就是交纳"区款"。另外，区公所随意摊派，无所制约，也进一步加重了农民的负担。

国家所承认的区级政府以下的组织是村庄：20世纪初，县政府承认村长、村副甚至村庄首事的权威，并通过他们维持新学、修筑道路，并为整个国家的近代化从事各种公共事业，即：村公会被认为是为这些事业提供财源，并完成上级特别是区政府摊派的一个重要工具。1928年后，国民政府制定法律政策，打着"自治"的招牌，力图使所有乡村社会与国家政权之间保持明确的隶属关系，但实际上，乡村自治团体没有任何权力。后来，国民政府采取了山西军阀阎锡山的"村治"模式，不过，这仍然只是一种被扭曲了的"自治"。①

当国家政权确认政府与乡村之间联系的中介是区公所和村公会之后，原来作为国家与乡村中介人的乡村士绅的权力大为削弱，逐渐沦落为村庄中传递信息的信使，或者干脆销声匿迹了。因此，随着村庄作为最下层行政单位的被广泛承认和自身实力的增长，原先那种乡村保护组织也烟消云散了——国家政权在没有任何中间环节的情况下与有正式组织的村庄直接打交道，这样，村庄就很难从旧有的保护型经纪组织中获得任何力量——我们没有不切实际地为那种古老而脆弱的乡村保护组织招魂，但也不得不承认，它在一个相当漫长的历史时期中对中国农村的安全、稳定和发展起了极其重要的作用，而且，退一步讲，即使仅仅把它作为一面照耀自身的历史之镜，我们也应该从它本身的两面性中看到我们自身的两面性乃至多面性，而不是相反。

到了民国时期，随着国家权力的加强，一大批赢利型甚至掠夺型经纪被抛向社会，他们有的从旧体制中改头换面而来，有的从新的权力结构中脱颖而出，化为新的"乡村精英"，控制着国家与乡村之间的联系，挥舞着锐利的爪牙，将农村推向一个更加凄惨的境地。

在这旷日持久的现代化运动中，不仅有限的农村公共财产被转化为第二和第三自然，并最终为私人的利益而经营着，而且，就连农民手中

---

① ［美］杜赞奇：《文化、权力与国家：1900—1942年的华北农村》，王福明译，江苏人民出版社2003年版，第44页。

本来就微乎其微的私有财产——他们存身立命的根本，也先被转化为公共财产，而后又转化为第二和第三自然，并最终转化为"神圣不可侵犯"的私人财产。到此为止，这场现代化运动的后果就一目了然了——它不仅没有在制度创新的基础上改善农村的基本生存条件，也没有维持住原来虽然微弱但却实际的乡村保护制度，反而左右开弓，挥起雪亮的现代化利刃，将支撑这个瘫腿巨人的所有拐棍都拦腰砍断，从而大大减少了农民的生存选择，使即使维持在生存线边缘的生活也变得越来越困难，以至于难以为继，使农村成为一个生活缺席的"生死场"。活着，还是死去，也因此成了他们非此即彼的抉择。

因此，我们不得不重新思考"剥削"的意义，就像詹姆斯·C.斯科特在《农民的道义经济学：东南亚的反叛与生存》中所强调的一样。按照通常的剥削定义，人们总是问精英阶层从农民那里剥夺了多少，并且把剥夺产品的比率作为评价剥削程度的标准。这是必要的，然而，我们也不应该忽视问题的另一个方面，即剥削不仅是一个与物质有关的概念，而且还是一个与精神和感觉有关的概念。在由于种种原因而生活极不稳定的农村，这一点尤其重要，所以，只有综合这两者而得出的关于剥削的概念才更加符合农民生活中实际存在的主要问题。

我们可以打一个比方来说明这个问题：为了达到剥夺农民一定收入平均值的目的，精英阶层和统治者可以采取极为不同的方法。尽管农民对任何此类的索要都会感到不满，但使他们感到自己被剥削得最严重的是那种最经常地威胁其生存要素的、最经常地使其面临生存危机的索要。因为，在农民询问被拿走多少之前，他先要问的是还剩下多少，他要问涉及农民利益的制度是否尊重其作为消费者的基本需要。也就是说，农民评价这些索要的标准，主要不是根据他们的绝对水平，而是看他们使自己维持在生存危机水准之上的问题是更加难办了还是更容易解决了，譬如，好年景时占收成40%的地租很可能比坏年景时占收成20%的地租遭遇的憎恨和抵抗要少很多。

由此，我们可以想象，农民对于同政府和地主的交易中的公平的看法可能直接反映了他们的生活水平，这样，能让农民过上相对的好日子的制度和政策，一般会被看成是较为宽厚温和的制度，而几乎不能保障他们最低限度生活需要的制度和政策，就会被视为剥削制度，乃至残酷的剥削制度。

就是在这个对"剥削"的概念辨析之中，蕴含着农民的文化和道德价值，这是他们在漫长的历史生活中同自然和社会对话、交流、斗争之后而形成的一整套观察世界和人生的方式。的的确确，在大多数农民的生活中，保障生存的目标确实是不可忽略的当然之事，但如果仅仅局限于此，我们就看不到农民行为的强力支撑，看不到他们的文化和文明，看不到他们的道德和价值，看不到他们的内心和世界……而恰恰就是这些因素，为农民的行动提供了地图和坐标、方向和路线。

处于饥荒和灾难之中的农民并非听凭无意识摆布的野兽和虫子，也不是在盲目的冲动中做出胡乱的反应，恰恰相反，就像平时一样，他们会在饥馑和危机来临的时候，清醒地考虑自己的处境和解决办法，想想那些他可以求助的人、制度和文化，想想自己有什么理由可以从他们那里得到帮助和救济……还有，在采取行动时，他们希望自己的社会地图大约是准确的，希望自己关于道德权利结构的概念同他人的道德义务感相吻合，希望这吻合的文化和价值能够拉自己一把，把自己从生活的泥淖中拉出来。所以，不论是在地方的常规活动中，还是在起义时的暴力行为中，共同的道德理念结构，即何为公正的共同观念都融入了农民的行为组织机构中。正是这一道德遗产，使农民在艰难之时选择忍受还是反抗，使他们在暴动中选择这些目标还是那些目标，选择这种形式还是那种形式，使处于道德义愤中的集体行为成为可能。

第四节　敢叫日月换新天

这就是 19 和 20 世纪时频繁的农民动乱和最终的农民革命爆发的历史脉络；是千千万万个李家庄、杨格庄、锁井镇发生大变动、大革命的社会背景；是群众在烈火一样的呼喊中打倒、撕碎一个个李如珍、黄世仁、冯老兰的总根源；是一个个马铃薯一样的个体凝聚为最有组织、最有纪律、最能吃苦、最能战斗的"铁军"的终极原因……

写到这里，我想，我们没有必要在后现代主义话语迷宫捉迷藏了，说这是叙述，说这是想象，说这是"小说中国"的方法。毫无疑问，这固然是叙述，是想象，是"小说中国"，但这更是掷地有声的历史事实，是粉碎旧世界、创造新中国的英雄史诗。

因为，就像《红旗谱》等文学作品所书写的一样，在这风雨如磐的古老中国的大地上，千千万万的劳苦大众先是失去了保障自己生活的公共资源，后又失去了自己赖以维持生命的私有财产，最后甚至失去了自己的妻子、儿女和生命，而只剩下一条沉重的锁链和一个个忧伤、悲愤的传说缠绕在自己心中。

因为，也正像这些百感交集的作品所告诉我们的一样，历史并没有在长久的沉默中灭亡，而是在最沉默的时刻爆发了。是他们——人民——在万马齐喑的时刻扛住了黑暗的闸门，在历史即将"终结"的时候拯救了历史，在生活和生命即将湮没的时候书写了人类历史上最为辉煌的革命传奇。

为有牺牲多壮志，敢叫日月换新天。在这绚丽的传奇中，他们失去的是锁链，得到的却是整个世界。

然而，革命胜利只是万里长征走完了第一步，因为，他们而今迈步从头越的毕竟是一条像大海一样漫长而宽广的道路，是一条前无古人后无来者的道路，是一条光荣与梦想、困难与挫折交织的道路。

他们已经用自己的鲜血书写了一篇惊天动地的革命史，下面，他们就要再接再厉，继续革命，用自己的心血和汗水在苍茫大地上书写感天动地的"创业史"……

第三章　被分成两半的农民

——《创业史》等作品中的农村世界

　　社会主义是这样一个新事物，它的出生，是要经过同旧事物的严重斗争才能实现的。社会上一部分人，在一个时期内，是那样顽固地要走他们的老路；在另一个时期内，这些同样的人又可以改变态度表示赞成新事物。

　　　　　　　　　　——毛泽东《中国农村的社会主义高潮·按语》

第一节　一场激烈的争论

　　柳青描写中国农村社会主义革命和建设的长篇小说《创业史》第一部面世以后，立即引来了一片叫好声。但是，在这热烈的反响之中，也不乏激烈的争论，而且，争论的焦点主要集中在这样一个问题上，即：小说中，到底是以梁生宝为代表的"社会主义新人"形象更加真实、突出，还是以梁三老汉为代表的"旧人"形象更加真实、突出？

　　持第一种观点的代表者是冯牧，他撰文指出：从 20 世纪 50 年代初期以来，虽然出现了不少真实、生动地反映农业合作化的小说，但是刻画得比较成功的人物，往往是一些落后分子，因而"如何创造农村中的社会主义新人和描绘新事物的萌芽成长，仍然是一个亟待解决的重要课题"。他在此贬抑的基础上转而褒扬说：《创业史》里边的落后人物如梁三老汉、王二直杠、郭振山，反面人物姚士杰等都塑造得很出色，但更值得重视的，是作者成功地塑造了以"梁生宝为首的几个体现了时代的光辉思想品质的先进人物形象"，并总结道：正是通过这些生动的艺术形象，小说"真实地记录了我国广大农村在土地改革和消灭封建土地所有制以后发生的一场无比深刻、无比尖锐的社会主义革命运动"。①

关于这个问题，持不同意见的也大有人在，譬如，也是在《创业史》出版后不久，邵荃麟就撰文指出，"《创业史》中梁三老汉比梁生宝写得好，概括了中国几千年来的个体农民的负担"，他还说："我觉得梁生宝不是最成功的，作为典型人物，在很多作品中都可以找到。梁三老汉是不是典型人物呢？我看是很高的典型人物。"② 而且，这还不是最典型的不同意见，对这个问题进行系统论述的是当时北京大学中文系的青年教师严家炎，他于 20 世纪 60 年代初期发表了一系列文章③，就这个问题展开了深入的讨论。

他毫不讳言地指出：《创业史》中最有价值的人物形象是梁三老汉而不是梁生宝。梁三老汉"虽然不属于正面英雄形象之列，但却具有巨大的社会意义和特有的艺术价值"——他在互助合作初期所表现出来的那种精神状态是有代表性的，《创业史》也正是抓住了这一点而成功地再现了作为个体农民的梁三老汉在互助组发展过程中的苦恼、怀疑、摇摆，有时甚至是自发的反对；另一方面，作品又发掘和表现了他那种由生活地位和历史条件所决定的最终要走新道路的历史必然性，即梁三老汉和他爹两辈子人累死累活、艰苦创业的最高目标就是做一个"受人尊敬的三合头瓦房院的长者"。因此，在一定时期内，他对互助合作的新生活半信半疑是合情合理的，但是，在"人吃人"的旧社会，他创家立业的理想不仅没有实现，反而每况愈下，几乎跌落到贫穷和苦难的无底深渊中去，所以，他从心底里厌恶、反对旧社会，而这就使他对一个崭新的大同世界充满了向往，这向往是如此强烈，强烈得出离了幸福，因而带有些许恐惧。

因此，严家炎认为："作为艺术形象，《创业史》里最成功的不是别个，而是梁三老汉"，他是"全书中一个最有深度的、概括了相当深广

---

① 冯牧：《初读〈创业史〉》，《文艺报》1960 年第 1 期。
② 《文艺报》编辑部：《关于"写中间人物"的材料》，《文艺报》1964 年第 8、9 期合刊。
③ 这些文章包括：《〈创业史〉第一部的突出成就》（《北京大学学报》1961 年第 3 期）、《谈〈创业史〉中梁三老汉的形象》（《文学评论》1961 年第 6 期）、《关于梁生宝形象》（《文学评论》1963 年第 3 期）、《梁生宝形象和新英雄人物创造问题》（《文学评论》1964 年第 4 期）。

的社会历史内容的人物"。他还进一步指出："作品里思想最先进的人物，并不一定就是最成功的艺术形象"，"艺术典型之所以为典型不仅在于深广的社会内容，同时在于丰富的性格特征，在于宏深的思想意义和丰满的艺术形象的统一，否则，它就无法根本区别于概念化的人物。"①

毋庸讳言，这里所谓的"概念化"人物，暗示的就是梁生宝，虽然由于各种各样的原因，严家炎并没有直接这么说。

一石击起千层浪，这样的观点一出来，马上引起了轩然大波，连一贯以厚道、宽容著称的作者柳青也忍不住在《延河》上著文反对。在《提出几个问题来讨论》的回应文章中，柳青说，严家炎的这些评论提出了一系列"重大的原则问题"，因此他无法保持沉默，接着，他详细解释道："《创业史》这个小说要向读者回答的是：中国农村为什么会发生社会主义革命和这次革命是怎样进行的。回答要通过一个村庄各阶级人物在合作化运动中的行动、思想和心理的变化过程表现出来。"② 而如果我们放下包袱、开动机器，沿着作者的思路进一步推理的话，下面的结论应该不是画蛇添足：这个村庄各阶级人物的行动、思想和心理的矛盾和统一都通过梁三老汉草棚院里的矛盾和统一体现出来，而梁三老汉草棚院里的矛盾和统一又都凝聚在梁生宝身上，从而，最终的结论就是：这个意义重大的主题只有通过梁生宝这样的"社会主义新人"才能充分表现出来。

写到这里，争论的核心问题就一目了然了，我们可以肯定地说，争论双方之所以唇枪舌剑、互不相让，并不仅仅是为了一个"纯文学"和"纯艺术"的问题，而更多的是为了一个世界观和历史观的问题。

通过阅读我们知道，梁生宝一直是《创业史》全部故事和结构的核心，在蛤蟆滩这个小世界里，他似乎无处不在，而其他一切人物也似乎都因为他的存在才获得了自己存在的合法性，不管他是"在场的在场者"也罢，还是"缺席的在场者"也罢，人们说话时谈着他，做事时看着他，困难时念想他，成功时赞扬他。郭振山的争强和苦恼，姚士杰的阴谋和仇恨，改霞的爱情和彷徨，县里派来的农业技术员韩培生的真诚和幼稚，甚至连县委杨书记的感慨和思考，这一切都离不开他的测量和检验。他

---

① 严家炎:《关于梁生宝形象》,《文学评论》1963 年第 3 期。
② 柳 青:《提出几个问题来讨论》,《延河》1963 年第 8 期。

成了小说中的一种标准、一种尺度、一种影响，不管这影响是焦虑的还是幸福的，是甜蜜的还是苦涩的。

因此，我们可以说，在柳青心目中，梁生宝不仅是小说结构的重要因素，是他苦心孤诣的艺术探索的核心，而且还是他的政治和审美的中心，是他的历史观和世界观的重要载体。所以，如果抬高小说中梁三老汉的地位，就等于釜底抽薪，不仅否定了梁生宝乃至《创业史》的艺术价值，而且还否定了他通过梁生宝这一历史审美主体所传达的历史观和世界观。

或许，这就是面对诸如此类的评论，柳青立场如此坚定、情绪如此激烈、言辞如此澎湃的原因吧？

第二节　并非多余的担心

当我们痛定思痛，站在遥远的今天来看当时那场冰炭不能同炉的争论的时候，我们发现，争论双方看似风马牛不相及的观点背后其实有一种深刻的共同性：当年严家炎之所以从"意识到的历史深度"和"细节的真实性"要完美结合的角度出发，一口咬定梁三老汉是《创业史》这一典型环境中的典型人物，是因为柳青用细腻而深刻的笔触描摹出了梁三老汉在历史巨变之前的摇摆和犹豫，以及他摆脱这摇摆和犹豫而走向新生活的历史必然性，也就是说，他没有否定这历史的必然性，而只是质疑柳青表达这种历史必然性的方法和空间；而柳青之所以对严家炎的评论横眉冷对，一方面是因为梁生宝确实是其思想和艺术探索的凝聚，另一方面，潜意识里是担心这样的质疑会造成"城门失火，殃及池鱼"的严重后果，也就是说，在质疑这种表述方式的同时，于无意识中也一并质疑、解构了这种表述方式所指向的历史必然性。

现在看来，柳青的激动和担心并非多余——这并不是说严家炎的评论是"动机不纯"的"诛心"之论，因为，就像上文所说的一样，历史已经证明了作者和评论者所面对的其实是一个共同的难题，即如何更好地表述、呼唤、建设这种历史必然性，只不过他们的表达方式看上去"南辕北辙"而已——此后的十数年乃至数十年之中，这桩文坛公案在激烈的燃烧之后似乎只剩下了些许理智而冰冷的灰烬，其他的一切都烟消云散了。然而，实际情况却并非如此，问题不仅没有烟消云散或销声匿迹，反而以一种更加激烈、偏执的方式延续了下来，只不过，这场延续了下来的争论并没有像严家炎和柳青当时那样，因坦诚相见而采取了一种短兵相接的辩论方式，既简洁明了，又酣畅淋漓。

此后的质疑和解构更像在地下燃烧、奔腾、喧哗的地火，虽然紧张、激烈以至于恶毒，但却采取了一种迂回曲折的方式，此时无声胜有声，于悄然无声中，逼近了问题的核心——质疑、解构小说所描写和传达的历史必然性——就像李杨用他敏锐而犀利的文字所揭示的那样："20 世纪80 年代以后的中国叙事对梁三老汉的认同显然已经摆脱了这一前提，作为'新时期文学'中影响最大的文学思潮，'伤痕—反思文学'中的一个重要的主题，就是表现梁三老汉们在革命时代的悲惨命运。譬如高晓声的《李顺大造屋》就可以视为对《创业史》的重新改写，李顺大以近三十年的时间经历三起三落才盖起了自己的住房的悲惨故事再现了梁三老汉的历史。20 世纪80 年代以后文学史在将梁生宝定义为公式化、概念化的虚假人物的同时，很自然将梁三老汉视为唯一真实的中国农民形象：'从这个形象的塑造中，我们才能真正体验到一个真正的中国农民性格的本质内容。'"①

20 世纪80 年代之后，在一片"躲避崇高"和"告别革命"的喧哗声中，这种解构的地火一浪高过一浪，终于浮出历史地表，逐渐成为这个时代唯一"政治正确"的声音，并逐渐成为不言自明的"真理"或无意识。关于这个问题，"重写文学史"时一篇重评"柳青现象"的文章颇有代表性，因此笔者不惮麻烦，转引如下：

> 如果柳青能正视中国农民的落后性、狭隘性，挖掘出它的历史文化根源，和它在现实生活中的真实演变过程，倒或许能很好地实现他的史诗愿望。但柳青为了实现他的理想人物的典型塑造，轻易地从梁生宝身上剔除了这一性格内容，从而削弱了生活真实的深度和广度，忽视了历史进程的艰巨性、反复性。柳青把表现这种农民

---

① 李 杨：《50—70 年代中国文学经典再解读》，山东教育出版社 2003 年版，第 172 页。

落后和狭隘的心理的细节统统集中在梁三老汉身上，这就表达了他对历史发展的乐观情绪。在他看来，老一代农民身上的落后和狭隘才是富于典型性的，而新一代农民则摆脱历史的阴影了。但实际情况是，正因为梁三老汉这个人物比较全面准确地概括了中国农民贫困、屈辱的历史，以及因为这种贫困、屈辱而形成的落后狭隘、裹足不前的性格侧面，同时又表现了中国农民勤劳、朴实的性格侧面，他反而成为《创业史》中概括变革中农民心理的复杂变化过程最生动、最典型的形象。①

表面上看来，这段文字似乎是严家炎那段著名的文字的翻版和延长，而实际上，这种"一致"的言辞背后表达的却是"不一样"的内容，因为，作者之所以得出这样的结论，是因为他认为柳青写作《创业史》时存在着深刻的价值矛盾，即单一的政治视角和感性生活体验的矛盾，而这种矛盾又来源于作家对马克思主义的一种非科学的简单化的信仰，从而最终导致了"人物服务主题、事件演绎主题、主题证明政治理论的怪诞模式"。也就是说，小说之所以失败完全是因为作者用简单的政治信仰取代了现实生活的缘故，因而，小说的失败就不仅是现实生活的失败，而且也是政治信仰的失败，最后，小说的失败就是历史的失败。

面对着这种魔方一样的文字，李杨感到回应这种站在"正确的政治立场"对"不正确的政治立场"进行的批评比较困难，因而从萨义德的"东方学"那里借来"批判的武器"进行总结，说这两种不同的描述是对农民的两种"本质想象"，而这种"本质想象"又是现代知识"表述"的结果。他吁请人们将这两种不同的农民形象放置在"20世纪中国文学"的知识谱系中，溯本求源，从而发现"中国农民"并不是一个内涵一致、固定不变的统一体，而是一个存在着千差万别的概念，因而认识到"农民"是一个历史产物，是一个在历史中形成的社会范畴，而不是自然产物，因而根本就不存在一个本质性的"农民"概念，所以，梁生宝和梁三老汉一样，不过是"20世纪中国农民"这一现代范畴的真切的历史镜像。②

---

① 宋炳辉：《"柳青现象"的启示——重评长篇小说〈创业史〉》，《上海文论》1988年第4期。
② 李杨：《50—70年代中国文学经典再解读》，山东教育出版社2003年版，第175页。

第三节　被分成两半的农民

　　毫无疑问，李杨的这一"知识考古学"的发现揭开了这一话语魔方神秘的一角面纱，然而，我还想站在他和其他前辈的肩膀上，继续引申和阐述，从而进一步揭开这个在 20 世纪 80 年代以后如火如荼的话语魔方的秘密。

　　恰如李杨所揭示的一样，在阅读完这些形形色色、琳琅满目的评论之后，我们眼前会出现两种截然不同的"农民"形象——梁生宝形象和梁三老汉形象，这两种"农民"形象是如此的截然相反，以至于像意大利著名作家卡尔维诺笔下那个在战争中被炮弹分成两半的梅达尔多·迪·泰拉尔巴子爵一样：一半是海水，一半是火焰；一半素朴善良，一半丑陋凶狠；一半大公无私，一半自私自利；一半一心向前，一半专门落后……只不过，把这个农民形象一分为二的不是战争中纷飞的炮火，而是被"单一的政治视角"和"感性生活体验"撕成两半的作家和作家被"非科学的马克思主义"之刀切成两半的心灵。

　　然而，如果我们对《创业史》有一个认真细致的阅读和分析，对小说中的主人公有一个体贴、同情的辨认和综合，对小说的结构有一个全面辩证的观照和透视，对那段历史有一个客观实在的回顾和反思的话，就会发现问题绝非如此简单。换个说法就是：如果说有一个"被分成了两半的农民"的话，那么，这个"被分成了两半的农民"绝非来自"精神分裂"的《创业史》，也非来自"分裂的作家"和"作家的分裂"，更非来自虚无空想的历史……或者，我们可以说得更尖锐些：如果确实有一个"被分成了两半的农民"的话，那么，这个"被分成了两半的农民"只能来自"分裂的批评家"和"批评家的分裂"，而这些"分裂的批评家"们"分裂的批评"又来自他们或有意或无意的"创造性误读"，而这种让人目眩神迷的"创造性误读"是由于他们缺乏历史同情感的心灵和思想无法接近作者的心灵世界，因而更无法感受和理解那段风雨如晦、鸡鸣不已的历史，所以，在这丰富的历史文本和历史本文面前，迷惑而无所得，只能得出一些既非历史又非现实的形而上学断语。

　　因为，虽然梁生宝是寄托作者世界观的历史审美主体，但从来就没有脱离梁三老汉而独立存在的梁生宝，这话反过来说也一样，即从来也没有脱离梁生宝而独立存在的梁三老汉。我们甚至可以说，梁生宝和梁三老汉不仅不是彼此外在的他者，而且是彼此内在的自我，他们彼此就是对方的身体和影子、肉体和灵魂。或者说，梁生宝不过是一位生活在新时代的梁三老汉，而梁三老汉也不过是生活在旧时代的梁生宝，他们是彼此照亮的镜子，通过对方的一举一动而再现自己，从而再现历史的沧桑巨变……

如果做一个略微细致些的比较，我们就会发现，虽然他们的情感和思想所观照的范围有大有小，但与此有关的所有的痛苦和幸福、欣喜和忧患、光荣和梦想都藕断丝连、一脉相承：他们共同的目标都是"发家创业"，不过一个发的是"小家"，创的是"小业"，而另一个发的是"大家"，创的是"大业"；他们共同的特点都是吃苦耐劳，只不过一个是为了"小家小业"而吃苦耐劳，而另一个则是为了"大家大业"而吃苦耐劳；他们共同的忧患都是怕事情弄糟了，只不过一个是怕"小家"的事情弄糟了，而另一个则是怕"大家"的事情弄糟了；他们共同的梦想都是做自己的主人，只不过一个是想做"三合头瓦房院"里的主人，而另一个则是想做互助组里的带头人和社会主义大家庭里的主人翁……

我想，通过这些细致的比较，我们就能够从梁生宝身上看到梁三老汉的影子，也能够从梁三老汉身上看到梁生宝的影子。不过，我们没必要过多地在这些细节上做文章了，虽然这样的工作并非不必要，因为，之所以说梁生宝和梁三老汉彼此是对方的肉体和灵魂，是照亮对方的镜子，是因为他们之间的"互文"关系有一个更高级、更深厚的基础作为依托，而这个基础和依托就是小说哲学一样系统而辩证的结构——

我们在意识到梁生宝是小说的主人公和结构核心的时候，往往没有意识到他是在梁三老汉的心灵世界中长大成人的，没有意识到梁三老汉饱经沧桑的眼睛始终笼罩在这个世界上，笼罩在梁生宝身上，而梁生宝的眼睛也从一开始就跟随、呼应、衬托着梁三老汉的眼睛，由稚嫩而成熟，逐渐成长起来，并开始反观梁三老汉的眼睛，从另一个方向观照这个世界，从此，这两双眼睛就交织在一起，彼此冲突、交流、对话，彼此吸收对方而又为对方所吸收，最后，两个不同的世界也在这两双眼睛的沟通中融为一体，一个崭新的世界诞生了……

小说的"题叙"中，我们首先看到的是梁三老汉那双饱经沧桑的眼睛，然后看到的是这双眼睛所笼罩着的那个风雨飘摇的世界，以及这个风雨飘摇的世界中的一个孩子——梁生宝——的成长，而且，我们看到这双眼睛也始终为这个孩子的成长而激动，而兴奋，而心潮澎湃……因为，从某种意义上说，梁三老汉对"儿子"的"教育"是非常成功的："题叙"中的梁生宝简直比梁三老汉还"梁三老汉"，不仅像继父一样吃苦耐劳、忍辱负重，受了地主崽子的欺负之后，打掉牙齿往肚子里咽，继续去地主家劳动、讨生活，而且比梁三老汉还更精打细算，更会过日子，年仅 18 岁的他就做出了一件令梁三老汉先是大吃一惊后又欣喜若狂的决定——花五块硬洋买下了财主吕老二家母牛死后剩下的小牛犊。刚刚听到这个消息，梁三老汉简直如丧考妣，先是垂头丧气，后又指天画地地算起了经济账，说五块硬洋买成玉米能吃多少日子，买成布能做多少衣裳，买成柴草能烧多少日子……然而，当年轻气盛的小伙子说出自己的生意经并说明继父的那些想法是没出息的之后，老头子不禁惭愧不已，感叹身强力壮的自己心眼还不如这个刚出世面的小伙子灵巧，因为小伙子打的是种庄稼的主意，而且还雄心勃勃，准备大干一场。

可是，现实是如此残酷，不仅梁生宝的这个"有出息"的打算被生活的凄风苦雨打得粉碎，而且梁三老汉那个"没出息"的想法也再一次落了空：身强力壮的父子俩苦打苦熬了几年，日子不仅没有发起来，积攒起些钱粮，盖上几间"三合头瓦房院"，反而雪上加霜，过得一天不如一天。而且，祸不单行，后来，生宝又被抓了壮丁，梁三老汉只好咬紧牙关，卖了大黄牛赎回生宝，而且为了避免生宝再次被抓壮丁，只好躲进深山老林苦熬日月。爷俩"破命"创业的算盘就此像一个美丽的肥皂泡一样，在生活风雨残酷的吹打下，幻灭了……

小说写到这个地方的时候，平静的笔端似乎凝聚了无穷的绝望和悲伤，于一片沉寂中滔滔汩汩、奔流不息："这是命运的安排，梁三老汉既不气愤，也不怎么伤心，好像境况的这一发展是必然的一般，平静而且心服。看破红尘的老汉，要求全家人都不必难受。他认为和命运对抗是徒然的。"[1] 哀莫大于心死，老汉的心死了，梁生宝的心也死了，千千万万穷苦人的心都死了……当心死的时候，一部分人会由挣扎而沉

---

① 柳 青：《创业史》第一部，中国青年出版社 1977 年版，第 18 页。

默，由沉默而消极，甚至在沉默中无声地死去；另一部分人则在绝望的时候反抗绝望，揭竿而起，在山穷水尽的地方寻找柳暗花明；而绝大多数的人则在沉默之中等待，等待着太阳从西边出来，等待着历史把他们卷进火热的洪流中去，等待着这火热的洪流把他们送到遥远而不可知的远方去……

这就是《创业史》第一部中"题叙"的意义，虽然短小，却意义深远，不仅奠定了整个小说的叙事基础，而且还包卷了整个小说，引而不发，为小说叙事的推进提供了源源不断的动力，使小说长江后浪推前浪，一浪高一浪，连绵不绝，生生不息。因此，要想全面而辩证地理解这部小说，就必须全面而辩证地理解这个"题叙"，因为，正是这个"题叙"告诉我们，梁生宝不仅不是对梁三老汉的背离，而恰恰是对梁三老汉的扬弃——他们虽然不是"血缘"上的父子关系，但却是最恰如其分的精神上的父子关系；而梁生宝们所从事的前无古人、后无来者的伟大事业，不仅不是对梁三老汉们所从事的"事业"的彻底背离，而恰恰是对这一"事业"或"理想"的扬弃——取其精华、去其糟粕，充分吸收其过好日子的强烈渴望，又剔除他们只顾个人发家创业而不管他人死活的狭隘个人主义。因此，就像作者在"题记"中引用毛泽东的话所说的一样："社会主义这样一个新事物，它的出生，是要经过同旧事物的严重斗争才能实现的。社会上一部分人，在一个时期内，是那样顽固地要走他们的老路；在另一个时期内，这些同样的人又可以改变态度表示赞成新事物。"①

我们必须清楚，这里的"斗争"，并不是一个机械的词语，也不是一个战争术语，即"非我族类必置之死地而后快"的杀戮和摧残，而是一个高级的哲学术语，是既尊重事物的客观规律又充分发挥人力的能动作用，使事物在矛盾运动中扬弃自己，由量变而质变，创造一个崭新的自我。

这里，这个崭新的自我就是中国农村伟大的社会主义革命，而这个伟大的社会主义革命的实现离不开千千万万的梁生宝，也离不开千千万万的梁三老汉，更离不开千千万万旧社会的梁三老汉在矛盾斗争中转变成新社会的梁生宝，因为，他们本身不是彼此分裂的，不是两张

---

① 毛泽东:《中国农村的社会主义高潮·按语》，人民出版社1956年版，第37页。柳青将这段话引用到《创业史》第一部（中国青年出版社1977年版）的扉页上，可见他对这句话的信服。

截然背离的面孔，一半是海水，一半是火焰，恰恰相反，他们是彼此交流的矛盾统一体的辩证两极，离开了任何一方，另一方的存在和发展就不能成立。

到了这个地方，我们就又回到了我们的问题，也就是说，对梁三老汉和梁生宝彼此割裂的理解，或厚此薄彼，或厚彼薄此，尤其是 20 世纪 80 年代以后，在"告别革命""反对崇高"的话语泡沫中对梁生宝形象一边倒的批判和对梁三老汉形象一边倒的"赞扬"，不仅不是来自作者的分裂和文本的分裂，更不是来自历史和现实的分裂，而恰恰是来自这些批评者自身的分裂，来自他们分裂的头脑对历史和现实的精神分裂式的想象和理解，来自于他们对现代历史一厢情愿的直线性理解……因为，恰恰是在《创业史》中，通过梁生宝和梁三老汉的辩证关系，我们看到了对现代历史的辩证理解，看到了现代历史既是一个空前进步的时代，又是一个彻底绝望的时代，看到了现代历史是一个在矛盾斗争中不断扬弃的过程……

在这个矛盾斗争的过程中，我们的先辈们不仅瞻前，而且顾后，不仅批判，而且继承，在历史和现实的扬弃中，开创了一条反现代的现代化道路。

第四节　缺席的在场者

由于结构的原因，《创业史》省略了一个极其重要的部分，即梁生宝为了躲避抓壮丁而在终南山中的隐居生活。

单单通过这部小说，我们无法了解梁生宝在荒山野岭中的生活，虽然通过下文互助组进山割竹子的章节我们能够窥斑见豹，间接地了解山中的艰难和危险，然而，我们仍然无法感知梁生宝在这深山老林中的变化，不知道他看到了什么，又想到了什么。我们只知道 1949 年的夏天，在虎狼出没的深山老林中隐居了多年的他终于回来了，而且一回来就像报春的鸟儿一样，给家人、给父老乡亲们带来了好消息："世事成咱们的啦！——"而且，按梁三老汉的说法就是：从此以后，"生宝创家立业的劲头，没有他忙着办工作的劲头大。发了土地证，庄稼人都埋头生产，分地户都专住心发家的时候，有些村干部退了坡；而生宝特别，他比初解放的时候更积极，只要一听说乡政府叫他，掼下手里正干的活儿，就跑过汤河去了。"①换句话说就是，自从从人迹罕至、虎狼成群的深山老林中回来之后，梁生宝就换了"心胸"：一心一意投入到火热的"世事"中去，家事国事天下事事事关心，而不再专住心发个人的"小家"、创个人的"小业"了。

是什么使梁生宝发生了天翻地覆的变化，以至于使他的继父梁三老汉几乎发了疯？因为，虽然他本来就善良、和蔼、有主意、能吃苦，可是，就像上文所说的一样，他身上的这一切素质在梁三老汉身上也一样都不缺，或者说，原来的他不过是一个更加吃苦耐劳、更加精打细算的梁三老汉罢了，他们之间的变化不过是"量变"。可是，从终南山回来以后的梁生宝却发生了"质变"，他从继父的壳中孵化了，赤手空拳，从梁三老汉大半辈子都没有走出来的世界中闯出来了，因此，我们不得不追问：他在山中到底看到了什么，想到了什么，是什么催化了他的新生呢？

在我看来，作者没有"秉笔直言"的这个部分，恰恰是小说中最意味深长的部分，因为正是在这一部分中，梁生宝由量变而质变，由蚕蛹而化蝶，由爬行而飞翔，从梁三老汉这个蚕蛹中脱颖而出，成为一个典型的"社会主义新人"。因此，这个空缺的部分就成了一位"缺席的在场者"，像一位沉默的蒙面人一样，以其神秘的"缺席"构织了一个巨大的黑洞，吸引了所有的智慧和思考。

我们该如何让这位沉默的蒙面人发出洪亮的声音？如何让他脸上的面罩倏然滑落？如何让他那响亮而深邃的声音和地图一样复杂而清晰的面孔指引着我们去探索这黑洞中的秘密？……这一切，都是我们无法回避的难题，因为只有它才能解释梁生宝由梁三老汉这个"老蚕蛹"化为"新蝴蝶"的原因，是我们理解这一历史飞跃发生的原因，而不是站在所谓的"政治正确"的立场上批判所谓的"政治不正确"，争论什么到底是梁三老汉比梁生宝更典型、更"像"个中国农民，还是梁生宝比梁三老汉更典型、更"像"个中国农民的问题。因为，就像我们反复强调的那样，梁生宝和梁三老汉不是彼此分裂的对立物，而是一个矛盾体中既斗

---

① 柳青：《创业史》第一部，中国青年出版社1977年版，第24—25页。

争对立又辩证统一的两极，至少，他们都是 20 世纪中国文学这一现代范畴中真实的农民镜像。

"山重水复疑无路，柳暗花明又一村。"当我们在《创业史》中这个巨大的"空缺"面前徘徊不前的时候，却在赵树理的小说《灵泉洞》中有一个意外的发现——赵树理的长篇小说《灵泉洞》中有一段笔酣墨畅的描写，写几个躲避战乱的人在深山老林中的生活，而这一似曾相识的描写就是对这一"空缺"的最好注释和说明。从这个意义上，我们可以说《灵泉洞》和《创业史》是描述中国农村社会主义革命历史的姊妹篇，是彼此补充和注释的"双联璧"。因此，我们可以暂且告别柳青和他的《创业史》，告别梁三老汉和梁生宝，告别那些无聊的批判和争论，而沉潜到赵树理的《灵泉洞》中去，因为，就在《灵泉洞》中埋藏着开启《创业史》留给我们的这个谜语的金钥匙。

为了躲避鬼子、汉奸和国民党军队的蹂躏，金虎和小兰在山洞中过了一段"山中无甲子，寒尽不知年"的安稳日子，可是一不小心，被国民党警察发现了，他们只好沿着山洞中的流水逆流而上，经历了千难万险之后，终于从山洞中"钻"了出来，来到了一个"百里之内找不到一个人"的大山顶上。可是，令人奇怪的是，在寻找食物的时候，他们发现了一片片的山药蛋，并且在山崖下发现了人烟——无巧不成书，原来是他们村的老李洪，他也是为了躲避兵荒马乱而带领全家来到了这个无意中发现的"洞天福地"。接下来，作者领着我们进入这个"桃花源"，"耳闻目睹"这里的幸福生活：鸟语花香、水清木秀、物产丰饶、人情甜美——好一个世外的桃源、人间的天堂。

然而，在我看来，作者之所以使出浑身解数，化腐朽为神奇，把这荒山野岭描摹得像人间仙境一样，不过是用这里的幸福和甜美反衬人间的苦难和丑恶，批判现存社会制度的丑陋和不公，从而展望和呼唤一个平等、民主、互助、幸福的新人间、新社会。因为，就像《创业史》和其他作品所透露的一样，这里固然物产丰美，但也绝不是什么人间乐园——陪伴他们的，除了那些美好的事物以外，还有各种各样"看得见"的狼虫虎豹和"看不见"的风雨雷电，任何的疏忽大意都将置他们于万劫不复的死地，而且，尤其重要的是，离开家园而寄身荒野，不过是他们无可奈何的逃生之计，是他们在生活地形图上所能选择的最边缘、最危险的生存方式之一。

不过，话也得反过来说，因为，即使有这么多"看得见"和"看不见"的危险包围着他们，他们仍然觉得这里的生活幸福而美满，这就从反面揭示了现实的残酷和黑暗。当蛮荒的自然丛林在人们眼中成了天堂的时候，那社会在人们眼中是什么就不言而喻了——果然是"苛政猛于虎"。老百姓宁愿在老虎嘴边讨生活，也不愿意在人间过日子，这是何等的无奈和绝望，又是何等的凄凉和悲壮。因此，作者对这荒山野岭的礼赞，表面上看主要集中在对丰富的物产的赞美上，但实际上，这发自肺腑的礼赞却来自他们对一种"天下为公"的社会关系的渴望：在这样的社会里，不仅人不再剥削人、压迫人、"吃"人，而且耕者有其田，劳者有所获，男耕女织，天下大同，鳏寡孤独废疾者皆有所养……

请注意，作者和小说的主人公们一起呼唤的绝不是一种原始共产主义的虚幻图景，而是一种社会主义乃至共产主义的大同理想。因为，虽然他们在深山老林中的生活类似于一种原始共产主义的生活，可是他们早就从原始王国中跋涉而出了。也就是说，他们是生活在特定的社会意识和社会关系中的人，而这样的社会关系和社会意识绝不是可有可无的薄雾或玫瑰色的轻裘，在轻风的吹拂下很快就会烟消云散，不，与其说这样的社会关系和社会意识是薄雾或轻裘，不如说它们是坚硬的铠甲或桎梏，只要笼罩在人们身上，就会产生巨大的力量。因此，他们通过这寓言一样的文字所呼吁的，是突破现有的社会关系和社会意识的囚禁而向一种更高级的社会关系和社会意识前进，是突破一个个必然王国的阻挠和压抑向人类终生渴望的自由王国前进……

如果把梁生宝的变化放在这个框架中来理解，那么情况就一目了然了，梁生宝之所以放弃梁三老汉式的发家梦想而投身于火热的社会主义事业中去，不是山中的隐居生活让他变愚钝了，迷失了庄稼人过光景的正路，而恰恰是这一段山中的隐居生活叫他和这吃人的"丛林社会"拉开了距离，得以冷静地观察这社会上"大鱼吃小鱼，小鱼吃虾米"的残酷原则，叫他看清楚了人间的苦辣酸甜，看清楚了"朱门酒肉臭，路有冻死骨"的秘密，看清楚了人类社会血战前行的历史……

这是一个多么惊人的发现。

正是这个惊人的发现让梁生宝从梁三老汉鲜血淋漓的胞衣里挣扎而

出，开始了自己新鲜而艰难的实验和求索，而梁生宝转变的秘密，也恰恰是这个苦难深重的国家转变的秘密——是的，它已经在血与火的斗争中沧桑了数千年，下面，它就要揭开这个秘密，打碎这个秘密，在对母体批判继承的基础上，开始自己"前无古人，后无来者"的探索了，对了，她就像诗歌和寓言中那鲜美的凤凰一样，为了馨香的未来而抛弃沉重的肉身，在热烈而痛苦的燃烧中重生了……

第五节　历史与阶级意识

以毛泽东为代表的先进的中国人，在"丛林原则"肆虐的人类社会中发现了原始丛林中的"幸福"和"美满"，从这"幸福"和"美满"中发现了人类社会血战前行的历史，并最终在这血战前行的人类历史中找到了打碎旧社会、建设新生活的奥秘，接下来的就是既有条不紊又雷厉风行的行动了……

我们无法忘记梁三老汉面对分给自己的土地时的欢喜和戆憨，作者对这一部分的描摹是如此的入木三分，以至于我不得不把这一部分抄写在下面：

> 在土地改革的那年冬天里，梁三老汉在他的草棚院里再也蹲不住了。他每天东跑西颠，用手掌帮助耳轮，这里听听，那里听听。他拄着棍子，在到处插了写着字的木橛子的稻地里，这里看看，那里看看。他那灰暗而皱折的脸皮上，总是一种不稳定的表情：时而惊喜，时而怀疑。老婆嫌他冒着冬天的冷风在外头乱跑，晚上尽咳嗽一夜；但她稍不留意，草棚院就找不见老汉的影子了。她跑出街门，朝四外了望，果然，那罗锅腰的高大身躯，孤零零地站在空旷的稻地中间。
>
> 老婆追到他跟前，拉他回家。
>
> "不！"他坚决地说，挣扎脱袖肘。"我在屋里蹲不住嘛。"
>
> "你站在这里做啥呢？"
>
> "我，看一看……"他的一只胳膊朝周围的稻地一晃，神神气气。

"这里有啥看头呢？都分给大伙了。"

"分给大伙了，我看一看嘛……"

"你这是怎哩？身上哪里不舒服吗？"

"身上不怎。"

"那么是为啥？看你这些日子呆得很……"

"没啥。"

"没啥你也甭乱跑了。"

生宝他妈死赖也把老汉拉不回草棚屋去。常常天黑严了，老汉还在分给他的地边上蹲着，好像害怕地里的土块被人偷走了似的。

过了些日子，老汉从外头回到草棚屋，感慨地叹息着，才对老婆说了真心实话。

"生宝他妈，我心里麻乱得慌。"

"为啥？这不好过日子了吗？"

"我老是觉得这不是真的，好像在梦里头哩。我跑出去看一看，那些木橛还在稻地里插着哩。"……①

请不要笑话这老人的离奇和古怪吧，也不要为老人的欢喜和戆觫而感到好奇，这没有什么特别的，只是他对这土地渴望得太长久、太苦涩了，以至于他对这土地爱得太深厚、太沉重了，所以，当"世事"变了，土地分到他手中的时候，他不敢相信自己的眼睛，不敢相信自己的耳朵，不敢相信自己亲眼看到、亲耳听到的事实，害怕自己是在做梦，害怕自己竹篮子打水——空欢喜一场。因为，他曾经精打细算地过日子，破命劳动，半饥半饱地节省，想一点一点地置地，渐渐地创立起自己的家业来，但是他没有办到，比他精明的生宝也没办到，他的祖祖辈辈也都这么努力过，也都没办到……长久的打击把老人给打麻木了，使他几乎不敢睁开眼睛看世界。可是，太阳还真的就从西边出来了，那个被颠倒了的世界终于被颠倒过来了，千千万万的劳苦大众终于成了自己的主人，成了国家的主人，就像梁生宝所说的那样："世事变成咱们的啦！——"

因此，在确认土地真的变成了自己的以后，仿佛有一种莫名其妙的精

---

① 柳青：《创业史》第一部，中国青年出版社1977年版，第20—22页。

力注入了老人早已干瘪的身体——他那弯了多年的腰杆竟然又挺直了，气喘咳嗽的毛病也轻松了不少。他浑身充满了活力，准备大干一场，把家发起来，好把自己变成一个受人尊敬的体体面面的"三合头瓦房院的长者"。

梁三老汉身上发生的这种巨大变化，就是在土地改革的催化下发生的。土地改革就像一场知时的好雨一样，随风潜入夜，润物细无声，使神州大地旧貌换新颜，焕发了勃勃生机，它"不仅使广大无地少地的农民分得了几亿亩土地和其他大量生产资料，每年不必再向地主交纳几百亿斤粮食的地租；更加重要的是：比较彻底地摧毁了封建土地制度，挖掉了我们民族贫困落后的一条重要根子，解放了农村生产力，巩固了工农联盟和人民民主专政，为国家工业化和农业的社会主义改造创造了有利条件。"[1]

就这样，这场影响深远的伟大运动，不仅拆除了架在中国农民脖子上的那把屠刀，解决了晚清和民国的现代化运动都无法解决的"国家政权内卷化"问题，还土地于人民，还生命和生活的权利于人民，使以农业为主的国家实现了社会动员，极大地解放了生产力，而且还把落后的中国社会凝聚为一个强大的统一体，顺利地完成了新民主主义革命的任务。

然而，土地改革的成功只是社会主义革命胜利的第一步，因为，按照马克思主义的经典理论，无产阶级革命是有意识地、自觉地理解历史命运，并使自己的解放与这种真实的历史统一起来的运动。这种革命不但是一种政治的运动和经济的运动，而且还表现为一种有自觉的历史意识的阶级运动，也就是一种有明确的思想和意识的阶级运动，甚至是有明确的思想意识和纲领指导的现代阶级运动，换言之，无产阶级的政治经济运动必然是一种思想文化运动。

这场满足了绝大多数农民的土地要求，因而得到了他们的衷心拥戴和热烈支持的现代化变革，一方面彻底瓦解了统治了中国农村几千年的封建土地所有制，使"耕者有其田"，可是从另一方面来说，这一土地改革运动既是对传统伦理的回归，也是对彻底的私有制的回归，在释放了巨大的解放性力量的同时，也暴露了根深蒂固的囚禁性力量——它就像一把锐利的双刃剑，在干净利落地拆除了隐藏在晚清和民国的现代化运动背后的压抑国计民生的桎梏的同时，也面临着严峻的挑战。因为，历

---

① 薄一波：《若干重大决策与事件的回顾》上卷，中共中央党校出版社 1991 年版，第 111 页。

史已经不止一次雄辩地证明了，如果按照这个逻辑发展下去，我们不过是从头再走一遍老路，重新回到那个我们刚刚推翻的国家和制度，重新将刚刚正当过来的历史再次颠倒。

这就要求以中国共产党为领导的人民群众对历史和自己的历史命运，对社会主义的历史命运，有一个清醒的认识，不要丧失了自己的历史目标和自己的阶级意识，然后在这个基础上由被动而主动，由自发而自觉，自我批判，自我扬弃，将社会主义革命进行到底。可是事实证明，在当时的中国，伴随着社会主义的政治和经济革命的胜利，并没有发生社会主义文化的胜利，也就是说，这一空前绝后的社会主义政治革命和经济革命的胜利，并不意味着人民群众甚至革命者本身就自然地意识到这种革命的历史必然性，革命的"受益者"和"参与者"未必都是"自觉的革命者"，一场被历史裹挟的革命运动和自觉地意识到历史的革命运动是两回事。

《创业史》展现在我们眼前的，就是这么一幅不进则退的历史图景——

不用说蛤蟆滩的地主和富农了，他们要么一心只想自己发家创业而不管他人忍饥挨饿，要么把农村的社会主义事业当作眼中钉、肉中刺，咬牙切齿地想方设法阻挠互助合作事业的发展；也不要说在贫穷和劳累中给跌打得迷失了自我的梁三老汉和王二直杠们，他们已经被"世事"给吓破了胆子，只想紧紧抓住这到手的一亩三分地，然后勤俭节约、吃苦耐劳，一点点地把家发起来；也不要说原先的领路人郭振山，在革命中得到利益之后要"激流勇退"，只给自己当家，不给贫下中农当家，一头钻进个人的名利场中去了，一门心思为赶上富裕中农的生活而奋斗……

单说梁生宝的左膀右臂高增福吧，表面上看起来，他似乎是坚定的革命者，不仅有高涨的革命热情和革命要求，而且具有"自觉"的历史和阶级意识，但这不过是一种假象，因为他的革命热情和革命要求很值得推敲，或者说，他的革命热情和革命要求仍然停留在土改阶段。他之所以坚定地支持梁生宝和互助合作事业，与其说是对社会主义未来的渴望和憧憬使然，不如说是对贫穷的恐惧和对剥削的憎恨使然，他没有自觉地意识到"靠枪炮的革命已经成功了，靠优越性、靠多打粮食的革命才开头哩"这话的真正含义，因此，他的历史和阶级意识与其说是自觉的，毋宁说仍然停留在自发的阶段。

因此，教育农民的严重问题就摆在了我们眼前，因为，要想把农村的社会主义革命进行到底，必须彻底抛弃中国封建土地所有制和资产阶级买办所有制遗留下来的思想渣滓，扬弃几千年的土地私有制所遗留下来的自私自利思想，把这场政治和经济运动引向文化运动，把这场革命从民主主义阶段引向社会主义阶段，因为，如果不这样，这个刚刚从弱肉强食的"丛林世界"里杀出来的国家和人民必然再次落入这个残酷的轮回之中。

　　就在这样的时刻，具有明确的历史和阶级意识的社会主义新人梁生宝出现了：他从莽莽苍苍的终南山中向我们走来，像报春的鸟儿一样，告诉人们"世事"变了；他从潇潇的春雨中向我们走来，像耕耘不辍的牛儿一样，给人们带来了丰收的种子；他从尘土飞扬的大道上向我们走来，像敏感而欢乐的河流一样，告诉人们一个又一个好消息……正像人们所评论的一样，他既继承了老一辈农民身上忠诚厚道、勤俭节约、坚忍不拔的优良品质，又增加了目光远大、朝气蓬勃、聪明能干、克己奉公等崭新的精神，带领着广大农民摆脱贫困，在社会主义的康庄大道上奔波、劳碌。

　　毫无疑问，正是这些崭新的社会主义品质使他鹤立鸡群、与众不同，因为，忠诚厚道、勤俭节约、坚忍不拔可以出现在每一个传统农民身上，可这些特点说明不了新农民的真正品质，所以，正是因为目光远大、朝气蓬勃、聪明能干、克己奉公等社会主义"本质"的存在与照射，那些传统的本质才被激活了，焕发出璀璨的光辉……

　　然而，我们不可以因为这个就说梁生宝是一个概念化的形象，说他是脱离了大地的"伪农民"，说他是作者心造的幻影，因为，就像我们所看到的那样，他从来没有自以为是，以自我为中心，脱离与他息息相关的父老乡亲，也就是说，他不仅始终没有与那场火热的社会主义革命相脱离，而且也始终没有脱离那片生养他的土地和传统：在这片土地和传统中早就包容和孕育着"我为人人，人人为我"和"天下为公"的光辉思想。

　　是的，他之所以鹤立鸡群、与众不同，并不是因为他脱离了那个时代，与那个时代相对立，成为那个时代的"零余者"，而恰恰是因为他作为那个时代一般的或代表性的人物而出现，并为实现那个时代共同的理想而奋斗——他们通过出离自己和自己所处的小世界，而获得了一个更加宽广的世界，并在那个世界里得到了自由的自己。

梁生宝就是在这个宽广的世界里获得他的自我的，他的升华与这个时代的升华紧密地联系在一起，因为，就像梁生宝的"化蝶"一样，由土地改革而互助组、由互助组而初级社、由初级社而高级社的集体化道路，也是一个逐步升华的过程，或者换一个说法，这个变化过程就像一个复杂的梯子，通过这个梯子，那些因受老天、波动的市场和个人条件等支配而处于危机之中的个体生产者，先是摆脱了私有制的囚禁和压制，后又努力摆脱自然的摧残和蹂躏，穿越重重障碍，生活像芝麻开花一样——节节高升，向着人类一直憧憬的自由王国勇敢进军。梁生宝就是这艰难跋涉着的队伍中的普通一员，他的前面和后面，也一样站满了形形色色的跋涉者，他们组成了一幅悲壮而辉煌的图景，把谁从这幅图景里摘出来，都会破坏这幅画的完整性。

多少年已经过去了，当年那场激动人心的伟大事业已经逐渐淡出了历史舞台，甚至在一种灰色的叙事中变为人人喊打的过街老鼠，而梁生宝，也逐渐由当年人人念想、念赞的好邻里、好乡亲、好干部变成了灰头土脸的"伪农民"，甚至在数不清的口诛笔伐中变成了伤痕累累的靶子。

可是，在莫衷一是而又众口铄金的口诛笔伐声中，在一个不再相信理想和崇高的时代里，在一片现实的困顿和疲惫中，我们是多么怀念那当年的好邻里、好乡亲、好干部啊，多么希望他再次从历史的深处脱颖而出啊！

看啊，那衣衫褴褛的年轻人向我们走来了——

他从莽莽苍苍的山中向我们走来，像报春的鸟儿，带给我们甜美的消息；他从潇潇的春雨中向我们走来，像吃的是草而挤出来的是牛奶和鲜血的孺子牛，带给我们丰收的种子；他从嘈杂喧嚣的集市上向我们走来，像神通广大的魔术师，带给我们进山的本钱和物品；他从大街小巷里向我们走来，像欢乐的流水，带给我们一个又一个振奋人心的好消息；他还从书本里向我们走来，像一位沧桑的老者，告诉我们历史的风风雨雨和沧海桑田……

第四章　社会主义是一个新事物

——《三里湾》等作品中的农村世界

公社是棵常青藤，
社员都是藤上的瓜。
瓜儿连着藤，
藤儿牵着瓜，
藤儿越肥瓜越甜，
藤儿越壮瓜越大。

公社是个红太阳，
社员都是向阳花。
花儿朝阳开，
花朵磨盘大，
不怕风吹和雨打，
我们永远不离开它。

——歌曲《社员都是向阳花》

第一节　幸福的种子发了芽

在三里湾采风的画家老梁，画了一张三里湾的大幅水彩画，在旗杆院征求大家伙儿的意见，没想到，竟然引发了一段别开生面的对话：

老梁说："不要光说好，请提一提意见！"大家都没有意见。玉生说："老梁同志！现在还没有的东西能不能画？"老梁说："你说的

是三里湾没有呀，还是世界上没有？"玉生说："比方说：三里湾开
了渠，"用手指着画说，"水渠从上滩这地方开过，过了黄沙沟，靠
崖根往南开，再分成好多小支渠，浇着下滩的地；把下滩的水车一
同集中到上滩这一段渠上来，从这里打起水来，分三道支渠，再分
成好多小渠，浇着上滩的地；上下滩都变成水地，庄稼比现在的更
旺。能不能画这么一个三里湾呢？"老梁说："这自然可以！你想得
很好！那可以叫'提高了的三里湾'，或者叫'明天的三里湾'。"金
生说："老梁同志！我们现在正要准备宣传扩社和开渠。你要是能在
十号以前再画那么一张，对我们的帮助很大！"老梁说："可以！"
金生想了想又说："还可以再多画一张！将来我们使用了拖拉机，一
定又是个样子！①

金生的话似乎醍醐灌顶，一下子激发了大家伙儿的想象力，于是，
旗杆院里的人们七嘴八舌、热热闹闹地议论开来：

有的说："那自然！有了拖拉机，还能没有几个大卡车？"有的
说："那自然也有了公路！"有的说："西山上的树林也长大了！"有
的说："房子一定也不是这样了！"张永清说："我从前说'楼上楼下，
电灯电话'，县委说现在不应该宣传那些，你们说来说去，又说到这
一路上来了！"金生说："县委也不是说将来就不会有那些。县委说
的是不要把那些说得太容易了，让有些性急的人今天入了社明天就跟
你要电灯电话。我们一方面说那些，一方面要告群众说那些东西要经
过长期努力才能换得来，大概就不会有毛病了。老梁同志要是能再画
那么一张画，我们把三张画贴到一块，来说明我们三里湾以后应走的
路子，我想是很有用处的！老梁同志！这第三张画你也能画吗？"老
梁说："能！我还带着几张国营农场和集体农庄的画哩！把那些情景
布置到三里湾不就可以了吗？"有人问："三里湾修的新房子，能和
别处的一样吗？"没有等老梁回答，就有个人反驳他说："那不过是
表明那么个意思就是了吧！难道画上三个汽车，到那时候就不许有五

---

① 赵树理：《三里湾》，《赵树理全集》第二卷，北岳文艺出版社 1990 年版，第 167 页。

个吗？画了一块谷子，到那时候就不许种芝麻吗？"……①

在今天的人们看来，尤其是在那些徜徉于颓废现代性之中不能自拔的"摩登者"看来，三里湾的村民们议论的这些东西，是那样的普通，普通得几乎不值一提。因为，他们因深切渴望而努力追求的东西，不过是些芝麻、谷子之类的粮食和拖拉机、汽车之类的生产工具，甚至连县委都不鼓励宣传的东西，也不过是如今司空见惯的"楼上楼下，电灯电话"——"囚笼"一样的生活场所和"催魂铃"一样的现代通信工具而已。然而，在三里湾的村民们眼里，这些东西就不仅不那么稀松平常，而且简直就有些"先锋"和"另类"了，因为，这就是他们的想象力所能抵达的最远的彼岸，是他们的感知力所能感受到的"黄金世界"——四个现代化——的概貌，是遥远的未来在憧憬中的现实展开……

表面上看起来，事情就这么简单，可是，如果我们往深远处仔细想一想，就会发现事情并非如此简单。乍看起来，他们津津乐道的，不过是芝麻、谷子、拖拉机、汽车之类具体的东西，而实际上，这些具体的东西后面大有文章，或者说，这些具体的东西不过是一种载体和象征：承载着他们长期以来深切渴望的幸福生活，象征着他们所要走的互助合作的社会主义康庄大道。

我们甚至可以放大一点说，这是他们用朴素的思想和话语对即将纷至沓来的"现代时间"的"现代规划"——只要扬弃代代相传了几千年的一家一户单打独斗的小农生产和生活方式，抱成团，齐心协力地走互助合作的社会主义道路，就可以远远地离开少数人发财而多数人受苦的封建主义道路和资本主义道路；就可以"鸡毛飞上天"——不仅粉碎、告别始终如鬼魅一样纠缠着自己的贫穷，而且"土里刨金"，合理利用有限的资源，用自己勤劳的双手，在"一穷二白"的大地上画出一幅最新最美的图画；就可以建设出一个山肥水美、苗青木秀的"三里湾"，建设出一个拖拉机舞蹈、汽车欢笑的"三里湾"，建设出一个"楼上楼下，电灯电话"的"三里湾"。到那个时候，"面包会有的，一切都会有的"的台词就会变成活生生的现实，而不再是一种令人心酸、感动的向往，更

---

① 赵树理：《三里湾》,《赵树理全集》第二卷，北岳文艺出版社1990年版，第168页。

不会被指责为社会主义空想，或空想社会主义。

是的，只要找对了"路子"，幸福的种子就发了芽。

为了让幸福的种子发芽、开花、结果，勤劳勇敢的"三里湾"人不仅对"时间"进行了整齐的"现代规划"，而且对"空间"也进行了整齐的"现代规划"。前一点，作者是通过画家老梁的水彩画"投石问路"，领着我们找到了答案，而后一点，作者则干脆通过副区长张信对专署何科长的介绍，向我们和盘托出，并引领着我们"参观"了在这样的规划下，"三里湾"人正有条不紊地开展着的团结、紧张、严肃、活泼的生产活动：

> 张信同志一边走着一边向何科长介绍情况说："这黄沙沟往北叫上滩，往南叫下滩。社里的地大部分在下滩，少部分在山上，上滩也还有几块。社里的劳动力，除了喂驴的、放牛的、磨粉的、喂猪的几个人以外，其余共分为四个劳动组。三里湾人好给人起外号，连这些组也有外号：咱们现在要去的这个组是第三组，任务是种园卖菜，组长是金生的父亲王宝全，因为和各组比起来技术最高，所以外号叫'技术组'。打这里往西，那个安水车的地方叫'老五园'，在那里割谷的那一组是第二组，组长是副村长张永清，因为他爱讲政治——虽说有时候讲得冒失一点，不过很好讲，好像总不愿意让嘴闲着——外号叫'政治组'。靠黄沙口那一片柳树林南边那一组捆谷的，连那在靠近他们的另一块地里割谷的妇女们是第一组，因为他们大部分是民兵——民兵的组织性、纪律性强一点，他们愿意在一处保留这一个特点，社里批准他们的要求——外号叫'武装组'。社里起先本来想让他们分散到各组里，在组织性、纪律性方面起模范作用，后来因为要在那一片几年前被黄沙沟的山洪冲坏了的田地里，起沙搬石头恢复地形，都需要强劳力，才批准了他们的要求。第四组今天在黄沙沟做活，我们现在还看不见，组长叫牛旺子，因为河滩以外山上的地都归他们负责，所以外号叫'山地组'。"①

通过这短短几百字的条理清晰的介绍，我们领教了一个因地制宜、

---

① 赵树理：《三里湾》，《赵树理全集》第二卷，北岳文艺出版社 1990 年版，第 126 页。

因人而用的生产方案。这样的安排，既充分考虑到不同的自然条件，又充分照顾到人的能力，并加以合理的配置，所以，激发了人民极大的劳动热情，而我们，也随着副区长张信和专署何科长看到了一幅又一幅欣欣向荣的劳动场景和丰收景象：在侍弄得像花园一样的菜园子里，副区长张信和专署何科长不仅吃到了又熟又脆、既香且甜的瓜，而且还"精打细算"，历数了菜园沉甸甸的收获——不算不知道，一算吓一跳，这十八亩菜园竟然收入三千万[①]，颇有"一亩园十亩田"的架势。在社里的试验田边，何科长又大开眼界——玉生鼓捣的这二亩地，不仅包罗万象，而且许多地方都暗合科学道理，这样的试验，为增产丰收打下了扎扎实实的好根底。穿过一片穗子长得像棒槌般的玉蜀黍地，他们来到了"政治组"劳动的地方，与菜园里一切井井有条相比，这里又是另一种景象——严肃而活泼。劳动间隙，组长张永清正在向人们介绍自己在省里的国营农场里参观过的"康拜因"收割机收割麦子的场景，说到兴奋处，拿着两把镰刀表演起来，一不小心，把两个谷穗子打掉了，引起社员们的阵阵欢笑，并请张信和何科长给他们"修理修理"这台"机器"。这也真不愧是一个"政治组"，在这里，张信和何科长顺便了解了"常有理"告张永清状的情况，并教育了张永清，果真帮社员们修理好了这台"机器"——不过，不是"康拜因"收割机，而是爱"走火"的"大炮"。在"武装组"那里，我们看到的则是团结、紧张的劳动景象："十多个人顺着地畛散开，一个个好像练把式，先穿起一捆谷子来，一手握着扁担紧挨那一捆谷子的地方，另一只手握着那个空扁担尖，跟打旗一样把它举到另一捆谷子的地方，把那一个空扁担尖往里一插，然后扛在肩膀上往前用力一顶，就挑起来了。不到五分钟工夫，他们便又连成一行挑往场里去。"[②] 与此同时，耙地的人就开始在空出来的这一溜地上耙起地来——担的担，耙的耙，安排得密不透风。女社员们也在热火朝天地劳动着；在"山地组"，我们随着张信和何科长"站得高，看得远"，看到了一群群的牛羊，看到了一片片的柿子树，看到了一片片的黑枣树……

　　然而，请不要被这一派繁荣景象冲昏了头脑，因而忽视了正在侵蚀

---

　　① 这里的货币计量单位是当时的计量单位。
　　② 赵树理：《三里湾》，《赵树理全集》第二卷，北岳文艺出版社1990年版，第135页。

着我们事业的各种各样的困难和问题，因为，就像如果我们看不到这条互助合作的社会主义康庄大道给我们带来的胜利和它美丽的远景，就容易滋生消极颓废的情绪，变成不思进取的孱头一样，如果我们看不到我们正在遭遇的问题和以后将要面临的困难，就容易滋生急躁冒进的情绪，变成"一根筋"的"莽汉"。而这两者，前者使我们裹足不前，甚至退回到没有出息的"老路"上去；后者则使我们耳朵失聪，眼睛失明，看不见前进道路上的绊脚石和陷阱，摔得鼻青脸肿，而这，又可能引发连锁反应，因跌倒而胆怯，因失败而气馁，满肚子牢骚，抱怨自己所走的道路，最后变成新的孱头，回到抱残守缺、故步自封的"老路"上去。所以，表面上看起来这两者截然不同，可实际上，本质和危害却一模一样，是阻挡我们前进的同一条"绊马索"的两个"变体"。

让人高兴的是，在"三里湾"，尤其是在那些清醒的"大多数"那里，我们没有看到这样的苗头，而且，"三里湾"的人们对自己的事业以及所面临的问题有着极其清晰的认识，就像小说通过金生那"奇怪的笔记"，以幽默的笔触向我们揭示的那样。

> 从旗杆院回到家的玉梅，在拿大哥金生的笔记本哄小侄子大胜玩儿时，从笔记本里掉出了个纸单儿，单子上的字大都是写好了又圈了的，只有下边一行十个字没有圈，玉梅一个一个念着：
> "高、大、好、剥、拆、公、畜、欠、配、合。"
> 金生媳妇说："你大哥有时候好管些闲事！公畜欠配合有什么坏处？又不会下个驹！"玉梅说："我看也许指的是公畜不够配合，母畜就不能多下驹。让我数数咱们社里几个公畜几个母畜：老灰骡是公的，银蹄骡也是公的……"金生媳妇笑着说："你糊涂了？为什么数骡？"玉梅想了一下也笑着说："真是糊涂了！骡配合不配合没有什么关系，咱就数驴吧！社长的大黑驴是公的，小三的乌嘴驴是……"

就在嫂子、小姑两个人热热闹闹讨论的时候，金生回来了。经过解释，我们在忍俊不禁中明白了这几个字蕴含的复杂含义。

原来，这是金生对合作社人多、地少、地不好这几个问题的原因，以及社里正在酝酿的解决办法的高度概括的记载："高、大、好、剥"代

表四种户——"高"是土改时得利过高的户,"大"是好几股头的大家庭,"好"是土地质量特别好的户,"剥"是还有点轻微剥削的户。这些户,第一种是翻身户,第二、三、四种有翻身户也有老中农,不过他们有个共同的特点就是对农业生产合作社不热心——多数没有参加,少数参加了的也不积极。地多、地好的户既然参加合作社的不多,那么按全村人口计算土地和产量的平均数,社里自然要显得人多、地少、地不好了。这些户虽然还不愿意入社,可是大部分都参加在常年的互助组里,有些还是组长、副组长。因为怕担落后之名,他们中有些人自己不愿入社不算,还劝他们组里的组员们也不要入社。为改变这种情况,村干部们有两种不同的意见:一种意见,主张尽量动员各互助组的进步社员入社,让给那四种户捧场的人少一点,才容易叫他们的心里有点活动;四种户中的"大"户,要是因为入社问题闹分家,最好是打打气让他们分,不要让落后的拖住进步的不得进步。另一种意见,主张好好领导互助组,每一个组进步到一定的时候,要入社集体入,个别不愿入的退出去再组新组或者单干;要是把积极分子一齐集中到社里,社外的生产便没人领导;至于"大"户因入社有了分家问题,最好是劝他们不分,不要让村里人说合作社把人家的家搅散了。这两种意见完全相反,金生目前也拿不定主意,正在考虑。至于"公、畜、欠、配、合",也完全与"公畜""母畜"无关,"公"指的是公积金问题,"畜"指的是新社员的牲口入社问题,"欠"是社里欠外债的问题,"配"是分配问题,"合"是社内外合伙搞建设的问题……①

请看,短短十个字,包含了多么深刻的内容:既有一直困扰我国农村发展的人多地少这个老历史问题,又有当前互助组和合作社发展中遇到的新问题——资源再分配中的不均衡、社会阶层的新变化、剥削现象重新抬头等,还有为了解决这些问题,而使互助合作运动由互助组向合作社转变而引发的资源组合、财产分配、合作建设等即将出现的问题。这些问题既层次分明,又环环相扣,互为因果,哪一个环节解决不好,都会影响互助合作运动的健康发展。对"三里湾"的乡亲们而言,如何

---

① 关于这部分内容,参见赵树理《三里湾》,《赵树理全集》第二卷,北岳文艺出版社1990年版,第76—78页。

解决这些问题，使互助合作运动积极稳妥地发展，是一个严峻的考验。

然而，这已经不仅仅是"三里湾"一个村的问题了，而是当时中国千千万万个村庄遇到的共同问题。也许，换个说法，表达得会更准确些，即：作者写这部小说，"醉翁之意不在酒，在乎山水之间也"，也就是说，与其说小说所呈现的"三里湾"是一个活灵活现的具体的村庄，不如说这是从众多的村庄中升华出来的一个抽象的存在，是黑格尔笔下寓具体于抽象的"这一个"，是马克思主义文艺理论中所谓"意识到的历史内容"与"细节的真实"水乳交融的"典型"——典型环境中的典型人物。

"这一个""典型"，象征着刚刚从苦难中挣扎着站起来的中国农民几乎无法直面的惨淡人生，象征着他们不得不经历空前绝后的历史阵痛，克服重重困难，在废墟上建设美丽家园的使命。

可是，要想解释清楚这些像一团乱麻一样纠结在一起的问题，不仅需要对我国互助合作运动的起源和发生有一个清晰的认识，需要对这一运动由互助组而合作社、由低级社而高级社的辩证发展的逻辑有一个清晰的梳理，而且，还必须拿出足够的勇气和智慧，去探究这场"未完成的革命"所要解决的老问题和新问题，凝视它所遥遥挥指着的目标，以及为实现这一远大目标而必须攀登的所有台阶——而这台阶，却由困难堆砌而成。

这是多么困难啊。这不仅是思想的困难，更是意识的困难。因为，改革开放以来，特别是自 20 世纪 80 年代中期以来，弥漫于整个中国的新自由主义话语，几乎成了唯一"政治正确"的话语——不仅是唯一"政治正确"的学术和思想话语，而且几乎是唯一"政治正确"的"日常话语"。在这样的语境中，互助合作这一虽然不无坎坷乃至惨遭失败但却蕴含着高贵情感和高度理性的运动，早已被打入万劫不复的话语的"冷宫"之中，连提"互助组""合作社"之类的词语，都会被视为极"左"的异端，被扣上色彩斑驳、新旧不一的辱骂与恐吓的帽子，更何况深入这段历史的心脏地带，探究它的来龙去脉，解释它的合理性呢？

在这一边倒的新自由主义的话语中，诸如"当时的人们为什么选择这样的道路"，"这样的选择为什么失败了"之类真正应该被追问的问题反而被遮蔽了，并逐渐从人们的视野中消失，而只剩下一个像真理一样不证而自明的结论：灾难，彻头彻尾的灾难。

然而，"骗得了一时，瞒不了一世"——遮蔽，掩盖，乃至瞒与骗，是徒劳的。历史永远不会以某个人或某些人的意志为转移，它总是冷静而庄严地矗立在那里。尽管有些时候，它会为话语的唾液所玷污，为认识的迷雾所笼罩，但一旦时机成熟，它就会像莎士比亚笔下的幽灵一样，蒙着时间和言语模糊的面纱显现，呼呼哈姆雷特，呼呼那些上下求索的人们，走近它，走进它的灵魂深处，直面它的模糊，直面它丰富的痛苦，直面它的光荣与梦想……因为，这不仅是为了对历史有一个交代，更是为了敞开思想的大门，使未来在现世思想的交锋中鲜花一样怒放。

　　而这，就是我沿着先辈的足迹，呼应着同路人的呼请，既贴着良心的前胸，又贴着学术的后背，思考这个问题的原因。

　　我们必须尝试着回答这个问题，尽管形形色色的障碍可能碰得我们东倒西歪，甚至伤痕累累，但我们无路可退，就像我们的先辈们当年无法回避那如宿命一样无奈而沉重的选择一样。

　　是的，你别无选择。

第二节　组织起来，发展生产

　　请允许我们再简单回顾一下梁三老汉这个人物形象。

　　这个人物是那么的可爱，以至于我们几乎无法忘记他：我们无法忘记解放前他拼命发家却屡屡碰壁的遭遇，更无法忘记革命胜利、土改成功、分到土地后，他终日在土地边徘徊，甚至连家也不敢回的场景。幸福来得太突然了——没想到，挣扎了一辈子都没有实现的土地梦，却在一夜之间变成了现实；没想到，从"天"而降的"大馅饼"，竟然砸到了自己头上。这突如其来的幸福，将他砸得晕头转向，分不清东西南北了，以至于让他有一种莫名其妙的虚幻感，让他以为出离了真实，自己是生活在梦幻中。

　　在许多人眼中，老人的表现太异常了，然而在我看来，老人的表现不仅不怎么异常，反而再正常也不过。因为，长久的匮乏，长久的压抑，长久的渴望，使他对土地的爱变得那样深沉，在得到后竟然魂不守舍、坐立不安。不明白这点，就无法理解当最终确认这土地千真万确是自己的之后，那衰老的躯体里突然迸发出来的巨大热情——弯了多年的腰也直了起来，没日没夜地劳碌在土地上，并为儿子梁生宝的"不务正业"而捶胸顿足，懊恼不已。

可怜而又可爱的梁三老汉啊。

又一个"典型环境"里的"典型人物"，又一个现实主义的杰作：用无所不在的细节的真实呈现出意识到的深刻的历史内容，或者说，这个人物之所以那么传神，是因为他有深厚的现实基础，是常青的生活之树上结出的一颗生动而甜美的果子。他的一举一动、一言一行所表现的，既是他自己，也不是他自己——而是他众多的"同路人"。离开了《创业史》，离开了"蛤蟆滩"，我们照样能看到他无所不在的身影。你看，他这不是又出现在"三里湾"的大街小巷、田间地头了？你看，他这不是站在王申老汉身后直说"使不得"吗？你看，有时候他甚至站在"糊涂涂"马多寿身后，指挥他"打"一些"没出息"的"小算盘"哩……

除了艺术的真实，这更是现实的真实。也许，那些远离农村、背对历史的人，以为我们这是在"上纲上线""无限夸大"，可如果我们放下架子，进入农村，或者，只是翻翻那个时候的资料，我们会发现有很多个可爱的"梁三老汉"，有的甚至比"梁三老汉"还"梁三老汉"呢。我们可以顺手拈来一个例子，用"现实的真实"反证这"艺术的真实"：针对湖南农村工作实际和干部思想中存在的主要问题，从1951年7月18日起，《新湖南报》用了一个多月的时间，在报纸上展开了关于"李四喜思想"的讨论。所谓"李四喜思想"，是指土地改革完成后，出现在农村干部中的一种松懈麻痹思想，一种"原地踏步"乃至"向后转"的思想。李四喜原来是一个贫苦的雇农，做了十多年长工，受了很多苦，解放后才娶上妻子，生了孩子。土地改革的时候，他工作非常积极，并当选为青年团支部书记。可是，土地改革完成后，他分到了土地，就不愿意再工作了，只想回家去埋头搞生产，发个人的"小家"，创个人的"小业"。干部去给他做思想工作时，他竟然急得哭了起来，说："我一生受苦没得田，现在分了田，我已经心满意足了，还要干革命干什么？"[①]

---

① 关于"李四喜思想"的讨论，可参见1951年9月26日《人民日报》署名龙牧的文章：《〈新湖南报〉关于李四喜思想的讨论》，黄道霞、余展、王西玉主编《建国以来农业合作化史料汇编》，中共党史出版社1992年版，第42页。

这就是革命胜利、土改成功后，我们党和国家在农村遇到的一个带有普遍性的问题："革命成功论"流行，有些原本很积极的人，逐渐变成了政治上的"近视眼"，或满足于"两亩地一头牛，老婆孩子热炕头"的小农生活，或狠下心来准备"大干一场"，做一个成功的个人主义者。

对诸如"李四喜思想"之类的"革命成功论"的论调，必须在追根溯源的基础上进行辩证的分析，而不是一棒子打死，或者任其自流。可以说，土地改革完成后，在长久的剥削压迫下几乎枯萎、衰竭了的中国农民看到了巨大的希望，因而焕发了极大的劳动热情和生产热情。可是，这种热情，在很大程度上却仍然是"各人自扫门前雪，哪管他人瓦上霜"式的自发的小农经济的热情。也就是说，虽然通过中国革命和土地改革，我们废除了封建的土地所有制，解除了封建的生产关系，但是，就其基本形态来说，我们的农业生产还是分散的和个体的，我们的农业经济形态还是自给自足的自然经济。而且，由于我国长期处于分散的小农经济条件下，通过革命虽然粉碎了小农经济思想所依附的封建政治、经济、文化制度，但这种狭隘的小农经济思想却不会在一个较短的时期内就从人们的潜意识中消失，而是阴魂不散，在一个较长的时期内盘踞在人们的头脑中，时时出来作祟。这就是"李四喜"们在分得土地后就只关心"两亩地一头牛，老婆孩子热炕头"的原因，是干部来给他做思想工作时他一把鼻涕一把眼泪的原因，是年迈的梁三老汉精神百倍地投入家庭生产的原因，是范登高一听见人们讨论到底"走资本主义道路还是走社会主义道路"时就觉得跟念"紧箍咒"一样烦恼不堪的原因……

虽然这种小农经济思想有深刻的历史原因，但我们必须严肃地指出其危害的严重性：几千年的历史已经不止一次证明了这种一家一户就是一个生产单位的分散的小农经济就是封建统治的经济基础，其最终结果只有一个，那就是：使农民陷入永远的贫困——不仅是物质的贫困，而且是精神的贫困——之中，永世不得翻身。而且，由于人多地少这个资源问题多少年以来就一直是困扰我们发展的老大难问题，因此，土地改革后，如果放任这种小农经济思想自流，虽然在短时期内会激发农民的劳动热情，在一定程度上改善农民的生活，使农民得到些许实惠，但从长远来看，这样的实惠，却只是"小恩小惠"。因为，这样的选择不仅无法从根本上解决问题，而且还极有可能使我们重蹈覆辙，使一代人披荆斩棘好不容易才挣来的胜利果实在无声而残酷的内耗中损失殆尽，而走到少数人发家、多数人吃苦的老路上去。就像《创业史》中梁三老汉因埋怨梁生宝只操心互助组而不顾家，心生不满，在一天早饭时心血来潮，为了表达对儿子的失望情绪，跟他要十块钱，决心"下馆子"去"挥霍"一把进行抗议时，父子俩就"剥削"问题进行的那场辩论告诉我们的那样：

> 老汉反而说："你甭和我寻气！我给人家十块钱做啥？我那么傻？我在黄堡镇下馆子哩。……"
>
> 他这么一说，儿子、闺女都哈哈大笑了，老伴也笑了。
>
> "笑啥？"老汉还是不高兴，感慨地说，"我不吃做啥？还想发家吗？发不成家啰！我也帮着你踢蹬吧！"
>
> "你光想发家！"老婆笑毕，又说老汉。
>
> 老汉翻起有皱纹的眼皮：
>
> "谁愿意学任老四的样？谁倒愿意吃了今儿的没明儿的？"
>
> 生宝见二老再说下去，话激话，又要失和气了。同时他不在家的那回冲突，也提醒他有必要认真地向继父做点解释工作。他收敛了嬉笑，用他在整党学习会上学来的道理，给继父讲中国社会发展的前途，主要说明大家富裕的道路和自发的道路，有什么不同。
>
> "啥叫自发的道路呢？"生宝说，"爹！打个比方，你就明白了。咱分下十亩稻地，是吧？我甭领导互助组哩！咱爷俩就像租种吕老二那十八亩稻地那样，使足了劲儿做。年年粮食有余头，有力量买地。该是这个样子吧？嗯，可老任家他们，劳力软的劳力软，娃多的娃多，离开互助组搞不好生产。他们年年得卖地。这也该是自自然然的事情吧？好！十年八年以后，老任家又和没土改一样，地全到咱爷俩名下了。咱成了财东，他们得给咱做活！是不是？"
>
> 老汉掩饰不住他心中对这段话有浓厚兴趣，咧开黄胡子嘴巴笑了。
>
> "看！看！"老伴揭露说，"看你听得多高兴？你就爱听这个调调嘛。娃这回可说到你心眼上里吧？"
>
> 梁三老汉为着表示他的心善，不赞成残酷的剥削，他声明：

"咱不雇长工，也不放粮。咱光图个富足，给子孙们创业哩！叫后人甭像咱一样受可怜。……"

"那不由你！"生宝斩钉截铁地反驳继父，"怪得很哩！庄稼人，地一多，钱一多，手就不爱握木头把儿哩。扁担和背绳碰到肩膀上，也不舒服哩。那时候，你就想叫旁人替自个儿做活。爹，你说：人一不爱劳动，还有好思想吗？成天光想对旁人不利、对自个有利的事情！"

老汉在胡子嘴巴上使着劲儿，吃力地考虑着生宝这些使他大吃一惊的人生哲学。

生宝他妈和他妹子秀兰，被中共预备党员惊人的深刻议论，吸引住了。她们用喜悦的眼光，盯着头上包头巾、手里端老碗的生宝——这个人在她们不知不觉中，变得出人意料的聪明和会说话。似乎要赶上郭振山了吧？……①

道理很简单，可我们就是不愿意面对它，思考它，接受它。

虽然梁三老汉后来还是用郭振山这个"力量无穷"的"榜样"做例子，来跟生宝进行"辩论"，可实际上，他已经被生宝的道理说动了心，虽然他还没有像生宝善良的母亲和纯真的妹妹那样，为生宝一番热诚的议论所深深折服。不过，有一点，生宝的母亲和妹妹却看"走了眼"，他们因为爱而太"高估"自己的亲人了。其实，就像我们上面说的那样，生宝的议论并没有那么"深刻"，也不是什么"大道理"，并没有满腹的经纶，使生宝滔滔不绝，口吐莲花，动人心魄。生宝所讲的，不过是些家常话。他跟梁三老汉之间，表面上看起来隔着千山万水，实际上，却只有一层"窗户纸"的距离，只要力量用得巧，戳破了这层窗户纸，他们之间所有的矛盾和隔阂顷刻间就会烟消云散。因为生宝所讲的就是他们曾经亲眼看见、亲身经历的活现实。当年，他们一家子不就是这样被"吕老二"盘剥、奴役的吗？或许，当生宝说这段话的时候，那不堪回首的往事，就自然而然地浮现在他们眼前。

这也是梁三老汉听了生宝的话之后"心动"的原因——当生宝讲

---

① 柳青：《创业史》第一部，人民文学出版社 2005 年版，第 98—99 页。

"大道理"的时候,他又不服气起来。其实,说到底,梁三老汉不是不明白梁生宝所讲的道理,只是由于几千年流传下来的小农思想的影响,使这"谬种"在他的心里扎了根,在他的血里发了芽,使他本能地抗拒梁生宝所讲的道理。或者,就像他"理直气壮"宣称的那样,他有一颗善良的心,他"不雇工",也"不放粮",可结果也不会有什么大的区别,因为,就像梁生宝斩钉截铁地反驳的一样,那怎么可能呢?到时候,就由不得他了——庄稼人地一多,钱一多,手就不爱握木头把儿哩!当然,也许有这种可能,即梁三老汉能够遵循良心的安排行事,可是,他的子子孙孙能吗?或者,即使梁三老汉和他的子子孙孙都能恪守这良心的准则,不剥削,不放粮,可如果这样的话,他们肯定无法如梁三老汉想象的一样,能将家发起来,不"受可怜",因为,按梁三老汉的逻辑运行的社会,是一个动物凶猛的"丛林社会"——你不"吃"人,人就"吃"你。当这个家庭在自己的发展周期中由盛而衰的时候,当他们也像"老任家"一样"劳力软的劳力软,娃多的娃多"时,或者,遭遇意外灾害侵袭时,他们的下场只有一个,那就是:人为刀俎,我为鱼肉。

说到这里,道理已经像明镜一样清澈了:土地改革后,虽然在农民群众中,甚至在部分干部中,焕发了高涨的个人劳动的热情,但这样的热情,却只能带领刚从"龙潭"中爬出来的中国人,原地踏步一段时间后,再次回到危机四伏的"虎穴"中去。

因此,组织起来,发展生产,就成了一个迫切的问题。

因此,互助合作的社会主义道路,就成了唯一的选择。

第三节　波浪式前进,螺旋式上升

互助合作的道路,并非像今天的许多人所想象和描述的那样,是一条僵化死板的命令主义的道路,是一条"拔着自己的头发想把自己从大地上提溜起来"的乌托邦主义的道路,是一条"吃大锅饭"的"共同贫困"的道路……事实上,就像20世纪80年代以来,人们在谈论农村土地联产承包时,总是津津乐道这是以安徽凤阳为首的农民们自己摸索出的一条道路一样,互助合作的道路何尝不是农民们在历史的黑暗中找到的一支希望的火把？何尝不是农民们在历史的泥泞中摸索出来的一条道路？而且，这是一条异常灵活的道路，是一条在矛盾斗争中波浪式前进、螺旋式上升的道路，是一条从星火到燎原的道路，是一条从一粒种子成长为一棵幼苗，最后长成一棵枝繁叶茂、果实累累的参天大树的道路。

如果说在其发展过程中有什么"命令主义"的话，那么，有的也只是对运动中出现的问题加以分析、对经验加以总结的指导性"命令"，而这，却是任何事物发展中都需要的。毕竟，没有人愿意跌跤，尤其是在一块石头上跌倒两次，或者更多。

让我们回顾一下这条不断扬弃自我、超越自我的道路吧。

很难说清楚互助合作运动的种子是从什么时候开始在中国贫瘠的土地上落地生根的，但是，比较成型的互助合作运动的源头却有案可稽——20世纪30年代江西革命根据地的农民为了合理配置劳动力和生产资料，在个体经济的基础上建立的劳动互助社、耕田队和犁牛合作社，应该是互助合作运动比较成型的早期组织形式。到了1933年，中央工农民主政府就发现了这一宝贵的创造，并秉承"从群众中来，到群众中去"的原则，归纳、总结、推广这些可以"救命"的创造性经验，制定了《劳动互助社组织纲要》《耕田队条例》《组织犁牛站的办法》等文件，有意识地领导互助合作运动，有计划地调剂农村中的劳动力和生产资料，使劳动力和生产资料有余的不至于闲置，而劳动力和生产资料不足的也能够因此发展生产，改善生活。

正是这样的"小荷才露尖尖角"的初级合作组织，使中央工农民主政府和革命根据地的广大群众看到了希望，克服了困难，扩大了耕地面积，充裕了粮食储备，度过了那段封锁连绵、围剿不断的艰难岁月，保存了后来引发燎原烈火的星星之火。[1]

随着时间的延伸，社会形势的变化，互助合作运动得到了进一步发展。抗战时期，在共产党领导下，陕甘宁边区革命群众组织起来，发展生产，自己动手，丰衣足食，开展大生产运动，开展劳动竞赛，不仅粉碎了日本帝国主义和国民党的双重封锁，而且创造了巨大的物质和精神

① 可参考1933年4月20日的中华苏维埃共和国临时中央政府机关报《红色中华》上刊载的《中华苏维埃共和国临时中央政府土地人民委员部关于组织犁牛合作社的训令》等材料，参见黄道霞、余展、王西玉主编《建国以来农业合作史料汇编》，中共党史出版社1992年版，第4页。

财富，为革命胜利奠定了坚实基础。

而且，在这一阶段，人们，尤其是那些既扎根大地又高瞻远瞩的人们，在不断的实践中，把对互助合作运动的认识，由感性认识阶段提升到理性认识阶段。1943年10月，毛泽东发表了《论合作社》的文章，从"两个""革命"的高度阐明了互助合作运动的伟大意义。他说："今年陕甘宁边区在发展生产力上又来了一个革命，这就是用合作社的方式把公私劳动力组织起来，发动了群众生产的积极性，提高了劳动积极性，大大发展了生产。在过去束缚陕甘宁边区生产力使之不能发展的是陕甘宁边区的封建剥削关系，一半地区经过革命已经把这种封建束缚打破了，一半地区经过减租减息之后，封建束缚减弱了，这样合起来整个陕甘宁边区就破坏了封建剥削关系的一大半，这是第一个革命。"[1] 他接着指出："但是如果不从个体劳动转到集体劳动的生产关系，即生产方式的改革，则生产力还不能获得进一步的发展，因此建设在以个体经济为基础（不破坏个体的私有生产基础）的劳动互助组织——即农民的农业生产合作社，就是非常需要了，只有这样，生产力才可以大大提高。现在陕甘宁区的经验，一般的经过变工、扎工的劳动力，二人可抵三人，模范的变工、扎工劳动，是一人可抵二人甚至二人以上。如果全体人民的劳动力都组织在集体互助劳动之中，那么现有全陕甘宁区的生产力就可提高百分之五十到百分之一百。这办法可以行之于各抗日根据地，将来可以行之于全国，在将来的中国经济史上是要大书特书的。这样的改革，生产工具是根本没有变化，生产的成果也不是归公而是归私的，但人与人的生产关系变化了，是生产制度的革新，这是第二个革命。"[2]

在革命即将胜利的前夜，中国共产党人一边领导革命军民"宜将剩勇追穷寇"——将清除反革命势力的军事行动进行到底，一边未雨绸缪——对即将建立起来的新中国的政治、经济、文化事业进行全面系统规划。这个时候，互助合作运动被正式提上了议事日程——1949年3月5日，毛泽东在中国共产党第七届中央委员会第二次全体会议上做报告，

---

[1] 毛泽东：《论合作社》，黄道霞、余展、王西玉主编《建国以来农业合作史料汇编》，中共党史出版社1992年版，第5页。

[2] 毛泽东：《论合作社》，黄道霞、余展、王西玉主编《建国以来农业合作史料汇编》，中共党史出版社1992年版，第5页。

在对形势进行全面分析之后指出:"占国民经济总产值百分之九十的分散的个体的农业经济和手工业经济,是可能和必须谨慎地、逐步地而又积极地引导他们向着现代化和集体化的方向发展的……单有国营经济而没有合作社经济,我们就不可能领导劳动人民的个体经济逐步地走向集体化,就不可能由新民主主义社会发展到将来的社会主义社会,就不可能巩固无产阶级在国家政权中的领导权。谁要是忽视或轻视了这一点,谁就要犯绝大的错误。"①

新中国成立后,中国共产党人领导全国人民吹响了互助合作运动的号角:1949 年 9 月 29 日中国人民政治协商会议第一届全体会议通过了《中国人民政治协商会议共同纲领》,对合作社经济的性质进行了界定——半社会主义性质的经济,为整个人民经济的组成部分,人民政府应扶助其发展,并给以优待。1950 年《中华人民共和国合作社法(草案)》通过,对各级合作社的组织、经营、决算、分配、登记等进行了明确规定,全国范围内的互助合作运动正式展开,并迎来了第一个高潮……

我提请大家注意,虽然我们列举了互助合作运动发展中的几个关键性文件,但不要据此而断章取义,认为这条道路是用"命令主义"的"鞭子""抽打"出来的一条"主观主义""命令主义"的道路——像今天许多人有意无意地臆想和杜撰的那样。事实上,只要仔细阅读这些匠心独运的文字,你就会沿着其绵密的理路,满怀同情地进入那段布满了荆棘的岁月,发现这里边绝少"主观主义"的文字和"命令主义"的口吻,有的只是贴着互助合作运动的基本规律进行的分析、总结、指导。因为,像世界上所有的事物一样,互助合作运动自诞生之日起,自其初级发展阶段——互助组——开始,就如同它必须面对自身的存在一样,它也必须面对存在于自身内部的矛盾和影响自己发展的外部矛盾,面对这些矛盾的对立,面对这些矛盾的统一,面对这些矛盾的斗争……而这,正是互助合作运动"长江后浪推前浪,一浪高一浪"地向前发展的"元动力"——一种最强大、最悠长、最根本、最深厚的动力。而我们所引用

---

① 毛泽东:《在中国共产党第七届中央委员会第二次全体会议上的报告》,《毛泽东选集》第四卷,人民出版社 1991 年版,第 1432—1433 页。

的文件，不过是这一"元动力"的一个入情入理的注脚，一种不无裨益的推动。或者说，这些文件，不过是对互助合作运动规律的系统表述。

而且，在互助合作运动的每一个发展阶段，当矛盾达到冲突的顶点时，我们只有非此即彼的两种选择：一是"向后转"，从现在往后退，一直退到"单干"的小农经济中去——而生活的真实告诉我们，这是一条没有"出息"的"死路"；二是继续前进，选择更高一级的发展形式，在矛盾中自我升华，最后，与自己上下求索的理想迎面相遇并合而为一，在量变中质变——"化蝶"。

这是多么正常的现象啊。在互助组阶段，各家各户在互助的基础上交换劳力、畜力和大农具，按照惯例，当个人、家庭的贡献不能平衡时，小组就要用粮食来找补，这样，没有人占便宜，也没有人吃亏。这样的"找补"，在理论上没有任何问题，然而，在现实生活中，这样的等价交换却并非总是能行得通。因为，并非所有的粮食都一样——重量、湿度、质量，都会影响一定数量粮食的价格，即使是量具，有时也会与标准不符，而且，对人力的估价难免会有些主观因素掺杂在里面。因此，就得进入初级社阶段，农民们合并了土地、耕畜和大农具，按"工分"来分配劳动果实——这是一种按工作效果、技术和贡献来分配的制度。这样，包围着互助组的那些问题就在"版本升级"中得到了克服……

我们可以"解剖一个麻雀"，呈现一个个案完整的发展历程，深入到每一个具体而微的细节中去，用事实来说明这个问题。

我们要解剖的这个"麻雀"，就是金时龙农业生产合作社。

延吉县五区英成村金时龙互助组于1951年发展为土地入股的生产合作社。金时龙（朝鲜族）是该村党支部副书记。全村195户中，汉族占38户。有8个互助组，其中季节性的2个，常年性的4个，生产合作社2个，常年互助组中的2个将于1952年提高为农业生产合作社。金时龙所在的自然屯共22户，土地入股的有16户，土地不入股只参加互助者3户，新搬入1户，另有旧富农2户。金时龙组组员的生活水平均已升为中农：有与人口相适应的耕地，有足够耕作自己土地的牲畜和工具，够吃（大米占20%）、够穿、有铺、有盖，有供给子弟读书（由小学至高级学校）的能力。另外，过去只有地主富农才能拥有的洋井，现在该组19户中就有16个，用起来像用自来水一样方便。

现在，就让我们沿着文字记载留下的线索，穿越"时空隧道"，看看金时龙们的"创业史"，看看由互助组而合作社的发展历程：

1947年"砍挖"运动后，金时龙所在的屯在没有充分发动、认真筹备的情况下，就以强迫的方式成立了互助组，据金时龙说："当时是25户的大组，三四十名劳动力，不论大块小块土地，都是蜂拥而往，结果人多了没事干，就坐在地头讲故事。""计算劳动力时也无区别，男、女、强、弱都算一个工，强的劳动力吃亏。"于是，群众说："互助组吃人，干长了我们会被吃光。"于是，生产积极性下降，产量降低了，会议也召集不起来……

经过金时龙同志向上级领导请示，又宣布了根据群众自愿组织互助组的原则，群众很高兴，在散会的途中就自愿结合了5个小组，因为嫌干部常常开会误工，5个组哪个也不要干部，4个干部只好自己组成一个组。由于金时龙同志的鼓励，再加上1948年会议比较少，秋后干部组的生产成绩比别的组都好，群众眼热了，村民崔承天说："干部早知道今年会少，所以不找我们，看！他们干得多好！"于是，在征得群众同意后，干部又分入各组，金时龙入了崔承天组。为了提高一步，干部们在"不要因每个小组都出人去县、区开会而误工"的口号下，号召选举一个大组长代表开会，得到全体群众的热烈拥护，并选举了金时龙同志为大组长。金时龙同志首先号召各组进行生产竞赛，从此建立了领导。

1949年，由于有了组织领导和生产计划，产量提高了，但在生产中发生了一系列矛盾：一是土地评工的矛盾——土地所有者想把土地使用的人工评得少些，好少出工资，劳动者想评得多些，好多得工资；二是地早铲晚铲的矛盾；三是上工收工早晚的矛盾——给自己做工时，希望大家早集合晚收工，给别人做工时，又希望晚集合早收工，好抽时间做点自己的事；四是上午铲地与下午铲地的矛盾——因为上午劳动力强，太阳毒，草容易死，都争在上午铲自己的地；五是雨前雨后铲地的矛盾——因为泥泞费工，都不愿意在雨后铲自己的地；六是收割庄稼的矛盾——都愿迟收割，使庄稼更成熟，但风后又争着早收，以减少损失；七是早种晚种的矛盾——都争早种自己的地；八是误工的矛盾——评工争执中，远地往返途中所消耗的时间，都不愿负担；九是干部、积极分子与群众的矛盾——对上述矛盾争执的结果，干部和积极分子常常自认吃亏，但有时他们的地耕、铲早了，落后群众又讲怪话……这就是纠缠着互助组的那些"剪不断，理还乱"的矛盾。

为了克服这些困难，全组在共同讨论的基础上，先后实践了几种方法：首先是施行"标准工"——把所有的土地按好坏、远近、大小，评出"标准工"，土地所有者按"标准工"付工资，不必过问实用工数多少（一般是自春耕起至送完公粮为止，水田173个工，旱田73个工）。这样，工资问题的争执解决了，但因先种后种、先收后收等影响产量的问题，并没有得到解决。后来，1950年春季，又进行讨论时，群众李天禄提议，干脆由互助组将土地全部收买归公有，使每块地的产量和每个组员都息息相关。这个意见，当时就被部分群众所接受，并开始酝酿土地入股，但副县长牛复胜同志指出："不要过急地土地入股，可再用'产量保证制'过渡一下。""产量保证制"是根据土地好坏、大小，自报公议评出标准产量，除灾害外，土地所有者按"标准额"得粮，但因经营努力而超产部分归劳动者所有。实行之后，由于争执没有了，劳动热情大大提高，产量大幅提高：该年水田平均每垧6800斤，旱田平均每垧3000斤，比1949年多产粮3.6万斤。

由于劳动经营和施肥，产量提高了，地质自然也提高了，于是又出现了新的矛盾：地质提高后，土地所有者就不满意原来订的"标准产量"，要求提高，或者退组单干。如崔太洙自报1600斤，实收3120斤，要求1951年提高"标准产量"为3120斤；宋炳宽七亩一分水田，自报4200斤，实收6240斤，提出退组自种。这个矛盾如果不解决，一方面打击劳动者的热情，另一方面也有引起解体的危险。经过群众长时间的讨论，最后决定土地入股。

土地入股这个大方向确定了，可讨论土地如何入股时，又遇到了一系列新问题：首先是靠河地、山坡地要不要的问题——靠河地不断被河水侵蚀，山坡地不断被雨水冲洗，不久以后，不是冲得没有了，就是不能种了。大家想："要这种土地入股是白白吃亏。"但经过讨论，大家一致认为："地是毛主席给的，毛主席不给地，我们哪来的地？为了大家有饭吃，一定要。"金时龙同志又提议在河边植树护堤，山坡植果树以避免损失。结果通过了河边地和山坡地也准入股的决定。其次是退股问题——为保持大块耕地面积，不致因退股而在中间挖出一块，影响集体生产，因此，决定退股时退钱不退地。第三是土地作价问题——为争取不解体，作价是较低的，原则上依照原地一年的产量计算。第四是果实的分配问题——订出常年"标准产量"，在产量内，按纯收益分配，劳动者得70%，土地得30%，超过部分劳动者得50%，公积金50%。第五是烈属、军属代耕土地入股和果实分配的问题——除土地应得"标准产量"内的30%外，按照代耕所需工数，同样取得劳动者的70%和超额部分中劳动者应得的50%。

就这样，金时龙互助组在不断与困难做斗争的过程中，发展为初级农业生产合作社，而且，这样的"升级"取得了较好的效果：一是农业生产合作社的产量比互助组、单干户的产量大幅度提高，如1951年合作社一垧水田的平均产量是7730斤，互助组一垧水田的平均产量是7600斤；二是地界打开后，土地面积增加了，仅该社16垧水田就增加了7亩；三是可以合理调剂使用土地和种植特种作物——该社种烟叶2垧（单干户因劳动力不够种不了），收入3000万元①；四是可以根据需要施肥，提高地质；五是可以使用新式农具，使用新的耕作方法，而不必像单干户那样，因一家一户的力量太弱小，害怕失败了没有粮食吃，而不敢进行试验；六是有了公积金可以照顾军属、妇女、子弟入学；七是加强了和供销合作社的横向联系，推销产品、购买生产工具和日用品均和供销合作社订立合同；八是可以有计划地经营副业；九是铲除了自私心，比如放水浇地，现在可以让一个人去做了，在过去，一个人去做，大家都不放心，害怕他"损人利己"。

当然了，就像我们反复强调的那样，金时龙合作社也有其自身的缺点，仅从表面看，就有如下缺点：一是副业没有搞好，养鸡、养羊、养马、喂猪均因"侍弄"不得法，病死了不少，有些不得不赔钱卖掉；二是花费了一笔不小的资金，修建了一个很漂亮但不能立刻使用的托儿所，既造成了一定浪费，也影响了副业资金的周转；三是积肥和节约注意不够，猪鸡遍地跑，稻粒遍地洒，特别是"元子二号"稻子被猪吃、鸡啄，竟无人过问。②

---

① 这里的3000万元是当时的货币计量单位。

② 王光伟：《金时龙农业生产合作社》，《东北日报》1952年1月19日。本书在使用时，在不影响原意的前提下，对个别词句进行了修改，使阅读更加顺畅。参见黄道霞、余展、王西玉主编《建国以来农业合作史料汇编》，中共党史出版社1992年版，第77页。

第四章　社会主义是一个新事物

107

　　看来，金时龙农业生产合作社还不能停下来，而是要戒骄戒躁，沿着互助合作的道路，向着新的高峰，继续攀登。

　　我之所以不厌其烦、不惮其细地解剖"金时龙农业生产合作社"这个麻雀，把每一支羽毛、每一个器官，甚至每一根毛细血管都呈现在大家面前，是因为我想用这样的"解剖"再现互助合作运动的具体发展历程，呈现它所遇到的每一个麻烦，呈现围绕着这样的麻烦出现的每一次争论，以及人们在争论中达成的别无选择的共识——前进、前进、再前进，从而戳穿一个由唾液堆积而成的"美丽的谎言"——互助合作运动是一场极"左"的历史性错误。因为，据这些用唾液塑造这个"美丽的谎言"的"学者"们说，从本质上讲，农业搞集体组织是经不起考验的，因为，由于农业播种与收获间隔的时间太长，以至于在合作制下农民们很难想象出他们个人的努力与未来的收获有什么联系，因此，合作制起不到物质刺激的作用，而由于缺乏物质刺激，导致农民们劳动热情低下，对生产漠不关心，产量降低，报酬低下……因此，合作社的结果就只能是"吃大锅饭"，也就是说，只能"共同贫穷"。

　　青出于蓝而胜于蓝。随着岁月流逝，这个谎言竟然产生出新的变种——用口水和着胭脂和泥巴，"捏造"出了一个更加动听也更加魅惑的"谎言"：既然互助合作的道路存在这么多致命的缺陷，只能"吃大锅饭"，让大家"共同劳动""共同贫穷"，而不能让大家"共同劳动""共同富裕"，那么，就只有退而求其次了——让一部分人先富起来，用"先富带动后富"。因此，就只能"八仙过海，各显神通"了，就只能选择"单干"这条"次优选择"的道路了……可是，说来说去，说到最后，这些花儿一样美丽、羽毛一样柔软的说辞所传达的，不过是一个简单得不能再简单的声音：只有资本主义才是唯一的"人间正道"。

　　然而，就像纸里包不住火一样，再美丽的"谎言"也不是"真理"——我们无须把所有的麻雀都解剖得支离破碎才能证明这一点，金时龙农业生产合作社的例子，就雄辩地说明了这些所谓的"学者"们是多么的无知——要么闭门造车，把脑袋埋在书缝里拔不出来，以至于望文生义，不知所云；要么"创造性地误读""创造性地胡说""创造性地乱写"……可是，金时龙农业生产合作社的例子却告诉我们，真实的生活并非如此。请问，金时龙农业生产合作社哪一次"升级"不是与经济利益息息相关？这些两腿是泥、满手老茧、浑身是汗的"泥腿子"们，或许不如这些"学者"们会说、会写，会"捏造""美丽的谎言"，但要讲到算经济账，却一点也不比他们逊色。因为，长久贫困生活的锻炼，贫困的洪水持续淹没在脖子、嘴唇上的危险，已经使他们养成了一种算经济账的强烈本能，就像鸟儿见到了天空就会飞翔、鱼儿遇到了大海就会遨游一样，只不过，他们不愿意把这些提在唇上、挂在嘴上——像这些所谓的"学者"们乐此不疲地做的那样。

请睁大了眼睛好好看看吧，在"金时龙"们那里，连诸如早收工、晚收工这样的"小账"都算得如明镜般清楚，难道他们还看不清楚只有几个月间隔的劳动付出与劳动收入之间的关系？别忘了，这可是些祖祖辈辈与土地和庄稼打交道的人，即使闭着一只眼睛，也能盘算得出庄稼长得怎样，收入如何。因此，与其说是区区几个月的时间遮挡了农民们的"心灵"和"眼睛"，使他们不会"算账"了，看不到劳动和分配之间的利益关系，不如说是因为一心想当"新自由主义"意识形态的"排头兵"，让这些"精明"得有些过了头的"学者"们鬼迷心窍，或者，被一片"利益"的树叶挡住了眼睛，而看不见浩瀚的森林。

实际上，这也是当时中央政府一再强调衡量互助组和农业生产合作社办得好坏的标准，是生产是否发展、产量是否提高、农民生活是否有所改善的原因，是当时中央政府一再强调公积金和公益金的提取必须适度的原因，是中央政府一再强调必须妥善处理按土地分配和按劳动分配比例的原因，是中央政府一再强调积极而谨慎地引导互助合作运动发展的原因……很明显，中央政府清楚地知道，农民们很会"算账"，不仅会算"大账"，而且会算"小账"，有时候还因拘泥于算"小账"而不能自拔。因此，要注重用"算账"的方法，尤其是用算"大账"的方法"教育"他们，提醒他们不要"捡了芝麻丢了西瓜"，引领他们走互助合作的正路。

就像我们再三强调的那样，农业生产合作社并不是没有问题——它就是在克服问题的过程中乘风破浪前进的。平心而论，这些"美丽的谎言"的确提出了一个"真问题"，即劳动积极性和劳动效率的问题。只是，让他们显得比较愚蠢的是他们分析问题的方法和因此而得出的"驴唇不对马嘴"的结论。

事实上，金时龙农业生产合作社的例子已经从两个方面清楚地回答了这个问题，不过，一个是明明白白地指出来的，而另一个则是含蓄地告诉我们的——导致劳动积极性低落和劳动效率低下的原因有两个：一个是没有统筹规划，劳动安排不合理，因此，有的时候并没有多少工作，而大家却都一窝蜂地去做，导致"窝工"，而另外的时候，可能有很多工作，而又人手不够，导致"误工"，长此以往，这种劳动的无组织状态必然引起不满，引发争论，产生混乱，因而导致劳动积极性降低，劳动效率低下——这在哪里都一样，不独在农民们那里是这样。这一点，金时龙一字不落地告诉了我们："不论大块小块土地，都是蜂拥而往，结果人多了没事干，就坐在地头讲故事。""计算劳动力时也无区别，男、女、强、弱都算一个工，劳动力强的吃亏。"

另一个原因则是劳动分配的问题。关于这一点，调查者通过对金时龙农业生产合作社建设的那个"华而不实"的托儿所委婉的批评告诉了我们。一般而言，当时农业生产合作社采取的是社会主义的"按劳分配"原则——由于处在初级阶段，这里边有一个按劳动力分配和按土地分配的矛盾，但随着运动向高级阶段发展，收入增加，这一矛盾将被自然而然地克服——即按照由劳动强度、劳动技术、劳动时间和人员情况等计算而成的"工分"进行分配。只要计算合理，这一般不会引发大的争议，因为这照顾到了大多数人的能力和利益。但是，在合作社中，除了这一按劳分配的原则之外，还有一个补充原则——共产主义的"按需分配"原则，即对公积金和公益金的分配。在这一分配原则中，经济核算单位中每一位活着的人，不论男女老幼，不分强弱大小，对这一集体资产都拥有同等的所有权，在医疗、教育等方面都享有同等的权利，而且，对老人和病人还要给予一定的帮助。

毫无疑问，如果从"放长线钓大鱼"的长远眼光来看的话，这是一种合情合理的安排——既积累了公共资产，为向互助合作运动的高峰攀登准备条件，又照顾了"鳏寡孤独废疾者"，体现了社会主义制度的优越性。但在当时生产力水平还比较低下、劳动收入除了丰衣足食之外几乎没有多少盈余的情况下，对这一"按需分配"的原则如果处理不当的话，就容易引发骚动。因为，在这个时候，仅仅口粮（按劳分配的粮食）和福利就基本上用完了合作社所有的收入，根本没有剩余去奖励勤劳的和有技术的社员，短时期内，这些多付出了劳动的人或许还可以接受，但如果时间长了，则会挫伤努力工作者的积极性，因为，他们觉得多干和少干在收入上并没有什么区别，因而就放松了对自己的要求。反过来说，这也会刺激那些过于"精打细算者"的私心，因为，他们觉得即使自己没怎么努力劳动，可收入也并不比那些努力劳动的人少多少。这两方面的不利因素加起来，就能够引发恶性循环，使原本勤劳的变得懒惰，使原本就懒惰的变得更懒惰，"平均主义"思想蔓延。最终，士气低落，收入降低，分配减少，生活恶化……

看，这才是劳动积极性降低和劳动效率低下的根本原因，而不像那些"精明"的"学者"所说的那样，是由于农民们不会"算经济账"，看不到劳动付出和劳动收入之间的关系。因此，我们甚至可以说，导致合作制下劳动积极性降低和劳动效率低下的根本原因，与其说是因为农民们不会"算经济账"，倒不如说是因为他们太会"算经济账"了。恰恰是这一点，先引发了情绪和思想上的混乱，接着又引发了生产和经济上的矛盾和混乱。

也正是由于这个原因，翻检当时的历史记载时，我曾经不止一次地读到，在互助合作运动发展的每一个阶段，尤其是在从互助组阶段向农业生产合作社阶段发展的时候，中央政府总是不厌其烦地发文要求：一定要统筹安排，做好劳动安排，不因此而耽搁生产；一定要充分考虑劳动者和劳动对象两方面的因素，做好评分记工工作，激发劳动者的积极性；一定要量入为出，根据收入水平，合理地提取公积金和公益金①，在使用的时候，也一定要本着节约的原则使用，切忌"有了一顿充，没有了敲米桶"……

事实胜于雄辩。历史记载清清楚楚地告诉了我们，互助合作运动不仅有源远流长的历史根源，而且是建立在深厚的现实主义基础——物质基础和精神基础——之上的，而并非像那些"空对空"地批评、攻击互助合作运动和社会主义制度的"时圣"和"先贤"们所说的那样，是建立在浪漫主义乃至空想主义的泡沫之上。

我们不能因为互助合作运动中发生了问题、遇到了挫折，就诬蔑说这是一条在"长官意志"操控下扭曲了的道路，更不能因为个别失败的例子，就不加辨别地否定这场伟大革命——在泼洗澡水的时候，连孩子

---

① 关于公积金和公益金的提取问题，因时因地有所偏差，但总的来看，中共中央要求一定要遵循群众意愿。在提取比例上，也不能太多，一般只应占岁入的 1%~5%。如果超过这个比例，必须听取群众的意见，但最多不能超过 10%。

也一同泼掉了。因为，对那个时代的人们来说，互助合作运动是一个崭新的事物，他们所能做的，只能是"兵来将挡，水来土掩"，在发现问题、解决问题的过程中，推动它波浪式前进、螺旋式上升，在自我扬弃中，向着社会主义前进、前进、再前进，而不是撤退、撤退、再撤退，回到少数人享乐、多数人吃苦的压抑社会生机的资本主义和封建主义道路上去。

其实，对我们而言，互助合作的社会主义道路又何尝不是一个崭新的事物呢？我们所能做的，难道不是和我们的先辈一样，通过绵密的分析、同情的理解，进入这个崭新的事物内部，分析问题、解决问题，取其精华、剔其糟粕，在扬弃的基础上，把先辈的智慧融入火热的社会主义建设中去，使之在波浪式前进、螺旋式上升中向着社会主义的未来前进、前进、再前进吗？

请不要忘记，辱骂和恐吓绝不是战斗。

第四节　光荣与梦想

遗憾的是，由于中道下马，我们无法看到互助合作运动与自己的光荣和梦想迎面相遇并在拥抱中合而为一的动人场景，然而，透过历史依稀的帷幕，我们仍然能够看到那些为这伟大的事业倾注了毕生心血的人们，看到他们挥汗如雨地劳动在共和国广袤的大地上，看到他们顶风冒雪，奔波在勇敢前进的道路上，看到他们夙兴夜寐地思考在斗争的日日夜夜……看到他们在历史的风吹雨打之中变得斑驳而苍凉、凌乱而模糊的面容，看到他们沉默的嘴唇，看到他们坚毅的眼睛，看到他们沉默的嘴唇所呼喊的，看到他们坚毅的眼睛所凝视的……

或许，这就是他们给我们留下的最可宝贵的财产。

或许，沿着他们留下的脚印，我们就能够回到他们生活和奋斗过的那个火热而艰苦、美丽而苍凉的时代，凝视和思考我们所生活和战斗的时代，而后，沿着历史和现实的脉络，想象我们和我们的后代即将生活和战斗的时代。或许，我们应该与我们的先辈们短兵相接了——在这短兵相接的碰撞中，或许能迸发出些闪亮或不闪亮的火花，爆发出些刺耳或不刺耳的呼喊，凝结一些成熟或不成熟的果实，给我们以思考的智慧和行动的力量——

现在，每当谈起农民真苦、农村真穷、农业真危险的"三农"问题时，我们的一些以"自由"为己任的学者们总是立刻想起一个"原罪"——因户籍制度而形成的"城乡二元分立"，而后，站在"自由主义"的"讲坛"上发表慷慨激昂的演说，辱骂与恐吓一气，鼻涕与眼泪齐飞，控诉城乡二元分立的不人道乃至残暴，而后，呼吁废除这一残暴的制度，拆除城乡壁垒，让农民们按照天赋的"自由"原则，在城乡之间自由流动，来回穿梭，像风儿一样，自由自在地寻求属于自己的幸福……

这是一个多么"自由"而"美丽"的方案啊。

这是一种令人多么向往的境界啊。

可是，当这城乡二元分立的壁垒刚刚松了一道小小的口子，大规模的农民工告别贫瘠的乡村，扶老携幼地涌入灯红酒绿的都市，用他们最辛勤的劳动和最卑微的生存方式挣扎着换取一点生活的资本时，往往又是这些以最激烈的言辞和最猛烈的火力对城乡二元分立的"原罪"进行无情批判和攻击的"新自由主义的战士"们率先忍不住了，他们就像最娴熟的"变脸"艺术大师一样，摇身一变，就又从书斋里跳出来，抢占舆论的制高点，宣扬诸如"文明与愚昧的冲突"之类的知识，以无所不用其极的方式，攻击已经以最极端的方式克制自己以免"打扰"这些"摩登世界"的"文明人"而带来不必要的麻烦的农民工——他们一向是"敬鬼神而远之"的，说他们肮脏，说他们没修养，说他们破坏了城市环境，说他们给城市带来了巨大的压力……接着，就理直气壮地呼吁有关部门制定政策，限制农民工流动，限制农民工进城，至少应该限制他们在城市中的活动范围。

这个时候，他们却忘记了"自由"这个世界上最美丽的原则。

请不要误会，我没有为城乡二元分立的户籍制度辩解的意思，这当然是一个不怎么平等因而也不怎么合理的制度。可是，我们总不能像那些"常有理"的新自由主义者们一样，像金庸笔下的"老顽童"周伯通一样，始终进行"双手互搏"的游戏：当在谈论农村的贫困时，就想起了放之四海而皆准的"自由"，抨击城乡二元分立的不自由、不人道，呼吁风一样自由的流动；可是，当这流动刚刚开始，还没有像天马行空的风一样自由时，他们就受不了了，觉得此"自由"非彼"自由"，觉得这

"自由"伤害了他们的"自由"，因而，立刻呼喊着限制农民工的"自由"。

　　这实在有些好笑。因为，"老顽童"周伯通练习"双手互搏"的游戏，是有其深刻的现实原因的：黄药师漫长的囚禁，使生性好玩的他不得不为自己找点乐子，以消化这漫长的孤独，也正是这深刻的现实原因，不仅使他创造了天下第一好玩的游戏，而且还使他一不小心发明了独步江湖的武功。也正是因为这深刻的现实原因，看到这个"老顽童"之后，我们在开心之余，还觉得金庸创造的这个人物可亲可敬。可是，这些新自由主义者们"一个人的战争"就没有那么可爱了，因为，他们要么是因为沉迷于贩运"新自由主义"的"硬通货"而忘记了中国的历史和现实，因而陷入自我囚禁的"孤独狂欢"之中，要么是因为利益的屁股决定了思考的脑袋，而"群居终日，言不及义，好行小惠"，所以，想从他们嘴里掏出些可爱的话来，实在是"难矣哉"。

　　因此，我们不要"以子之矛攻子之盾"，而应该先分析"城乡二元分立"的历史原因，再分析农民工离土别乡涌入城市的现实原因。这样，或许我们会在历史与现实的对照中，得出个比较中肯的结论，为照亮这一现实的黑暗，点燃一盏思考的灯火。

　　与其单纯从道德上谴责"城乡二元分立"不人道、不自由，不如从现实出发找一找这"不自由"的基本制度形成的原因。近年来，理论结合实际地研究"三农"问题的学者，在认真研究的基础上达成了一个共识：中国农村人口基数过大、资源严重短缺是长期的、基本的国情，在这个基本国情的制约下，中国的城乡二元结构只能是长期的制度现象，即使以城镇化来加快城市化的决策完全对路，未来二十年也还会有大约八亿人口生活在农村。[①] 也就是说，对政府部门来说，拆除"二元对立"的城乡壁垒不是"为"和"不为"的问题，而是"能为"和"不能为"的问题。结论只有一个，那就是：非不为也，不能为也！因为，在高度分散的小农经济和传统形态的村社制度条件下，任何使农村与"现代自由制度"接轨的做法，都必然遭遇"交易费用过高"的瓶颈。而且，问题的严重性还在于在"人多地少"这一基本国情制约下，暴力的革命和非暴力的

---

　　① 温铁军：《三农问题与世纪反思》，三联书店2005年版，第73页。笔者引用时，在不影响原意的前提下，修改了个别字词。

改良所带来的，都不过是"均平"土地，也就是说，小农村社经济内部化的财产和收益分配制度是中国社会保持"稳态结构"的必要条件，它天然地排斥西方工业革命及其所带来的"资本主义"式的社会进步。

回顾一下历史，这个问题就一目了然了。

清末以来，在中国，共有四次政府主导的工业化运动。

前两次是晚清政府主持的"洋务运动"和20世纪20—40年代民国政府主持的工业化运动。这两次运动，都因为官僚资本提取过量的小农剩余而导致社会矛盾激化，甚至爆发革命。

第三次是20世纪50—70年代，中共中央以国家和全民之名进行的工业化运动。新中国成立后，西方列强通过两次世界大战所完成的资源瓜分已没有任何调整余地，而且，周边政治环境异常险恶，可以说虎狼成群，在这种情况下，新中国必须实现工业化，以"自立于世界民族之林"。而要实现工业化就必须完成"资本的原始积累"，可"资本的原始积累"几乎不可能在商品率过低的小农经济条件下完成。于是，为了民族存亡的大业，中国人民不得不再次勒紧裤腰带，进行了一场空前绝后的"自我剥削"：在农村实行统购统销和人民公社这两个互为表里的体制，在城市建立计划调拨和科层体制，通过占有全部工农劳动者的剩余价值的中央财政的第二次分配，投入以重工业为主的扩大再生产。在这一艰苦卓绝的过程中，成千上万的农民献出了宝贵的生命，更多的人流血流汗，奉献了自己火热的青春。但最终以极短的时间跨越了这一残酷的阶段，奠定了国家独立所必需的工业基础。从新中国成立到70年代末这段特殊时期，由于人人奉献、个个为公，用血肉之躯捍卫了新中国的独立，并为其发展奠定了坚实的基础，故称"英雄时代"。①

值得指出的是，就是在这个"社会主义过渡时期"，由于"集中力量办大事"——大力发展重工业，引发了"资本密集，排斥劳动"的"现代性后果"，并形成了限制农村劳动力向城市流动的"城乡二元对立"的基本制度。事实上，这也是部分新自由主义者不遗余力地批判乃至攻击这一制度的原因，即：他们之所以以最猛烈的火力攻击"城乡二元分立"，其

---

① 温铁军：《三农问题与世纪反思》，三联书店2005年版，第25—27页。

实是为了攻击站在这个事实背后的社会主义制度，而攻击社会主义制度，则不过是为引进号称"人间正道"的资本主义制度清扫道路。而恰恰也正是这一"私心杂念"，使他们忽视或看不清这一制度"不能为"的现实制约，不愿意提当时不是在战斗中活着就是在退却中死去的严酷的国际大环境和国内小环境。当然了，他们就更不愿意深入历史，抛弃成见，客观地探索互助合作的社会主义道路所包含的合理因素——从重重包围中杀出来、活下来之后，再考虑怎样才能活得更好的问题；集中力量办大事，奠定了国家自立、民族发展的工业基础之后，再考虑如何反哺农业、如何共同富裕的问题。这一点，毛泽东在《论十大关系》中有清楚的论述，只要放弃傲慢与偏见，相信任何人都可以从中读出这种历史的窘迫感。

第四次是改革开放后，在中央追求高增长的目标下，地方政府主导的以"地方工业化"为内容的"现代化"运动。这一运动，既促进了经济增长，提升了综合国力，也引发了严重的现实问题。

一方面，像我们上面指出的那样，作为发展中国家的中国，在工业化过程中必须提取农业剩余，而在全球化了的市场经济条件下，按照价值规律配置资源，必然使要素流出生产周期长、效益低、风险大的弱质农业，使发展中国家分散经营的小农经济农业，在居于农产品垄断地位的发达国家的大农业冲击下，陷入入不敷出的困境，逐渐萎缩。在我国，这已是一个"公开的秘密"。

另一方面，由于改革前只是完成了中央一级的"资本原始积累"，改革初期的利改税和财政分级承包，在使全民所有制演化为部门所有制的过程中，逐步增强了地方政府进行"现代化攀比"的压力，使他们往往直接参照改革前中央政府进行"资本原始积累"的制度经验，通过种种以国家名义发布的政令，从农村抽取资源，从农业提取积累，向农民征收赋税……这也是农业资源迅速外流、农民负担日益加重、农村持续衰败的原因之一。①

写到这里，我们又回到了我们的出发点，即：在条分缕析"城乡二元分立"的制度形成的历史的过程中，找寻大量农民背井离乡流入城市

---

① 温铁军：《三农问题与世纪反思》，三联书店 2005 年版，第 37—38 页。笔者引用时，在不影响原意的前提下，修改了个别字词。

的现实原因。而到了这里，答案也水落石出了：由于对农业剩余长久的提取、剥夺，使本来就步履蹒跚的农村经济更加困难，而改革开放后市场经济的大规模冲击，又在因缺乏有效组织而分散、庞大的农村即将跌倒的身体上狠狠踢了一脚。所以，农民真苦。所以，农村真穷。所以，农业真危险。所以，大量的农民告别乡土，流落城市。所以，农民工进入城市的真正原因，只是为了寻求生的希望，而不是像我们的某些新自由主义者一厢情愿地提供的浪漫主义解释——是向往"自由"的强烈冲动，使农民工来到了繁华的都市。他们哪里知道，当然了，也可能是故意装聋作哑，这"繁华"跟农民工根本就是风马牛不相及的事。在这里，农民工们付出的，是并不比在家乡更少和更轻松的劳动，而得到的，却不过是微薄得仅仅维持生计的工资。即使这微薄如此的工资，也得不到有效的保证，以至于每当逢年过节的时候，每当亲人团聚的时候，却是这些劳动者最郁闷最愁苦的时候，是恶性事件膨胀的时候。更严重的是，大量的农民工流入城市，以其卑微的不计成本的劳动，"抢走"了一些原本属于城市低收入者的工作机会，使这原本"拴在一条线上的两个蚂蚱"互相仇恨、互相挤对。而这一两败俱伤的恶性竞争，除了使形形色色、大大小小的资本得到了更大的剥削空间，因而"没事偷着乐"之外，不过使劳动者的生存空间更加恶劣。真可谓：几家欢乐几家愁。

所以，解决这个问题的办法也在追问中抬头：当我们始终在现代化的强烈冲动中向城市进军的时候，却从来没有回过头来想一想，如果调整一下思路，倾斜一下政策，减少对农村剩余劳动的提取，把农村建设好，建设成城市的一个安居乐业的大后方和根据地，或许，能够出现转机，我们能够从这一困境中全身而退。因为，农民们苦苦挣扎的奋斗目标不过是过日子，是安居乐业。当然了，如果能够像流行歌曲唱的那样，过上"好日子"，那就更理想了。可以毫不过分地说，在这个问题上，我们是被"摩登上海"式的"颓废的现代性"追求迷住了眼睛，只顾着想象"欧风美雨"的吹拂和滋润，却忘记了"吃饭穿衣量家当"的"穷人经济学"的朴素原理，忘记了这绚烂的"美景"可能是海市蜃楼。

笔者以为，虽然由于种种原因——后面我们还要详细讨论——互助合作运动失败了，但在这个社会主义的新事物中，却蕴含着高度的辩证法，蕴含着向前看与向后看紧密结合的"双头鹰"智慧，蕴含着人与人、城与乡相互扶持、共同富裕的社会规划。

请不要大惊小怪。仍然让我们从"精明"的"学者"们最喜欢说长道短的"算经济账"开始，论证我们的观点吧。就像上文初步分析所呈现的那样，互助合作的道路是一条爬台阶式的道路，互助组是一层台阶，初级社是一层台阶，高级社是一层台阶，高级社之后，还有一层又一层的台阶……而且，每一阶段都是在矛盾的辩证斗争中扬弃自我，为登上更高的发展阶段准备条件，并最终在量变中达到质变，通往下一发展阶段。因此，只要坚忍不拔、戒骄戒躁，及时发现问题、解决问题，积极稳妥地推进，沿着这台阶步步攀登的农村，最终将在不懈的努力中缩小、弥合与城市的差距，而在这条道路上攀登的农民，最终也缩小、弥合与市民之间的差距，过上相对稳定、幸福的生活。或许，到那个时候，他们的名字已经不叫农民了，而叫"社员"了——一个谁也不敢侮辱的名字，一个谁也不敢歧视的群体。因为，在历史上的"地主老爷太太小姐"们那里和今天的某些"文明人"那里，这些像"马铃薯"一样零散的"乌合之众"是一个多么"肮脏"和"无用"的群体啊，尽管正是这些"肮脏"和"无用"的人，在广袤而贫瘠的大地上，从事着最艰苦而光荣的职业，生产出最美丽而丰腴的粮食，养活着他们。

毫不夸张地说，他们就是俯首苦干的孺子牛——吃的是草，挤出来的却是牛奶和鲜血。是他们用淋漓的汗水和草根一样卑微而坚忍的生命维系着这个庞大国度的生存、生活和发展。而这，却无法为他们赢来应得的承认和尊重，就因为他们像一团散沙一样，离群索居，无暇他顾，无心思考。他们忘记了"团结就是力量"的经验，甚至忘记了古老的民间格言中闪烁着的金子般明亮的智慧：三个臭皮匠，顶个诸葛亮。

不过，还是书归正传，再用"解剖麻雀"这个好办法，反证我们在思维逻辑中推演的结论吧——

我们已经细致入微地讨论过的金时龙农业生产合作社，在初步合并了土地之后，解决了互助组阶段的问题，进入了初级农业生产合作社阶段。然而，并没有因此而万事大吉，一些新的问题也随之出现了。比如说，虽然大家都是比较贫寒的农民，但拥有的土地、劳动工具、牲畜等生产资料的质和量却各不相同，因此，如果一些人拥有、合并的生产资料数量多、质量好，那么，到劳动"分红"的时候，他们就有权利和理由为自己入社的财产要求相当的"红利"，而不只是按劳分配。这个问题，在金时龙农业生产合作社的记述里，我们已经看到了端倪。合作社刚刚成立的时候，因为生产资料匮乏，这个问题相对比较好解决——只要在按劳分配和按财产分配之间达成一个恰当的比例，绝大多数社员是可以接受并乐于接受的。然而，复杂的是，随着时间的延伸、生产的发展，社里的生产关系也会发生相应的改变——如果集体领导得好，社里的毛收入就会增加，余额自然也会以公积金的形式积少成多，因而，就可以进行新的投资，可以进行扩大再生产……时间一长，那些原来因拥有生产资料多而靠财产分红的人的财产，在合作社总财产中的比例就会越来越低，而那些年富力强、劳动力多的人家，对合作社的贡献则越来越大。这个时候，就像当初生产资料多的人有权利也有理由为自己多贡献的生产资料分一部分"红利"一样，这些多付出劳动的人，也有充足的权利和理由为自己多付出的劳动要求一部分"红利"。

这样，当初为按劳分配和按财产分配制定的比例就遇到了相当大的麻烦——如果维持原来的比例不变，那么，那些靠财产分"红利"的人，就会"少劳多获"，甚至"不劳而获"，而那些为合作社贡献了更多活劳动的人，却并没有得到相应的物质报酬。也就是说，新的更隐蔽的剥削方式产生了，长此以往，势必引发那些能劳动、多劳动的人的不满情绪，甚至引发某些"学者"将病因归咎于农民因目光短浅而看不到劳动与分红之间利益关系的"吃大锅饭"现象。现实的形势要求合作社重新调整按劳分配和按财产分配的比例，提高按劳分配的比例，降低按财产分配的比例，以鼓励那些为合作社多做贡献的人，激发大家的劳动积极性。而且，到了一定时间，活劳动创造的财富越来越多之后，社员们势必会要求废除按财产分红的比例，彻底实现按劳分配。这样，原来的农业生产合作社就告别了自己的初级形式，而进入更高一级的发展阶段——高级社。分析告诉我们，这不是长官意志的结果，也不是浪漫主义幻想的结果，而是现实形势发展的必然要求，是社里资本与劳动之间的比例发生变动的必然结果。

实际上，在互助合作的构想中，高级社并非终极发展阶段。我们可以按照其性格特点进行简单的逻辑推理：当一个又一个高级社在发展中达到相当的发展水平之后，联合起来、统筹发展的问题就必然像当初组织互助组、合作社一样自然而然地浮出历史地表。我们可以依据历史的线索和现实的例子做一个大胆的假设：假如这样的联合组织能够达到一个公社——基本上相当于今天乡镇——的范围的话，跟单干相比，农民们的回旋余地就大多了，他们可以统筹规划土地和劳动力的使用，在最适宜的土地上种植最合适的庄稼，让最合适的劳动力从事最适合的劳动，像我们在《三里湾》跟着何科长和张信同志看到的一样——这只是一种最简单的规划形式。而且，这样的安排，可以发展规模经营，可以发展机械化，可以因地制宜地发展副业乃至工业，既可以解决剩余劳动力的问题，也可以解决生产力发展的问题，并最终解决城乡差别、工农差别的问题，而农业生产的"内卷化"① 这一问题，也可能在这一过程中得到解决。这一点，在当时组织得比较好的农业生产合作社中，我们就看到了这样的雏形，比如陈永贵领导的大寨村，就是一个很好的例子。今天，不管风吹雨打，仍然在资本主义的汪洋大海中如孤岛一样岿然不动

---

① 所谓的农业生产"内卷化"这一概念，是美国学者黄宗智在对中国华北和长江三角洲农村进行详尽的资料梳理和扎实的社会调查之后得出的一个结论。大意是说，由于人多地少这一瓶颈的制约，大约从晚清以来的中国农村，就陷入了一个"没有发展的增长"阶段，也就是说，无论从一个农户家庭这样微观的范围来看，还是从一个国家这样宏观的范围来看，即使付出再多的努力，中国农村的生产总量虽然有所增加，但劳动生产率却日趋接近无增长乃至负增长的极限，因此，如何提高劳动生产率的问题，成为中国农村发展面临的严重问题。毫无疑问，这是一个再清楚也不过的观点，然而遗憾的是，在中国"三农"研究领域，这么一个清晰的出发点，却成了许多学者的"绊脚石"或"挡箭牌"。在讨论中国农村问题，尤其是发展这个问题时，要么躺在这块"大石头"前面不思进取，在这个"内卷化"的圈子中绕来绕去，要么总是先提出这个前提，然后一劳永逸地得出一个结论，说中国农村没办法了，就这样了，因此，能维持现在这个样子就不错了。岂不知，假如笔者没有看错的话，在黄宗智的研究中，这样的结论就隐含着解决这一困境的诉求，至少，应该有这样的内涵包孕在里面：既然农村不适合资本主义式的现代发展路径，那么，调整国家的农村发展规划就是必要的了——对农业，要在"少取"的基础上给予一定补偿（因为，已经无法向农村索取了，再取就是杀鸡取卵了），使之休养生息，而后寻找打破这一魔咒的办法。在笔者看来，互助合作的道路就包含着这样的可能性。因为，说到底，导致这一困境的主要是两个名词和两个分别限定它们的形容词：一个名词是"土地"，限制"土地"这个名词的形容词是"少"，即匮乏；另一个名词是"人口"，限制"人口"这个名词的形容词是"多"，即剩余。所以，要想打破这个困境，要么增加"土地"，要么减少或转移"人口"，二者兼之当然更好。可是，在中国目前的状况下，向外，我们既不能像殖民主义者一样扩张，对内，开疆拓土的潜力基本上没有了，也就是说，"土地资源少"这个困难没有好的解决途径。那么，剩下的办法，就只能是减少或转移农业人口了，因农业生产早就饱和了，所以只能向第二和第三产业转移。可是，一方面由于我们的农村人口太多，另一方面由于我们的城市消化能力有限，那么，大多数农业人口就只能就地转移、消化了。因此，对农村而言，也只能在统筹规划、规模经营的基础上，因地制宜地发展第二、第三产业，以转移剩余劳动力。互助合作的规划其实就包含着这样的理想。20 世纪 80 年代以来，以费孝通为代表的一部分社会学者提出的"离土不离乡，进厂不进城"的思路，也部分地提出了这样的解决方案。当然了，如果能够放眼长远，辅以适当的人口政策，那么效果就更加理想了。

的"社会主义红色堡垒"南街村，更是一个有益的现实启示——正是组织起来，发展生产，不仅使他们战胜了周围千千万万个孤军奋战的个体农户，而且在与国内和国际资本的竞争中站稳了脚跟。

这样的现实再次提醒我们：在面条一样细碎的土地上，无论如何是抠不出"好日子"的；一家一户、分散经营的"单干"，经不起自然和社会风浪的冲击，尤其是在资本主义全球化的今天。退一万步讲，我们也可以为"组织起来"找一个最基本也最坚硬的理由：即使农村真的是一盘死棋，没救了，不得不进城打工讨生活，不得不去接受资本的盘剥，那么，"组织起来"也会使劳动在与资本的讨价还价中不至于一败涂地，至少，不会连被压榨了无数遍之后剩下的那点微薄的"活命钱"也讨不回来吧？

再谈谈我们上面已经多次提到的公益金问题。

每个合作社都可以根据自己的生产情况，从总收入中提取一定比例的公益金，以保障社员们的医疗卫生和教育等福利。一般来说，公益金的提取比例，应在合作社当年总收入的百分之一或百分之二左右，但即使如此，如果管理得当，在度过初期困难阶段之后，仍然能够像滚雪球一样，积少成多，达到一定数量后，就可以合理地分配、使用了：既有一部分用来保底的基数，又有一部分用来使用的活钱，而且，每年还有新的收入源源不断地补充进来，这样，妇幼保健、医疗服务、照顾老幼、普及教育等一系列社会福利问题，都可以得到比较圆满的解决。而这样，也就初步解决了脑力劳动与体力劳动的差别问题。

分析了城乡差别、工农差别、脑力劳动与体力劳动的差别这"三大差别"在互助合作运动的逻辑中如何得到解决后，我还想谈一谈历史与阶级意识，谈一谈在马克思主义的理论脉络中始终悬而未决的社会主义革命和社会主义建设的依靠力量这个问题。

在《政治经济学批判大纲》中，马克思写道：近代历史是"农村的城市化"，而并非像古人所说，是"城市的农村化"。而在《德意志意识形态》中，马克思和恩格斯又以更坚定、更清晰的语言做出了类似的判断："物质劳动和精神劳动的最大一次分工，就是城市和乡村的分离。城乡之间的对立是随着野蛮向文明的过渡、部落制度向国家的过渡、地域局限性向民族的过渡而开始的，它贯穿着文明的全部历史直至现在……"

毫无疑问，在现代化的知识范畴中，马克思和恩格斯的论断把城市置于农村之上，认为城市代表了更高的文明程度，因而，城市化是现代历史发展的根本方向。而且，这一论断还潜在地回答了现代革命和建设的依靠力量这个问题：工人阶级，只有工人阶级，才是历史的真正主人，才是社会发展的真正动力，而农民，则将从城市这个现代历史舞台上逐渐消失，即使不消失，继续存在着的农民也将与创造现代历史毫无关系，或者更不幸，成为潜在的反动力量。因而，如何点燃工人的历史与阶级意识，激活他们，让他们行动起来，是社会主义革命和建设需要聚焦的真问题。在欧洲，以"巴黎公社"领衔的一系列革命行动，尤其是俄国"十月革命"的伟大胜利，则从实践上证明了这一理论界的问题，使这一理论推论在教条的马克思主义者那里，几乎成为无法质疑的"普遍真理"。

然而，由于国情的不同，以毛泽东为首的中国共产党人却领导中国人民闯出了一条截然不同的革命道路，一条农村包围城市，占领城市，并最终夺取政权的道路。这一现实的胜利，也为一切马克思主义理论家，尤其是为中国共产党人，提出了一个无法回避的问题：谁才是革命的真正动力：工人，农民，还是其他？毋庸讳言，这是一个见仁见智的问题，在不同的历史发展阶段，在不同的范畴，可能会有不同的回答。最近，在后现代主义的研究视野中，有研究者就在批判继承此前研究成果的基础上，得出了一个争论不断的结论：在没有中心、没有边缘的后现代主义的"帝国"时代，革命的真正动力，既不是工人，也不是农民，当然更不是什么政党，而是流动的"诸众"（multitude），是"流民"。因为，任何组织都是一把双刃剑，在成为解放性的力量的同时，也可能成为压抑性的力量，因此，只有无所不在、不停流动、批判一切的"诸众"才是可靠的革命力量。[1]

理论的问题尽可以敞开讨论，而现实问题则往往是在促迫的环境中提出来的，并要求及时解决。中国革命胜利后，社会主义革命，尤其是社会主义建设的依靠力量这个问题，就尖锐地摆在了中国共产党人面前。因为，就像莫里斯·迈斯纳通过研究指出的那样，现代资本主义工业并

---

① ［美］迈克尔·哈特、安东尼奥·奈格里：《帝国》，杨建国、范一亭译，江苏人民出版社2005年版。

非是中国土生土长的，而多是在外国帝国主义的庇护下发展起来的。就20世纪中国工业资本主义的发展而言，它不但带来了西方早期工业化的所有弊端，而且是以极端的形式出现的，它主要集中在外国统治区，首先是通商口岸，所以，说中国早期的工业化是异质于中国整体社会发展的，这个结论在某种意义上是成立的。①中国早期工业化的这个历史性的先天不足，也导致了早期中国工人阶级的先天性不足——不仅数量少、力量小，而且并没有成熟的历史与阶级意识。虽然中国工人阶级也为中国革命进行了艰苦卓绝的斗争，并做出了巨大的贡献。

这并不是要否定中国工人阶级的历史贡献，也不是说中国农民那里并没有什么缺点，恰恰相反，我们之所以这么说，是在澄清事实的基础上，追问：怎样才能剔除农民潜意识中存在的芜杂而顽固的小农意识，而代之以无产阶级的历史与阶级意识？也就是说，怎样才能培养有成熟的历史与阶级意识的社会主义国家主体？因为，我们毕竟面临着双重的困难：中国没有欧洲那样庞大而成熟的工人阶级；支撑中国革命取得胜利的农民阶级，并没有在革命中真正成熟起来，小农意识仍然纠缠着他们。

因此，在广大农民中间培养无产阶级的历史与阶级意识，培养出一大批像梁生宝一样的"社会主义新人"，就成为必要而紧迫的历史使命。因为，与工人阶级相比，农民阶级虽然"人多力量大"，但与工人阶级一样的是，他们中的绝大多数并没有成熟的历史与阶级意识，并没有意识到社会主义革命与社会主义建设的真正内涵，因而，并没有自觉的历史使命感和责任感，以及大公无私的社会主义主人翁精神。

这一重担就这样落在了互助合作运动身上，而恰恰互助合作运动中也包含着这样的禀赋，因此，我们就在互助合作运动中看到了"人"（社会主义新人）的重要性和"精神"（大公无私的社会主义精神）的重要性，看到了在互助合作运动中引而不发的逻辑推理和方案设计：随着公共财产日积月累、积少成多，"公家"的底子越来越厚实，农民们的集体意识也逐渐成长——先是爱家、爱劳动，然后，在这个基础上发展为爱公社、爱集体的思想，最后，成长为爱国家、爱社会主义的无产阶级意

---

① ［美］莫里斯·迈斯纳：《马克思主义、毛泽东主义与乌托邦主义》，张宁、陈铭康等译，中国人民大学出版社2005年版，第50页。

识，而他们，也因此而成长为社会主义事业的中流砥柱。

只有这样，个人、集体、国家互相包容、共同发展的社会主义事业才能绵延不绝，不断壮大，以至无穷；只有这样，公社这棵"常青藤"才能越长越肥、越长越壮，而社员这些"藤上的瓜"，也才能越长越大，也越长越甜；只有这样，幸福的种子才能发芽。

第五节　严重的是教育问题

这就是互助合作的道路。

这就是社会主义。

社会主义就是一个这样的新事物。

灯不点不亮，话不挑不明。文章写到这里，必须干脆直接地指出，互助合作的社会主义道路——这样一个伟大的新事物，既不会凭空产生，也不会无端成长，而是需要一定的基础，而且，尤其重要的是，在当时国际封锁连连、国内危机四伏、条件极端恶劣的情况下，更需要全国上下"人心齐，泰山移"——把所有的精气神都凝聚到社会主义这个新事物上来，白手起家，创造条件，以使虽然比较新鲜然而也比较稚嫩的自己，不致被压抑致死，并在不断的斗争中，文明其精神，野蛮其体魄，逐渐壮大起来。

然而，至今想来仍然令人痛惜不已的是，这个伟大的新事物自诞生之日起，就掉进了重重困难的围追堵截之中：先是与致命的物质匮乏展开了你死我活的"肉搏战"——别忘了，中国人民就是在一片满目疮痍的废墟上站起来的，紧接着，又在不进则退的紧张时刻，遭遇了理想信念分歧——最明显的例子，就是当时党内关于新民主主义道路与社会主义道路的争论——的打击。

这就是互助合作这个社会主义的新事物失败的主要原因。

平心而论，这么一项复杂、庞大、精密、系统的工程，应该需要一个比较宽裕的物质基础，需要一个比较平和的社会环境。然而，在那个时候的中国，这一切都是"镜花水月"，可以毫不夸张地说，互助合作的社会主义实验是在"一穷二白"的基础上开始的。而且，更为严重的是，包围着我们的，不仅仅是极端的物质匮乏，而且还有凶险的政治威胁——国际上，帝国主义虎视眈眈；国内，封建主义和资本主义残余蠢蠢欲动。稍有不慎，中国这一处于帝国主义、封建主义、资本主义汪洋包围中的社会主义孤岛，就有被颠覆、淹没的危险。这就是为什么在农村本来就十分贫困的情况下，为了发展民族自立之基的社会主义工业，新生的中国咬紧牙关，进行了一场"空前"的"自我剥夺"——从农村提取大量劳动剩余，使农村进行社会主义建设的回旋余地更加狭窄，乃至恶化。因为，这是一场"不是你死，就是我活"的斗争，"两强相遇勇者胜"，别无选择，你只能断臂自救：从农业这条胳膊上砍下一部分来，或者干脆砍掉这条胳膊，以补给工业，使之在恶劣的环境中生存下来，并逐渐壮大起来，而后，在适当的时机，反哺农业，用自己已经丰满起来的身体为失血过多的农业补充血液。"损不足以补不足"，这是何等的残酷，又是何等的壮烈。然而，让人唏嘘不已的是，我们，尤其是那些为这一伟大的事业做出了惨烈牺牲的先辈们，却没有机会看到工业与农业相互扶助、相濡以沫的动人场景。痛定思痛，痛何以堪。

物质不够精神补。在内外交困的情况下，这是民族更生唯一可以依靠的财富，也是最可宝贵的财富。也正因为有这份精神动力的连绵推动，互助合作运动虽然失败了，但却能够在如此艰难的条件下，在如此短暂的时间内，取得如此巨大的成就——不仅解决了困扰中国多年的生计问题，而且为国家工业化无私地提供了大量劳动剩余——的原因之一。是的，要想在"一穷二白"的苍茫大地上绘出一幅分外妖娆的画，必须有充沛的精气神，必须"养吾浩然之气"，以气运物，白手起家。正如1955年7月31日毛泽东在《中国共产党第七届中央委员会第六次全体会议（扩大）关于农业合作化问题的决议》中指出的那样，就农业合作化问题来说，我们应该相信："贫农、新中农中的下中农和老中农中的下中农，因为他们的经济地位困难（贫农），或者他们的经济地位虽然比解放以前有所改善，但是仍然不富裕（下中农），因此，他们是有一种走社会主义道路的积极性的，他们是积极响应党的合作化号召的，特别是他们中间的觉悟较高的分子，这种积极性更大。"① 他进一步指出，我们应

---

① 毛泽东:《关于农业合作化问题》,《人民日报》1955 年 10 月 17 日。

当相信:"党是有能力领导全国人民进到社会主义的。我们党已经胜利地领导了一个伟大的人民民主革命,建立了以工人为首的人民民主专政,也就一定能够领导全国人民,在大约三个五年计划的时期内,基本上完成社会主义工业化和对于农业、手工业、资本主义工商业的社会主义改造……"① 现在看来,这段意气风发、斩钉截铁的话,虽然有点过高地估计了形势,但却代表了绝大多数中国人的心声。幸亏有这样一鼓作气的勇气,使他们勒紧裤腰带搞建设,使他们置之死地而后生。而这,也正是这一事业如此感人心魄的原因。

在帝国主义、封建主义和资本主义恣肆的汪洋大海上,这么一场漫长而精确的社会主义航行,需要所有的船员——上至船长,下至水手——目标一致,精诚团结,密切协作,尤其是需要那些对前进的方向有举足轻重影响的人,连气同心——这是这一"前无古人,后无来者"的事业取得成功的另一个重要条件。

前事不忘,后事之师。现在,那段波澜壮阔而又异常惨烈的历史逐渐离我们远去了,我们也因此能够抱着比较客观、平和的心态去探究它,寻找隐藏在时间之后的历史真相,以警醒我们。然而,扑面而来的,依然是无尽的遗憾。在这个问题上,我们只能尊重历史、尊重事实,毫不隐讳地告诉大家,在当时,这一条件并不成熟,甚至可以说十分不成熟。不仅在农民中间有各种各样的混乱思想和糊涂观念,就是在大大小小的领导者中间,也存在着各种各样的混乱思想和糊涂观念,甚至在那些指引方向的高级领导者中间,也发生了激烈的争论,并导致严重的分裂。风雨同舟,共同度过了那血雨腥风的峥嵘岁月后,中国共产党这个在斗争中荟萃了社会各阶层绝大多数优秀分子的政党,在内部出现了歧异——以毛泽东为首的一部分共产党人主张"继续革命",由新民主主义而社会主义,由社会主义而共产主义;而以刘少奇为首的一部分共产党人,则主张坚持现有的新民主主义政策不变,或者,至少应该长时期地保持新民主主义政策,韬光养晦。

现在看来,这种断裂,对互助合作这个社会主义新事物的影响是多么巨大。它不仅分散了精力,扭曲了路线,而且致命的是,它在那些鼓

---

① 毛泽东:《关于农业合作化问题》,《人民日报》1955 年 10 月 17 日。

足了心气奋力前行者的心窝子上狠狠地捅了一下子。就这样，好不容易才积攒起来的救命劲，一下子全泄了。

只要翻阅历史记载，就会发现，每当政策上的歧异传到民间后，会在农民们那里引发巨大的混乱。因为，他们之所以眼睁睁地盯着合作社，不仅因为合作社是他们这些"毛"所依附的"皮"，是他们生活的希望，更因为合作社是一个新事物，是他们完全不熟悉、不了解的新的从事农业生产的办法。他们心中，既充满了期望，也不乏惊惧，怕出什么乱子，影响他们的生活。政策上的风吹草动，势必会影响合作社的发展，甚至会决定合作社的命运，而这，又必然影响他们的生活。

我们可以举一个例子来说明这个问题。

1953 年，东北农村工作部的王录等同志深入辽西绥中县九区的王宝山村和新立村进行社会调查，他们发现，由于反对互助合作运动中的冒进情绪，更由于方法不当，在农村引发了多种多样的糊涂思想：既有消极颓废的，也有急躁冲动的；既有幸灾乐祸的，也有忧心忡忡的；既有"左"的，也有"右"的……

在王宝山村，由于宣传时着重解除顾虑，一直都在"放劲"：这样"许可"了，那样"自由"了，这样"随便"了，那样"不限制"了，加上对互助合作的领导有些放松，就在不少群众、党员和村干部的思想上造成一种错觉，认为"政府的政策变了"，"国家制度放松了"……在各阶层农民和党员、干部、积极分子思想上，也开始出现一些新的变化。他们的具体表现是：

富裕中农到处制造舆论，说："还是政府的政策好，这样办往前奔的才有劲。"说："不拿鞭子赶，我算不进去啦。"说："到啥时候也有穷有富，土改一样分的地，为啥人家被分了还能发展起来，为啥单有受穷的呢！"说："旧道路有优点。"打击贫困的党员说："你为人民服务，死了活该！"而他们的行为就更"热闹"了：有的在互助组里把自己的地先种完，种完就退组；有的在组内、社内搅，搅散了好单干，抓着毛病就破坏，无事生非；在组内坚持不提人工价，还说类似"咱们不是互助吗，还提什么工价"的话；有的退组雇工铲地，铲完了地就到处宣传："你看这多利索，好几十亩地，一天就完了，看互助好，还是单干好！"这样，对贫困农民、部分党员和积极分子，或者打击了他们的积极性，使他们消极悲观，说："这年头，有钱的就是好汉，有膘的就是好马。"或者激发了他们的怨气，使他们变得更加激进，要求政府"恢复从前的紧张空气"，"实行累进税"等。一般中农，则"墙头上的草随风倒"，说："人随王法草随风，叫咋的就咋的呗。"①

社会主义就是这样一个新事物，是一个在"前有追兵，后有群狼"的困境中艰难地发展的事物。为了解决这一困境，就必须经历生活的风风雨雨，在风雨中锻炼自己，培养自己发现问题、解决问题的能力，认识事物的发展规律，并因势利导。

而这，就遇到了意识的问题。

而为了解决意识的问题，教育就是必要的了。

因此，严重的是教育问题。

"严重的是教育问题"，这个说法化自毛泽东"严重的是教育农民"这个说法。毛泽东之所以提出这个说法，是因为"农民的经济是分散的，根据苏联的经验，需要很长的时间和细心的工作，才能做到农业社会化。没有农业社会化，就没有全部的巩固的社会主义。"②然而，在我看来，仅仅教育农民还远远不够，严重的还在于教育党员、教育干部，因为，我们太需要像梁生宝、王金生们一样的"社会主义新人"了，他们在斗争的磨练中从旧社会的壳里脱颖而出，既有"思想"，又懂"业务"，一心带领人民群众走社会主义的金光大道。或许，毛泽东的这个提法里边本身就包含着这样的含义，因为，我们的大多数党员、干部和工人，都是"拖着两腿泥"从农民中走出来的，都是顶着思想的黑暗从旧时代里闯过来的，他们身上还有着深刻的小农意识的烙印，这使他们看不到自己肩负的重大责任和光荣使命，使他们时时为混乱的思想和糊涂的观念所羁绊、困惑，而忘记了互助合作这个社会主义新事物的出身、禀赋、理想，以及为实现这一理想而必须经历的重重磨练。这使他们或者只顾看着眼前的胜利沾沾自喜，而忘记了这只是万里长征走完了第一步，以后的路还很漫长、曲折；或者为眼前的困难所吓倒，患得患失，颠三倒四，而忘记了在斗争中改造自己，增长才干，继续前进……

---

① 王录等：《关于绥中九区王宝山村及新立村的检查报告》，黄道霞、余展、王西玉主编《建国以来农业合作史料汇编》，中共党史出版社1992年版，第149—153页。

② 毛泽东：《论人民民主专政》，《毛泽东选集》第四卷，人民出版社1991年版，第1447页。

绕了一个巨大的圈子后，我们终于又回到了赵树理这儿，回到了"三里湾"这个可爱的村庄，回到了那些可爱的人物身边。

长期以来，我们的研究者们一直津津乐道作者的"地摊文学"理想，而忽略了作者敏锐的思想和勃勃的雄心，因而，一叶障目，不见千里，只看见作者笔下的民间智慧，而看不到作者用这活泼泼的民间智慧呈现出来的那个民族和国家的秘史。

"小说是民族的秘史。"这话的成色，在"地摊作家"赵树理那里，一点也不比在欧洲现实主义大师巴尔扎克那里逊色。因为，巴尔扎克是用文字的砖瓦建造了巴黎的亭台楼榭和大街小巷，塑造了在这环境中日趋没落的贵族阶级和虽然粗俗不堪然而生机盎然的资产阶级，活现了他们或巧取或豪夺的生存态势，而赵树理则用文字的泥土形塑了一个天苍苍野茫茫的中国农村，刻画了"中国人民站起来了"的每一个生动姿势，传达了这一过程中的旺盛精神——在《李家庄的变迁》中，是"不得不"的蛰伏和挣扎；在《灵泉洞》中，是站立的冲动和训练；在《三里湾》中，是长久的屈服站立起来之后，为了站得更好——立正——和走得更好——正步走——而进行必要的"教育"和"训练"……

在这个意义上，我们说赵树理的《三里湾》是一篇"教育小说"，而且是一篇升华了的"教育小说"——自叶圣陶的《倪焕之》开启了中国"教育小说"的先河以后，中国的"教育小说"就一直"未老先衰"，始终沉溺在知识分子和小市民忧郁的个人情怀中不能自拔，无法从内心的小酒杯中出走，走进一个更加宽广的世界，而《三里湾》的视域则宏阔得多——它把"教育"从城市带到了农村，从书斋和课堂带到了田间和地头，把"少数人的专利"变成"多数人的权利"……意义更为深远的是，这样的"教育"所指向的，不再是个人升迁和沉浮，而是关注人的健康发展，批判个人的患得患失，关注国家和民族的兴衰大计。仅此一点，就奠定了《三里湾》在中国文学史上独特的历史地位。

因此，我们在《三里湾》中看到了绵密得无处不在的教育："翻得高"的村干部范登高，终于在大家伙儿的教育下认错悔过，不再一心翻着斤斗谋划个人的发家史了；顽固的"糊涂涂"和"常有理"也在现实的教育下改弦更张，不仅同意在刀把上开渠，而且还和儿女一起入了社；软弱的青年团员有翼，也在爱情的教育下从父母的卵翼下飞了出来，去追求自己的爱情和幸福；被老婆"能不够"指挥了大半辈子的老实人袁天成，也终于在沉默中爆发了，不仅教育了自己，而且也教育自己的老婆和女儿告别胡搅蛮缠的生活，走上了劳动光荣的道路；就是那比较优秀的团干部灵芝，也在比较中进行了自我教育，抛弃了庄稼人没有"知识"的傲慢与偏见，与村里的"发明家"玉生喜结良缘……

在这样无处不在的教育下，原本有些乱糟糟的村子变得和谐起来，大家都团结一心往社会主义的光明大道上奔，而每个人也都找到了自己比较圆满的归宿。尤其是那几对可爱的年轻人，也都在火热的劳动和生活中，找到了甜蜜的爱情：灵芝和玉生，玉梅和有翼，就是不那么"可爱"的小俊，也有了一个满意的对象——满喜，而没有像当地人说的那样，"一头抹了，一头脱了"。

然而，复杂的形势和艰巨的任务却不得不使我们追问：这甜蜜的幸福能维持多久？因为，这甜美的结局，不仅仅是为了告诉我们个人的幸福，更象征着互助合作这一社会主义新事物的未来。

作家给我们留下了一个静悄悄的、回味悠长的结尾：忙碌了一天的灵芝和玉生，终于可以有机会规划一下两个人的小世界了，简单的规划之后，"将要圆的月亮已经过了西屋脊，大门外来了脚步声，是值日带岗的民兵班长查岗回来了。他两个就在这时候离开了旗杆院，趁着偏西的月光各自走回家去。"①

清澈的月亮啊，你注视着多少无声的幸福？

清澈的月亮啊，你又看到了多少无声的骚动呢？

---

① 赵树理：《三里湾》，《赵树理全集》第二卷，北岳文艺出版社 1990 年版，第 273 页。

第五章　离散的乡土社会

——《白鹿原》等作品中的农村社会

一个时代误解另一个时代，而且是一个小小的时代用它自己下流的方式误解所有其他的时代。

——维特根斯坦《文化和价值》

第一节　天将降大任于是人也

陈忠实的长篇小说《白鹿原》是一部十分结实的小说，而这部小说之所以结实，是因为小说中有一位结实的人物——白嘉轩，而白嘉轩之所以结实，是因为他是一个"好人"，至少是一个愿"学为好人"的人。有了他，小说就提供给我们一个结实得密不透风的乡土社会。小说就围绕着这一点展开了自己的论述，而且，拔出一棵萝卜带出一堆泥——小说在从方方面面出发建构、树立这个人物的时候，也顺手"揭示"了中华民族这个古老民族的秘史，尽管不一定是所谓的正史。

在作家看来，白嘉轩结实的原因是命硬，他命硬是因为命好，而小说所有的秘密也都隐藏在这里，所以，作家不惮絮烦，从一开始就用一种离奇的方式印证白嘉轩生命的野蛮、坚韧、强硬，以及隐藏在这一命理背后的运势：他一生共娶了七个女人，可前六个在殷实的白家没过上几天好日子就稀奇古怪地死去了，按白鹿原上的说法，她们是被命硬的白嘉轩给克死了。甚至连他父亲，一向以健康著称的秉德老汉，也在为他操劳婚事和丧事的时候诡异地死去了，而且死得惊心动魄。真是"福无双至，祸不单行"，接踵而来的挫折和打击搞得白嘉轩灰心丧气。为了找出这一切败兴事的根本原因，在冷先生建议下，他决定请个风水先生来看看。

一夜铺天盖地的大雪之后，踏着满地的碎琼乱玉，听着天宇中的旷古之音，白嘉轩一头扑进了那个"一片白茫茫大地真干净"的世界——这可真是一个好兆头——虽然作家没有明言，可是，透过那激情涌动的文字和清新阔大的雪景，我们就能感觉到。虽然接连不断地死了六个老婆，父亲也奇怪地撒手归西了，可今天这个行走在漫天大雪中的汉子却一点也不悲伤、踌躇、沉重，不仅如此，我们甚至能从他干净利落的脚步中感受到一种压抑不住的兴奋、惊奇和豪迈，就像刚刚火烧了草料场、手刃了奸贼的好汉林冲一样，他正迎着漫天洋洋洒洒的大雪，奔突在那个未知的世界里，既满怀豪情，又引而不发，准备迎接命运无边的挑战。

看到这里，我突然想到了一段古人的名言：天将降大任于是人也，必先苦其心志，劳其筋骨，饿其体肤，空乏其身，行拂乱其所为，所以动心忍性，曾益其所不能……原来老天是为了把替天行道、拯救世界的大任委托给他，才把他投进困厄的烈火中进行锻炼和考验。现在，他已经百炼成钢，马上就要时来运转了。

翻上一道山梁后，他漫不经心地环顾四周，发现了一个奇怪的现象：在一片白得耀眼的原野里有一道慢坡地，地里竟然有一坨黑土，而且，更加奇怪的是，这坨黑土还冒着丝丝缕缕热气。他走近一看，更加吃惊了：这里竟然匍匐着一株刺蓟的绿叶！奇怪，"万木枯谢百草冻死的遍山遍野也看不见一丝绿色的三九寒冬季节里，怎么会长出一株绿油油的小蓟来？"[1] 在好奇心的驱使下，他一点一点地挖开了那团黑土，发现里面竟然埋藏着一棵自己叫不上名目来的宝物珍草。满心惊喜的他，赶紧伪装好现场，回到家中，按图索骥，查阅这宝物珍草到底是什么，可是翻遍"家传珍宝"《秦地药草大全》，也没有查出个所以然来。正在焦急莫名、无计可施的时候，他突然灵光一闪，想到了自己的"精神导师"、姐夫朱先生来。

圣人就是圣人。听白嘉轩讲了自己的离奇见闻之后，朱先生没说一句话，只是取出一张纸来摊在桌子上，又拿了一支毛笔交给他，叫他把

---

① 　陈忠实：《白鹿原》，华夏出版社 1996 年版，第 17 页。

自己看到的东西画下来。当他画完之后，朱先生拎起纸来看着，像揣摩一幅八卦图，而后问白嘉轩自己画的是什么。最后，一语点醒梦中人，说："你画的是一只鹿啊！"

故事就此转向，转向一个古老的传说——

很古很古的时候（传说似乎都不注重年代的准确性），这原上出现过一只白色的鹿，白毛白腿白蹄，那鹿角更是莹亮剔透的白。白鹿跳跳蹦蹦像跑着又像飘着从东原向西原跑去，倏忽之间就消失了。庄稼汉们猛然发现白鹿飘过以后麦苗忽地蹿高了，黄不拉几的弱苗子变成黑油油的绿苗子，整个原上和河川里全是一色绿的麦苗。白鹿跑过以后，有人在田坎间发现了僵死的狼，奄奄一息的狐狸，阴沟湿地里死成一堆的癞蛤蟆，一切毒虫害兽全都悄然毙命了。更使人惊奇不已的是，有人突然发现瘫痪在炕的老娘正潇洒地捉着擀杖在案上擀面片，半世瞎眼的老汉睁着光亮亮的眼睛端着筛子拣取麦子里混杂的沙粒，秃子老二的瘌痢头上长出了黑乌乌的头发，歪嘴斜眼的丑女人变得鲜若桃花……这就是白鹿原。①

原来是白鹿原的保护神显灵了，原来是保护着整个白鹿原不受灾害侵袭的神灵这次只向他一个人显灵了。他再也不用去请风水先生了——这就是最好的风水先生，而且，这"风水先生"已经用自己大音希声的语言告诉了他一切奥秘。没有任何可犹豫的了，剩下的就只有行动——果敢迅猛而又滴水不漏的行动了——经过精心策划之后，白嘉轩用苦肉计骗过了精明的鹿子霖父子，用自己祖传的二亩水地换来了那片白鹿显灵的山地，并且在鹿家父子喜滋滋地合并田地的时候，大张旗鼓地给父亲迁了坟。

风水问题解决了，他白嘉轩就要飞黄腾达了。

果然，白嘉轩就此一发而不可收，成为白鹿精神的代言人。

在老天点化的基础上，白嘉轩还做了许多仁义之举，使自己头上的光环更加鲜明夺目。譬如，村中的一个小伙子想把半亩水地卖给他，好

---

① 陈忠实:《白鹿原》，华夏出版社 1996 年版，第 25—26 页。

清偿父亲留下的赌债，听了中人冷先生传递的卖价之后，他慷慨地说："再加三斗。"这种豁达仁慈的举动，打动了村中李家的一个寡妇，她把原先抵押给鹿子霖的土地又转卖给了他。这一糊涂举动，引发了他和鹿子霖的一场激烈争斗，可是，在姐夫朱先生引导下，他不仅和鹿子霖化干戈为玉帛，言归于好，而且原谅了李家寡妇的糊涂举动，扶危济困，慨然提出，不但土地物归原主，他和鹿子霖还各自周济李家寡妇一些粮食和银元，帮她渡过难关——以德报怨，多么仁慈的举动啊。

这个消息不胫而走，不仅在乡民间传为美谈，而且感动了滋水县令——他亲赐石碑一块，上书"仁义白鹿村"五个大字，从此白鹿村被人们称为"仁义庄"。然而，皮之不存，毛将焉附，这样的仁义之举即使像牛毛一样多，也不过是没有根基的率性之举，很可能在情绪和意气的波动中随风而逝，所以，要想将这种扬善除恶的偶然行为变成不废江河万古流的精神传统，使之在白鹿原世世代代流传下去，泽被子孙后代，就必须来一次大手笔。

白嘉轩又一次在关键时刻挺身而出——他要翻修白鹿原的祖祠。在另一位能人鹿子霖帮衬下，白鹿原上这一浩大的工程破土动工了，而且，鹿子霖也一口答应了白嘉轩的大胆提议：修复祠堂的宗旨要充分体现"仁义白鹿村"的精神，所以，凡是在祠堂里敬香火的白姓或鹿姓人家，凭自己的家当随意捐赠，一升不少，一石不拒，实在拿不出一升一文的人家也不责怪，而修复祠堂的钱粮缺口，由他们两家合力承担。在白、鹿两家这空前善行的感染下，不仅工程有条不紊、紧锣密鼓地进行着，而且在整个漫长的春天里，白鹿村里始终洋溢着一种和谐友好的欢乐气氛。

一个紧张而欢乐的春天之后，祠堂终于竣工了，而祠堂里的学堂也顺利开学了——白嘉轩终于为自己的善行义举找到了一个名正言顺的依托，也为自己找到了一个光明正大的表演舞台。而且，二美并具，不久之后，朱先生又为他送来了劝善惩恶的《乡约》——他又拥有了治理白鹿原的独特"法律"，这里也成为一个不怒自威的"宗教法庭"。从此以后，白嘉轩头上所闪烁的就不只是五光十色的仁慈之光了，而且还有黑白分明的惩罚之威。

多少你死我活、鬼歌人哭的大戏要在这个舞台上上演啊。

第二节　祠堂里的事情

白嘉轩在祠堂里上演的第一场戏是惩治赌徒和烟鬼。

在闹"交农"事件前后一年多的时间里,《乡约》的条文松弛了,村里竟然出现了赌窝,窝主就是庄场的白兴儿。抽吸鸦片的人也多了,其中两个烟鬼已经吸得倾家荡产,老婆领着孩子到处去乞讨。现在"交农"事件已经平息了,白嘉轩决定把精力转移到家事和族事的整饬中来。一天,白嘉轩敲着大锣,走街串巷,把族中的男子都召集到祠堂里来,连从来没有资格进入祠堂的白兴儿和那伙赌徒也都被特意叫来。学堂中的徐先生念了《乡约》和戒律后,惩罚开始了:白嘉轩叫人把那伙赌徒的手掌捆在槐树上,然后用枣刺刷子抽打,一阵鬼哭狼嚎之后,又命令他们把赢了的钱取来归还原主,最后,命令他们把手伸进滚水锅里,表白自己戒赌的决心。那两个烟鬼的下场更加不堪,虽然他们一再讨饶,白嘉轩还是叫人端来两碗大粪,命令他们当众喝下去,好让他们引以为耻,戒掉烟瘾。

惊心动魄吧?然而,请不要大惊小怪,因为,这不过是一场热身的小戏,执法者只是牛刀小试,而伏法者所遭受的也不过是一些皮肉之苦,下面上演的将是伤筋动骨、家破人亡的大戏,而且还是环环相扣、高潮迭起的连环戏。

国共合作时期,参加"农民运动讲习所"回来的黑娃和他的"革命三十六兄弟"在白鹿原掀起了一场革命的"风搅雪",宣扬革命真理,处决地主恶霸,实行土地改革……终于在铁板一块的白鹿原打开了一点革命局面。可是,桃红柳绿、阳光明媚的阳春突然就变成了寒风肃杀、万马齐喑的严冬——国共分裂了,蒋介石发动了"四一二"反革命政变,从中央到地方,从城市到乡村,这股反革命的逆流迅速吹遍了每一个角角落落,白鹿原自然无法幸免,白色恐怖笼罩了滋水大地,"革命三十六兄弟"死的死降的降,而黑娃也成了有家不能回、有国不能报的通缉犯。

为了保护自己患难的丈夫,小娥去"第一保障所"乞求乡约鹿子霖给黑娃说说情,可是,鹿子霖却把情说到了小娥的炕上去了,兜了大半天圈子之后,一半是真心一半是假意地对小娥说千万不要叫黑娃回家,回来就没命了。从此以后,他就霸占了可怜的小娥。可是,没有不透风的墙，要想人不知，除非己莫为，一个偶然的机会，鹿子霖的好事被村子里一个想揩小娥油的光棍儿狗蛋给发现了。狗蛋不知深浅，大呼小叫，把鹿子霖吓得落荒而逃。鹿子霖怎肯善罢甘休，定下神来后，他设下一条诡计，让小娥引诱狗蛋，自己带人捉奸，把狗蛋一阵痛打，连腿都给打断了……

好事不出门，坏事传千里，不到半天，这事就传遍了整个村庄。白嘉轩再次敲响了那响亮而冰凉的铜锣，把全村 16 岁以上的男女都召集到祠堂中来，当众处罚小娥和狗蛋这对"乱男淫女"。在新任族长白孝文的主持下，赤身露体的小娥和狗蛋被刺刷子给打得血肉横飞。而实际上，白嘉轩是杀鸡给猴看——他的刺刷子既抽在小娥身上，也抽在鹿子霖脸上和心上。偷鸡不成反蚀把米的狗蛋被人拖回家后不久，就上火溃烂，一命呜呼了，而明白"白嘉轩整你只用三成劲，七成的劲儿是对着我……人家把你的尻子当作我的脸抽打"[①] 的鹿子霖则一面悄悄伺候小娥养伤，一面暗暗思量报仇雪恨的计划……

麦子收罢新粮归仓以后，白鹿原上各个村的"忙罢会"也如火如荼地开唱了。贺家坊的"忙罢会"更是热闹非凡，他们请来了南原上久负盛名的麻子红戏班连演三天三夜，把原上的欢乐气氛推向了高潮。一日晚上，白鹿村的新族长白孝文也在父亲的关照下到贺家坊戏楼前看戏。正当他对舞台上打情骂俏的"刘秀"和"村姑"既厌恶又尴尬的时候，他的冤家对头出现了——精心算计过的小娥胁持着他钻进了一个废弃的砖瓦窑里。在小娥的美色和骚情引诱之下，他感到自己就要崩溃了，那被囚禁已久的欲望野狼，发出一声酣畅淋漓的吼叫后，冲出牢笼，跃入陷阱。

"闲话"准确而适时地出现了，白孝文和小娥的"奸情"也像纸里的火把一样，全面而彻底地暴露在白嘉轩面前。那令人毛骨悚然的铜锣声又一次在白鹿村的大街小巷里响起来，清冷而执着，悲伤而狂热，清醒而麻木……那茹毛饮血的刺刷子也再次呼啸起来，撕碎了皮肉，打烂了心灵，抽出了威严……而且不仅如此，白嘉轩还断然拒绝家人的哀求和劝阻，刀割水洗、毅然决然地分了家——把这个败坏门风的逆子扫地出门，甚至在饿殍遍野的饥馑之年，也不借给他一粒粮食，而且"城门失

---

① 陈忠实:《白鹿原》，华夏出版社 1996 年版，第 244 页。

火，殃及池鱼"，最后连无辜的儿媳妇也被活活饿死。颜面扫地又得不到父亲原谅的白孝文开始破罐子破摔，不仅公开与小娥厮混在一起，而且吃喝嫖赌抽，五毒俱全，很快就将家产糟蹋得一干二净，成为白鹿原上人人唾弃的败家子和浪荡子，像孤魂野鬼一样，游荡在白鹿原的犄角旮旯里，差一点儿变成了野狗的美味佳肴……

　　经过一系列雷厉风行的行动之后，白嘉轩本来就挺拔高大的形象更加凛然威猛了，像一尊铁打铜铸的怒目金刚一样，屹立在白鹿原上，清冷而威严地注视着这里的一举一动——清朝倒台了，他巍然屹立；国民党来了，他巍然屹立；共产党来了，他巍然屹立；土匪来了，他仍然巍然屹立……不管白鹿原这盘鏊子怎么"翻"，不管那些"乱七八糟"的人怎么闹，不管是被乌鸦兵吓唬着，还是被土匪打劫了，他都巍然屹立，守护着他的祠堂和朱先生赐给他的"法律"。他不仅在四乡八邻之间树立了自己仁义无边的美名，而且还让自己大义凛然的威名传遍四邻八乡。

　　"学为好人"的他终于百炼成钢，成为白鹿原上不倒的精灵。

第三节　原形毕露

　　桃李不言，下自成蹊。

　　白嘉轩已经成为白鹿原上金刚不坏的精灵，用自己无声的大音和无形的大象包卷宇内，笼括四海，凝天地于"祠堂"，措万物于"乡约"，威加村上，名扬四方……可是，面对着这巍然屹立的金刚不坏之身，一个锐利的声音却从字里行间钻出来，固执地追问道：他真的是一个威武不能屈、富贵不能淫、贫贱不能移的大丈夫吗？他真的是一个保一方平安、洁一方精神的白鹿精灵吗？他真的是一个同情弱小、扶正祛邪、泽被四方的"好人"吗？他真的是一个刚正不阿、大义凛然、心地洁净的执法者吗？……

　　这一个个追问，既铿锵有力，又深沉哀婉，既包含着无限的委屈和愤恨，又滴沥着不尽的泪水和血水，在我们的灵魂中捶胸顿足、荡气回肠，最后突然化为凄厉的呼啸声，一跃而起，直冲霄汉，咬牙切齿地回答说：不，他不是一个大丈夫，而是一个见风使舵、顺水推舟的两面派；

他不是一个精灵，而是一个囚禁地方、压抑精神的鬼魅；他不是一个"好人"，而是一个见人说人话、见鬼说鬼话的凡夫俗子；他也不是一个干净利落的执法者，而是一个口是心非、前倨后恭的渎职者……请不要为这样的控诉而大惊失色、战栗不已，让我们驱散他头上那烟雾缭绕的光环，撕开他脸上光华灿烂的面具，看看他的真面目和真嘴脸吧。

他是怎样发家的呢？所谓的生命坚韧，所谓的上天垂青，所谓的白鹿显灵，不过是骗人的鬼话，不过是一场铺天盖地的语言的大雪，把他那肮脏而血腥的发家史遮蔽得干干净净罢了。虽然他和鹿子霖之间的争夺不过是"狗咬狗一嘴毛"的巧取豪夺，可是，他的手段比鹿子霖更加阴险、邪恶。从某种意义上说，他的发家史是建立在鹿子霖的败落史上的——他之所以飞黄腾达、千名万利集于一身，不过是他巧施苦肉计，骗走了鹿家的风水宝地而已——如果有风水宝地的话，这也是年老后良心发现的他的看法。可是，这还不算完，作者还帮他"杜撰"了穷祖宗知恩图报、仁义持家、勤俭发家的神话；而鹿家则惨了，他们同样贫寒的祖宗却是没有根基的勺勺客，而这勺勺客的发迹又是靠出卖肛门换来的——这是多么的肮脏啊。所以，当鹿家在与白家的争斗中落了下风的时候，人们就会说：看啊，不仁不义，没有根本就是不行。可是当白家在与鹿家的争斗中落了下风的时候，人们又会把同情和道义慷慨地泼洒在他身上，说：这位好人是多么的不容易啊，怎么好人不得好报呢？然后就不知不觉地和他站到了同一条战线上，憎恨起他的敌人——主要是鹿子霖——来。

当然了，他的发家史绝对不是只靠与鹿家的争夺发起来的，这样的争夺是血淋淋的"豪夺"，是需要大本钱、大力气的战役，一不小心，就会功亏一篑、两败俱伤，或者满盘皆输，所以这样的战役不要轻易打，而是要看准机会，"该出手时就出手"，而胜利之后，也应该见好就收，"该收手时就收手"。所以，要想让自己的家业始终兴旺发达，除了通过"豪夺"日进斗金以外，还要"巧取"，细水长流，积少成多，让财富像不断线的流水一样流进家门，而这就需要在无声无息之中完成对老百姓的剥削。

我们肯定无法忘记，白嘉轩在从山中带回来一个才貌双全的好老婆的时候，还带回来另外一件发家致富的好宝贝——罂粟种子。所以，八月末的一天，当全村人都在忙碌地整理田地，准备播种小麦的时候，他却在"简洁而素雅"①的大地上种上了"药材"。风吹花开，瓜熟蒂落，第二年春天，人们就看见他背着褡裢、坐着牛车，一遍又一遍地穿梭在村庄与县城之间，田地与"药铺"之间。榜样的力量是无穷的，人们在像鸦片香气一样难以拒绝的巨大收益的诱惑下，纷纷"弃暗投明"，播种鸦片，三五年间，白鹿原上的平原和白鹿原下的河川地里，已经成为罂粟的王国。这个时候，他的"精神导师"朱先生再次像"及时雨"一样出现了，而白嘉轩是从来不会违背他"精神导师"的意见的，他迅速套上犁，把自己的罂粟王国消灭了个一干二净，而这一壮举再次感染了村民——他们太容易被"感动"了，他们也都迅速地行动起来，把自己大大小小的罂粟王国消灭得一干二净。

这再次为他赢得了美好的名声，可是，这美丽而邪恶的"药材"再也无法禁绝了——不久之后，罂粟红的白的粉的黄的紫的美丽的花儿又在白鹿原开放了。好多年后，那位中国人耳熟能详的美国冒险家埃德加·斯诺先生还在离白鹿原不远的渭河流域古老农业开发区关中，看到了无边无际、五彩缤纷的罂粟花。不过，仁义的白嘉轩和"仁义白鹿村"的人们是不干这种伤天害理的勾当了。而且，作家还顺水推舟，把责任一股脑儿推到新任滋水县令身上——他没有再聘任"万能"的朱先生。多么巧妙的借口啊，即使这位倒霉蛋儿聘任了朱先生又有什么用呢？因为，他所面对的可不再是仁义的白嘉轩和"仁义白鹿村"的仁义村民了。

然而，作家对白嘉轩这一段欲扬先抑的描写，不过从另一个侧面揭示了他发家的秘密：这跟仁义没有什么关系，他已经在这场抢夺金钱的战争中捷足先登了，他已经积累了足够的资本了，他不需要再逆流而上、顶风作案了，他只要将这些"黑钱"洗得干干净净，就可以在白鹿原上呼风唤雨、作威作福了，而这样顺坡下驴的"明智"之举，恰恰满足了他的这种需要，而且还一箭双雕，不仅为他消灭了潜在的竞争对手，还为他带来了巨大的好名声。有这好名声做招牌，他做什么事情不发达呢？后来，当他用这好名声来压制、惩罚那些大烟鬼的时候，不知道他

---

① 陈忠实：《白鹿原》，华夏出版社 1996 年版，第 42 页。为了形象起见，这个词语引用了小说原文。

有没有想到自己和这件事情的干系？

可是，跟他对小娥的处治比较起来，白嘉轩的这些所作所为，不过是初露峥嵘。不过，要想弄清楚这个问题，我们先要弄清楚小娥到底是一个怎样的人。

小娥是一个怎样的人呢？

小娥第一次出场是在渭北一个叫将军寨的村子里，是财东郭举人的小老婆，然而，这不过是一个"体面"的称呼，她不仅仅是郭举人的小老婆——换个说法就是性奴隶，而且还是被关在笼子里用来满足郭举人各种变态要求的"好东西"或"阿堵物"。可她也是人啊，是身体健康、情感丰富的人，她也有人的要求，人的希望，人的欲望。可是，难道仅仅因为贫穷，她就必须丧失这一切吗？所以，小说中那一段她和黑娃近乎疯狂的性爱描写，与其说揭示了她被压抑的欲望一泻千里，不如说展示了她强烈的生活要求喷薄而出——她需要性，需要爱，更需要正常人的生活。

可就这么一个苦命的弱女子，在白嘉轩眼中却是一个十恶不赦的魔鬼：当黑娃带着她历尽千辛万苦回到白鹿原的时候，却遇到了比在将军寨郭举人家更加危险、更加严酷的对待——白嘉轩不让他带着小娥进祠堂。这不仅意味着他和小娥的婚姻是非法的，而且还意味着他和小娥从此就不是白鹿原的人了，甚至干脆就不是"人"了。而且，白嘉轩还苦口婆心地劝黑娃趁早丢下"这号女人"，因为"这号女人"不是居家过日子的能手，而是惹祸的灾星。最后，他不失威严和仁慈地说："你不要操心丢开她寻不下媳妇。你只管丢开她。你的媳妇我包了，连订带娶全由叔给你包了。"[1] 他这是把小娥往火坑里推，而小娥也果然在他的安排下，一步步走向深不见底的火坑：他先是把她推到鹿子霖的身前，后又把她推到白孝文的怀里，最后把她推到鹿三（她公公）的矛尖上，不仅把她钉到祠堂里万劫难返的耻辱架上，还把她镇压在永世不得翻身的塔底下……

如果他能够一视同仁的话，我们还可以说他是一个公平的人，可他又是怎样"秉公执法"的呢？当小娥在鹿子霖的威逼利诱下失身之后，

---

① 陈忠实：《白鹿原》，华夏出版社 1996 年版，第 138 页。

他放走了元凶，没敢伤害鹿子霖一根毫毛，只把"偷鸡不成，反蚀把米"的狗蛋折磨致死，把委曲求全的小娥打得血肉模糊、脸面全无。即使这样，鹿子霖还心有不甘，说白嘉轩是在杀鸡给猴看，是在糟蹋自己的脸面，准备伺机报复。鹿子霖为什么这么大胆？白嘉轩又为什么这么束手束脚呢？这没有什么奥秘，不过是因为鹿子霖是"第一保障所"的"乡约"，大小是个官，手里是颇有些权力的，所以，身为"族长"的白嘉轩不敢造次，只能欺软怕硬，因此，祠堂里就上演了那尴尬的一幕：逍遥了"猴子"，苦了"鸡"。

同样，当黑娃是个普通人的时候，当黑娃是个革命分子的时候，当黑娃是个土匪的时候，他白嘉轩都威武不能屈，即使自己的腰杆子被打断了也无所谓。可是，一旦黑娃成了国民党的军官，拜朱先生为师之后，他的态度立刻就来了个一百八十度的大转弯，凛然地吩咐白孝武找人清扫祠堂，准备香蜡表纸，准备迎接黑娃荣归祠堂。对了，这个时候，黑娃已经不是黑娃了，他现在是国民党的炮营营长"鹿、兆、谦"[1]长官了。

还有，当他的大儿子、新族长白孝文和小娥搅和在一起的时候，他果然六亲不认，立刻剥夺了白孝文的族长职位，并把他扫地出门，即使在饿殍遍野的灾年，也不管不顾，甚至连无辜的儿媳妇也被活活地饿死了。可是，一旦白孝文"咸鱼翻身"，成了国民党军队的军官之后，他的态度也立刻来了个一百八十度的大转弯，虽然遮遮掩掩却欢欢喜喜地让儿子认祖归宗，重返祠堂。

可他白嘉轩是怎样对待那个手无缚鸡之力的弱女子的呢？当她活着的时候，他对她不是冷嘲就是热讽，不是侮辱就是损害，不是责骂就是鞭打……在她负屈含冤死去之后，他仍然不放过她，当场拆毁了她的窝棚，急匆匆地把她生活的一切痕迹抹得干干净净。当她的灵魂忍不住这无边的冤屈而显灵喊冤的时候，他再次表现了自己"强硬"的一面："把她的尸骨从窑里挖出来，架起硬柴烧它三天三夜，烧成灰末儿，再撒到滋水河里，叫她永久不得附。"[2]他的"精神导师"朱先生又及时补充道："把那灰末不要抛撒，当心弄脏了河海。把她的灰末装到瓷缸里封严

---

① 为了形象起见，这个词语引用了小说原文。陈忠实：《白鹿原》，华夏出版社1996年版，第538页。

② 陈忠实：《白鹿原》，华夏出版社1996年版，第439页。

封死，就埋在她的窑里，再给上面造一座塔，叫她永远不得出世。"①

这是什么样的祠堂，又是什么样的"乡约"呢？

这不过是一种只敬官长不为民、只敬"神仙"不拜"鬼"的欺软怕硬的名利场而已，所以，即使他们绞尽脑汁，采天地之灵气，聚日月之精华，建起一座六棱宝塔来镇压小娥的冤魂，他们的阴谋诡计和残酷伎俩也无济于事。我们看到，就在他们手忙脚乱地为挽救自己衰败的命运挣扎的时候，那被侮辱与被损害的小娥从她爱过、恨过、活过、死过、欢乐过、悲伤过的窑洞里飞翔而出，就像鲁迅笔下那大红衣裤、脸如石灰的女吊一样，不再胆怯、不再厚道，舞蹈着、呼啸着、呐喊着，向这个人间讨一份公道、要一个说法。

实际上，在这个小说中，白嘉轩、朱先生和鹿三不能够分别开来理解，因为他们三个只有合而为一才能成为一个完整的系统，或者说得准确一点，朱先生和鹿三，一个是白嘉轩的精神象征，而另一个是白嘉轩的物质符号；一个是他的大脑，而另一个则是他的爪牙；一个给他出谋划策，而另一个则忠实执行。正是这两者的有机结合、完美配合，才形成了一个威力无边的白嘉轩。

先说朱先生，虽然他是那么的虚无缥缈、行踪不定，可一旦白嘉轩遇到什么麻烦事而智穷计昏的时候，他总会像"及时雨"一样适时出现，滋润白嘉轩那干涸的大脑。有评论者认为朱先生这个人物塑造得不怎么成功，太单薄了，可在我看来，这个人物虽不好说是什么成功之笔，但至少圆满地完成了作家的任务。因为，作家本来就没有把他当成一个"人"来写，而是把他当作一个神、一种精神来写的，所以，他只能来无影去无踪，像一股虚无缥缈的雾气一样，浮游在人间——不，浮游在白嘉轩的大脑中。

与朱先生的虚无缥缈相比，鹿三这个人就太"实在"了，"实在"得没有一点脑子，白嘉轩说什么就是什么。不过，也确实不用他去思考，因为，作家本来也没有把他当作一个"人"来塑造，而是把他当作一种"机器"来塑造的，他的任务是执行，而不是思考，所以，闹"交农"事件的时候，白嘉轩刚刚有了这个念头，鹿三就挺身而出——虽然作家给

---

① 陈忠实：《白鹿原》，华夏出版社 1996 年版，第 439 页。

白嘉轩找了种种不能出头露面的借口；白嘉轩对小娥深恶痛绝，鹿三就残忍地把她给杀死了——无论如何，这可是自己的儿媳妇呀。

不过，尽管这个"三位一体"的精灵武装到了牙齿，可是，在小娥蓬勃的复仇怒火面前，也簌簌发抖，气力不支了。鹿三最早崩溃了，在小娥的仇恨面前，化为一堆无用的土坷垃；朱先生也像雾气一样从人间蒸发了；而既失去了物质又荡尽了精神的白嘉轩，就变成了色厉内荏的"纸老虎"，随时都可以被戳破。

在这死寂的夜里，我恍然又听到小娥凄厉的叫声呼啸而至。

在这凄厉而绵长的呼叫声中，那些高大的渺小了，坚硬的委顿了，气壮的空虚了，辉煌的模糊了，结实的风化了……

第四节　民族的秘史

在小娥那女吊般如封似闭、如影随形的呼喊声中，白嘉轩和他所代表的乡土社会秩序轰隆一声，土崩瓦解，并没什么好奇怪的，因为，说得通俗点，白嘉轩不过是白鹿原上的鲁四老爷，而他所代表的社会制度也不过是以封建土地所有制为基础的一整套封建政治、经济、文化制度，而对中国的乡村社会而言，这一制度固然有其保护作用，可是，这一保护作用却是建立在更加深刻的压制和剥削基础之上的。而且，尤其值得一提的是，到晚清之时，这一制度的进步作用早就在漫长的历史过程中消耗殆尽，只留下一具灰头土脸的臭皮囊，躲避在历史的灰尘和阴影中，时不时地散发出一股霉烂的气息——它早就完成了自己的历史使命，退出历史了舞台，我们在小说中所看到的它的辉煌影像，不过是借尸还魂的回光返照而已。[1] 所以，让人感到奇怪甚至难以理解的是：为什么作家对这个古老的制度用情竟然如此之深？

我们可以肯定地说，作家绝不是信手涂鸦、写着玩的，因为，小说扉页所引用的巴尔扎克的名言——小说被认为是一个民族的秘史——已经暴露了作家的雄心：挖掘中华民族的"秘史"。而一旦挖掘出了这个民

---

[1]　关于这个问题，第一章已有详细讨论，不再赘述。

族的"秘史"，毫无疑问就是找到了这个民族的命脉，而通过对这个民族命脉的把握，我们就可以察荣辱兴衰，测沧海桑田，或者，从更加积极的意义上说，这样我们就可以找出病症，引起疗救的注意，就像鲁迅先生借《药》这篇小说所表达的那样。那么，这个民族的"秘史"是什么呢？是多年的刀兵并起、你争我夺？是人民在这水深火热之中血肉横飞、生死两茫茫？还是作家那个比喻说得形象：这片大地已经成了一盘煎人的鳌子了。因此，接下来的问题就是：怎样才能把人民从这盘火热的鳌子上救下来呢？追问到这里，问题水落石出，答案也一目了然：作家认为——至少在潜意识中认为，只有儒家文化以及以儒家文化为基础的一整套礼仪制度才能教化民众，使他们从水深火热中超脱而出，也就是说，只有这才是救国救民的根本之计。

我们在为作家的一片爱国爱民之心而感动的时候，却不得不追问：难道血淋淋的历史没有告诉我们，压迫中国人民的敌人到底是些什么人，而拯救他们又为他们所拯救的到底是些什么人？难道以封建土地所有制为基础的一整套政治、经济、文化制度没有在历史的演进中暴露出它狰狞的面孔及其已经腐朽的命运？难道自新中国成立以来的五十多年中，我们所生活的这块大地上没有发生向着旧的社会经济形态及其上层建筑做斗争的新的社会经济形态、新的阶级力量、新的人物和新的思想？而这些新的社会经济形态、新的阶级力量、新的人物和新的思想没有向我们展示其巨大的历史进步作用？难道历史的发展不是以新事物代替旧事物，而是以种种努力去保持旧事物使它免于死亡？难道不是人民，而且只有人民，才是推动历史发展的真正动力？……

还是让我们从这不绝的追问中回来吧，因为，也许作家所写的，不过是"满纸荒唐言"，而作为一个阅读者和研究者，除了仔细推敲这纸上的言语之外，更重要的是把握、深味、提炼这"满纸荒唐言"之后的"一把辛酸泪"，因为，也许只有这"辛酸的泪水"才是作家的灵魂和世界摩擦、交流而成的"珍珠"。

如果在这个意义上评论的话，那么无论如何，酝酿、写作、定稿于20世纪80年代末90年代初的《白鹿原》都是中国当代文学史上一个弥足珍贵的文本，因为，作家不仅用"满纸荒唐言"吸引了我们的眼睛和心灵，更用"一把辛酸泪"提前呈现了一个今天许多人仍然一无所知或漠不关心的问题：曾几何时，那个我们引以为自豪的、"大鱼帮小鱼，小鱼帮虾米"的社会主义乡村，或者说得更严重点，那种团结、紧张、严肃、活泼的社会主义制度分崩离析了，而只剩下一个离散的乡土社会或离散的社会制度？如今，在经济学、社会学、历史学、政治学等领域对这个问题争论得你来我往、面红耳赤，而唯独文学领域对这个问题三缄其口、不屑一顾的时候，陈忠实的文学努力和抱负才更加让人心潮澎湃、心生敬仰，而作家的热心和恒心则更加令人感慨、感佩不已。

说来话长。要回答这个问题，必须回到《创业史》及其以后的文学作品，尤其是高晓声的系列农村题材小说所提供的文学场域和历史视野。上文已经提到，李杨有一个敏锐的发现：

> 80年代以后的中国叙事对梁三老汉的认同显然已经摆脱了这一前提（笔者注：即柳青和严家炎对梁三老汉走互助合作这一社会主义道路的历史必然性的共同认识，虽然他们对如何表达这一必然性有分歧，甚至是根本的分歧），作为"新时期文学"中影响最大的文学思潮，"伤痕—反思文学"中的一个重要的主题，就是表现梁三老汉们在革命时代的悲惨命运。譬如高晓声的《李顺大造屋》就可以视为对《创业史》的重新改写。李顺大以近三十年的时间历经三起三落才盖起了自己的住房的悲惨故事再现了梁三老汉的历史。……①

毋庸讳言，在高晓声的《李顺大造屋》中蕴藏着一个如鲠在喉般的尴尬问题：为什么李顺大在新社会中的生活竟然跟梁三老汉在旧社会中的生活一样，甚至还不如梁三老汉呢？在这个尴尬的问题背后有一个更加重大而深刻的问题：《创业史》中梁三老汉虽然对互助合作的社会主义道路心存犹豫，甚至有时候情不自禁地自发反对这条道路，可是，由于他在旧社会中苦难深重的遭遇，这决定了他一定会放下包袱、开动机器，坚定地走社会主义道路，可是李顺大呢？他虽然不是"红旗下的蛋"，可他毕竟"走在春风里，长在红旗下"，怎么也算得上"根正苗红"了，可怎么还不如旧社会的梁三老汉过得好呢？到了这里，问题就更上层楼了：

---

① 李 杨：《50—70年代中国文学经典再解读》，山东教育出版社2003年版，第172页。

原来不是梁三老汉和李顺大的问题，而是制度的问题。

作家的本意并不是要走回头路，而是呼唤一种"新"的社会制度，或者，为一种"新"的社会制度呐喊：告别互助合作，迎接分田单干！到此为止，李顺大的任务顺利完成了，他一个空心筋斗翻下舞台，与此同时，他的难兄难弟陈奂生也旋转着登上了舞台，"上城""出国""转业""包产"，一折腾就是十几年……

《"漏斗户"主》中的陈奂生简直就是李顺大的孪生兄弟，只不过，他们一个挣扎了一辈子的目标是盖房子，而另一个挣扎了大半生的目标是吃饱肚子，所以，他们"控诉"的目标一致。骨骼高大、身胚结实的陈奂生，如青鱼一样，就知道拼命苦干，可这并没给他带来什么好处，反而使他成了"投煞青鱼"，陷进困境之中，老也吃不饱，只好东挪挪西借借，被人称为"漏斗户"主。一日，正为生计发愁的他情不自禁地叹了口气，却被他的堂兄、小学教师陈正清听到了，于是就有了一段意味深长的对话：

> "还叹什么气？"陈正清似恼非恼地说，"现在，'革命'已进入改造我们肚皮的阶段，你怎么还不懂？连报纸也不看，一点不自觉。"
>
> "改造肚皮？"陈奂生惊异了。
>
> "当然。"陈正清泰然道："现在的'革命'是纯精神的、非物质的，是同肚皮绝对矛盾而和肺部绝对统一的，所以必须把肚皮改造成肺，双管齐下去呼吸新鲜空气！"
>
> "你能改造吗？"陈奂生摇摇头。
>
> "不能改造就吃药。"
>
> "什么药？"
>
> "蛊药，是用毒虫的口水炼成的，此药更能解除人体的病痛，你吃下去就发疯，一疯，就万事大吉！"[1]

这段像双口相声一样嘎嘣利落脆的对话既诙谐幽默，又口无遮拦，

---

[1] 高晓声:《陈奂生上城出国记》，上海文艺出版社1991年版，第4—5页。

其批评指向一目了然：以互助合作为中心的社会主义革命。

在这众口一词嘎嘣利落脆的批评声中，陈奂生们的春天来了——大包干责任制来了。往日的"漏斗户"主成了今日的幸福人，不仅吃得饱、穿得暖，有剩余的粮食和食油，还有自由支配的时间，所以，见缝插针，做些"油绳"进城卖，也好换两个零花钱滋润滋润生活。并且，一次小病小灾让他跟县委吴书记搭上了关系，这就又给他铺了一条"通天"的大道——大队领导看中了这一点，死活要他进厂干采购员……

就这样，虽然不怎么踏实，可是他陈奂生也像踩着棉花一样忽忽悠悠奔上了小康路，而小说也通过对陈奂生"发家史"的"报道"，表达了对新生活、新政策的赞美，可是，小说所呈现给读者的不仅是作家"意识到的历史内容"，而且更多的是作家"没有意识到的历史内容"。有时候，就是这些"意识到的历史内容"和"没有意识到的历史内容"的彼此争吵和对话，或者说其中的断裂，使这些作品成为"精神分裂"式的作品，反而向我们显现了一种"在别处的生活"。《陈奂生上城出国记》就是一个这样的小说：作家通过陈奂生的"发家史"，把意识到的历史内容传达给我们的同时，也把自己没有意识到的历史内容传达给了我们。

陈奂生腾云驾雾、忽忽悠悠在小康路上奔跑的时候，却遇到了另外的烦恼，换句话说就是，人怎么越来越不待见人了：他感冒发烧好了去招待所结账的时候，因为一不小心说漏了嘴，就遭了漂亮的服务员的白眼；后来，还是这位美丽的服务员又让他吃了一次闭门羹，不过这次不是在招待所，而是在种子站；还有，每当他遇到什么倒霉事的时候，再也没有什么人来帮助他了，而当他遇到什么高兴事的时候，人们总是先羡慕，后冷嘲热讽……

这到底是怎么了？就在他百思不得其解的时候，竟然被他那个有些缺心眼的老婆张荷妹的一席话惊醒——张荷妹为了让他再次进城找吴书记，好给自己家多赚点奖金回来，一向迟钝的脑子竟然灵机一动，埋怨陈奂生道："连白骨精也晓得唐僧肉香，想尽办法弄到嘴。只有你吃素，让你吃也不要吃。"[1] 陈奂生被触动得很深，说："好人真难做啊，吴书记真成唐僧肉了，我要听你的话，一趟趟去找他，等于每趟去割他身上一

---

① 高晓声：《陈奂生上城出国记》，上海文艺出版社1991年版，第88页。

块肉回来吃，倒真做白骨精了！"①

　　好在陈奂生还有良心，没有去吃好人吴书记的"唐僧肉"，不过，这话怎么听怎么觉得惊心动魄，连一个脑子有些迟钝的人也知道"唐僧肉"不吃白不吃，那还不知道有多少人已经吃"唐僧肉"吃得脑满肠肥了呢。而且，他们吃的"唐僧肉"，哪里是吴书记一个人的？那是整个国家的呀，是那个从旧社会中杀出来的新中国赤手空拳在一穷二白的基础上积攒起来的一点公共财产呀，是这个虽然新鲜然而稚嫩的国家继续前进的资本呀，那可是生存和发展的本钱呀。可就是这些无数革命前辈用鲜血、生命、青春和汗水换来的一点儿家业，竟然被不肖子孙当作"唐僧肉"，本事大的吃肥肉拿大头，没本事的吃骨头拿小头，再软弱些的等着他们吃得差不多了之后去敲骨吸髓，再不济也要喝碗汤。

　　就这样，这并不怎么肥的"唐僧"被吃得一干二净、一穷二白，而且，尤其可怕的是，当国有资产这个"唐僧"被吃完了之后，那些吃惯了"肉"的人怎么能够停下嘴巴来呢？那么，他们会不会把别人当作"人参果"给吃了呢？因为，吃惯了嘴的人是很难管住自己的，《创业史》中，梁生宝教育梁三老汉的时候，曾说过类似的话："怪得很哩！庄稼人，地一多，钱一多，手就不爱握木头把儿哩。扁担和背绳碰到肩膀上，也不舒服哩。那时候，你就想叫旁人替自个儿做活。爹，你说：人一不爱劳动，还有好思想吗？成天光想着做对旁人不利、对自个有利的事情！"②

　　当我们站在现实的悬崖上，回头观望历史的时候，突然发现梁生宝这段朴实无华的话是多么的深刻而犀利啊。我想，陈奂生的困惑和感慨也来源于此，虽然他不能够清楚地说出这一段话。

第五节　未完成的金光大道

　　高晓声的《陈奂生上城出国记》以一种悖论的方式回答了我们在《白鹿原》中所遇到的问题，即自 20 世纪 80 年代以来，我们在一种"彻

---

①　高晓声：《陈奂生上城出国记》，上海文艺出版社 1991 年版，第 88 页。
②　柳青：《创业史》第一部，中国青年出版社 1977 年版，第 132 页。

底反思"的语境中打着反"大跃进"的旗号，进行了另一场别开生面的"大跃进"，在泼掉了洗澡水的时候，也顺便扔掉了孩子。而且，我们还应该看到，自20世纪80年代以降，在中国，反思、批判，乃至攻击50—60年代农业集体化道路的声音，不是文学领域里的一声独唱，而是政治、经济、文化等一系列领域里的众声齐唱。我们看到，这种批判声由呢喃到鼓噪、由部分到整体、由历史到现实、由现象到本质，逐渐成为一种形而上学话语，成为一种不证自明的"真理"。

这种真理一样的话语说：从本质上讲，在农村，尤其是中国农村，搞集体组织是经不起考验的，因为，播种与收获的间隔期太长，农民很难想象在合作制下他们个人的付出与未来几个月后的报酬有什么关系。因此，互助合作无法刺激农民的生产积极性，从而导致生产效率低下，产量低报酬低，所以，合作社的唯一结果便是"吃大锅饭"，而这不过是"共同贫穷"的一种客气的说法。

这种真理一样的话语还说：这种从互助组开始，由低级到高级的集体化发展道路是一条教条主义的道路，是为了满足某些领导者的理论狂热而强加给农民的，而不是与他们的生活息息相关的切身之事，所以，农业合作化道路压抑了农业生产力的解放。

所以，人间正道私有化；所以，反对崇高，告别革命；所以，人不为己，天诛地灭；所以，梁三老汉不幸，李顺大更不幸，陈奂生侥幸；所以，梁生宝淡出，白嘉轩复活，黄世仁腾达……

然而，这是真的吗？这些不容置疑的话语真是"真理"吗？回答当然是否定的。然而，要想对这些形而上学话语进行彻底清理，我们必须沿着历史的脉络，回归事实，回归常识，最后，回到对以互助合作为基础的农村社会主义道路的辩证理解中去，只有这样，我们才能彻底粉碎这个话语的魔咒。

诚如上文所言，对农业合作化运动进行批判有两个最主要的理由：一个是这种组织形式是异想天开的领导者强加给农民的，因而无法反映他们的利益和要求；另一个理由是这种组织形式忽视了农民的生产积极性，因而效率低下，最终将中国农村和农民囚禁在"共同贫困"的"大锅饭"之中。然而，对中国的农村问题略微有所了解的人就会知道，人多地少是中国的一个老大难问题，而且，在晚清和民国的现代化运动中，这种掠夺性的理性化安排和封建土地所有制结合在一起，不仅让土地从农民手中逐渐流失到大土地所有者手中，而且还芟夷了农民的许多求生方式，将他们生存地图的范围大大缩小了。而由土地改革而互助组、由互助组而合作社、由初级社而高级社的农业集体化之路，先是解决了农民的土地要求——这是与他们的生活和生命息息相关的重要条件，因而是他们当时最急切的要求，让在长久的贫困中丧失了生机和活力的农民获得了难得的休养生息，重新鼓舞和振奋了他们的信心和士气。而后，在休养生息的基础上将他们组织起来，探索多种生产方式，组织多种就业形式，力图突破人多地少的痼疾，避免重蹈"没有发展的增长"，甚至"既没有发展也没有增长"的农业生产之路，因此，集体化道路恰恰是彻底解决这一问题的苦口良药。如果做一回事后诸葛亮，站在今天的角度来评论的话，那么，这条道路就是一条未完成的"金光大道"。①

需要指出的一点是，20世纪80年代以后，对农业合作化效率低下进行批判的一个根据是改革开放后迅速增长的农业产量，然而，黄宗智通过翔实的研究指出，由于合作时期政府对农业的资本和技术扶持，农村的粮食产量不断提高，尤其重要的是，在这个时期，充分发挥人多力量大的优势，大兴农田水利建设，改善了农村的生产条件，使农村生产力得以持续发展，这些基础设施为80年代"大包干"以后农业生产力的发展提供了强大的动力。

他甚至在对松江改革意想不到的结果——作物产量的下降或停滞——进行分析的基础上指出：松江的经验对全国有什么意义？如果我们只看全国农业生产的经过，很难看到任何关联——全国的农业产量在松江产量下降之后仍然继续上升，有些人把这些进展归功于他们心目中的家庭农业的积极性，他们甚至宣称家庭农业是20世纪80年代农村经济发展的"引爆"，然而，问题终于出现了——1985—1987年，全国的农业产量也开始下降或停滞了。这促使我们必须对这一问题进行严肃的思考，而实际上，这并不意味着别的什么东西，而只意味着家庭农业的缺点的充分暴露：在80年代"图现利"的新的农村经济中，50—60年代建立起来的农田水利设施得不到任何维修，而逐渐无法发挥作用；另

---

① 上文对这个问题已有详细分析，因此不再赘述。

一方面，大量化肥的滥用也导致土地被"烧"坏了，大规模板结了；最后，尽管官方一再宣传典型的"专业户"和"万元户"的作用，但实际上，依然靠近生存线边缘的小规模家庭农场，不具备使农业生产资本化的积累能力，因此无法进一步实现自我发展。所以，如果把农村改革后农业产量的增长和农民收入的增加仅仅归功于家庭农业的实行和市场化发展，不仅是不客观的，而且简直就是荒谬的，因为，一个最显而易见的事实就是，农业产量的增长不仅见之于1979—1984年的改革时期，而且也贯穿于整个集体化时期，甚至贯穿于"文化大革命"时期。[①] 而今天的现实，更雄辩地论证了这一观点。

所以，我们必须将我们的视野转移到对以互助合作为基础的农村社会主义道路的辩证理解中去。其实，真实的生活告诉我们的是，从土地改革开始，每一种形式的组织，都在其发展中遇到过这样或那样的甚至一些严重的矛盾，解决这些矛盾的最有效的方法就是自我扬弃，向更高级、更完整的所有制形式迈进。也就是说，集体化道路是一个复杂的梯子，沿着这样的梯子，那些势单力孤、各个方面都处于危急中的个体生产者，就有可能一步步进入一个安全而稳定的保护性体系之中。这是一个辩证的发展过程，它指向了一个不断发展的社会，各个不同水平的单位都以自己力所能及的速度朝着更高的多方位的合作生产方向前进。

这种阶梯式的集体化构想，规划的是一个从小到中、从中到大的核算单位，而且，这些大大小小的单位又联合起来，彼此交织，构成一个互通有无的网状结构，给农民一个类似于"国家工厂"的生产、生活空间，所以，这不是一个传统的、脆弱的"泥饭碗"，而是一个由整体国民经济保障的"铁饭碗"。因此，从短期来看，这将动员全部的人力和物力为当地的发展而奋斗，而从长远看，这将意味着最终消灭长久困扰中国农民的三大差别——工农差别、城乡差别、脑力劳动和体力劳动的差别。我们已经在上文比较详细地分析了这条农业社会主义道路的优越性和积极性。同样毫无疑问的是，任何一个对国家和人民有责任心的人，任何一个讲究辩证法的人，绝不应该漠视或忽视这个发展模式中的问题

---

① ［美］黄宗智：《长江三角洲小农家庭与乡村发展》，中华书局2000年版。［美］弗里曼、毕克伟、赛尔登等人也在《中国乡村——社会主义国家》（社会科学文献出版社2002年版）一书中对此进行了论述。

与风险。因为，一件工具如果使用得当的话，必然会成为解放的武器，反过来说也一样，一件工具如果使用不当，必然会成为囚禁的工具。然而，我们却无法原谅那种打着辩证法的旗号而违背辩证法的形而上学之举，也无法原谅那些借泼洗澡水之名把孩子也泼出去的恶劣行为，因为，历史和人民在他们那里失去了基本的权利和尊严，失去了他们应该得到的光荣和梦想。

现在，我们的农村，我们的国有资产，我们的国家，以至我们的人民，正被一些心怀叵测的人当作"唐僧肉"和"人参果"给瓜分、攫取着。在这瓜分和攫取的狂潮中，那个原本团结、紧张、严肃、活泼的共同体却礼崩乐坏、离心离德——这就是陈忠实的《白鹿原》中封建礼教突然回光返照的深层原因。面对这分崩离析的局面，我们，出身泥土而又仰望星空的新青年，怎么办？

第六章　在希望的田野上

——《平凡的世界》中的农村世界

我们的家乡在希望的田野上，
炊烟在新建的住房上飘荡，
小河在美丽的村庄旁流淌。
一片冬麦，（那个）一片高粱，
十里（哟）荷塘，十里果香。
哎咳哟嗬呀儿伊儿哟！咳！
我们世世代代在这田野上生活，
为她富裕，为她兴旺。

我们的理想在希望的田野上，
禾苗在农民的汗水里抽穗，
牛羊在牧人的笛声中成长。
西村纺花，（那个）东港撒网，
北疆（哟）播种，南国打场。
哎咳哟嗬呀儿伊儿哟！咳！
我们世世代代在这田野上劳动，
为她打扮，为她梳妆。

我们的未来在希望的田野上，
人们在明媚的阳光下生活，
生活在人们的劳动中变样。
老人们举杯，（那个）孩子们欢笑，
小伙儿（哟）弹琴，姑娘歌唱。

哎咳哟嗬呀儿伊儿哟！咳！

我们世世代代在这田野上奋斗，

为她幸福，为她增光。

——歌曲《在希望的田野上》

第一节　艰难时世

路遥的《平凡的世界》在一片"泥泞"中掀开了沉重的帷幕。

在这黄土高原的"泥泞"背后，隐藏着多少艰难苦涩呀。

时间是 1975 年二三月间一个雨雪交加的日子。地点是原西县城。场景冷落而萧条，没有一点生气和活力——冬天残留的积雪和冰溜子在雨点的敲击下蚀化，石板街上到处漫流着肮脏的污水，空荡荡的街道上，偶然会走过一两个乡下人，破毡帽护着脑门儿，挽一筐子萝卜或土豆，有气无力地吆喝着……

然而，半山腰县立高中的大院坝里，却别有一番"热闹"景象：午饭铃刚刚响过，从一排排高低错落的窑洞里，跑出来一群一伙的男男女女，把碗筷敲得震天响，踏泥带水，叫叫嚷嚷地跑过院坝，向南面总务处那一排窑洞的墙根下蜂拥而去，偌大一个院子，霎时就被踩踏成了一片烂泥滩。与此同时，在校园南墙根下，已经按班级排起了十几路纵队，值日生正在忙碌地分配饭菜。

可就这点因青春朝气和饭菜诱惑而生的活力也转瞬即逝，因为，这不过是作家欲扬先抑。我们"可怜"的主人公就要出场了。

片刻的嘈杂之后，院坝里空荡荡的了，只有高一（1）班的值日生一个人留在空无人迹的饭场上，她面前的菜盆里已经没有了菜，馍筐里也只剩下四个焦黑的高粱面馍——与白面馍和玉米面馍相比，学生们戏称其为"非洲"！为了替我们羞涩的主人公遮掩，天公似乎也作美——雨中的雪花陡然增多，远近愈加模糊。

在这一片模糊中，我们的主人公终于"姗姗来迟"。

这是一个瘦高个的青年人，由于营养不良，脸色黄瘦，而且两颊塌陷。他的衣服是多么的寒碜啊：尽管式样勉强剪裁得像学生装，但分明是自家织出的老土布，而且黑颜料染得很不均匀，给人一种肮脏的感觉；脚上的一双旧黄胶鞋已经没有了鞋带，凑合着系两根白线绳，一只鞋帮上甚至补缀着一块蓝布补丁；裤子显然是两年前缝的，人长布短，现在已经短窄得吊在腿上……

他独个儿来到馍筐前，弯腰拾了两个高粱面馍，然后，眼睛不由得朝三只空荡荡的菜盆里瞥了一眼，瞧见乙菜盆子底下还有一点残汤，被房檐上滴下来的雨水滴答得四处飞溅。他扭头瞧了瞧，见雨雪迷茫的院坝里空无一人，便很快蹲下来，慌张得如同偷窃一般，用勺子把盆底上混合着雨水的剩菜汤往自己碗里舀。铁勺刮盆底的嘶啦声像炸弹一样令人心惊。血涌上了他黄瘦的脸。一滴很大的檐水落在盆底，溅了他一脸菜汤。他闭住眼，紧接着，就见两颗泪珠慢慢从脸颊上滑落了下来……

他，就是我们的主人公孙少平。

作家之所以浓墨重彩地描写孙少平这个"穷小子"近乎"隆重"的出场仪式，是因为想借其艰难映衬其已经濒临崩溃的家庭生活，就像孙少平在对"一身体面的衣服""一份乙菜"和"一个黄馍"短暂而不切实际的幻想之后清醒地认识到的那样："老祖母年近八十，半瘫在炕上；父母亲也一大把岁数，老胳膊老腿的，挣不了几个工分；妹妹升入了公社初中，吃穿用度都增加了；姐姐又寻了个不务正业的丈夫，一个人拉扯着两个幼小的孩子，吃了上顿没下顿，还要他们家经常接济一点救命的粮食——他父母心疼两个小外孙，还常常把他们接到家里来喂养。"[1]

可是，作家并没有到此为止，或者说，作家之所以写孙少平家的"烂包"生活，是因为想借此反映当时农村的艰难困苦。因为，不管就小说本身来看，还是就作品所描摹的时代来看，所谓孙少平家的苦难不仅仅是孙少平一家的，而是属于当时整个乡村社会甚至中国社会的。或者，一个更加准确的说法是：孙少平家捉襟见肘的生活其实是当时整个中国农村困苦生活的缩影。而且，追根究底，作家之所以这么写，原因也很清楚，那就是以此为突破口，从而严厉地批评造成这一苦难现实的计划经济体制和公社制度。因为，就像作家借孙少平之口，在仔细盘点了家庭生活艰难的一系列原因后话锋一转所质疑的："按说，这么几口

---

① 路遥:《平凡的世界》(上)，中国青年出版社 2000 年版，第 9 页。

人，父亲和哥哥两个人劳动，生活是应该能够维持的。但这多少年来，庄稼人苦没少受，可年年下来常常两手空空。队里穷，家里还能不穷吗？再说，父母亲一辈子老实无能，老根子就已经穷到了骨头里。年年缺空，一年更比一年穷，而且看来再没有任何转好的指望了……"① 除了对命运隐隐约约的抱怨外，这质疑里面充满了对"大河无水小河干"的痛恨厌恶之情，从而，也隐约地表达了对后来成为主流意识形态的以"小河有水大河满"的意识形态为支撑，以小农经济为导向的农村家庭联产承包责任制的向往。

单干，这是洋溢在作品中的一种真实而隐秘的情绪。

那么，计划经济体制是怎样压抑农村的生机和活力的呢？

小说安排了几个有意味的场景，形象地回答了这个问题。

一个是公社农田基建会战的场景。为了让这个"伟大"得近乎"残酷"，"残酷"得近乎"滑稽"的场景完整地展现在孙少平和读者面前，孙少平的二流子姐夫王满银② 出场了：为了赚几个小钱，王满银从一个河南手艺人那里贩买了些老鼠药，在石圪节公社倒卖了其中的十几包，每包赚了五分钱，总共得利不足一元。但就是这么点儿"利润"，却为他带来了极大的伤害。没有不透风的墙，这件事竟然让公社的民兵小分队——据说，这民兵小分队是由各村的"二杆子"后生集合起来组成的，其任务是专门搞阶级斗争——知道了，被定性为"走资本主义道路"，因此，被拉到公社在双水村的基建工地"劳教"。然而，最使人难堪，也使这一"运动"几乎演化为悲剧乃至闹剧的是，对这些所谓的"阶级敌人"的"改造"，不仅让他们自带干粮，不计工分，干最累的活——用

---

① 路遥：《平凡的世界》（上），中国青年出版社 2000 年版，第 9 页。

② 虽然在小说中王满银的"戏份"并不多，但这却实在是个有意思因而不容忽视的"小人物"：在计划经济时代，在城乡分离的时代，在不许随便流动的时代，王满银却不愿意受拘束，因而东游西逛，成了名副其实的"二流子"，因而，跟着这个"二流子"东张西望的"眼睛"，我们也看到了那个时候横生的"乱象"——武斗、阶级斗争、农村水利基本建设、批斗会……然而，问题的关键不在这里，而在于当改革开放之后，当城乡不那么壁垒森严之后，当允许自由流动之后，当允许"走资本主义道路"之后，这个计划经济时代的"二流子"却"改邪归正"了，不仅不到处游荡着"走资本主义道路"了，而且，一阵心血来潮之后，竟然回家死心塌地地做起了"模范丈夫"和"模范父亲"，而且还彻底改头换面，到自己的小舅子孙少安的窑厂里卖力地干起了伙房，竟然又成了一个"模范打工者"。王满银的转变实在富有戏剧性，因而像一则寓言，其背后的寓意大概是：坏制度能把人压抑成"二流子"，而好制度则能把"二流子"改造成"优秀劳动者"。

架子车送土，一般四个"好人"装，一个"坏人"推，推土的时候还要跑，而且，还在给"坏人"装土的四个"好人"中安排一个"坏人"的亲属——折磨本人不算，还要折磨他的亲人；折磨他们的肉体不算，还要折磨他们的精神。

在小说中，这个被折磨的"好人"就是孙少平的父亲孙玉厚。

似乎为了将这幕闹剧进行到底，小说又安排了一场批斗会。

为了"抓革命，促生产"，公社主任徐治功安排举行一场批斗会，而且每个村都有一个批斗指标，这可把大队支部委员、农田基建队队长、贫下中农管理学校委员会主任孙玉亭——名字有点熟？那就对了，他是孙玉厚的亲弟弟——难为坏了，因为，即使在这个彻头彻尾的革命派眼中，双水村怎么也找不出一个"阶级敌人"来——"几家成分不好的人，都规规矩矩，简直抓不住一点毛病，要是评先进和模范，这些人倒够条件。"[1] 为了完成指标，百般无奈的孙玉亭灵机一动，想起了田二，因为他脑子有毛病，爱嘟囔一句"世事要变了"，而且他儿子也是个憨家伙。

就这样，孙玉亭们导演了一场"闹剧"——

会场安静下来了，"阶级敌人"低头认罪了，徐主任慷慨激昂地演说了，批斗会开始了。一切都井然有序，有模有样，可唯独傻瓜田二不知道自己为什么被带到台前来跟那么多人站在一起，他觉得热闹，觉得好玩，便兴奋地走来走去，两条胳膊胡乱挥舞着，嘴角挂着通常那丝神秘的微笑，嘟囔着说：世事要变了，世事要变了……可气而又可笑的是，田二的憨儿子[2]也在人群中兴奋起来，快活地喊着他唯一会说的话："爸！爸！爸……"

于是，忍俊不禁的人们，发出了会心的笑声。

在人们那无奈而又会心的笑声中，庄严化为滑稽，崇高化为低俗，伟大化为卑劣。总之，一切正面的东西都颠倒了，粉碎了。

"运动"和"整人"是计划经济和公社制度压抑农村社会的主要"罪状"之一，然而，虽然"运动"和"整人"比较残酷，不仅从肉体上摧残人，而且还从精神上折磨人，但无论如何，在小说中，这场"整人"

---

① 路遥：《平凡的世界》（上），中国青年出版社2000年版，第61页。
② 这个人物让我突然想起了韩少功的《爸爸爸》里的人物丙崽。

的"运动"是在嘲讽的笑声中结束的，尽管这笑声不无苦涩和沉重，但也不乏轻松和幽默。也就是说，这"整人"的"运动"留给人们的，虽然有短暂的哀伤和愁怨，有凝重的叹息和泪水，但却没有给人们留下刻骨铭心的"伤痕"，没有给人们留下大的伤害、痛苦、悲伤。与此相比，计划经济体制和公社制度压抑农村社会的另外一个"罪状"——瞎指挥和好大喜功——问题就严重得多了，它留给农村社会的，是鲜血淋漓的伤口，甚至是生命的代价！而这，则主要是通过双水村公社化时期的"能人"——大队支部书记田福堂——的"表演"表现的。

首先是"偷水"——说"抢水"也可以——事件。

孙少平的哥哥——精明强干的一队队长——孙少安去山西看对象的这段时期内①，天旱得实在太厉害了，甚至有人冒着被"批斗"的危险，偷偷地去搞"封建迷信"活动——祈雨。

在这样的"紧急状态"下，整个双水村都"骚乱"起来，田福堂也不例外，他躲在家里焦急不安，一筹莫展。然而，"能人"毕竟是"能人"，一番焦急的盘算后，他终于想出了一个大胆的主意——"偷水"，而且，老谋深算的他还引导着别人先把这个激进的想法说出来，而后他就顺梯子爬墙，借题发挥，对"偷水"计划做了周密的安排，并亲自坐镇指挥。然而，百密一疏，由于孙玉亭指挥不了金富和金强两个愣小子，他们在石圪节水库大坝中间豁了一道大口子，从而引发灾难：由于水势凶猛，不仅冲垮了沿河的所有水库，留下一条肮脏的河道，而且，还冲走了老实憨厚的金俊斌，留下了一个美丽风流的寡妇及一堆"口水"故事。

偷鸡不成反蚀把米。田福堂的第一次"伟大"行动以失败而告终。可双水村的现任"能人"是不肯轻易认输的，简单的休整之后，他就从"偷水"事件的打击中恢复过来，并开始谋划起更大的改天换地的"事业"来：用炸药把神仙山和庙坪山分别炸下来半个，拦成一个大坝，把五华里长的哭咽河改造成一条米粮川。然而，这个宏伟的计划再次以失

---

① 每次读到这里的时候，我都对作家"安排"孙少安离开双水村的时间有些困惑：按说，在这么艰难的时刻，作为村里的"后起之秀"，他不应该离开村子呀？或许，作家是"故意"这么安排的。作家之所以让他在这样的"关键"时刻离开双水村去寻对象，或许是为了给他留下一个"清白"的历史。之所以有这样的困惑，是因为我实在拿不准如果他在村里会怎么干：他是去"抢水"呢？还是力排众议，阻止抢水？——即使阻止不了，也与现在的权威田福堂有一番交锋，从而为以后崛起埋下伏笔。从这个角度看，孙少安在关键时刻离开村庄这个细节比较有意味。

败而告终①：不仅浪费了大队几万斤储备粮，而且再次搭进去一条生命，把憨汉田二炸死在里面。更加严重的是，剧烈的爆破，把村学校的窑洞给震坏了，只好把孩子们赶进"牲口棚"里去读书，这给"百年大计"埋下了隐患。

如果从整个国家，甚至一个地区范围来看的话，田福堂的"计划"不仅不那么"宏伟"，而且简直有些"小儿科"了，但不要忘记，田福堂的活动舞台就是一个不大的村庄，因此，在这有限的范围内，他失败的"业绩"就影响深远了，对这个小村庄来说，其影响甚至可以说是伤筋动骨，没有一段时间，恐怕难以恢复。而且，我们必须指出的是，作家之所以描写田福堂在双水村的"丰功伟绩"，是因为他将双水村当作一个缩影——整个中国的缩影。

在这样的压抑下，公社化时期的乡土中国是多么萧条啊。

在原西县革委会副主任田福军眼中，这样的乡土中国，甚至比马尔克斯笔下的小镇马孔多还偏僻、落后、荒凉、凄惨，其危机状况令人震惊：缺吃少穿是普遍现象，有些十七八岁的大姑娘，衣服都不能遮住羞丑，一些很容易治愈的常见病长期折磨着人，严重些的病人就睡在不铺席的土炕上等死……与物质生活的贫乏相比更严重的是人们"保守"的思想：当田福军到达一个叫土崖凹的村子，在队长家里吃饭的时候，发现这家人吃的是糠团子，只是把仅有的两个玉米面窝窝头给他吃。正当他为此难受时，突然闯进来一个老汉向他求救，说自己一家三口四天没吃一颗五谷了，原因竟然是他家的小子出门盲流，公社和大队命令扣口粮。

这不是个孤立的个案，而是个"普遍"现象——

在后子头公社召开的座谈会上，当田福军问哪个队有断了粮的家户时，许多支部书记都哭了，他们纷纷叙说各自队里的不幸状况，看来，除个别村，大部分村子都有许多缺粮户。

与此形成鲜明对比的是，在县委迎接中央首长"高老"的宴席上，却琳琅满目地摆满了奢侈的酒食，惹得高老都生气了。

唉！一边是农民终年"汗滴禾下土"却衣不蔽体、食不果腹，一边

---

① 让我困惑的是，在这敏感时刻，孙少安再次及时地离开了村庄——上次是因为去外地看对象，这次则是因为送妻子去医院生孩子，都是"人之常情"，都"情有可原"。可一细想，他的离开就不那么"正常"了。

却是某些"肉食者"饱食终日、无所事事，甚至奢侈浪费。

这就是我们苦难的祖国，这就是我们的艰难时世。

第二节　计划不是万恶的，市场亦非万能的

毫无疑问，作家对乡土中国是满怀深情的，我们甚至可以透过纸背看到作家深沉的眼里饱含的泪水。正是基于这朴素的感情，作家对他所面对的世界的批评不仅是自发的，而且是自觉的，也就是说，作家对社会问题的揭露是真实的，而且，这揭露也在一定程度上触及了问题的本质：官僚主义，严重的官僚主义！

对了，问题的本质不是计划经济和公社制度，而是盘踞在这一社会安排之上的官僚主义，一种隐蔽而强大的社会存在。正是这种隐蔽而强大的社会存在，带来了诸如"瞎指挥""浮夸"等一系列社会问题，从而消解了这个社会的生机和活力。也正是在这个意义上，我们才可以说，与其说孙少平、孙少安们对所谓的"小河有水大河满"的社会安排有一个明朗的向往，不如说他们这向往是隐蔽而颟顸的官僚主义压抑的产物，是无奈的"苦果"。

作家对官僚主义的揭露仍然是通过对双水村的能人田福堂的描写实现的，当然了，在他上面，还有公社里的徐治功、周文龙们，有县里的冯世宽、李登云们，还有市里的苗凯、高凤阁们……其实，作家之所以从细小处落笔，写一个村支书几乎不起眼的劣迹，是因为这细小处恰恰反映了问题的严重性。因为恰恰是田福堂们这些看起来微不足道的作为，不仅为更上一层的官僚主义的滋生提供了肥沃的土壤——当然，他们之间的关系是彼此依附、不分你我的，而非泾渭分明，而且，也确实对他们所笼罩的地方造成了看似细微实则深刻的伤害，因而更有说服力。当然了，由于性情的淳朴，作家在描写田福堂时也比较含蓄，只是将双水村普遍的贫困与他一个人的富裕对比，同时，突出了他的老谋深算：有问题的时候，他总是明智地躲在后边，而有功劳的时候，他总是适时地走到前台，就像他的副手金俊山因为偷水失败而通过广播向全公社检讨他们村损人不利己的不法行为时心里想的那样，"双水村做下成绩，都是

田福堂在广播上介绍经验出风头；而这种不光彩的倒霉事，倒轮上他金俊山了……"①

更可怕的是，有时候只是为了个人利益，只用简单的一句话，他就把一个"好人"推到"火坑"里去，让其痛苦不堪。比如，当他发现自己在城里工作的女儿润叶和村里的穷小子孙少安有感情瓜葛后，尽管他打心眼里承认穷小子孙少安是双水村的后起之秀，其在双水村的前程不可限量，可由于他的女儿是"公家人"——否则的话，他倒是喜欢这门亲事，他甚至愿意在经济上倒贴点呢——这一切就成了泡影，而且他还不管理智的孙少安明白自己的处境与润叶不般配，因而极力躲避、婉拒其香甜而热烈的情感，只是顺手一击，神不知鬼不觉地让公社主任徐治功组织查一查各村的猪饲料地，就把孙少安推到了公社"走资本主义道路"的批斗会上，几乎毁坏了这个朴实、能干、善良的小伙子的一生。

不过，由于路遥的描写过于平实，我们无法洞见这一问题的严重性，因此，我们必须通过对另一部同样写于 20 世纪 80 年代的杰作的阅读观察、透视这个问题，这部杰作就是张炜的《古船》②。而在《古船》中，这个官僚主义的象征就是那个像成了精的古树一样的"四爷爷"赵炳。这个洼狸镇的土皇帝真像一棵盘根错节的老树，稳固地站在那里，一动也不动，似乎什么力量也动摇不了他，而尤其可怕的是，他的根须和枝叶却又无处不在，像无数双贪婪的眼睛，像无数只诡异的手，不仅严密地监视着洼狸镇的一举一动，而且又牢牢地把持着这里的一草一木、一人一物。他是多么"爱惜"这一切啊，就像他爱惜张王氏张罗的美味佳肴一样，不仅细细地咀嚼、品尝，而且还要耐心地游戏、把玩。就这样，他把赵多多变成了自己锐利的爪牙；就这样，通过自己的爪牙他把洼狸镇的经济命脉乃至政治资本（粉丝大厂）把握在自己手中；就这样，他把过世地主美丽的女儿含章变成了自己多年的玩偶……而对自己无法掌控、把玩的东西，他就像摔碎一件珍贵的瓷器一样，将它们彻底毁坏——既然自己不能拥有和把玩，那别人就更没有这样的"福气"了。

---

① 路遥：《平凡的世界》（上），中国青年出版社 2000 年版，第 237 页。

② 张炜的《古船》写于 1984 年 6 月至 1986 年 7 月。我个人认为，这是对公社化时期官僚主义批判最猛烈的一部作品，同时，作家极其敏感，对改革开放即将给中国农村带来的大波动也表达了隐约的渴望和不安。

就这样，动员他当兵的指导员"被人干掉"了，而不久之后，指导员的"乌纱帽"就落在了他头上；就这样，倔强的地主老婆茴子不服他的欺凌和侮辱，就只好在尿与火的双重折磨中愤恨而死；就这样，地主崽子见素被他无声的威压折磨得坐立不安，离家出走，最后急火攻心，得了不治之症……正是这个人物的狡诈和残暴，让作家张炜在济南、北京《古船》讨论会上的发言中激动地批驳了抽象的人性论和人道主义论，直截了当地诘问："出身贫苦的人一定是好人、革命者、勇敢的人吗？"实际上，这个人物表现出来的历史内容极其丰富，因而，带出来的问题既非一般的人性论和人道主义论所能概括，也非张炜的追问所能揭示，因为，他身上既有官僚气息，更有封建鬼气。

为了让这个古怪的造物丑陋的一面充分展示出来，张炜还塑造了一个更加重要的人物——不断反思的地主的大儿子抱朴。通过艰难思索、探索，在重新拿回粉丝大厂时，他终于明白了一个道理："老隋家人多少年来错就错在没和镇上人在一起。"因此，"要紧的是和镇上人一起。"同时，张炜也没有忘记提供一个更加重要的道具——《共产党宣言》。这本书，似乎是抱朴一个人的"圣经"，他像一个枯树墩子一样，默默地坐在磨坊里咀嚼这本书，一坐就是十几年，似乎斑驳的锈蚀也在他身上蔓延开来。而恰恰是这艰苦的咀嚼和思考，终于使这个地主的后代明白了一个人人都应该明白的真理："要紧的是和镇上人一起。"而如果考虑时间因素，把范围适当放大的话，我们可以把这句话置换为：要紧的是拒绝官僚主义作风，要紧的是和人民在一起，要紧的是为人民服务……正是因为有这重意义，抱朴念念不忘的这本书对赵炳们而言是一个巨大的"锻炼"，对我们则是一个严厉的拷问。

是啊，本来应该是以共产主义者自居的你们要好好研读《共产党宣言》，从而明白自己所担负的历史使命，与人民站在一起，同甘共苦、艰苦创业的，可狭隘的小农意识和严重的封建思想却让你们走向了自己的反面，走到了所谓的"封建的社会主义的道路"上去，坐到官僚主义的"椅子"上去了，就像张炜在小说中引用《共产党宣言》中的话所暗示的那样："法国和英国的贵族，按照他们的历史地位所负的使命，就是写一些评价现代资产阶级社会的作品。""他们用来泄愤的手段是：唱唱诅咒他们的新统治者的歌，并向他们叽叽咕咕地说一些或多或少凶险的预言。""这样，就产生了封建的社会主义，其中半是挽歌，半是谤文；半是过去的回音，半是未来的恫吓。它有时也能用辛辣、俏皮而尖刻的评论刺中资产阶级的心，但是它由于完全不能理解现代历史的进程而总是令人感到可笑。"① 这可真是个令人痛惜的黑色幽默。

这话说得多好啊。正是因为"完全不能理解现代历史的进程"，或者"不能完全理解现代历史的进程"，使我们一些庸俗的社会主义者要么为狭隘的小农主义和自私的小市民主义所诱惑，偏离了正确的发展轨道，走上了官僚主义的道路，腐化堕落，自私自利，玩世不恭；要么不理解现代历史螺旋式上升、波浪式前进的发展过程，好大喜功，好高骛远，而一旦受到挫折，则怨天尤人，悲观不前，全盘否定，既要倒掉洗澡水，也要泼掉孩子。

在弄清楚小说所反映的问题之后，再让我们看看这一问题的现实存在。虽然由于视野的限制，我没有看到系统地讨论公社化时期官僚主义的作品和文章，特别是那种脱离了肤浅的为控诉而控诉的腔调而用详尽的历史事实和清晰的理论分析进行探讨的作品和文章，但有时候，一些具体的历史材料可以为我们提供一个思考的起点，使我们窥斑见豹，见一叶落而知秋至。王延春、吴德简等人写给王任重而王任重又上报给毛泽东的《麻城县万人大会的三次报告》就提供了一个这样的观察点。这个报告主要写了麻城县召开"万人大会"解决大集体与小集体、小集体与社员的矛盾从而促进农村社会稳定、生产发展的问题。这个材料显示了当时由于官僚主义而导致的"一平""二调""三收款"问题的严重性。

材料之一称：打通思想之后，在会上，"县和公社当场开支票，拿出现钱 320 万元②，分别退还生产队；当场办手续，退还各生产队拖拉机 8 台，抽水机 5 部，动力机 49 部，其他小机器 143 部，各种运输车子 744 部，各种小农具 2697 件，耕牛 1025 头，生猪 9019 头，小家畜 3589

---

① 张 炜:《古船》，人民文学出版社 1987 年版，第 380 页。我不能确定作家是否用"封建的社会主义"直接讥刺赵炳利，但在我看来，这个词语实实在在地指出了官僚主义者的庸俗和颟顸。正如《共产党宣言》对封建的社会主义者们批判的那样，由于完全不能理解现代历史的进程和自己所担负的伟大使命，赵炳这样的官僚主义者用错误的态度和方法对待历史，从而走到了自己的反面，成为压抑社会的反动力量。

② 这里的货币单位是当时的标准，当时一万元大致相当于现在的一元。

只，蜜蜂 2192 箱。"① 另一则材料显现的生产队一级的财务问题更加严重："29 日仅仅半天的讨论就揭发出很多问题。好多生产队查起账来，对不上口。宋埠公社抽生产队的钱是 77 万元，生产队账上却有 99 万元。拜郊二队，各小队共交给生产队 24.8 万斤籽棉，生产队的账上却只有 19 万斤。张畈一队，9 个小队和队里查对账目的结果，出入很大，粮食差 2.9 万斤，高粱差 1100 斤，花生差 60 斤，芝麻差 500 斤，黄豆差 270 斤，钱差几百块。生产队的干部普遍有贪污行为，宋埠公社歧亭六队 24 个干部，有 19 人共贪污 2400 元，5 个没有贪污的都是不在家的。生产队一级的干部最严重，他们说贪污十几块钱的算是'清白干部'，贪污一两百块的相当普遍，多的在千块以上。小队干部也有贪污行为，但不多，一般的几块，十几块，多的几十块。贪污的名目多得很：有贪污工资的，中一公社只有 2.1 万个劳动力，却被生产队领去了 2.3 万个劳动力的工资；有贪污超产奖金的，三河公社 5 个大队，有 4 个大队的奖金被贪污了；有贪污工农业投资的，东木公社丁家河十一队的干部，把社员投资工农业的现款和 7 个大元宝都贪污了；有贪污副业收入的，龟山公社八队 4 个干部集体贪污 4900 元的副业收入，因为分不平，下手抢了，连通讯员也抓了一把；有贪污过节费的，三河公社春节发肉发钱，有的生产队干部就把钱扣了；有贪污罚款的，龟山公社八队的干部，私罚社员 40 元，都拿去喝酒；此外，还有贪污存款利息、贷款、救济款、购粮款、伙食费等，反正是见钱就抓。"②

坦白地讲，刚读到这则材料的时候，我非常震惊。这虽然只是一个县的例子，可反映的问题却足够严重。这是 1959 年 3 月 30 日的材料，距新中国成立还不足十年，可就在这短短十年的时间里，官僚主义却发展得如此严重，再考虑到当时相对贫乏的物质状况和相对紧张的国际、国内形势，这一问题就更加严重了。正如这则材料的作者们所揭示的，这不仅仅是个腐败问题，而是"关系到要不要农民的问题，关系到保护广大基层干部的问题，关系到党的政策如何贯彻到底的问题"③。正因为

---

① 黄道霞等主编：《建国以来农业合作史料汇编》，中共党史出版社 1992 年版，第 544 页。
② 黄道霞等主编：《建国以来农业合作史料汇编》，中共党史出版社 1992 年版，第 547 页。
③ 黄道霞等主编：《建国以来农业合作史料汇编》，中共党史出版社 1992 年版，第 547 页。

如此，在 1959 年 2 月 27 日至 3 月 5 日召开的郑州会议上，毛泽东才在发言中严肃地指出："大家看到，目前我们跟农民的关系在一些事情上存在着一种相当紧张的状态，突出的现象是在 1958 年农业大丰收以后，粮食棉花油料等等农产品的收购至今还有一部分没有完成任务，再则全国（除少数灾区外），几乎普遍地发生瞒产私自分，大闹粮食、油料、猪肉、蔬菜'不足'的风潮，其规模之大，较之 1953 年和 1955 年那两次粮食风潮有过之而无不及。"[①]

毛泽东引导全党透过现象看本质，找出这些问题的本质即主要矛盾在什么地方，他高屋建瓴地分析说："农村人民公社所有制要不要有一个发展过程？是不是公社一成立，马上就有了完全的公社所有制，马上就可以消灭生产队的所有制呢？我这是说的生产队，有些地方是生产大队即管理区，总之大体上相当于原来的农业生产合作社。现在许多人还不认识公社所有制必须有一个发展过程，在公社内，由队的小集体所有制到社的大集体所有制，需要一个过程，这个过程要有几年时间才能完成。他们误认为人民公社一成立，各生产队的生产资料、人力、产品，就都可以由人民公社领导机关直接支配。他们误认社会主义为共产主义，误认按劳分配为按需分配，误认集体所有制为全民所有制。他们在许多地方否认价值法则，否认等价交换。因此，他们在公社范围内，实行贫富拉平，平均分配；对生产队的某些财产无代价地上调；银行方面，也把许多农村中的贷款一律收回。'一平、二调、三收款'，引起农民的很大恐慌。这就是我们目前同农民关系的一个最根本的问题。"[②]

现在回过头来看，毛泽东的这次发言仍然振聋发聩。确实，问题的本质是如何完全地理解现代历史的发展进程，从而用马克思主义的立场、观点和方法分析问题、找出问题、解决问题，搬掉前进道路上的绊脚石，而不是否定农村社会主义道路的问题，更不是"什么向农民让步的问题"[③]。因为，计划不是万恶的，市场也不是万能的，"在没有实现农村的全民所有制以前，农民总还是农民，他们在社会主义的道路上总还有一定的两面性。我们只能一步一步地引导农民脱离较小的集体所有制，

① 黄道霞等主编:《建国以来农业合作史料汇编》，中共党史出版社 1992 年版，第 528 页。
② 黄道霞等主编:《建国以来农业合作史料汇编》，中共党史出版社 1992 年版，第 529 页。
③ 黄道霞等主编:《建国以来农业合作史料汇编》，中共党史出版社 1992 年版，第 529 页。

通过较大的集体所有制走向全民所有制，而不能要求一下子完成这个过程，正如我们以前只能一步一步地引导农民脱离个体所有制而走向集体所有制一样。由不完全的公社所有制走向完全的、单一的公社所有制，是一个把较穷的生产队提高到较富的生产队的生产水平的过程，又是一个扩大公社的积累，发展公社的工业，实现农业机械化、电气化，实现公社工业化和国家工业化的过程。"① 在再次强调农村人民公社前进道路的艰难曲折之后，毛泽东还立足现实，客观而又乐观地强调说："目前公社直接所有的东西还不多，如社办企业、社办事业，由公社支配的公积金、公益金等。虽然如此，我们伟大的、光明灿烂的希望也就在这里。因为公社年年可以由队抽取积累，由社办企业的利润增加积累，加上国家的投资，其发展将不是很慢而是很快的。"②

然而，令人遗憾的是，在现实的困顿面前，这清醒的声音实在有点曲高和寡了，以至于时人很难全面理解并正确执行，而后人则不仅完全忘记了这声音，而且更忘记了这分析问题、解决问题的立场、观点和方法。不用说其他的，单看看我们的当代文学史，特别是 20 世纪 80 年代以来的文学史，问题就一目了然。不要说对历史有清醒认识和正确判断的文学作品集体缺席，即使像路遥这样怀着朴素的情感对历史进行严肃思考的作品也凤毛麟角，包围着我们的，只有所谓的"伤痕文学"和"反思文学"，而在这哭哭啼啼的"反思"声中，我们失去了理性，也失去了活力。80 年代中期以后，情况进一步恶化，这种无知无畏的情绪蔓延到整个知识界乃至全社会，而以经济学界尤甚。在这种情况下，人们不是怀着历史的同情去研究问题，而是为"反思"而"反思"，为"控诉"而"控诉"，甚至片面地、机械地、形而上学地看待历史，用对历史的控诉来为现实的不公辩护，用对计划经济的抨击来掩饰放任主义市场经济的劣行。譬如，我们在上文所指出的农村公社化过程中的官僚主义问题和腐败问题及其背后的封建性，就很少有人对其来龙去脉细致剖析，从而对其反动的历史作用进行合理评估，以为中国社会又好又快地发展提供合理的借鉴和参考，奇怪的是，像"腐败是次优选择""腐败是社会发展的润滑剂"等所谓自由主义经济学的奇谈怪论却成为流行的格言。

---

① 黄道霞等主编：《建国以来农业合作史料汇编》，中共党史出版社 1992 年版，第 529 页。
② 黄道霞等主编：《建国以来农业合作史料汇编》，中共党史出版社 1992 年版，第 529 页。

在这样的知识氛围中，我们看到，那些在历史的河流中本应被淘洗掉的东西，却顽固地保留下来并"茁壮成长"了，而那些像闪闪发光的金子般宝贵因而被珍藏的历史遗产却荡然无存，以至于有远见的研究者忧心忡忡地指出："美国历史比起中国来并不算长，但几乎大大小小的领导个个都被认为是伟人，而我们多少年来总习惯于非议和否定前人，甚至不把前人骂倒自己就不能前进似的，少了几分理解与尊重，少了几分温情与敬意……"[①]

在这样的知识氛围中，我们也不得不痛惜地指出，新中国成立后，尽管有诸多令人振奋、催人奋发的变化，但在历史上困扰着我们的一些"疾病"却仍然根深蒂固，或者说，这些"疾病"被我们从前门赶走了，可它们却像阴险的妖精一样，摇身一变，又从后门堂而皇之地回来了。官僚主义就是这样的"疾病"之一。我们看到，20 世纪 80 年代之后官僚主义依然如故，甚至变本加厉，形形色色的官僚主义仍然大行其道，唯一有所变化的是，他们口中念的"经"变了，不再是计划经济和人民公社的"经"，而变成了改革开放和市场经济的"经"，但其行为和结果却一如既往的恶劣。在这官僚主义之烟雾的弥漫中，我们似乎又回到了遥远的"丛林"中，在那里，是"各人自扫门前雪，哪管他人瓦上霜"。更严重的是，在这官僚主义的弥漫中，一切应该治理的都荒废了，而一切不该治理的却被空前强化、恶化了。新任省委书记乔伯年现场办公，带领省市有关部门领导亲自挤公交，探寻解决城市公交服务落后状况时的遭遇，就是一个有意思的反讽。他提的问题是如何全面改善市里的公共服务，而市委书记秦富功送给他的却是这样的答案："严肃地处理了今天那几辆捣蛋公共汽车的有关人员，而且开除了他们坐的那辆车上的售票员。为了杀一儆百，他准备将这件事在晚报上公开报道……"[②]而我们作品的主人公之一，满身正气的从县领导干到省领导的田福军的女儿田晓霞，也因为官僚主义分子高凤阁的玩忽职守而葬身洪流……

正因为如此，韩毓海在《"市场意识形态"的形成与批评的困境》中借用马克斯·韦伯晚年对苏联社会主义体制的诊断，提醒我们要清醒地

---

① 韩毓海、刘毅然、张文钟、毛建福编著：《星火》（电视剧剧本），河北人民出版社 2007 版，第 4 页。

② 路遥：《平凡的世界》（中），中国青年出版社 2000 年版，第 487 页。

认识中国历史，或者说，要用一种连续性的视野观照中国，看清现实中国从哪里来，从而辨明前进的方向。

马克斯·韦伯认为：苏维埃制度并没有像它所宣称的那样，通过资本的国有化，根绝了对个人利益的追逐，相反，对个人利益的追逐以更为曲折甚至更为极端的方式表现出来，它不但表现为一般民众"关心的只是把自己的定量和规定的劳动时间和别人进行比较"，而且，它也产生了这样一批官僚，他们可以以一种匿名的方式对个人利益进行更加肆无忌惮、更加没有节制的追求。即"在这样的社会里，那些以匿名的形式实际上掌握权力的人——匿名的个人，联合成为一个封闭的、等级森严的官僚集团。这个集团并不创造财富，却不受监督毫无节制地支配不该属于他们的财富。"正是在这个意义上，马克斯·韦伯认为，某些社会主义国家"从内部的崩溃"完全不能被理解为"资本主义的胜利"。因为，前者的存在从来是一种虚构，它没有找到以国有的方式防止资本被少数个人所掌握的方案，不过是以匿名的方式使对个人利益的追逐变得更为隐蔽、更为曲折——在同样的意义上，更为极端、更为不择手段，也更为官僚化，因此，是"从内部的崩溃"。正如马克斯·韦伯所预见的，与其说是"两类制度、两种政权的对立最终导向"的一种制度战胜另一种制度，不如说是赢利的官僚集团追逐个人利益行为的某种程度的公开化。

在此基础上，韩毓海进一步提醒我们注意在中国特定的现实情境下，所谓"新制度"和"新兴的经济力量"与旧制度的内在联系。在当代中国条件下，它完全不能被自明地看成"自发生成"的，在某种程度上，正是这种联系表明它正是从原有体制中转化而来的，因而就不是自然、自发而是历史地、制度地乃至政治地生成的。因此，在观察过程中，也就不能抽象地、一般或一概地将"新兴的经济力量"看作自发的、天然的具有批判既成权利关系的"解放"或"创新"动力，或将其看作完全相对于"国家"的"个人"和"市场"，相反，倒是应该具体分析这些仅仅是"匿名的个人"在历史的特定过程中与原有体制的联系，即权力关系的转换形式。

路遥的《平凡的世界》提供给我们的就是这样一个思想分析的蓝本。它让我们洞察当代中国社会转变的隐秘途径，而非其他。

第三节　消失了的节日

在这样的历史转变中，仅仅分析诸如哪些东西遗留了下来之类的问题是远远不够的，我们还要透过纷繁复杂的现象去看本质，寻找在这样的历史转折中哪些美好的东西消失了，以及其后果。在这一方面，路遥的《平凡的世界》依然是一个杰出的文本。

然而，在进一步分析之前，还是让我们先身临其境，去体验体验艰苦的公社化时期双水村那盛大的节日——打枣节——吧：

> 农历八月十四日，双水村沉浸在一片无比欢乐和热闹的气氛中。一年一度打红枣的日子到来了——这是双水村最盛大的节日！
>
> 这一天，全村几乎所有的人家都锁上了门，男男女女，老老少少，提着筐篮，扛着棍杆，纷纷向庙坪的枣树林里涌去了。在村外工作的人，在石圪节和县城上学的学生，这一天也都赶回村里来，参加本村这个令人心醉的、传统的"打枣节"……
>
> 一吃完早饭，孙少安一家人就都兴高采烈地出动了。孙玉厚两口子提着筐子；兰香拉着秀莲的手，胳膊上挽着篮子；少安扛着一根长木棍；少平背着笑嘻嘻的老祖母；一家人前呼后拥向庙坪赶去。他们在公路上看见，东拉河对面的枣树林里，已经到处是乱纷纷的人群了。喊声，笑声，棍杆敲打枣树枝的噼啪声，混响成一片，撩拨得人心在胸膛里乱跳弹。
>
> 在孙少安一家人上了庙坪的地畔时，打枣活动早已经开始了。一棵棵枣树的枝杈上，像猴子似的攀爬着许多年轻人和学生娃。他们兴奋地叫闹着，拿棍杆敲打树枝上繁密的枣子。随着树上棍杆的起落，那红艳艳的枣子便像暴雨一般撒落在枯黄的草地上。
>
> 妇女们头上包着雪白的毛巾，身上换了见人衣裳，头发也精心地用木梳蘸着口水，梳得黑明发亮；她们一群一伙，说说笑笑，在地上捡枣子。所有树上和地上的人，都时不时停下手中的活，顺手摘下或捡起一颗熟得酥软、红得发黑的枣子，塞进自己的嘴巴里，香喷喷、甜丝丝地嚼着。按老规矩，这一天村里所有的人，只要本人胃口好，都可以放开肚皮吃——只是不准拿！

只有田二是个例外。"半脑壳"今天不捡别的，光捡枣子。他一边嘴里嚼着枣子，一边手里把捡起的枣子往他前襟上的那两个大口袋里塞着；这两个塞满枣子的大口袋吊在他胸前，像个袋鼠似的，累得他都走不干练了。他一边捡，一边吃，一边嘿嘿笑着，还没忘了嘟囔说："世事要变了……"

人们还发现，连爱红火的老家伙田万有也能俏得爬到枣树上去了！他拿一根五短三粗的磨棍，一边打枣，一边嘴里还唱着信天游，把《打樱桃》随心所欲地改成了《打红枣》——

太阳下来丈二高，
小小（的呀）竹竿扛起就跑，
哎嗨哟！叫一声妹妹呀，
咱们快来打红枣……

地上的妇女们立刻向枣树上的田万有喊："田五，亮开嗓子唱！"爱耍笑的金俊文的老婆张桂兰还喊叫说："来个酸的！"

田五的兴致来了，索性把磨棍往树杈上一横，仰起头，眯起眼，嘴巴咧了多大，放开声唱开了——

叫一声干妹子张桂兰，
你爱个酸来我就来个酸！

绿格铮铮清油炒鸡蛋，
笑格嘻嘻你碰畔上站；

绒格墩墩褥子软格溜溜毡，
不如你干妹子胳膊弯里绵……

妇女们都笑得前俯后仰，张桂兰朝树上笑骂道："把你个挨刀子的……"

田五咧开嘴正准备继续往下唱，可马上又把脸往旁边一扭，拿起磨棍只管没命地打起枣来，再不言传了——他猛然看见，他儿媳妇银花正在不远的枣树下捡枣哩！年轻的儿媳妇臊得连头也抬不起来。

众人马上发现田五为啥不唱了，于是一边继续起哄，一边快乐地仰起头，朝枣树上面秋天的蓝空哈哈大笑了——啊呀，这比酸歌都让人开心！田五满脸通红——唉，要不是儿媳妇在场，他今天可能把酸歌唱美哩！只要银花不在，就是他儿子海民在他也不在乎！①

这是何等的欢乐又是何等的和谐啊。在这欢乐的笑声中，一切苦涩的东西都烟消云散。这欢乐的笑声，就像早晨八九点钟的太阳，给清贫的生活晕染上一圈幸福的光辉，给艰难的生活送来一层温暖的气息。更重要的是，这是"贫困的丰饶"，是物质相对贫困中的文化丰饶。对资源禀赋相对较差而人口压力又相对较大的乡土中国来说，这文化的丰饶尤其重要，因为，恰恰是它的存在，使苦难中的人们水乳交融，紧密地联系在一起，有勇气、有心劲冲破重重困难，去憧憬、去创造一个属于自己的新生活。

当时间重新开始，所谓的"市场经济"浪潮冲击、席卷再次马铃薯化的农村之后，这美好的乡土文化，这潜移默化、润物无声的文化力量，也迅速"退潮"，甚至异化。在所谓的"市场经济"蓬勃发展的初期，敏感的作家就敏锐地捕捉到了这一变化，并借双水村一次久违了的支部会，用支部委员们的嘴说了出来。

就在被儿女的婚姻折磨得疲惫不已的田福堂躺在家门口前的破碾盘上冥思苦想时，金光亮的弟媳妇马来花跑到他面前高喉咙大嗓门地告金光亮的状，说金光亮在庙坪自家的枣树边上——看来，那一片茂密的枣林也在"单干"的浪潮中被分割成琐碎的一小片一小条分给了各家各户，要不然，是不会有这样细小而复杂的麻烦的，而事实上，这些家长里短的事情也的确成了当时困扰村集体的若干重要问题之一——又栽了许多泡桐树，这些泡桐树的根都扎在了他们的枣树下，使他们的枣树失掉了许多养料，今年树上的枣子结得稀稀拉拉，比别人家至少要少三分之一。她强烈要求田福堂处理这事，并"威胁"说如果不处理这事，她就天天

---

① 路遥:《平凡的世界》(上)，中国青年出版社 2000 年版，第 261—263 页。

到碾盘这找田福堂，让他不得安生。以前面对各种各样的告状总是推脱的田福堂，一是因为从儿女的打击中逐渐恢复了点元气，二是因为对金光亮搞"阶级报复"不满，想"反报复"一下，于是才有了这令人百感交集的一幕。作家先是借"热心""政治"的孙玉亭的眼睛，引领着我们观照如今乡村公共事务的衰落——

已经很久没有开会因而对开会很有些怀念的孙玉亭情绪激动地打开大队公窑的门后，脸禁不住沉了下来，在公窑积满尘土的脚地上呆立住了，心酸不已："他看见，往年这个红火热闹的地方，现在一片凄凉冷静。地上炕上都蒙着一层灰土，墙上那些'农业学大寨'运动中上级奖励的锦旗，灰尘蒙得连字也看不清楚了。后窑掌间还有老鼠结队而行。"①

难怪孙玉亭心酸，当人类从这里撤退以后，老鼠就来接管了。

在借孙玉亭心酸了以后，作家接着借大队干部们的议论，将问题的严重性和盘托出——

田福堂给众人叙述了"案由"以后，感慨地说："过去集体时，哪会出现这样的事！枣树是集体的，由队里统一管理了。如今手勤的人还经心抚哺，懒人连树干上的老干皮也不刮。据说每家都拿草绳子把自己的树圈起来了。这是为甚？难道怕树跑到别人地里？人都自私得发了昏！"

"就那也不顶事。树枝子在空中掺到了一起，这几年打枣纠纷最多，一个说把一个的打了。另外，都想在八月十五前后两天打枣，结果枣在地上又混到了一块，拣不分明。光去年为这些事就打破了四颗人头……"金俊山补充说。

"唉，回想当年的打枣节，全村人一块就像过年一样高兴！"田福堂感叹不止地说。

"枣堆上都插着红旗哩……"孙玉亭闭住眼睛，忘情地回忆说。②

是够令人感慨的——原本是村里最盛大的节日，可如今竟然成了村

---

① 路遥：《平凡的世界》（下），中国青年出版社 2000 年版，第 1311 页。
② 路遥：《平凡的世界》（下），中国青年出版社 2000 年版，第 1313 页。

里最大的麻烦。可见，就像上文提到的，既然人类离开了，老鼠和灰尘就来接管大队公窑一样，随着"公家"从乡村公共事务中撤退，随着乡村公共空间的消失，将人们亲密无间地联系在一起的乡土文化也逐渐式微了，以至于亲人反目、兄弟成仇：双水村的支部委员们正在处理的这桩"公案"，不就是弟媳妇告大伯哥的状吗？而且，需要格外警惕的是，随着"公家"的撤退，随着公共事务的荒废，一些令人意想不到的灰色乃至黑色力量就会回来接管这文化权力的真空地带，并在此构建自己的"王国"。

现在，这股力量已经在蠢蠢欲动了：神汉刘玉升就要出场了。

要说刘玉升，原先在双水村实在不怎么起眼，即使他刚刚开始干"神汉"时，也不过是想糊弄点钱养家糊口——老实的孙玉厚不就因为老母亲的病被他糊弄去一只鸡、一袋米和两只面做的"白狗"吗？然而，就像一首歌唱的那样，"不是我不明白，这世界变化快"：短短几年时间，刘玉升的"事业"就迅速壮大了，被北方一个以搞迷信活动著称的大寺庙任命为这一带的头领，负责收缴为鬼神许下口愿的老百姓的布施，不仅搜刮了众多愚昧的庄稼人的钱财——据有人估计，他足可以和著名的财主孙少安一争高低，而且增强了自己在公众中的权威，成为双水村的"精神领袖"。现在，他突然萌发了一个宏大抱负：要为双水村做件好事，把庙坪那个破庙重新修复起来，续上断了多年的香火，以至于一时之间村里人很少谈论什么田福堂和孙玉亭了，甚至连田海民和孙少安也很少谈论了，而刘玉升的名字却日益响亮起来。而且，问题的严重性在于，尽管村中所有的共产党员和干部对刘玉升的作为十分吃惊，但是村里的领导人却制止不了这件事，也无人前去制止①，因为大部分村民都卷入了这一活动，使问题变得相当复杂。而且，令人难以置信的是，随着改革开放，这不是局部性的问题——黄土高原许多地方的群众都开始自发地修建庙宇，双水村某些人甚至感慨他们在这一"潮流"中有些落后了。

在神汉刘玉升的迷信事业如火如荼地开展的时候，孙少安突然萌生了一个念头，要出钱把被田福堂震坏了的那所学校修好，并且紧锣密

---

① 当然了，后来还是有人管了，我们的革命积极分子孙玉亭对神汉刘玉升日益升级的封建迷信活动实在按捺不住，就自己掏钱买票到县上告了一状。当然了，也幸亏孙玉亭的干预，这桩糊涂的事情才无疾而终。

鼓地张罗起来。于是，在双水村就出现了这样一个"古今奇观"：党支部一筹莫展地立在圈外，而两个民间组织——以孙少安、金俊武为首的"建校会"和以刘玉升、金光亮为首的"建庙会"，用竞争和对抗的形式领导起本村公共生活的潮流。

这实在是一个令人忍俊不禁而又感慨不已的场景。

是啊，随着时间的延展，在无声无息中，中国农村确实发生了巨大的变化，一些深层次的问题也逐渐浮现出来，就像老作家黑白向地委书记田福军"抱怨"的那样："我没想到，农村已经成了这个样子！""完全是一派旧社会的景象嘛！集体连个影子也不见。大家各顾各的光景，谁也不管谁的死活。过去一些不务正业的人在发财，而有的困难户却没有集体的关怀，日子很难过下去。农村已经出现了严重的两极分化，队干部中的积极分子也都埋头发家致富去了；我们在农村搞了几十年社会主义，结果不费吹灰之力就荡然无存……"[①]尽管路遥借田福军之口委婉地指出，黑白之所以对现实如此不满，在很大程度上是因为他曾写过一部描写合作化运动和"大跃进"的书，但如果以事后诸葛亮的眼光来看，老作家黑白的感慨和担忧是中肯的，因而更加引人深思。

随着公共事务的荒废和公共空间的缺失，不仅一些出人意料的力量出头露面了，而且以文化礼仪为纽带的乡土中国竟然逐渐支离破碎了，出现了一些"儿女不孝顺，父母不慈祥"的事情。在打枣节上那用信天游给乡亲们带来无数欢乐的田五，不就是因为生活窘迫，向儿子田海民"求援"——想到儿子的鱼塘上帮忙——被拒绝后，把满腔的愁苦化为编排儿子的"链子嘴"吗？

让我们在田五的"链子嘴"中结束本节这令人心酸的写作吧。

> 双水村，有能人，
> 能不过银花和海民，
> 东拉河边挖土坑，
> 要在里边养鱼精。
> 鱼精鳖精蛤蟆精，
> 先吃牲灵后吃人。

---

① 路遥：《平凡的世界》（中），中国青年出版社 2000 年版，第 684 页。

吃完这村吃那村，

一路吃到原西城。

原西城里乱了营，

男女老少争逃命。

急坏县长周文龙，

请求黄原快出兵！

地委书记田福军，

拿起电话发命令。

中国人民解放军，

连夜开进原西城。

进入城来眼大瞪，

报告上级无敌情——

原来鱼精没吃人，

反被人把鱼吃尽。

吃完鱼头吃鱼尾，

只剩一堆白葛针……

唉，消失了的节日啊……

第四节　农民与市场 [①]

　　正是因为对思想界这种虚无主义历史态度的不满，以及为了弄清楚我们的"根"，从而辨析清楚前进的方向，近年来，一些有社会责任感的学者开始研究新中国建立以来，特别是改革开放前三十年所取得的历史成就，以及这珍贵的历史遗产在今天所发挥的重要作用。他们的研究，为我们进一步理解"平凡的世界"里发生的那些不平凡的事情，提供了十分有益的借鉴和参考。

----

　　① 这是潘维一本书的名字，由于为作者深刻的见解和晓畅的文风所折服，更为作者对国家的深厚情感所感染，我将这个书名作为这一节的小标题，以此向前辈学人致敬。同时，本节的书写，不仅直接或间接地引用了《农民与市场》一书的大量内容，而且在很大程度上还是在其提供的思想与知识坐标内展开的，特此说明。

比如，韩德强就借用"能量守恒定律"形象地指出，改革开放前，新中国是在积累势能，而改革开放后中国焕发的活力，则主要是因为把前三十年积累的势能转化为动能。他说："改革开放初期，中国一无外债二无内债，财政实力雄厚。这就是一个势能很高的位置，用金融业的术语就是有良好的信誉。单是吃这个信誉，广借内外债，就可以维持一段舒舒服服的日子。而到了内外债都到了数以万亿人民币计的时候，再要借债就不容易了。这就必须靠自己的努力。再如，当时中央政权集权程度较高，这也是一种高能势态，因为分权容易集权难，从集权到分权，顺水推舟，皆大欢喜。但是当形势需要重新部分集权时，比如1994年分税制改革，希望提高中央财政收入的比重，就很困难。更如，土地从三级所有到基本上个人所有，这很容易；但如果其后发生严重的土地兼并，再要重申土地集体所有，就很困难了。最值得注意的是，改革开放初期，干部的廉洁程度也是个高势能态，从廉洁到腐败容易，这叫从恶如崩；从腐败到廉洁就难上加难，这叫从善如登。正是有这种高能势态的廉洁干部，在一段时间内可以让别人致富，自己守着清贫，基本上可以维持勤劳致富的社会秩序；一旦干部腐败起来，和群众抢致富机会，甚至雁过拔毛，社会公平感就会荡然无存，而改革的形象也就遭到严重扭曲。也就是说，正是改革开放前的历次运动造就的一支相对清廉的干部队伍，支撑着改革开放的大业。"①

韩德强还特别以20世纪80年代后中国农村的巨变为例论证自己的观点，指出："除了包产到户因素外，80年代农业的丰收至少还有以下四个重大因素。第一是种子革命。70年代初杂交水稻良种育成，到70年代末80年代初大体完成推广，使水稻单产增加约20%。与此同时，其他各种农作物如小麦、棉花、油料也都陆续发生了种子革命，对提高农产品的产量和质量起着至关重要的作用。第二是化肥革命。中美发表《上海公报》以后，西方允许部分民用产品对华出口。中国迅速引进了十三套大型化肥生产装置，这些装置到1979年时绝大部分刚好建成投产，迅速增加了每亩化肥的施用量，这在长期以农家肥为主的田里起了明显的

① 韩德强：《五十年、三十年和二十年》，公羊编《思潮》，中国社会科学出版社2003年版，第155页。

增产效果。第三是水利革命。水利是农业的命脉。在前三十年里，各级政府利用农闲每年大规模地组织社员兴修水利，全国的大小水库七八万座，沟渠畅通，堤坝坚实，极大地增强了防洪抗旱能力，保证了农业稳产高产。第四是国家大幅度提高农副产品收购价，缩小城乡产品剪刀差。这对于提高农村购买力、繁荣市场起到了不可忽视的作用。"①

与韩德强大刀阔斧的粗线条分析不同，潘维则通过追问为什么改革开放后中国农村的市场化相对平稳，没有导致农民星火燎原式的暴动和革命，以及为什么有些地方的农民能迅速适应市场机制，而在另一些地方则步履维艰，出现社区的衰败、退化入手，通过细致的研究指出，中国农村改革的成就来自改革前原有的、被普遍认为是失败了的基层社会主义经济政治组织，即一座原先用千百万人生命建造起来的社会主义桥梁，为中国经济市场化铺平了道路，也为经济体制转型中的政治稳定构筑了坚实的基础。

与流行于中外的研究视角不同，潘维没有使用国家与社会（state and society）两分的方法。因为，与西方不同，中国的"国家"与"社会"是混合在一起的，所以，以国家同社会的矛盾来解释纵向的宏观中国历史，除了断言中国是"专制国家"外，很难提供一个伟大国度方方面面的解释，以此为坐标来理解20世纪70年代末以来中国微观的农村市场化过程，理解其光荣与困境，自然苍白无力。中国农村的市场化显然不是一部农民与政府斗争的历史，恢复家庭耕作不是，乡镇企业不是，三农问题也不是。因为中国的基层政权类似传统中国的乡绅阶层，既代表国家也代表社会，是国家与社会混为一体的具体形态，或者说是双重代表。

在这样的视野中，潘维指出，市场化的大方向是既定的，既是政府的选择，也是农民的选择，还是中华民族在当今世界上的生存之道。然而，对中国农民而言，从计划经济迈入市场经济是个痛苦的过程，开头是自由欢乐的，当时也的确洋溢着对市场的浪漫主义畅想，然而，过程却艰苦异常，甚至痛苦不堪，对大多数人而言，市场的风险大于机遇，大量小农很可能成为市场的牺牲品，因为鼓励竞争、鼓励一部分人先富

① 韩德强：《五十年、三十年和二十年》，公羊编《思潮》，中国社会科学出版社2003年版，第154页。

起来的市场经济对农民和农业非常不利——近代以来的市场经济是工业经济，不是农业经济，农业受天然条件制约的成分很高，基本上属于贸易理论里的"绝对优势"范畴，很少有"比较优势"。哪怕在最发达的国家，今天的农业经济也不是市场经济，欧盟国家的农产品是靠国家补贴才能生存的，那里对农业的国家补贴是世界上最高的，日本、美国、加拿大，甚至地广人稀的南美洲和澳洲，农业经济也要靠国家补贴才能发展，农民也要靠国家补贴才能生存。同时，市场还是工业的市场，在工业市场上，只会生产农产品的中国个体农户怎么可能有资格参与竞争呢？在市场化的年代，农民个体户普遍没有能力冲入工业市场——农业的积累极为可怜，计划经济还在一定程度上把农民隔绝于城市之外，隔绝于工商业的社会关系网之外，并让受过中高级教育的人全部流向城市，使农村人才枯竭。政府想救农民，也曾经努力援助农民。在1979年，国家把农产品价格一下子提高了一倍，同时把工业产品价格降低15%，对于当时占全国人口80%的农民，国家只能做到这一点。但就是这一点也是不可靠的，在市场化时代，国家没有能力阻止工业制品价格上升和农产品价格跌落，市场经济给城市带来的社会矛盾已让政府焦头烂额，更没有替农民建设工业企业的能力。

　　既然市场化改革政治成本如此之高，那么，为什么中国农村在这影响深远的改革中却保持了相对稳定？潘维通过对中国农村市场化进程中的"输家"和"赢家"①进行对比得出了这样一个结论：农村基层政权在农民与市场之间发挥着重要的中介作用，能降低农村市场化的成本，而

---

　　① 这是潘维在细致的调查基础上归纳出的两个名词。所谓农村市场化进程中的"输家"指的是那些很容易沦为市场经济牺牲品的地区，这样的地区往往具有这样的社会特点，即由于实施家庭联产承包责任制较早、较彻底，农村的集体经济和基层政权的组织能力均受到严重削弱，农户无力兴办工业，在市场经济的风浪中很容易"翻船"，碰上惊涛骇浪时，甚至会"船毁人亡"，因此，农民很容易将在市场经济中所受的惊吓和损失转化为对基层政权的不满和愤恨，因而在这样的地区，农民与基层政权冲突比较厉害。所谓农村市场化进程中的"赢家"是指那些在市场经济过程中占据优势并从中获益的地区，这样的地区往往具有这样的社会特点：一是乡镇企业往往与基层政权结盟造就竞争优势，确保农村集体工业能够生存下来，并逐步发展；二是农村基层干部通过加强社区纽带的方式，保持并强化乡镇企业在市场上的竞争优势。这样的案例又反过来回答了为什么当年"学大寨"运动的模范和那些拒绝彻底推行包产到户的村社，大多能更好地适应市场竞争，并最终成为市场经济的"赢家"。在此基础上，潘维侧重考察了温州地区、四川盆地、珠江三角洲和长江三角洲的情况，归纳出乡镇企业与农村基层政权相互关系的几种类型，以进一步说明农村集体经济组织与市场化不仅不冲突，而且还是促进市场化的主要动力。

基层政权是否有能力充任中介，及其充任中介的质量，取决于当地社会主义传统的强弱，取决于回归家庭耕作的早晚和彻底程度。换言之，回归家庭耕作越早、越彻底，基层政权充任市场中介的能力就越低，当地农民受市场伤害，成为"输家"的机会也就越多，反之，回归家庭耕作越晚、越不彻底，原有的社会主义集体在组织和精神上保持得越完整，当地农民就越容易适应市场，成为市场"赢家"的机会也越多。

在这样的坐标系中，孙少安的事业兴衰成败的原因就一目了然了，而不像路遥在作品中所呈现的那样"神秘""天然"：似乎孙少安是双水村的"先知先觉"，就像我在上文的注释中所质疑的那样，每当以田福堂和孙玉亭为代表的村干部要做点什么惊天动地的"大事"时，他都及时而准确地离开了，似乎他对人民公社、对农业合作化事业、对社会主义具有天然的免疫力，而后来，这一塑造更为"传神"，他竟然对家庭联产承包责任制、对改革开放、对市场经济具有天然的亲和力。你看，他不是悄无声息地"利用职权"走起了"资本主义道路"——作家安排他在这个时候"犯错误"是为了衬托他有远见，从而为改革开放后的"发迹"奠定道义基础——私自多分猪饲料地吗？在改革开放前夕他不是做出了一桩虽然"失败"然而更加出色的壮举——带领一队村民造出了一份类似安徽省凤阳县小岗村的单干合同——吗？

似乎有了这样的铺垫，他在家庭联产承包责任制之后的一切成功就水到渠成了，然而，他与农村社会主义传统之间的联系仍然藕断丝连，而农村基层政权对他的支持也仍然明灭可见。我们甚至可以说，恰恰是社会主义传统的锻炼培养，既为他的事业提供了强大的物质支持，也为他的事业提供了源源不断的精神支持。你看，他淘的"第一桶金"，不就是他的小学同学石圪节公社副主任给他牵的线、搭的桥吗？而且公社信用社还给他贷了七百元钱的款呢。他扩大事业时，又是基层政权给了他巨大的支持，提供给他一笔数目更可观的贷款。虽然急于上马的他搞砸了，但当他的事业"起死回生"时，基层政权的作用又显现出来了。虽然这次牵线搭桥的是他在原西县"夸富会"上认识的胡永合，但出钱的仍然是"公家"，只不过这次他明修栈道、暗度陈仓，表面上是通过私人关系从原北县贷了三千元的款，事实上出钱的仍然是原西县，而且还是县长周文龙亲自出面帮他办妥的。

写到这里，事情已经一目了然。而且，为了衬托孙少安从社会主义传统中继承下来的关心社区疾苦等优点，作家还"设计"了个自私自利的田海民。简而言之，就是一句话：孙少安这个"老农民"驾驶的这艘事业的小船，正是在与基层政权和社区的互相扶助中，平稳地航行在市场经济的汪洋大海中，并逐步发展壮大的。

第五节　向上走，向下走

伴随着社会发展起伏的，是处于其中的个人的发展起伏。在路遥的《平凡的世界》中，这一起伏是通过孙少平来展现的。

与孙少安一样，孙少平一出场就是"高度成熟"的：虽然生活艰难些，艰难得叫他有些尴尬，但他很快就从这尴尬中走了出来，并很快就沉浸在知识的海洋中去了——这奠定了他"精神贵族"的气质，而且，为了使他的这一气质进一步发扬光大，作家还给他安排了一位"精神导师"——原县革委会副主任、后地委书记田福军的女儿田晓霞。通过田晓霞的启蒙，孙少平不仅保持了原来自尊自重、吃苦耐劳的优良品质，而且，视野更加开阔，思路更加清晰，理想更加高远，渐渐地关心、思考起国家大事来。

就像武侠小说里的情节一样，学业成就后，"师徒"就要分别了，而且，"老师"还准备了一次别开生面的告别仪式——请"学生"吃一顿饭，而后，让"学生"发表严肃的人生理想演讲。

让我们听听孙少平慷慨激昂的演讲吧——

"毕业后你准备怎么办呀？"晓霞一边给他碗里扒拉菜，一边问他。

"一切都明摆着，劳动种地……这些我都不怕。主要是读书困难了。没时间不说，借书也不方便。晓霞，你要是找到好书，看完后一定给我留着；我到城里时，就来拿。看完后我就会想办法还给你的。"

"这当然没问题。就是《参考消息》，我也可以一个星期给你集中寄一次，你看完保存好就行了。其他报纸听你说咱村的学校里都有？不管怎样，千万不能放弃读书！我生怕我过几年再见到你的时候，你已经完全变成了另外一个人。满嘴里说的都是吃；肩膀上搭着个褡裢，在石圪节街上瞅着买个便宜猪娃；为几根柴禾或者一颗鸡蛋，和邻居打得头破血流。牙也不刷，书都扯着糊了粮食囤……"

孙少平仰起头，笑得都快喷饭了。这个晓霞啊！

笑毕，他说："我不会变成你描绘的那种形象。"他立刻严肃起来，"你不知道，我心里很痛苦。不知为什么，我现在特别想到一个更艰苦的地方去。越远越好。哪怕是在北极的冰天雪地里；或者像杰克·伦敦小说中描写的严酷的阿拉斯加……"

"我很赞赏你的这种想法！"晓霞用热情而鼓励的目光望着充满激情的少平。

"我不是为了扬名天下或者挖金子发财。不知为什么，我心里和身上攒着一种劲，希望自己扛着很重的东西，在一个不为人所知的地方，不断头地走啊走……或者什么地方失火了，没人敢去救，让我冲进去，哪怕当下烧死都可以……晓霞，你说这些想法怪不怪？我也说不清楚这是为什么！但我心里就是这样想的。我回到家里，当然也为少吃没穿熬煎。但我想，就是有吃有穿了，我还会熬煎的。说实话，几年前，我没这么些怪想法。但现在我就是这样想的。我不知道这是为什么；也不知道这情绪对不对……"①

多么"浪漫"的想法啊，"浪漫"得连言说者自己都觉得古怪了。是啊，在这"浪漫"得有些古怪的想法面前，我们都觉得自己生活的世界似乎不是中国，不是贫瘠的黄土高原上一个偏僻的县城，而是美国和欧洲，是纽约、华盛顿、伦敦、巴黎这样的大都市，而孙少平的"精神弟兄"们，也不再是金波、顾养民这些农村孩子和县城子弟了，而是司汤达笔下的于连和巴尔扎克笔下的拉斯蒂涅了：既具备一定知识又对未来充满"野心"的年轻人——"资本"社会的新生儿。他们满怀青春的幻想激情，急于摆脱"外省人"卑微的社会地位而跻身于社会上层。不过，出身的低微、经济的困顿为他们设置了无穷无尽的障碍，于是，他们只

---

① 路遥：《平凡的世界》（上），中国青年出版社2000年版，第358页。

好充分发挥自己的才情、勇气和野心，充分发挥自己的想象力，十二万分地努力着、渴望着、寻找着、想象着，也苦恼着⋯⋯

啊，连他们在社会阶梯上攀登的"助手"也都是那么的相似。是的，他们都是在一些有地位且善良的"女性"帮助下进入社会上层的，不过，与司汤达笔下的于连和巴尔扎克笔下的拉斯蒂涅是通过"耍手腕"或者"欺骗"来控制这些"女性"，并以其作为自己进身的台阶——按照巴尔扎克长篇小说《高老头》中的人物鲍赛昂子爵夫人的说法，这些"女性"何止是台阶，简直就是"驿马"，是可以不断驱使、不断抛弃的"驿马"——不同，孙少平的人生故事更多一些"中国特色"，他是通过亲缘或地缘关系自然而然地接近这些美丽、善良的女性的，这些美丽、善良的女性也是因为他的出色自然而然地赞赏、帮助、亲近他的。润叶姐是这样，田晓霞是这样，后来的医科大学学生金秀也是这样。

在这些美丽、善良的女性帮助下，我们看到孙少平在社会的台阶上越攀越高：起初，是润叶姐情感上的关心和物质上的帮助，让他逐步摆脱了因贫困而带来的尴尬和窘迫；紧接着，是田晓霞的教导让他在精神上成熟、强大起来；后来，出现了一个有意思的插曲——黄原城边阳沟村讲求现实的曹书记想替自己的笨女儿物色个好女婿，竟给孙少平谋划了个城市户口，尽管这想象中的婚事不了了之了，但这却为孙少平下一步的"平步青云"提供了一张重要的"通行证"；紧接着的一切就顺理成章了，与孙少平热恋起来的地委书记的女儿田晓霞瞒着父亲，动用关系，把孙少平送到铜城煤矿去了。尽管这是个城市子女不愿意干的苦差事，但对孙少平来说，这却是一步登天——他是"公家人"了。

随着孙少平的"事业"芝麻开花节节高，他和田晓霞的爱情也像春天的鲜花一样，无声而热烈地开放了。但由于作家的角色限定，即孙少平和田晓霞都是那种坚持原则的理想主义者——20世纪80年代典型的想象性人格，他们都不愿意通过"走后门"的方式提升孙少平的社会地位，从而使他们的爱情看起来门当户对。但在我看来，恰恰是这一点，使他们的爱情停留在纯粹的精神恋爱的高度上，无法落地生根。最后，只能像一颗流星一样，在无边的夜空中，发出一线灿烂的光华。但无论如何，这激情燃烧的光华都无法持久，因为这毕竟是精神恋爱，其高蹈和虚无是同步的。其实，就是小说中的主人公们，特别是孙少平，也感到了这种困惑，他不是时不时地怀疑这爱情的真实性并为此而苦恼吗？跟与田晓霞在一起相比，他跟惠英嫂在一起不是更踏实也更自然吗？

因此，悲剧适时来临了——田晓霞在抗洪救灾时牺牲了。

尽管作家和孙少平一起因此而沉浸在巨大的悲伤中——现在想来，他们之所以如此悲痛，是因为这个人物的逝去，对他们而言，远非一个人、一种爱情的逝去，而是一个时代、一种精神的逝去——但在我看来，这却是必然的结果。也就是说，按小说的逻辑，孙少平和田晓霞必须有一个人及时"退场"，否则，在严酷的现实面前，即使是小说中的人物也寸步难行。简言之，是现实的情节粗暴地打断了文学的情节，是现实的逻辑无情地粉碎了文学的逻辑。在这样的逻辑中，离开了诸如田晓霞这样的"贵人"的扶助，表面上看起来，孙少平是在人生的阶梯上上升了，至少他自己是如此认为的，或者，在精神上，他确实上升了，但在现实中，我们看到，他的人生轨迹却是逐渐下降、沉落的。我们看到，他两手空空，走向黑暗，原因很简单，那就是他脚下的大地分裂了，城乡分裂了。当他在城市、煤矿遭遇问题后，他再也无法顺利地返回他所熟悉的家乡了，他成了一片孤独飘零的落叶。

在这一点上，他的境遇表面上看起来与《人生》中的高加林一样，但实际上却迥然有别，因为，虽然高加林背弃了美好的感情去追求现实的婚姻而遭受报复，被从他如鱼得水般喜欢、适应的城市中重新"发配"回农村，但他毕竟是在大地断裂之前回到的家乡，毕竟还有像德顺爷爷这样的长者继续教他人生的哲学，就像《人生》结尾所生动呈现的那样："高加林一下子扑倒在德顺爷爷脚下，两只手紧紧抓着两把黄土，沉痛地呻吟着，喊叫了一声：'我的亲人哪……'"[1] 跟独自出门远行的孙少平相比，他毕竟还有一双长者的脚可以依靠，可以有一把家乡的热土抓握。

在这样的情境中，我们看到，孙少平就像一片倔强的落叶，虽然他努力地跟强大的地球引力做斗争，抗拒下落的命运，但毕竟小胳膊扭不过大腿，他还是孤寂地飘零了。在这样的情境中，我们似乎又听到了孙少平的工友"萝卜花"那凄凉的信天游——

---

① 路遥：《人生》，《路遥小说名作选》，华夏出版社 1995 年版，第 191 页。

蓝格英英天上起白雾，
没钱才把个人难住。

二绺绺麻绳捆铺盖，
什么人留下个走口外？

黑老鸹落在牛脊梁，
走哪达都想把妹妹捎带上。

套起牛车润上油，
撂不下妹妹哭着走。

人想地方马想槽，
哥想妹妹想死了。

毛眼眼流泪袄袖袖揩，
咱穷人把命交给天安排。

叫声妹妹你不要怕，
腊月河冻我就回家……①

---

① 路遥：《平凡的世界》（中），中国青年出版社 2000 年版，第 739 页。

第七章　不死的放飞鸟

——《我们要结婚》和《神木》中的农村世界 ①

只有穷人在以激越的方式过着实际的现实生活，赤条条一无所有，因此，只有穷人有能力更新我们现时的生活。

——迈克尔·哈特、安东尼奥·奈格里《帝国》

第一节　麻　烦

他们之所以"意外"死去，都是因为一件麻烦事。

在建筑工地打工的她，又怀孕了，于是，这成了她和与她相依为命的他必须解决的麻烦事。当然了，对他们来说，首选方案就是去马路旁

---

① 《我们要结婚》，作者李嫣红，笔名野狸红，发表于《海峡》2004 年第 5 期。故事描写了一对打工的青年男女因为种种障碍，无法结婚，不得不屡屡打胎。到了第三次的时候，不管是黑诊所的医生，还是大医院的医生，都不敢给他们"打"了，因为这样会出人命。无奈之下，他们想到了登记结婚，可是，在城里，这根本就是一个不可能的任务——他们没城市户口！可回家对他们来说，也是一个严酷的考验——她家里还有一个被"生活弄垮了"的"父亲"。虽然百般无奈，但他们还是决定回家。不过，事情的解决却无比"轻松"：一场"意外"的车祸，让他们的麻烦烟消云散了。自然，他们也烟消云散了。不过，这却只是浮现在海水之上的冰山一角，其实，作家敏感的心灵抓住的是农民工流动的原因、现状，以及一种模糊的可能。因而，作家用纷繁芜杂的文字呈现的，几乎是一场梦魇，一个寓言，一个几乎要爆裂的世界。

《神木》，作者刘庆邦，发表于《十月》2000 年第 3 期。小说同样呈现了一个满目荒凉的农村世界和一个"动物凶猛"的城市世界（潜在的），不过，与《我们要结婚》中农民工的愤怒因处于萌芽阶段而模糊不清相比，《神木》中农民工的愤怒具体、残暴多了。他们已经洞察了他们所处世界的逻辑——大鱼吃小鱼，小鱼吃虾米，虾米吃泥巴！因而，急切地想摆脱弱者的境地，甚至盲目地"反抗"现存世界的不公（诱骗、坑杀自己的同伴，而后以此为借口，"宰"煤矿老板，索取抚恤金），不惜走向自己的反面——流氓。

笔者之所以选择这两篇小说开始本章的叙述，因为它们合成了一部"纪实性"颇强的农民工生存史，既呈现了农民工问题的危险性和急迫性，也零星地暗示了一些解决问题的线索。

边那些脏兮兮的小诊所，因为，在那里解决问题的方式最简单，也最省心——他们只要交上一笔数目并不怎么巨大的钱就可以了，而无须回答种种令人难堪的问题，无须面对种种莫名所以的目光，更无须出具所谓的"材料"，以证明自己的身份和行为的合法性。然而，这次不行了，他们被从那又黑又暗的诊所里赶了出来，因为，她刚做了手术不久，再做会有生命危险，"医生"们可不想惹麻烦——有人死在他们那儿。

他们又去了一家大一点的医院，结果还是被赶了出来。

晚上，两个人商量着，慢慢解决这个难题。

"要不结婚，你生下来吧。"[1] 躺在铺着塑料的楼板上的他下了这个决心。可是，她害怕自己的父亲，害怕他知道自己怀孕这件事之后，会把自己绑起来，"连同肚子里的孩子一块揍死"。

长久的沉默之后，他想到了一个更"好"的主意："要是能在这儿领到结婚证就好了，生下孩子来，带上钱，回去，他能原谅咱。"于是，第二天一大早，他们就去了民政处，"夹杂在一堆散发着香水与口香糖气息的年轻人中"等着领结婚证。结果，一句"户口本呢"的提问以及一句"户口在哪儿回哪儿办去"的回答，粉碎了他们积攒了一夜的希望，把他们打发到了热闹而又冷漠的大街上。

他们又去了一家大医院，仍然无功而返。

无可奈何之下，他们决定回老家，因为在这里，什么问题也解决不了。就这样，他们来到了长途客车站，和因回家麦收而空前拥挤的人们一起，挤上一辆长途客车，踏上了黑色的死亡之旅。

与问题出现时的烦躁和沉重相比，问题的解决显得那么的"简约"而"轻松"：一场突如其来的车祸，让他们"告别"了这个充满麻烦和尴尬的世界——在如战鼓一样凄凉而热烈的雨水声中，他们的灵魂迈过窗口，迈过坚硬粗糙的马路，来到无边无际的大地之上，前面，是成千上万的身影，他们领着孩子，牵着牛羊，衣衫破旧，熙熙攘攘，往黑暗的原野上涌来涌去……

一切麻烦都烟消云散了。

他们彻底解脱了。

———————————

[1] 李嫣红：《我们要结婚》，《海峡》2004年第5期。下同。

第二节　意外事故

意外事故。

"意外"？

"事故"！

或许，我们永远也不该用一种推论的方法来讨论他们的死亡，哪怕在某些"大人先生"们眼中，他们是一群渺小得像草芥一样的人。因为，他们的死亡，就像他们的生命一样，都是唯一的、不可逆的，都是刻骨铭心的疼痛，因而，永远也不应该变成一个分析的范例，一次记忆的命名，一种昭示的象征。然而，令人痛苦的是，这恰恰是我们必须面对并加以思考的东西。可是，如果我们的思考能够对这灰暗的世界有所助益，哪怕是点燃一点点惨淡的光明，照亮那些被苦难遮蔽着的人们，让生命如花朵一样美丽，让死亡如生命一样有尊严，而不再是分析的逻辑链条上冰冷的一环，也许我们直面死亡、溯流而上的痛苦能够有所缓解。

或许，这就是这种思考唯一的意义之所在吧？

正如笔者用问号质疑而后又用感叹号强调的一样，无论如何，我们不能把这次事故当成一次"意外"。如果这样的话，我们就忽略了作家隐含在后面的愤怒和忧虑，而把自己变成了一则黑色幽默的主角。然而，我们必须同样坚定的是，无论如何，这确实是一次"事故"，不过，我们不是仅仅局限在怀孕和车祸本身——对作家而言，这也不过是一根叙事的导火索而已，而是完整地检查这次"死亡之旅"的来龙与去脉。

之所以这么说，是因为与车祸的偶然性相比，他们的死亡有太多的必然性，也就是说，在他们小心谨慎地寻求生活的路线图上，有太多的栅栏和陷阱，以至于除了沿着不得不选择的黑暗之路一步一步走向死亡之外，他们几乎别无选择。

是的，他们别无选择，就像"她"变成鬼魂之后，向父亲所抱怨的那样："我觉得整个世道都在与我们作对。"是的，整个世道都在与他们作对。所以，她几乎连生孩子、做母亲的权利都被剥夺了。所以，她只能一次又一次地怀孕，一次又一次地打胎，直到黑诊所的医生也不敢给她打了，因为再打会把她给打死。这个时候，无计可施的他们才想到登记结婚，而"户口"却成了他们绕不过去的关卡——我们无法忘记他们在民政处里的心路历程：满怀希望的忐忑，无可奈何的尴尬，彻底失败的愤怒和绝望。

是的，户籍制度以及以此为基础而建构起来的"城乡二元结构"是导致他们死亡的一个重要原因。让我们暂时离开小说，回归历史，厘清我国户籍制度的来龙去脉：1951 年，公安部公布了《城市户口管理暂行条例》，这是新中国第一部有关户籍管理的法律法规。1957 年，政府实行控制户口迁移的政策。1958 年 1 月，全国人大常委会第 91 次会议讨论通过《中华人民共和国户口登记条例》，该条例第 10 条第 2 款对农村人口进入城市做出了约束性规定："公民由农村迁往城市，必须持有城市劳动部门的录用证明，学校的录取证明，或者城市户口登记机关的准予迁入的证明，向常住户口登记机关申请办理迁出手续。"该规定明确地将城乡居民区分为农业人口和非农业人口，标志着中国以严格限制农村人口向城市流动为核心的户口迁移制度形成。[①]

这种城乡分离的户籍制度将城乡两部分居民分别限定在两种截然不同的地域里，而且，由于一系列诸如资源配置之类制度安排的支撑，这种地域的不同造就了社会身份的差异。实际上，这种社会身份的差异，代表了两种高下判然有别的社会地位。比如，在物质供应方面，1953 年以后，随着粮食统购统销制度的实行，中国开始实行粮油计划供应制度，原则上规定国家只负责城市非农业户口的粮油供应，不负责农业户口的粮油供应。在就业制度方面，国家只负责城市非农业人口在城市的就业安置，不允许农村人口进入城市寻找职业，规定城市"各单位一律不得私自从农村中招工和私自录用盲目流入城市的农民，农业社和农村中的机关、团体也不得私自介绍农民到城市和工矿区找工作"，甚至要求："招用临时工必须尽量在当地城市中招用，不足的时候，才可以从农村中招用。"在社会福利制度方面，早在 1951 年 2 月，政务院就发布了《劳动保险条例》，1953 年又进行了修改，详细地规定了城市国有企业职工所享有的各项劳保待遇，主要包括职工伤病后的公费医疗待遇、公费修养与疗养待遇，职工退休、退职后的养老金待遇，以及职工死亡后的丧

---

① 孙立平：《断裂》，社会科学文献出版社 2003 年版，第 94 页。

葬、抚恤待遇等。①

这样，一种壁垒分明的"行政主导型城乡二元结构"形成了。值得指出的是，改革开放后，虽然允许农民进入城市经商和打工，但城乡居民二元分立的状况依然如故，农村居民仍然没有取得在城市定居的权利，而是实行暂住证制度——这当然可以看作是弱化城乡壁垒的措施，但从另一方面来说，这也不妨看作是城乡壁垒仍然岿然不动的标志。这就是民政处工作人员只用三言两语就把他们给赶到了大街上的原因：跟"城市人"相比，他们是身份截然不同的两类人啊，或者，说得更清楚些，跟"城市人"相比，他们是"二等公民"，甚至是不入流的"化外之民"啊。

这也是他们在民政处时感觉自己与这里的环境格格不入的原因：与那穿白裙子的长发女孩相比，脸又红又黑、鼻子又圆又亮、骨骼粗大的"她"，"仿佛是从印度来的"。这可是与她相依为命的"他"的感觉啊：在一种无声无息而又不容挑战的威压面前，他们就像弗朗茨·卡夫卡笔下的格里高尔·萨姆沙②一样，开始自我厌恶、自我扭曲、自我变形了，觉得自己低人一等，不是正常人，是肮脏的人。

这也是被从民政处驱逐出来后，坐在滚烫的石板上，她觉得这车来车往的世界与己无关的原因。

这也是每当不经意间与大街上的行人目光相遇时，她自己就羞愧、打冷战，仿佛那里面有一股残暴的力量的原因。

这也是她在迷幻状态中对在空中自由自在地飞翔、接吻、做爱，在炎热的空气中产下幼子的蜻蜓充满向往的原因。

没有什么高深莫测的原因，只是因为"它们"的世界里没有森严的壁垒，它们可以自由自在地飞翔、恋爱、结婚、生育……

---

① 本部分借鉴、引用了孙立平《断裂》（社会科学文献出版社 2003 年版）第 96 页的内容。必须说明的是，孙立平精警的发现，不仅为本文的书写提供了大量的一手资料，而且提供了直接的智力与情感支持，特此致敬。

② 格里高尔·萨姆沙是奥地利著名作家弗朗茨·卡夫卡的小说《变形记》里的主人公。由于受不了周围环境的压抑，一夜醒来之后，他发现自己变成了一只与世界格格不入的甲虫——当然，他／它也更加令包括自己"家人"在内的人讨厌了。

第三节　魔　术

然而，如果我们把他们的死亡仅仅归咎于户籍制度，以及以此为依托而构筑起来的"行政主导型城乡二元结构"的话，那么，即使我们没有南辕北辙，也确然偏离了问题的重心。其实，导致他们死亡的另一个原因，甚至主要的原因，是他们无法回归自己的家园。或者说，他们的家园（农村）已经彻底衰败了，因而几乎没有能力安妥地迎接、容纳自己在外面出了麻烦的游子。

那个被生活弄垮了的"父亲"，那个在弥漫着尘土气息的屋子里不停地吼骂、咳嗽，掺杂着偶尔几张带人头的人民币出现时比杀人凶手还可怕的笑的"父亲"，就是一个绝妙的象征。他虽然苍老，却十分"睿智"。他清醒地向女儿指出，那些进城打工的人都是些"二串子"，虽然他们把在城里的生活说得天花乱坠，可其实他们是活在"地狱"里呢，因为，"从没见到过村子里的狗能跑到城里去吃得肥头大耳"。但是，即便如此"睿智"的他，也几乎忍受不了村子里的生活了，因此，就不停地吼叫，怒骂，狞笑，厮打女儿，想把女儿养大后嫁／卖出去换几个养老钱。

不过，要说清楚这个问题，必须先回答另一个问题：他们——农民工——为什么告别世代居住的家园而大规模迁移，流入举目无亲的城市呢？说到这里，我们又回到了"人多地少"这个长期困扰中国农村发展的根本性问题上来：目前，我国内地耕地总面积不到20亿亩，人均耕地约1.4亩，而且，在最近十几年中，由于工业，特别是乡镇企业的迅速发展，耕地在以每年约1000万亩的速度锐减。而从另一方面看，全国70%的人口在农村，劳动力的70%左右也在农村，我国每个农业劳动力平均只拥有不到4亩耕地，平均每个种植业劳动力实际播种面积为8亩。即使按照20世纪80年代末的农业生产力水平，平均每亩用工28个标准劳动日，每个农业劳动力全年平均投入农业的标准劳动日不超过200个。仅仅以这种简单的计算方法，也可以得出一个基本结论：如果不考虑农民的兼业问题，农村中的剩余劳动力大约有1.2亿。而且，现在已经有近亿农民工流动于城乡之间。[①]

———————————

① 孙立平：《断裂》，社会科学文献出版社2003年版，第98页。

这样，按照发展经济学中劳动力转移和社会学中城市化的传统理论，农民工现象应该被纳入农村剩余劳动力向城市转移的知识框架中讨论。然而，这样的解释，虽然在宏观上、静态上是成立的，可如果从微观、动态过程来看，却存在一定偏差，并在很大程度上衍生出对民工潮的扭曲印象。清华大学社会学系的孙立平教授讲了一个意味深长的故事：几年前，他们进行农民工调查访谈时，几乎都非常详细地询问和了解诸如"你家里有几口人""其中有几个劳动力""承包了几亩土地""亩产多少""来自种田的收入有多少"之类的问题。之所以如此，是因为这些问题背后有一个基本假设，那就是农民工离开家乡进城打工的一个重要原因，肯定是人多地少，换言之，是由于农村劳动力的剩余。调查中，对这个问题的回答当然是各不相同，但出乎调查者预料的是，相当一部分访谈对象对回答这个问题并不怎么重视，他们的回答往往是相当笼统的一句话："种田不挣钱。"

　　曹锦清的《黄河边的中国》也反映了一个比较有意味的现象。作者跟每个访谈对象座谈时，几乎都要和他们算一算家庭收入的经济账，然而，让他颇为意外也颇为感叹的是，大多数农民根本不知道自己每年的经济收入有多少，尤其是种田所得收入有多少，有的农民竟然在作者帮他把经济账算清楚之后，才发出"种了大半辈子田，到今天才知道自己种田到底收入多少"之类的感叹。

　　这些现象说明，在农民工的脑海中，并不存在一种具体的土地和劳动力的数字关系，进一步说，并不存在"剩余劳动力"这样文绉绉的概念，相反，支配着他们流动行为的是一种对农业收益的概念，或者说，是一种对生活的感觉。因此，我们可以说，目前中国农村劳动力向城市的流动，从微观角度说，并不是直接对"大量农村劳动力处于剩余状态"这种状况的反映，而是对"由于劳动力大量剩余而造成的普遍贫困化"这种状况的反映。①

---

　　①　这是孙立平教授等调查者修正了自己的假设之后得出的结论。我承认"由于劳动力大量剩余而造成的普遍贫困化"而导致农民工流动，但我还想补充一点，那就是：我们应该将这种"贫困"的内涵扩大、丰富，即这不仅仅是一个经济概念，而且还是一个社会概念和文化概念，即导致农村"贫困"的原因还有很多，比如沉重的征收，让农民感觉生活更加难以忍受；社会地位的迅速沉沦，让他们感觉十分不平；农村文化基础的薄弱，让他们进一步离心离德⋯⋯也就是说，我们应该从更宽广的范围内考虑农民工流动的原因。

是的,"普遍贫困",以及与经济上的"普遍贫困"相伴随的农民社会地位的沦陷,而且,这"普遍贫困"并非仅仅是由于"劳动力大量剩余而造成的"。改革开放前,作为工人阶级坚定的政治同盟军,农民在整体上享有较高的社会地位,而且改革开放后,随着农村经济体制改革的推进和农村工业化的发展,原先高度集中在国家手中的资源开始向农村输送,农民最初获得了较大收益,其经济地位有了较大提高。然而,好景不长,1997年以后,农业经济出现明显的滑坡趋势。统计资料表明,农产品的产量和价格同时下降:就粮食等大宗农产品而言,1998年是一个重大转折点,此前其增长趋势较为平稳,此后就出现减产局面,在1999—2001年连续三年减产,年均减幅为4.1%;就农产品价格而言,1997年是一个转折,此前的价格基本上保持上扬趋势,此后便开始下降,而且涉及农产品种类多,价格降幅大,持续时间长,2001—2002年,许多农产品价格降到十年前的水平,粮食尤甚。概而言之,中国农业经济的增长趋势在1997年以后就已经明显减缓。在这种大背景下,绝大多数农户的收入状况是不难想象的,尽管统计上农民收入一直在"增长",只不过增幅降低了而已,但实际上,许多农村问题专家估计,1997年以后,农民收入确实是趋于下降的,因此,从那时起,"农村真苦""农民真穷""农业真危险"的呼声就不绝于耳。①

农民还面临许多其他问题:一是负担重——1993年以来,农民所承受的各种负担,普遍超过10%,在一些地方甚至超过25%,即使在农村实行税费改革后,其负担仍然达到8.4%;二是国家财政对农村公共产品和服务的投入比重逐年下降,农民能够分享的公共资源逐年减少,农村社会保障体系极不健全,绝大多数农民没有医疗保障和其他社会保障,教育状况也日益恶化,以至于因子女上学和家人患病而陷入贫困者屡见不鲜,农村的生活感觉日益恶化;三是城市和城市工业对农村的资源抽取日益严重,这主要表现在土地征用、"剪刀差"以及农村资金向城市倒流等几个方面,而对农民土地利益的抽取,可能是其中最为严重的问题。更为严重的是,这些失地农民在失去土地的同时,除了得到有限补偿外,在就业和社会保障方面,几乎没有从征地方得到任何保证和安排,沦落

① 陆学艺主编:《当代中国社会流动》,社会科学文献出版社2004年版,第93页。

为"种田无地、就业无岗、低保无份"的"三无游民"。①

由于上述种种原因，从1997年起，农民的经济、社会地位迅速下降，文化上更是如此，变成一个地位较低且明显处于劣势的阶层。因此，大量农民离开日益衰败、荒凉的农村，逃往虽然人生地疏但却有一丝生活希望的城市，即他们不是因为羡慕城市生活的繁华而向城市"进军"，"征服"城市的——如果个别农民工确实是这么想的，而且也是这么做的，并在一定程度上实现了自己的"梦想"，我们也只能说这是问题的结果，而非问题的动因，而且这毕竟是少数中的少数——而是为了逃离农村的贫困和绝望，想通过在城市中多出一份力气、多流一些血汗，拼命挣一点金钱，好滋润日益枯萎的生活。就像詹姆斯·C.斯科特在《农民的道义经济学：东南亚的反叛与生存》中所揭示的一样，这不过是农民在"灾难"来临时，在有限的资源中选择的一种"自救"措施而已。② 这就是虽然在城市打工十分艰苦，且得不到应有的待遇和尊重，大量农民仍源源不断涌入城市的深层原因。

就这样，"像变魔术一样，村子里的年轻人越来越少"。

"魔术"，一个多么精妙而准确的词语！呈现在我们面前的农村现实，又何尝不是一幅魔术一样的场景：村子里只有无助的妇女、幼稚的孩子和羸弱的老人，而被人戏称为"386199部队"。一些社会调查者在西部一个村庄调查时发现，该村党支部7个成员，年龄最小的67岁，最大的已经83岁，当地人称他们为"7个党员6颗牙"支部。③

这就是小说中那残酷的一幕出现的根本原因。

即使已经死去，变成鬼魂，可"他们""要结婚"的愿望仍然障碍重重，无法实现，因为，"父亲"已经收了国防娘送来的定亲钱——在"父亲"看来，这虽然是门"死亲"，可总比什么也没有强，因为，"他""都60岁了，连个养老送终的钱都没有，干这些牛马都不干的活儿（指去窑上拉砖，本文作者注）"。

---

① 陆学艺主编：《当代中国社会流动》，社会科学文献出版社2004年版，第93页。

② ［美］詹姆斯·C.斯科特在书中以"农民的道义经济学"为核心，讨论了农民在反叛／革命前对生活中的困难所进行的种种规避之道，从而讨论了农民反叛或革命的原因——因无法生活而不得不选择的铤而走险之举。

③ 陆学艺主编：《当代中国社会流动》，社会科学文献出版社2004年版，第313页。

多么可怕的"魔法"：父亲剥削女儿，活人压榨鬼魂。

这一切，都是因为，他们生活在——干涸的农村！

第四节　从"金字塔"到"马拉松"

也许，问题的根源仍然不在这里，或者，换个形象的说法，那就是我们虽然看到了"魔法"那可怕的结果——干涸的农村，但我们却不知道"魔法师"是谁，尤其是没看见他那只"翻手为云，覆手为雨"的"手"在哪里。毕竟在改革开放初期，随着资源向边缘群体的弥散，农民是过了几天"好日子"的，可情况怎么一下子就变得那么糟了呢？

对了，我们要寻找那只"看不见的手"。

或许，问题的根源在于城乡之间的"断裂"，就像作家凭本能感觉到，因而用一个充满了寓意的结尾告诉我们的那样：正是因为城市和乡村之间深刻的"断裂"，他们离开城市之后也无法回归家园，而只能死在"路"上。

道路，无边无际的道路，"断裂"的象征。

我们在上文已经讨论过，改革开放前，由于户籍制度等的作用，我国存在着一种"行政主导型的城乡二元结构"，这在一定程度上造成了城乡之间的断裂：城乡之间人口不能自由流动，两种不同的经济社会待遇……但是，就像我们必须承认这种制度性不平等的存在一样，我们也必须承认，在这种制度性不平等背后，存在某种程度的实质性平等。从另一个角度来说，由于城乡之间资源的流动，在这种表面上的二元壁垒背后，城乡之间存在着某种程度上的沟通和联系。具体而言，改革开放前，社会财富主要集中在国家手中，然后由国家依据个人在社会结构中的位置来进行再分配。与这种制度相伴随的，必然是社会财富和资源的极度"匮乏"，对农村而言，尤其如此，因为，当时农村资源被大量转移到城市，以支持国家的工业化建设。但是，由于资源再分配体制的推动，城乡之间的资源链条不仅不是断裂的，而且还是有机流动的，两者在一定程度上实现了资源共享和优势互补。

我们可以通过对一个普通城市家庭基本消费支出的分析来说明这个

问题：那时候，一个城市家庭每个月几十元的收入购买什么呢？可以说大多数是农产品或以农产品为原料的工业品，城里人的大部分收入通过购买生活必需品又流入农村，所以，尽管存在"剪刀差"，但我们仍然能够看到一种城市和乡村相互依赖、相互支撑的和谐景观。我们可以说，当时的农村并不是一个被"遗忘"的角落，所以，尽管当时农民的生活"很穷"，但他们的生活却并不一定"很苦"。

20世纪80年代初，国家采取一种以市场为基本取向的经济体制改革，开始的时候，集中在国家手中的资源向社会各个阶层弥散，在这个过程中，社会弱势群体和边缘群体是最早的受益者：在农村，实行家庭联产承包责任制之后，同时也由于国家提高了粮食和农产品的收购价格，农民的收入增加了；城市中，职工的收入由于工资和奖金的增加而提高了。可以说，在80年代，社会中的绝大多数人都是改革的受益者，正是在这样的背景下，出现了所谓"共同富裕"的局面。但这种弥散性的资源配置格局并没有持续多长时间。20世纪80年代末期和90年代初期，由于一系列制度安排的作用，财富陡然重新聚敛：不良市场机制、巨大的收入差距、贪污受贿、瓜分国有资产，使财富越来越集中在少数人手中；证券市场的发展、企业间的兼并重组将越来越多的资金、技术和设备集中到越来越少的企业之中；通过繁重的税收、储蓄，以及其他途径，大量农村资源源源不断地流向城市社会，而且，政府通过税制改革的推动，获得越来越多的财政收入，而后将这些收入集中投向大城市，尤其是特大城市……

伴随着资源的重新积聚，我国的经济生活实现了从生活必需品阶段向耐用消费品阶段的转型，"市场主导型二元结构"开始出现，并与"行政主导型二元结构"叠加在一起，切断了城乡之间的资源流动，导致了城乡之间更加深刻的"断裂"：一些大城市，尤其是特大城市，在汲取全国的资源迅速"窜红"之后，迅速"忘本"，忘记了"先富带动后富"的承诺，而是转过身去，打着与世界接轨的旗号，一心想投入资本主义世界——特别是欧美——的怀抱；而农村在向城市投入了大量的人力物力之后，由于得不到相应的"反哺"，日益贫穷、衰落、枯萎……

我们仍然可以用一个普通城市家庭消费项目和收入支出情况来说明这个问题：今天，假如一个城市家庭的月收入是3000—4000元的话，那么，他花费在主副食品上的，可能只有几百元，加上其他与农副产品有关的开销，1000 元左右也就差不多了，而其余都花费在住房、交通、医疗、教育等耐用消费品上了，而这些消费项目，与农村和农民几乎没有任何关系，这意味这些支出很难流入农村去。

在农村，情况更加糟糕。曹锦清的《黄河边的中国》中，到处都是这样的例子。譬如，作者到河南进行社会调查的第一站是 K 县 D 乡 L 村的老刘家，这个按照恰亚诺夫家庭生长周期学说处于生长鼎盛时期的家庭，全年总收入 16397 元，总支出 8280 元，每年积余 8117 元——这个数字，老刘自己有些不相信。最令人感到吃惊的，不是这个家庭的收入情况，而是该家的消费支出情况（按 1995 年计算）——基本上不消费任何耐用消费品：粮食自种自吃，菜也十分简单，以自制的酱和咸菜为主，逢年过节或请客时，才上街割肉买菜；烟酒每年约花费 465 元；油盐酱醋等调味品需 150 元；燃料，购买煤粉，自制煤饼，全年花 150 元；婚丧送礼等乡风民俗，每年约花 200 元；衣物每年约花费 500 元；电费每年约 350 元；教育费用，因为只有一个孩子在读初中，全年学杂费 500 元；该年医疗费用为零——这几年刘家没有人生大病，而"如今治伤风感冒，也需几十元。农民患小毛病，并不去求医吃药"。从上面略显繁琐的记录中我们可以看出，除了不得不用的电费外，他们的日常生活，几乎跟城市和工业没有任何关系，而这，是我国农村典型的消费图景。①

更为令人担忧的是，这种"断裂"，不仅仅是城乡之间的断裂、地域之间的断裂，而且是社会的断裂，是人与人之间的断裂。陆学艺主编的《当代中国社会流动》，经过认真的调研和分析，指出了一个值得我们关注的现象：1980 年以来，处于社会优势地位的国家与社会管理者、经理人员、专业技术人员等阶层中，代际继承性明显增强，代内流动明显减少，表现出多进少出的趋势——这就是后来"×二代"逐渐成为社会流行语的深层原因。而处于社会经济地位较低阶层的子女，要想进入较高阶层，其门槛明显增高，两者之间的社会流动障碍在强化。这表明，中

---

① 曹锦清：《黄河边的中国》，上海文艺出版社 2000 年版，第 46 页。我们无意忽略该书在此处以老刘自言自语的方式指出老刘家这几年买了一台拖拉机，然而，老刘家为了买这台拖拉机"砸锅卖铁"，而且可以断定地说，对老刘来说，这是"空前绝后"的"一锤子买卖"，更重要的是，这种现象，在农村中是何其稀罕！

国社会各阶层的边界正在明晰化。而且，更为严重的是，20 世纪 90 年代中期以来，经济资源、组织资源和文化资源都有向上层积聚的趋势，大量原本只拥有其中一类或两类资源的人，到近些年则基本上同时拥有这三种资源。这些倾向，对形成公正、合理、开放的社会流动机制和社会阶层结构可能会产生很不利的影响。[1]

20 世纪 90 年代中期，法国社会学家图海纳对法国社会结构的变化有一个形象的比喻：从一种金字塔式的等级结构变为一场马拉松赛。他的意思是说，过去的法国社会是一种金字塔式的等级结构，在这样的一种结构之中，人们的地位是高低不同的，但同时又都是在一个结构之中，而到 20 世纪 90 年代，这种金字塔式的结构正在消失，而变成一场马拉松赛，每跑一段，就会有人掉队，被甩到社会结构之外。值得警惕的是，那些被甩出去的人，甚至已经不再是社会结构中的底层，而是被甩到社会结构之外。

在某种程度上，这也正是我们今天所面对的现实。《我们要结婚》中的"他们"，他们所代表的农民工，以及站在他们身后的农民，就是当今中国社会的底层，甚至是被甩出或将被甩出社会结构之外的"化外之民"。他们不仅被剥夺了在社会阶梯上上升的希望，而且脚下的土地也越来越少，被切断了生活的退路。

在漫长的马拉松中，大地断裂，世界旋转，一切都不稳定了。

第五节　放飞的自由鸟

两手空空？

走向黑暗？

事情似乎又没有这么简单。

小说结尾，化身为鬼的"她"，似乎明白了些什么，开始"心里怨恨""咒天咒地了"——是啊，他们似乎想做点什么了。是的，当脚下的土地开始旋转，天空也变得晦暗不明的时候，当生活在疯狂的旋转中变

---

[1]　陆学艺主编：《当代中国社会流动》，社会科学文献出版社 2004 年版，第 14 页。

得不可捉摸、无法把握的时候，当"活着还是死去"成为一个问题的时候，他们想做点什么事情了：至少要拯救自己的生活吧？或者，退一步讲，总要拯救自己的生命吧？

于是，这些原本像羔羊一样老实、善良，甚至有些可怜的家伙们，一下子就变得凶狠、坚硬、残酷了，有的甚至变成了"魔鬼"。他们不认天、不认地、不敬神、不怕鬼，诅咒着世界、诅咒着自己、诅咒着生命。时而伴随着呼啸的人流，肆无忌惮、横冲直撞，搜寻着一切可以攫取的东西；时而销声匿迹，隐藏在不见天日的角落里，宁愿堕落、不愿毁灭，干起杀人放火的勾当。

看呀，这些面目模糊的"家伙"纷纷从角落里冒出来了。

唐朝阳和宋金明就是两个这样的"恶魔"①。

离开了满目疮痍的家乡，像孤魂野鬼一样，漂泊流落在无限大而又无限小的大地上，在生活的残酷打压下，他们终于沦落了，沦落为煤矿里的"双重杀手"：先是像钓鱼一样诱骗那些孤身的打工者，让他们假装成自己的"亲戚"，一起去煤矿打工；时机成熟后，他们就残忍地杀害那些境遇原本与自己一样的人，制造"矿难事故"现场，然后，就以自己"亲戚"出了事故为口实，"宰"那些脑满肠肥的矿主，跟他们讨价还价，索取抚恤金。

然而，或许有些奇怪的是，在这些残忍的"恶魔"面前，除了透彻心肺的恐怖和恶心，笔者却没有要谴责的感觉和冲动，因为，我们无法忘记他们荒凉而衰败的家乡，无法忘记他们四处碰壁的城市，无法忘记城市和乡村之间深刻的断裂，无法忘记"老板"是怎么对待他们的——当他们杀死元清明等着跟老板要抚恤金的时候，他们是多么的恐惧啊：他们怕"老板"杀死自己。因为，在有钱有势的"老板"们眼里，矿工的死活根本就不算一回事，就像一个矿主说的那样："吃饭就拉屎，下窑就死人。"也就是说，在"老板"们眼里根本就没有"人"，有的只是能给他们带来金钱的"机器"，因此，如果这些"机器"不能给他们带来金钱，甚至还要从他们手中带走金钱的时候，就只好想方设法抛弃这些

---

① 唐朝阳和宋金明是小说《神木》中的主人公。其实，深究他们的名字没有什么太大意义，因为，他们在不同的地方叫不同的名字，名字只是他们的一个代码。说白了，他们就是一些游魂野鬼——流动的恶鬼。

"机器"。当然，我们更无法忘记因这一切而呈现出来的社会逻辑：大鱼吃小鱼，小鱼吃虾米，虾米吃泥巴！而曾几何时，我们这个社会的生存逻辑还是"大鱼帮小鱼，小鱼帮虾米"。

必须承认，这就是这个社会的"生物链"。因此，面对着他们血腥的杀戮，我们找不到一点道德优越感，找不到一点谴责的理由，因为，他们不过是这个残酷的"生物链"上最卑微的一环。他们之所以杀人，说到底，是为了自己不被别人压榨、坑害、杀死……或者，在某种意义上，他们的举动，虽然愚蠢、残酷、盲目，但却又很有"力量"——这个词语不是很准确，但目前找不到一个更准确的词语——因为，他们之所以坑杀自己的同伴，不是因为跟自己的同伴过不去，而是为了反抗"老板"，反抗这个社会的不公，想把自己从这个残酷的生物链上"解放"出来，至少，要成为这个"生物链"里的强者。只不过悖谬的是，他们在仇恨"老板"、反抗"老板"的时候，却认同了"老板"的逻辑，采取了跟"老板"一样的手法，即不把人当人，更确切地说，是"跟自己的伙伴过不去"，把他们杀死，换取自己的个人利益。

或许，他们还不够残酷，因为他们最后一次行动失败的原因，就是宋金明（这个时候他叫王明君）的人性突然抬头了，他不忍心杀死王风（他的原名叫元凤鸣）这个小"点子"，因而导致了自己和唐朝阳（这个时候他叫张敦厚）之间的自相残杀，最后，一起被埋葬在暗无天日的地下。

好啦，好啦。也许我们不应该再在死亡——被他人杀、杀他人——这个问题上纠缠得太多，因为，不管是《我们要结婚》中负屈含冤死去的"她"和"他"也好，还是不管不顾坑杀自己"亲戚"的"唐朝阳"和"宋金明"也好，他们都不过是一个庞大的群体——这个群体有一个共同的名字：穷人——的两个极端。他们的行为和命运也是两个极端：被杀或杀人。尤为重要的是，我们必须意识到一个严酷的现实：在他们背后，站着那么庞大的人群——四处奔波的农民工，在日益贫瘠的土地上挣扎的农民，在厂矿里流血流汗的工人，或者连流血流汗的机会也没有的下岗工人……总之，就是那些在漫长的马拉松中被甩出去的人，或者，在这场漫长的奔跑中居于劣势地位面临被淘汰命运的人。

这些无地彷徨的"穷人"该何去何从？

难道他们只能做肆虐的鞭子下无声的奴隶？

难道他们只能在残酷的生活中自相残杀、盲目反抗？

难道他们只能在无尽的奔波中横冲直撞，化为马路上的灰尘、大雨中的水汽、火焰里的轻烟、旷野里的孤魂野鬼……

不，绝不。在他们的迷茫和彷徨里蕴藏着无尽的力量和智慧，而且，他们已经小试牛刀，在个人的冲撞中展示了这种力量，展示了这种力量的盲目和残酷，也展示了这种力量的巨大与绵长。

在他们横冲直撞的奔波中，既蕴含着永远的愁苦和惨淡，也饱含着战斗的智慧和毅力；既暗示着自我拯救的羊肠小道，也暗示着只有解放全人类才能彻底解放自己的光明大道。

生活让他们成为这个世界的彷徨者，可也同时赋予他们拯救自己、拯救世界的使命。他们必然在拯救自己和世界的同时，让自己成为世界存在的论点、论据和论证——世界存在的主体。

在奈格里和哈特理智清醒而又热情洋溢的"帝国"里，我们已经依稀看到了穷人的历史、穷人的道路、穷人的未来，我们看到了一幅丰富的"风景"：在拉伯雷振聋发聩的笑声中，前现代社会的"穷人"哈哈大笑，笑碎了中世纪庞大、臃肿、虚伪的肚子，打开了通往现代社会的道路；在马克思父亲一样的召唤中，现代社会的穷人在阶级分析中脱颖而出，在旷日持久的艰苦奋斗中，创造了巨大的物质和精神财富，并在艰苦卓绝的斗争中，撕下了笼罩在资本主义社会脸上温情脉脉的面纱，吹响了新时代的号角；在"历史终结"的喇叭欢呼雀跃的时候，后现代社会的"穷人"却如放飞的鸟儿，在无垠的大地上尽情穿梭、游荡、翱翔……

尽管奈格里和哈特把叙述的着力点放在了"无处非中"的后现代"穷人"身上，然而，我们却更愿意从他们对历史的知识表述中看到更多的可能性，尤其是当考虑到这个社会接近或已经"断裂"了的时候，这个愿望就更加不可遏制地强烈起来——

在每个历史阶段，都要认同一个历史主体。这一历史主体无处不在，面目相似，总是令人不快而又迫不及待地附着在一种共同的生活形态上，这种生活形态不属于有钱有势者：有钱有势者只是部分的、地方性人物，数量有限，偏居一隅。任何时代中纯粹差异的唯一非地方性的"共同之名"应归入穷人名下。穷人一无所有，饱受贬斥、压迫和剥削——然而还在继续生活！他们是生活的共同依托，是诸众（multitude）的基础。后现代主义的撰述者在其理论中极少面对穷人，这是令人奇怪也令人深思的。奇怪之处在于，穷人在某种程度上是永恒的后现代式人物：一个横冲直撞、无处不在、互不相同、四处流动的主体；不屈地探求存在之偶然性的见证。

穷人这一共同之名是人性之每种可能性的基础。正如马基雅维里（Niccolo Machiavelli）指出的，在标志着"向起点回归"的宗教革命阶段和现代性意识形态出现的阶段，穷人几乎总是表现出了某种预言的能力：世界的可能性不仅仅存在于生活在世间的穷人身上，而寄寓于贫穷本身。只有穷人在以激越的方式过着实际的现实生活，赤条条一无所有，因此，只有穷人有能力更新我们现时的生活。将穷人作为一个整体神圣化并不能把我们带向某种超然境界。相反，只有在这儿，在这个世界上，在这个穷人生活的世界上，才是一个无处不在，被确证和巩固，并向我们敞开的领域。穷人是现世的救世主。

今天，甚至连关于一个先验的上帝的幻象也已不存在。穷人已打破了这一形象，并重新获得了力量。长久以前，现代性（modernity）在拉伯雷的笑声中登场，带着穷人肚子的现实霸权，还带着一种替代所有被"彻头彻尾"地剥夺了人性的人表达的诗学。后来，经过原始积累过程，无产阶级作为这样一个集体主体出现了，他们不仅能在物质世界中表达自己，而且还能表达自己的内在世界，他们是这样一些穷人的诸众，这些人不仅具有预见性，而且还具有生产性，他们因而打开了各种的可能性，这些可能性是具体的，而不是虚幻的。最后，到了今天，在生产的生命政治（biopolitical）体制和后现代化过程中，穷人成了一个受支配和剥削的符号，但却又是一个生产的符号。这就是问题的奇异之处。今天，无论是在"穷人"这个概念的基础之上，还是在"穷人"这个共同之名之下，穷人与生产的关系无处不在。后现代主义者为什么不能发现这一关系呢？他们告诉我们，在价值的统一和抽象的世界中，出现了一个生产的横断的语言学关系体制。但是，谁是生产这种"横的切入"的主体呢？谁给语言赋予了一种创造性的意义？如果不是穷人，是谁深受压迫却又充满渴望，是谁赤条条一无所有却又充满力量，并且越来

越精进强悍？这儿，正是在全球生产统治体制之内，穷人卓立而
出，不再像以前那样，仅仅凭借其预言能力，而且还凭其在共同财
富生产中不容忽视的存在。他们常常是越受剥削，越与统治的代价
（the wages of rule）密不可分。穷人本身就是力量。存在世界性的
贫穷（World Poverty），但更存在超越一切的世界性的可能（World
Possibility），而且，只有穷人有能力达成这种可能。

　　"放飞的鸟"（Vogelfrei），是马克思用来描述无产阶级的词
汇。在处于原始积累的现代性的开始阶段，无产阶级获得了两次解
放：第一次，它被从主人的财产之下解放了出来（也就是说，从奴
隶的状态下解放了出来）；第二次，它从生产工具下"解放"了出
来，与土地分离，除了自己的劳动力外，无所出卖。从这一意义上
说，无产阶级被迫成了财富的纯粹可能性。然而，马克思主义传统
的主流一般是厌恶贫穷的，具体说，是因为穷人"像鸟一样自由"，
不接受工厂的规训，而且也不能遵守建设社会主义必需的纪律。我
们可以想想，20世纪50年代早期，维托里奥·德·西卡（Vittorio
De Sica）和赛萨尔·扎瓦蒂尼（Cesare Zavattini）在他们美丽的电
影《米兰奇迹》（Miracle in Milan）的结尾中，让穷人骑着扫帚腾空
离去，为此，社会主义现实主义的发言人是如何强烈地抨击了影片
的乌托邦主义。

　　"放飞的鸟"是天使，也是一个挥之不去的魔鬼。在这儿，在经
过那么多年的将穷人转变成无产阶级，将无产阶级转变成一支解放
的军队（军队这一概念像一个沉重的秤砣，重重地压在"解放"上
面）的努力之后，到了今天，在后现代眩人耳目的青天之下，再一
次出现了这样一个诸众，他们是穷人的共同之名。他们走到了众目
睽睽之下，因为在后现代性之下，被征服者吸纳了被剥削者。换句
话说，穷人，每一个穷人，穷人的诸众，吞纳和吸收了无产阶级的
诸众。正是由于这一事实，穷人变得具有生产性。就连被出卖的肉
体、一无所有的个人、众人的饥饿，以及各种各样的贫穷形式，都
变得具有生产性了。而且，穷人因而变得更加重要：穷人的生命哺
育了我们这个星球，并以其对创造和自由的渴望包裹着这个星球。
穷人是任何生产的条件。

有这样一种说法，认为后现代主义感觉的基础和后现代主义概念的建构应归功于法国那些曾经抱有社会主义观念的哲学家。他们在年轻时曾热烈拥抱工厂的纪律，欢呼出现在地平线另一端的现实社会主义的光辉，但是，在 1968 年危机之后，他们一时间幡然醒悟，放弃了原来的观点，宣称共产主义重新分配社会财富的口号是虚幻的。今天，同样是这些哲学家，他们玩世不恭地解构、平庸化和嘲笑每一种与交换价值的全球胜利进行抗争的社会斗争。媒体和媒体形成的文化告诉我们，这些哲学家是那些认识到我们这个世界的新时代的人，但这不是真实的。后现代性的发现包含在穷人这个问题重新出现在政治和生产领域的中心中。真正具有预言性的是查理·卓别林（Charlie Chaplin）在"自由之鸟式"的笑声中向我们揭示的那种贫穷，当一切乌托邦的幻影都已褪去，而且更重要地，当卸下了所有解放的强制，他解释出了一种贫穷的"摩登时代"（modern times），同时，他将穷人的名字与一种生活，一种解放了的生活和一种解放了的生产联系在了一起。①

----

① ［美］迈克尔·哈特、安东尼奥·奈格里：《帝国》，杨建国、范一亭译，江苏人民出版社 2005 年版。因本书译文不太理想，这段引文是笔者特意请何吉贤翻译的。

第八章　凤凰涅槃

——小说《秦腔》等中的农村世界

宗教批判摘去了装饰在锁链上的那些虚幻的花朵，但并不是要人依旧戴上这些没有任何乐趣任何慰藉的锁链，而是要人扔掉它们，伸手摘取真实的花朵。宗教批判使人摆脱了幻想，使人能够作为摆脱了幻想、具有理性的人来思想，来行动，来建立自己的现实性；使他能够围绕着自身和自己现实的太阳旋转。

——马克思《〈黑格尔法哲学批判〉导言》

第一节　乡土中国的终结？

现在，距离贾平凹的《秦腔》出版发行，一年[①]多的时间已过去了，在时间冷静无声且冷漠无情的淘洗中，耐不住寂寞的批评者们，纷纷偃旗息鼓，不仅告别历史，而且背对现实，离开这部在历史和现实互相对质中凝结而成的作品，追逐新的热点去了。于是，《秦腔》刚刚面世时评论界那种唯恐落后的众声喧哗与仅仅一年后无边无际的沉默，形成了一种"有意味"的对比。

然而，一年多来，这部作品中灵魂孤独的呐喊，这部作品面世时评论界发出的那种"葬礼上的笑声"般暧昧的声音，以及留下一地言说的鸡毛之后普遍的漠视和冷漠，合成了一种奇怪的旋律，始终萦绕在我的心头，如毒蛇般时时啮咬，让人不得安宁。

[①]　本章初稿写于 2006 年 8 月。为了使文章保持"原汁原味"，笔者对"一年"这个时间不做修改。

之所以说这部作品在评论界引发了类似"葬礼上的笑声"般暧昧的声音，是因为一个关键词——"终结"。如果在这个关键词前加一个限定语的话，那么这个限定词就是"乡土中国"。尤其令人觉得尴尬、暧昧的是，在这"乡土中国""终结"的声音场中，却发出了几种不同的声音：有的人真正悲痛欲绝，压抑不住，几乎大放悲声；有的人悲伤中夹杂着欣喜，欣喜中夹杂着悲伤，像秋风中的玉米，左右摇摆，阴晴不定；有的人，脸上做作的悲伤压抑不住内心真实的喜悦，几乎偷偷地笑出声来；而有的人，则干脆诚实得有些得意忘形了，在这所谓"终结"了的"乡土中国"的肃穆而巨大的身躯——尽管在我看来，这所谓的"肃穆"不过是因错误的现实判断和作品解读而心造的一个幻影。

　　难道"乡土中国"真的已经"终结"？

　　我们或者应该绝望地大放悲声，或者应该欣喜地手舞足蹈？

　　现实真的向我们释放出了这样的信号，哪怕是蛛丝马迹？

　　《秦腔》里那些孤独倔强的灵魂真的喊出了这样的声音？

　　我们不必急着回答这些虽然暧昧但却并不怎么难于回答的问题，而是先看看我们的批评者们到底发出了怎样的声音——这是理解这部作品和我们生活的世界的一个有效的途径。为了尽量真实地再现当时的场景，我准备把批评者们发出的与"终结"有关的"响亮"的声音——罗列出来，并用简单的评点把这些抑扬顿挫、情思不一的言说串联起来，和大家一起细细咀嚼这些声音的音色、音高和音质，好弄清楚这样的声音背后的寓意和期许，从而理解这些充满悖论且混杂的声音到底是怎样制造出来的。①

　　《秦腔》面世后，2005年3月25日，由复旦大学中国当代文学创作研究中心、《文学报》和《收获》杂志社在上海联合举办了一次研讨会，在这次会上，"终结"之声就已不绝于耳——

　　　　我觉得《秦腔》是一部挽歌，是在写中国社会发生的巨大的变
　　化，原来的农村生活方式要成为绝唱。我认为在贾的小说里他一直

---

　　① 由于这些"声音"多是从网络上下载而得，有些过于口语化和随意，为了照顾语法的准确和阅读的顺利，笔者引用时，在不影响原意的基础上，做了简单修改。

有一种抗拒，在抗拒着时代中逐渐成为主流的东西。在抗拒这个时代时，他不完全是否定的因素，而要把这否定的因素转化为肯定的因素，就是说，他要营造一个结结实实的生活。

"挽歌""绝唱"，还有"抗拒"，以及在"抗拒"中"营造一个结结实实的生活"，这是罗岗对《秦腔》呈现的世界和我们所生活的世界的一个精练、准确的表述，也是我在这喧哗的众声中听到的唯一清晰而辩证的声音，尽管这声音仍然由"终结"出发，并在这"终结"的主旋律下戛然而止。

《秦腔》改变了我对贾平凹的认识。因为他一直在写作，一直在变化，《秦腔》提供了一种新东西，他对故乡的基本态度和以前不一样了，以前是当代生活出现一些问题后，他总想回去，回去以后就能找到一些答案，用弗洛伊德的说法，这就是回归母体的冲动。可《秦腔》的回家，是结果，也是心酸，已经不能够从熟悉的生活中找到以前每次都能找到的那种慰藉。这让人想起《狂人日记》。这是回归和告别的相同的主题，基本的姿态是告别。这是他创作的一个转折，是中国文学问题的一个缩影。

"告别"，这是郜元宝对《秦腔》的一锤定音。

栾梅建则以鲁迅的《故乡》、赵树理的《李家庄的变迁》、高晓声的《陈奂生上城》和贾平凹的《秦腔》为联结点，梳理出一个乡土文学的历史范畴，并在这个范畴内对《秦腔》进行评价。他指出，《故乡》是几千年农村社会在鸦片战争后破产、凋零的状况下产生的——中国农民几千年的落后、愚昧使鲁迅写出了《故乡》，这是中国20世纪乡土文学的起点。正因为农村的败落和凋零，所以我们才有了推翻"三座大山"的任务。新中国成立以后，农民当家做主了，农村合作化运动开始了，《李家庄的变迁》也应时而生。赵树理写得非常准确、真实，给我们形象地展示了农民翻身前后的心理和情感。农民确实是"翻身"了，李家庄确实是"变迁"了，但这样的变化是很短暂和虚幻的，在经历了"大跃进"和自然灾害之后，农村又变得破败和凋零，回到老路上去了。农村真正开始改变是在十一届三中全会以后，这一段时间描写农民描写得比较好的是高晓声的《李顺大造屋》和《陈奂生上城》这两部小说，其中《陈奂生上城》更具代表性。农村的土地承包刺激了农民的个人积极性，农民精神焕发，农村的面貌有了很大改变，"陈奂生"上城了，农民的命运开始有了大的改变。经过这个文学浪潮之后，作家队伍有了新的变化，写得好的作家日趋减少。在这样的大背景下，出现了《秦腔》这样一部长篇巨著：

> 贾平凹看到了农村的新景象，但是由于存在地域差别，西北一带农村还依然存在破败艰难的现象。他感受到在似乎生气勃勃的土地承包之后，当今农村重又陷入衰落与凋零，感到农村又重新面临艰苦局面。书中有这样一个场面：当夏天智去世之后，竟然连给他抬棺材的人都没有了。因为农村里的年轻人都跑出去打工了，农村里没有了青壮劳力，大家都跑出去讨生活。农村重新陷入另外一种破败萧瑟中。在这样的背景下，秦腔没人去唱了，秦腔消亡了。在这个意义上讲，《秦腔》是一首绝唱，或者正像罗岗教授所说的一样，是一首挽歌，是对农村生活的一首"挽歌"。

栾梅建对中国现当代文学历史上的乡土文学的梳理，虽然失之于简单，但却比较清晰。然而，由于过分沉迷在纯文本的阅读和想象之中，而缺少对乡土中国历史和现实的观照与追索，他对乡土中国历史的评断似乎有些草率，以至于把贾平凹笔下荒凉萧瑟的农村判定为地域差别的产物——或许，站在上海这颗"东方明珠"的摩登立场上来看，荒凉萧瑟的乡村确实是地域差别、城乡差别的产物，可这差别到底是怎样产生的呢？或许，这才是值得继续追问的真问题——因而，这样的荒凉萧瑟只是一种偶然的存在，因而，这样的"绝唱"和"挽歌"，也不过是欢乐的主旋律中的一个意外，一个偶然蹦出的不和谐音。

"挽歌""告别""绝唱"，在上海《秦腔》研讨会上，这种"终结"——乡土中国文学的终结和乡土中国的终结——的调子，就已经在多样的旋律和丰富的词语中上演了。

然而，这才刚刚拉开帷幕。

2005 年 5 月 11 日，在中国作家出版集团、中国作协创研部、作家出版社、《文艺报》和《当代作家评论》五家单位联合举办的《秦腔》北京研讨会上，在一种相互暗示、彼此牵引、你我互文的氛围中，这"终结"的华美乐章终于众口一词地演奏起来，并经久不息。尽管在这一致的声音和词语背后，隐藏着大不一样的历史认知、现实情感，以及由此而引发的不同的思想取向和价值判断。

《秦腔》抚慰了一代人的心灵，为传统的农耕文化奏响了安魂曲。

"安魂曲"，这是牛玉秋的定性——充满了难言的苦涩之情。

这部作品把它放在整个中国今天乡土叙事的背景下是非常非常重要的作品，也是贾平凹迄今为止最重要的一部作品。……我写了一篇文章，题目叫《因为害怕失去而写作》，我的意思是说现在乡土叙事比较复杂，我们意向里依靠的乡村价值受到了动摇，这是非常可悲的。平凹在作品里更多的写的是一种留念，更多的是割舍不掉的东西，他的笔下充满了温暖。

"因为害怕失去而写作""留念""割舍不掉"，多么传神的词语啊，简单几笔，就把雷达在"终结"面前依依不舍的深情浓墨重彩地勾勒出来了，如泣如诉，呼之欲出。

简单的铺垫之后，高潮突如其来——素来谦逊的陈晓明竟一发而不可收，如走马灯般接连推出三重"终结"的"花环"/"枷锁"，牢牢地套在《秦腔》的脑袋上，逻辑上环环相扣，意义上层层推进，招式也是密密匝匝，水泼不进，针刺不透——

《秦腔》深深地打动了我，是我在情感上和文学观念上非常认同的一部作品。这个认同使我想起一个概念，这个概念一直在我头脑中萦绕，即在这样一个全球化以及中国社会如此高度发达的时期，乡土中国是以哪种方式存在？文学对乡土中国的表达又会采取哪一种方式？读到《秦腔》，这个问题豁然开朗，所以我想起这么一个概念：乡土中国叙事的终结。这部作品，非常令人震惊地写出了乡土中国历史在这样一个后改革时代的命运。终结的第一点，这是乡土中国历史的终结，这方面作品本身展示得非常充分。第二点是乡土文化想象的终结，作品中写出的消失不是突然间消失的，是一点一点地消失、一寸一寸地消失，写得那样不知不觉、不惊不乍。白雪对秦腔的癫狂到沦落的红白喜事唱歌，体现了作家非常浓重的绝望感，这使我们想起了祥林嫂不断重复的口语，其实祥林嫂和白雪这两个形象是完全风马牛不相及的，但她们身上都印注了我们对传统文化想象终结的意味在里面。第三点，乡土美学想象的终结。在一个全球化想象的时代，乡土中国的叙事是以何种方式存在、何种方式建构的，我们其实一直没有找到一个最极端的表达方式，我们的文学叙事只是西方资产阶级文学想象的一种衍生物，而《秦腔》则把这一切推到极端了。他进行了一种阉割式的叙事……

在陈晓明把乡土中国历史、乡土文化想象、乡土美学想象彻底"阉割"，把"乡土中国"抛到九霄云外，以一种柔和而坚硬的方式把"终结"的戏剧一下子推向高潮之后，其他的"终结"则就不过是顺流而下、顺水推舟之举了——

这部作品初读起来似乎对我而言很困难，但直到后面我感觉到它极其重大的重要性，这种重要性就体现在这部小说有一个巨大的沉默的层面，我甚至认为它的主题就是沉默。乡土中国此时此刻的终结也是一种特殊的终结，当我们谈到终结的时候，我们通常知道前景在哪儿，知道什么将开始，而此时此刻的终结没有知道什么要开始和将要怎么开始。我们看到，一切就是在这样没有关于前景的想象空间的情况下在崩解，一个巨大的沉默区域，是历史展现在那里。……《秦腔》给我们的东西不仅是挽歌、爱、留恋，不仅仅是在一个向前和向后的方位上采取的情感取向，而是一个站在此地，站在广大的沉默的中心，感受到这种沉默的压迫，为此而焦虑，为此而不知所措，也为此在小说艺术上采取了现有的这样一种方法。从这个意义上讲，这部小说极端地瓦解了我们到目前为止关于乡土写作的所有成规、想象方向……

"沉默",这是李敬泽对《秦腔》的主题的概括。在提出这个主题之后,李敬泽接着又以一位作家令人尊敬的敏感指出了贾平凹在这巨大的"沉默"的旋涡中无地彷徨的失落感和绝望感。

这——绝望感,大概是这次研讨会上的一种主流情绪:

> 读完《秦腔》之后,我觉得有一种透彻骨髓的绝望感,也就是说,贾平凹把对乡土中国的叙事彻底解构掉了,这一点非常重要。《废都》把男性伟大的活动想象夸张到了极端的地步,而《秦腔》的清风街上再也没有完整的故乡可以讲,历史的整体性、乡土中国所有的想象再也不复存在了。《秦腔》是对中国乡土叙事的最后性抒写。

"乡土叙事的最后性抒写",这是孟繁华对陈晓明的延伸,也是他对"终结"的重新命名。

"终结","终结",还是"终结"……

一连串"终结"后,终于有人告别这或真或假的"终结"的哀伤,站在"终结"的"废乡"上,乐呵呵地展望未来了——

> 贾平凹思考穿透的有力量的地方在哪儿?就在于他发现民族国家建制需要每个地方都有表征它的文化民俗形式在衰落、在断裂,秩序在瓦解。这像福克纳,有和福克纳灵魂相通的状态,发历史很深的感慨。贾平凹确有温旧梦寄遐思之感。从《秦腔》里读到一种非常矛盾的痛苦,原来我们想的中国革命都是基础在乡村、在风土、在民俗,但突然发现这个东西根断了以后,中国倒反而越崛起,怎么回事?可能是历史最大的挑战在我们面前,所以《秦腔》不是像张炜那样简单地宣告沙化了,完了,我不干了,而是它有一种感情真正的焦灼、真正的痛苦。《秦腔》是温旧梦寄遐思,温旧梦是为了中国的新梦,所以我觉得这不是悲观之作,有很强的悲伤感觉,但不是悲观之作。

"温旧梦寄遐思"，这是张颐武对《秦腔》特立独行的解读。

也许是言未尽意未了，在《秦腔》北京研讨会结束之后，陈晓明和张颐武分别撰写文章，进一步深化和细化自己的观点，特别是站在乡土中国"终结"——说白了，在他们眼中，这个"终结"主要是革命中国和社会主义中国的终结，至于乡土中国是否"终结"，乃至是否存在，大概不是他们关注的核心问题——的高地上，为他们所谓的"新新中国"/"后改革时代的中国"摇旗呐喊。特别是张颐武的《秦腔一曲动地哀》，直截了当地指出：

> 贾平凹发现，今天国家和社会的合法性正是建立在经济成长之上的，而过去的那些现代性的象征物则突然变得多余和无用了。这一发现让《秦腔》有一种深沉的感性的力量：一面是历史的宿命，一面是无可挽回的感情和认同；一面是无限的成长的活力和激情，一面是无可奈何的忧伤。贾平凹的感情其实是对于"现代"的风土和民俗的无尽的缅怀，他缅怀"现代"的乡村事物，期望为现代招魂，也通过这一招魂之举给了当下一个新的表述。……小说中那些密度极高的日常生活细节的呈现，其实正是一个新的社会形态崛起的直击式的实录而已。《秦腔》不是一部现代和传统交锋的现代性大计的书写，而是这一斗争无奈的终结的新的世纪的展开。秦腔一曲动地哀，但哀伤的调子里却洋溢着一个新的时代的，虽然怪异、粗俗却充满力量的可能性的展示。这就是《秦腔》奇特的魅力之所在。

在他们的叙述中，我们今天面临的是一个"怪异""粗俗"——至于是否"充满力量"目前尚不得而知——的社会，是这样一个不无尴尬的景况：历史的"终结"与最后之"两人"。是的，在陈晓明和张颐武的叙述中，在这荒凉的历史地平线上，只剩下两个人：一个是被阉割了的引生，一个是精力充沛、跑来跑去、满怀心思的村支书君亭。前者隐喻着乡土中国传统在新的历史语境中变成了无能的纯粹——连花也不能开，更何况结果呢？因此，是无能的力量，是虚幻的乌托邦。而后者则昭示着那个虽然怪异、粗俗但却充满力量的"新新中国"的展开。

在细致而稍显冗长的引用之后，我们终于听清楚了，这一曲高亢而华丽的关于"乡土中国""终结"的大合唱，除了少数应景的声音外，绝大多数人在离开共同的出发点——"终结"——之后，立即迅速地划分为两个声部：一部分人为乡土中国，尤其是革命中国和社会主义中国的"终结"而手足无措，发出"于我心有戚戚焉"的哀伤之音，甚至手足无措，木讷无语，而另一部分人则为这"终结"而或在心里默默叫好——因为在他们的解读中，"终结"的不仅仅是乡土中国，而且是革命中国，甚至就是现实中国，或压抑不住自己的兴奋之情，张开双臂，呼喊着、跳跃着，欢欣鼓舞地去拥抱那个资本主义的、市场至上的、新自由主义的、粗鄙而有活力的"新新中国"的到来。

多么暧昧而尴尬的大合唱啊。

然而，在这暧昧、尴尬的合唱声中，我的问题却如鲁迅笔下那条大毒蛇一样，一再地啮咬我，拷问我的情感与理智：乡土中国，或者说，社会主义中国真的已经终结？一个新自由主义的、资本主义的"新新中国"真的已呼之欲出？我们真的要么大放悲声，要么欣喜若狂？作家真是这么写的，或者，这是作家的真意？

还是暂且放下这些问题，回过头去，看看贾平凹在《秦腔》中到底写了些什么吧，这或许会给我们一个相对清晰的答案。

第二节　浓缩了的乡土中国历史

在我看来，贾平凹的《秦腔》是一部情思高度凝练的作品：作者思接千载，视通万里，笼天地于宇内，措万物于笔端，艺术地将乡土中国几千年的历史浓缩在一曲慷慨悲凉的"秦腔"之中，将广袤的乡土中国这一空间凝聚在清风街这个典型环境中，以夏天智、君亭、夏风、夏天义等典型人物为载体，回顾了封建主义（尽管只是一抹依稀可辨的残照）、资本主义、社会主义几种传统在乡土中国的历史，观照封建乡村士绅（以夏天智^①为代表）、资本主义社会精英（以君亭为代表）、现代知识分子（以夏风为代表）、社会主义"新人"（以夏天义^②为代表）这几种力量在时空高度浓缩的乡土中国展开的日常而艰难的博弈，以及这博弈在乡土中国产生的巨大而深远的影响——既包括正面的，也包括负面的，从而在条分缕析——在这个意义上，我甚至愿意把《秦腔》当作一部精湛的社会学、历史学著作，而不仅仅是一部融合了现实主义、现代主义和民间文学传统的长篇小说——的基础上，检讨乡土中国的历史得失，特别是近代、现代、当代乡土中国的历史得失，并在回顾梳理的基础上，最终发出乡土中国到底需要什么样的社会制度和什么样的人的历史浩叹，可谓振聋发聩。

不过，请稍安毋躁。

让我们按"花开两朵，单表一枝"的传统叙述方式，分别分析这几种传统、几种力量在乡土中国的兴衰沉浮，以及伴随着这兴衰沉浮在乡土中国上演的酸甜苦辣、悲欢离合的"社戏"吧。

第三节　夏天智

让我们从夏天智这个"古老"而"丰富"的人物这里开始吧。

之所以说夏天智是一个"古老"而"丰富"的人物，是因为正如我们在上文注释中所提示的那样，在某种意义上，我们可以说夏天智一个象征，是一抹残照，是封建主义文化在乡土中国垂而不死的精神存在。

---

① 尽管目睹着资本主义在乡土中国的发展以至肆虐，但在行为规范和精神气质上，夏天智是"封建"的，或者，我们可以说，他是"封建"垂而不死的灵魂在现代社会的回光返照。当然了，这回光返照与乡土中国在资本主义市场经济的积压下日益离散有关，甚至可以说，作家之所以塑造夏天智这一人物形象，是以一种扭曲的方式，表达了呼吁亲情、秩序，乃至团结和合作等"传统"伦理精神回归的诉求。

② 尽管在小说中夏天义已经是一位年迈的老人，甚至在一场泥石流中意外死亡了，但在行为举止和精神气质上，他却如梁生宝一样，仍然是一位不折不扣的"社会主义新人"。他们从泥土中走来，又带着泥土的芳香奔波劳碌，最后，笔着悲剧的色彩，悄无声息地回归泥土的怀抱。因而，这是一位值得在扬弃的基础上加以研究、宣传、推广，从而促使其如雨后春笋般成长的新人物。可以毫不犹豫地说，这样的人才是乡土中国，尤其是社会主义新农村健康发展所需要的最重要的因素：人，社会主义新农村的社会主义新人！

如果这样说有一点过度阐释的意味的话，那么，我们说他是封建社会的一位乡村精英凭借"秦腔"在清风街"死而复生"——尽管封建社会已土崩瓦解多少年了，但像夏天智这样的封建文化代表，却依然像一个幽灵一样，在乡土中国徘徊，在某些地方、某些时刻，甚至有死灰复燃的趋势——则简直可以说是恰如其分。简而言之，夏天智不仅仅是一个人，而且更是一套语意符码，是一种社会秩序：是封建的"死灵魂"忍受不了乡土中国在恶的资本主义势力压榨下世风日下、人心不古，甚至礼崩乐坏，从而借凄凉而激越的秦腔，以一种生动艺术的方式"回光返照""借尸还魂"，并大声"演说"——诉说鲁迅先生笔下九斤老太"一代不如一代"的孤独絮语，诉说生命无常的失落之情，诉说大地沉沦、孤苦无告的愤懑之语……

这位封建社会的乡村士绅在清风街上施施然地走来走去，看啊，他走得多么自信，多么悠然，多么气定神闲啊：他走到大清堂药铺了，呼噜呼噜地吸着白铜水烟袋，让清风街的乡村医生兼"文化人"赵宏声给他写对联，赵宏声就一边殷勤地忙碌着，一边歌唱着"德望"的词语奉承他，他被奉承得心花怒放，扔下一句表扬的话，醺醺然地走了。他继续在清风街踌躇满志地巡视，正走着，听到二哥夏天义的儿女因为孝敬老人的事情吵得不可开交，难以入耳，而且四婶①去了也不管用，吵骂声更高了，夏天礼去了更不管用，喊着"天智天智，你去"的话败下阵来。这还得了？他立刻四平八稳地去了，他刚一到，这吵闹声就偃旗息鼓了，问题也迎刃而解。他走着走着，来到了乡政府，准备对年轻气盛的乡长念叨念叨狗剩喝农药的事情，说着说着，原本满不在乎的乡长也落了下风，请他老人家多指教，当然了，他也果真"指教"了他。他走着走着，甚至走出自己的"势力范围"了，可他的威力足够大，似乎攻无不克、战无不胜——中街张八哥难缠的堂兄弟分家，怎么也划拉不清楚，连村干部都无可奈何，只好搬他老人家去做救兵。他去了，往那儿一坐，简简单单说了两句，问题就刀割水洗、一清二楚了，这兄弟俩偶尔还有些争执，他老人家就用鼻孔"哼"一声，那两个不晓事的人，立

① 夏天智家兄弟四人，老大夏天仁（在小说中没有出现，只说他在年轻时因公牺牲了），老二夏天义，老三夏天礼，夏天智排行老四。因此，他老伴清风街人称为四婶，以示尊重。

刻哑口无言、恭恭敬敬的，只有执行的分了——他多么像鲁迅的《离婚》里边手拿鼻烟壶和"屁塞"的慰老爷和七老爷们啊。

他在清风街上走着，不急不徐、不愠不火，指东打西、指南打北，上责诸官、下管群氓。可一见到他，三教九流、五行八作、男女老少，无不对他景仰有加，尤其是那些诸如"引生"之类的"二流子"们，见了他，更是脸红心跳、蹑手蹑脚，连大气也不敢出一口，甚至早早地就脚底抹油——溜之大吉了……

他是多么体面，多么端正，多么有尊严啊。

可俗话说得好，没有无缘无故的爱，也没有无缘无故的恨。

那么，他那不怒自威的尊严从何而来？答案很简单——精明的赵宏声对他的奉承之所以让他如此受用，就因为他抓住了问题的关键。对了，他的尊严来源于他的"德望"，也就是说，因为他"德高望重"，所以他才"不怒自威"，甚至威风八面。

可是，他的"德望"又从何而来呢？

还是让我们沉入到"秦腔"繁复、梗概的旋律中去，在聆听中体味夏天智行云流水般的"表演"，从而寻找问题的答案吧。

夏天智是清风街的"大善人"：背锅子张八背驼得厉害，地里的活做不好，工更是打不了，穷得连孩子的学费都交不起，聪明的来顺"设计"让张八的孩子张长章给夏天智磕了个头，唱了段戏，说了些"这孩子书念得好，可惜他爹不行，害得娃要休学了"之类的话，夏天智二话没说，就给孩子"改名"——这是一个值得琢磨的行为——张学风，意思是让孩子向自己的儿子、大作家夏风学习，将来好出人头地，并义无反顾地承担了孩子的学费。[①] 狗剩带头在"退耕还林"示范点种菜，惹怒了乡长，不仅取消了每亩补贴的五十元苗木费和每年每亩拨发的二百斤粮食、二十元钱，而且还要罚款二百元，困难而老实的狗剩一时想不开，喝农药自杀了，家里剩下孤儿寡母，无法过活。夏天智，这位"封建"的乡村精英，这位"封建"时代确保"官方"与"民间"和平共处的"经纪人"，就去跟乡长理论，在他协调下，乡长不仅取消了所谓的处

---

① 贾平凹：《秦腔》，作家出版社 2005 年版，第 53 页。

罚，而且还给了狗剩家一些补助。①

在清风街上，似乎哪里有困难，哪里就有夏天智，而哪里有夏天智，哪里就有善举。他是清风街扶危救贫、乐善好施的"大善人"，以至于当引生向夏天义讨教夏天智的身体怎么如此之好，甚至连感冒都不得时，夏天义竟回答说："多做些好事！"

夏天智不仅是清风街上的"大善人"，而且还是清风街上最守"古礼"的人：因为刘新生的苹果被人哄抢了，答谢县剧团演员的礼物不够丰盛，他不顾四婶反对，把自己家的六七条被面一并送给了演员们；为了给清风街长脸面，他应君亭之请，用"西装革履"把自己包裹起来，去迎接县商业局局长，在烈日下一等就是几个小时——虽然没有等来。他似乎生活在礼仪中，或者说，他的生活就是由礼仪构成的：没事的时候，除了听听秦腔，画画秦腔脸谱——这里边蕴含了他对礼仪的一切想象，就是威严地坐在中堂《卧虎图》下的藤椅里——又是一个有意味的象征；吃饭的时候，任凭天再热，他也不和四婶、夏风、夏雨一样，端了碗到院子里吃，而是端坐在饭堂里，"严谨"地吃，即便是粗茶淡饭；更值得注意的是，日常待客的时候，除了摆上四个碟子，他一定要四婶摆上一碟"蒸全鸡"——但这鸡是"素鸡"，是木头刻的，只能看，不能吃。为了捍卫他所生活于其中的"礼"，他特别看不惯自己的小儿子夏雨，原因很简单，就是因为夏雨毛手毛脚的，甚至只是因为他走路快，不像他那样四平八稳。当然了，在他眼中，这也正是夏雨成不了大器的原因所在，所以他才"恨乌及屋"，由厌烦儿子的行为举止，发展到厌烦自己的儿子。

对了，一个"行善"，一个"尊礼"，这就是夏天智德高望重的原因之一。之所以说这是原因之一，是因为，准确地说，只"行善"和"尊礼"这两项，或许能保证夏天智"德高"，但却无法使他"望重"。也就是说，"行善"和"尊礼"只是他德望的一个来源，甚至是一个作为结果

---

① 在常人眼中，夏天智的努力不值一提，毕竟人死了。可不管在历史上还是现实中，在离散的乡土村社里，孤单而贫弱的农民委屈死去而又无处可诉的例子，以及为了讨个说法而弄得家破人亡的事情，可以说并不少见。从这个意义上，夏天智善良的努力值得称道，尽管这是"妥协"了的"善良"。其实，说到底，夏天智是一个社会灭火器，不仅在一定程度上消解了民间不断积攒的地火，而且也让庙堂官员有了保持自己威仪的理由。正因为如此，双方面的人才认可他的所作所为。当然，我们必须强调的是，在指出其历史合理性时，我们也必须指出，这样的行为是"好行小惠"，因而其作用有限，历史局限性也相当明显。

的来源，而非作为根据的来源。而这个作为根据的来源，这个使他具有众望所归、一呼百应的力量的根据，却零零散散地隐藏在字里行间。概括起来说，就是：夏天智是乡镇中学里的校长，大小也算是个干部，而且，他所教育的学生，有些有出息了，在各地政府里担任个一官半职的，很管些用——夏中星刚刚复员回家时，就是托了他的福，才在县政府里谋了个闲差，为以后"咸鱼翻身"打下了基础——因此，大家，包括那些乡镇干部，也都要敬他三分、让他三分。而且，尤其重要的是，他养了个"见官大一级"①的作家儿子夏风，这让大家，尤其是地方干部，在敬他、让他的基础上，又有些怕他三分。

这才是事情的真正根源：行善、尊礼、有权力——直接的和间接的。这三者彼此支撑、相互强化，使夏天智成了清风街上不可或缺的"大人物"，使他可以在清风街上论人品事、说一不二。

也许，这样文学化的描述过于琐碎、具体，因而不够理性、清晰，那么，就让我们沿着费孝通梳理的线索，看看诸如夏天智之类的"封建社会"乡村士绅／绅士们的来龙去脉，以及他们在乡土中国的所作所为，以及这些行为对乡土中国的影响吧。②在《中国绅士》中，费孝通开宗明义地指出，在传统社会里，"绅士"这个词指的是一个阶级的人，他们具有一定的地位和作用。而且，绅士阶级的发展是一个历史过程，只有通过这个历史过程，我们才能理解它的特点。费孝通进一步论述道：在封建制度③崩溃后，政治权力不再共享了，而是集中在君主一个人手中。这种没有节制的权力，使君主就像从笼子里跑出来的老虎一样可怕。然而，这个以皇帝为中心的中央集权体系也有一个弱点，那就是虽然皇帝本人把持着权力，但他却不能凭一己之力管理整个国家，所以，他必须使用行政官员，让他们做自己权力的仆人，为自己服务。

---

① 这是夏中星请夏风找市长为自己求官时奉承夏风的话。贾平凹：《秦腔》，作家出版社2005年版，第277页。

② 费孝通的《中国绅士》（中国社会科学出版社2006年版）是论述这一问题的杰作，本书对这一问题的论述，就是沿着费孝通梳理的线索进行的。更重要的是，费孝通的一系列著作打开了我的视野，深化了我对中国文学和乡土中国的认识。

③ 这里所说的封建制度，不是马克思主义者关于封建制的概念，而是柳宗元"封建论"中的所谓"封国王，建诸侯"，即沿袭部落制度逐渐形成的奴隶主贵族分封制，与我们日常所说的"封建"不同。

需要指出来的是，由于君主的权力不受限制，这些官员 / 仆人为了保护自己和自己的亲族，就必须避免挑战皇帝绝对的权威，而是小心翼翼地接近他，全心全意地为他服务，同时，从这种服务中谋取好处，争取把皇帝要求的负担转移到那些阶层较低的人身上。他们力图使皇帝的权力在他们身上"失效"，或者说，为自己编织一张保护网，从而避免"老虎"可怕的攻击——这是一种需要高超技巧的工作，就像在暴风雨中航行时，水手们必须具备高超的航海技巧一样。就这样，在传统中国社会里形成了一个不受法律影响的特殊阶级：他们虽然只是皇帝的"仆人"，没有真正的权力，但却享受一定的豁免权，比如可以免去税收。

由于这样的原因——当然，这并非唯一的原因，在中国传统社会里，某个家族或大家庭自然会形成一个群体，采取行动支持他们成员中的某个人，使其成为一位学者，并且能够在官方考试中入选。一旦这个人做了官，那么，整个家族将会依赖他。所谓"一人得道，鸡犬升天"，就是这个意思。按照惯例，这样的官员并不认真地为政府工作，也不愿长期做官——他们的目标是进入官府，以便获得这个等级的豁免权和财富。他们在位时，会保护他们的亲族，当对家庭的责任完成后，他们就"衣锦还乡"，过快乐的"隐居"生活。这样，"绅士"就产生了，也就是说，"绅士"可能是退休官员，可能是退休官员的亲戚，或者是受过简单教育的地主。在任何情况下，他们都没有影响决策的真正政治权力，并且在任何时候都不可能和政治有直接联系，但他们试图影响朝廷，并使自己免于政治压迫。统治者越可怕，越像老虎，绅士——一种类似动物保护色的保护性身份——就越有价值。

在阐明了"绅士"的来源后，费孝通继续分析指出：在传统绅士阶级的政治哲学中有一个重要的概念，即"道统"。这个观念在专制君主的权力牢固树立起来之前，就已经形成了，并随着历史的发展，经历了自己曲折的展开过程。"道统"的概念是从一系列社会现实中发展而来的，其中的一个主要因素是一个重要的社会子民阶级失去了他们的政治权力。费孝通进一步解释说，道统观念之所以能够发展，是因为出现了一种新型的人：学者 / 知识分子。他们虽然被排除在政治权力之外，但还有一定的"软权力"，即社会威望。因此，他们就充分发挥自己的优势，发表意见，制定原则，发挥影响——他们并不试图按照自己的利益来控制政治权力，而是提出一系列伦理原则限制政权的力量。久而久之，这样的伦理原则为绅士所接受，并成为他们保护自己的符咒。

政治权力和伦理权力的分离，是以孔子为肇始的"道统"的基本观念，也是中国权力结构中的一个重要因素。在"道统"的框架中，政治权力和伦理权力并不处于同一序列之中，而是平行的，也就是说，"道统"制定了一个好皇帝和一个好公民的标准或规范，至于君主和公民——尤其是君主——是否按照这个规范行事，则另当别论，即：这里的"道统"是中立的，乃至消极的。

汉朝的时候，董仲舒以天谴威胁皇权的方式来解释《春秋记事》，开始了以伦理权力规范政治权力的努力。在董仲舒的模式里，上是天，中是皇，次是学，末是民。在这个模式里，表面上，皇帝不是被压制的，而是被天的行为所威吓和限制，但问题是，谁能知道、阐释天的符兆的意义呢？只有学者。因此，董仲舒委婉地强调了学者的重要性，并据此强化了伦理权力。虽然这样的努力最终失败了，并没有改变帝国权力的性质，但它鼓励人民用这种方式来破坏帝国专制主义的权力——如果天不喜欢某个统治者，那么，这个统治者就必须下台。[①] 汉朝之后，一旦有任何社会骚动，这种理论就被用来为人民的造反辩护。

与董仲舒同时的公孙弘则采取截然相反的方式研究《春秋记事》。他提倡君主应该用像他一样的学者来统治人民。他主张把伦理准则"出卖"给皇帝，为其服务。对公孙弘学说发扬光大的是韩愈。对韩愈而言，皇帝不会有错误，也就是说，伦理路线必须和政治路线一致。从韩愈开始，中国学者就不在皇帝是否对错的问题上来麻烦自己，他们认为，学者的作用就是全力维护皇帝。

---

① 用今天的语言来说，董仲舒不是企图民主地控制政治权力，而是力图通过"宗教"间接地去控制。如果董仲舒再进一步的话，他可能把一个天意的解释者变成一个"教士"，因此，学者/教士有可能形成一种有组织的教会，而且有神的制裁力，并且，可能强大到足以制约不加限制的君主权力——如果这种事情发生的话，中国可能会有像西方教会和国家之间那种相似的关系。但当这种理论向君主权力的最高权威挑战时，他立刻遭到了镇压。董仲舒的失败颇有戏剧性。他发展了一种预兆的理论，甚至能够用阴阳来预示自然灾害。一次，皇帝长陵的殿堂着火了，董仲舒解释这意味着皇帝做错了一些事。他的朋友主父偃嫉妒他，就偷了关于这件事的解释著作给皇帝。皇帝把所有的学者叫到一起，把这著作给他们看。董仲舒一位姓吕的学生，不知道这著作是自己老师写的，说它全是"愚妄"。皇帝因此得到解脱，并治了董仲舒的罪。从此以后，董仲舒再也不敢用这种方式来"释天"了。

简言之，学者和政治力量之间的关系在历史过程中发生了微妙的变化：开始的时候，他们从政治中分离出来，是伦理的保护者，但他们不对政治发生积极的影响；在君主权力集中的过程中，这个阶级不能保护自己的利益，因而，他的成员求助于宗教／天的制裁，希望以神权控制君主；但神权的制裁是无用的，或者说失败了，因此，唯一的选择不是投降就是造反，他们"聪明"地选择了前者：做官，为皇帝服务。这个历史过程决定了以后绅士在社会结构中的地位：他们本身并不企图夺取政权，而是匍匐在帝国朝廷的脚下，求得自身的安全。显而易见，在传统中国社会结构中，绅士是一个"非斗争"的因素。

然而，这绝不是说绅士们的作用是微不足道的。

在中国的政治传统中，一方面，人们——尤其是学者／知识分子——在意识形态上限制政治权力，另一方面，限制行政体系的范围——以一种隐蔽的方式"悬空"中央权力，使他不着地。

"县衙门"——中央权力当局和地方自治社区之间的结合点——是阐释这个问题的一个恰当的出发点。在传统社会中，中央政府派遣的官员终止于县，县里的头儿代表皇帝，被尊称为"父母官"，然而，这些"父母官"却很少接近老百姓，对老百姓来说，他们的衙门像天一样高，难以接近。"父母官"的命令是通过他们的仆人——皂隶——向下传达的，而且，这些命令不是直接下达到各家各户，而是传达到地方自治社区中去。地方自治社区的领导一般是由绅士们担任的。这种地方自治社区有两个主要功能：一是照管诸如灌溉、自卫、调解争端、互助、娱乐和宗教活动，二是代表人民和政府打交道。需要重点指出的是，作为社区领袖的绅士是回避任何衙门官方事务的，而是由地位尴尬的"乡约"①出面去与衙门打交道。"乡约"接到"皂隶"传达的命令后就去"报告"作为社区领袖的绅士，这位绅士再和其他绅士一起议论，如果他们觉得这个命令难以接受，就把命令"退回"给"乡约"，这个可怜的家伙再反过来去报告衙门，并因办事不力而受到申斥。与此同时，非正式的"谈判"会有条不紊地展开。作为绅士，地方社区领袖和官方的地位是平等的。他会对县官进行一次友好的访问，讨论政府的命令。如果谈判中双

---

① 之所以说乡约地位尴尬，是因为他们本身地位卑微，必须在官府和绅士的夹缝中讨生活。

方无法达成一致的协议，那么绅士们就会求助他们在城镇里的亲戚和朋友，把问题反映到更高一级的官员那里去。有时，可能一直提到最高当局那里去。最后，双方将会达成某些协议，事情也会得到解决。

这就是夏天智在清风街呼风唤雨、左右逢源的奥妙所在。

然而，由于身份、阶层的限制，以及与政治权威的联系，绅士们是不能代表普通人民利益的。说得明白些，就是：排除了对乡土中国的压抑和剥削，即使他们如夏天智一样"行善""尊礼"，但由于历史局限性，他们对乡土中国的"保护"也是极其有限和脆弱的。而且，由于这样的人只是习惯于通过人际关系来观察社会、解决问题，可在人际关系千丝万缕的现实社会中，人的目的是不断调整的，因此，整个社会是变动不居的。在这动态的社会中，只是保护自己的特权，就已经让他们捉襟见肘了，更不用说保护乡土中国广大的农民阶级了。而且，当激烈的社会动荡到来的时候，他们自己也是"泥菩萨过河——自身难保"。

这就是在清风街上走得好好的夏天智突然举步维艰的原因。其实，一开始，他的步履就不那么稳当了，尽管他努力保持这尊严的姿势，可他也是"哑巴吃黄连——有苦说不出"。

难道不是这样吗？刚开始的时候，为了给县剧团的演员们送答谢的礼品，他不就被怄了一口气？他同情狗剩，给了他些菜种，可就是这些菜种要了狗剩的命，虽然他与乡长据理力争，使乡长有所退步，可这退步是多么的有限啊。我在上文充分肯定了这一"善举"，可如果反过来说，这一"善举"却是以更大的"恶果"为代价的——如此草菅人命的官僚，竟因他息事宁人的调解而升迁了；新任乡长来拜访，他想拉开架势，好好地"说教"一番，可人家只是走走过场、摆摆形式，他也赚了个好不尴尬；他去给人家调解邻里纠纷，可结果却以暂时平静后的一场惊天血案而告终。最难堪的是，这个最"行善""尊礼"的人，却无法用这纪律规范自己的两个儿子：大儿子抛弃了自己贤惠的妻子和可怜的女儿，待在省城不回家了；小儿子为了赚钱，为了干大事业，则开了一家吃喝嫖赌、藏污纳垢的"万宝酒楼"，为人所侧目……

在这一系列打击下，他终于支撑不住，倒了下来。

贾平凹不惮其烦，用繁复细腻的笔法描写夏天智病了之后操办的那个春节，其实是别有一番深意在里头的。他让四婶又是蒸又是炸的，折腾了一大桌子，并让白雪去把家族里的老老小小都喊来，想一起过个热热闹闹的年。然而，这"新年"的戏剧却在热闹里开始，而在寥落中落幕：小辈子们吃了没几口，就撂下一些没盐没醋的败兴话，作鸟兽散了。其实，最让夏天智"败兴"的，是让他一向骄傲的儿子夏风。就是这个让他骄傲的儿子，却以最违背"礼节"的方式，因而也是最残酷的方式——抛弃贤惠的媳妇，拒绝"残疾"的女儿——给了他致命的一击，在原本吉祥、幸福、和美、热闹的春节，离开了家庭，也离开了他。

是的，他引以为骄傲的儿子给他留下耻辱的烙印后走了。

只剩下他，和那些同样孤独的老人，无奈地念叨着世道变了。

在死一般肃杀的时空中，高音喇叭里陡然响起了凛冽而热烈的秦腔。这梗概多气的音乐，这火与冰交织的音乐，这如他魂灵一般的音乐，在冷清、萧瑟、孤寂的天宇中搅拌着、诉说着……

谢幕的时刻到了，离别的时刻到了。

夏天智，这位有两张面孔——正如本章分析所展示的，由于只是封建文化的死魂灵在现代中国的艺术显现，所以，我们看到的更多的是这张脸孔温和的一面，而残酷的一面，则为回忆温情脉脉的面纱悄无声息地遮蔽了——的封建乡村士绅，封建主义在乡土中国的一抹残照，一个垂而不死的老魂灵，在以其发生、发展、衰落的历史历程，给后人留下了关于乡土中国发展的古老命题和有益启发之后，终于告别了他徘徊了多年的乡村，在"秦腔"悲凉而热烈、无情又有情的盛大护送下，不无遗憾地"上路"了。

第四节 夏 风

旧的不去，新的不来；旧的走了，新的来了。

是的，夏天智，这位"封建"的乡村士绅，在"秦腔"盛大温暖而又萧瑟凄凉的护送下离开了"清风街"——凝缩了的乡土中国。就在这"告别"的时刻，他那"有出息"的儿子，现代知识分子夏风，也在这轰响而寂寞的秦腔中，从遥远的历史地平线上出现了，由小而大、由弱而强，瞻之在前、忽焉在后，若即若离地介入这生生不息、死死不已的乡土中国来了。只不过，与他"父亲"对这象征古生活、古礼仪、古文化、古道德的音乐衷心喜爱乃至顶礼膜拜不同，这位"现代知识分子"对这音乐却有一种根深蒂固的鄙夷感，因而，他躲避这音乐、这生活、这文化、这道德，如果他稍微靠近这音乐、生活、文化、道德的话，那也只是因为机缘巧合，使他突然生发出一种好奇感和观察欲，从而像观看博物馆中的文物一样，临场做戏般地观察一番、揣摩一番。

他将在乡土中国扮演什么样的角色？

他将对乡土中国产生什么样的影响？

就让我们逆着他的"父亲"们——封建乡村士绅——生老病死的道路，看看他们——现代知识分子——是怎样痛苦地挣扎着，从前辈逐渐腐朽的躯体里呱呱坠地并在曲折的展开中逐渐"长大成人"的，从而体察他们在乡土中国的所作所为及其影响。

日本学者丸尾常喜在研究鲁迅精神、情感世界中"人"与"鬼"难解难分的纠葛时，有一部分曾提到中国现代知识分子在旧生活、旧制度、旧躯体里痛苦挣扎、艰难成长的情形。那么，就让我们沿着他通过严谨细致的研究而梳理出的那条虽然不怎么完整然而却十分清晰的线索，追踪这一历史过程，并在这个基础上完成对这一线索的书写，从而洞察这一问题的来龙去脉。①

在回顾了鲁迅家由士大夫家族而中道衰落，鲁迅也舍弃当时士大夫子弟的正途——科举——而就学于南京的江南水师学堂，数月后又转入新设的江南陆师学堂附设的矿务铁路学堂的曲折人生历程后，丸尾常喜将目光聚焦到"科举制度"的演变上。他指出，开始于隋唐的科举制度，到了世袭的门阀贵族完全失势、君主独裁制确立的宋代，有了新的展开："科"被整理为进士科一科，采取由省里举行的乡试（合格者为举人）、中央礼部举行的会试、皇帝对会试合格者直接进行的殿试（合格者为进士）构成的三级考试制度（名称为明清时代所定）。进入明代之后，增加了选拔获得科举资格的生员的童试。所有的官僚都要由以个人能力通过科举考试的合格者出任，这些人不久就形成一个被称为士大夫的阶层。士大夫阶层大体上属于地主阶级，但要保证士大夫身份的统一性，他们

① ［日］丸尾常喜：《"人"与"鬼"的纠葛：鲁迅小说论析》，秦弓译，人民文学出版社2001年版。引文内容参见第一章《"人"与"鬼"》和第二章《隔绝与寂寞》。

第八章 凤凰涅槃

223

首先得是能够通过考试从而获得"古典教养"的读书人，因而，在许多场合，比起田地的经营、生产技术的提高，以及其他实务，以培养科举合格者为目的的子弟教育更被重视。① 随着这种官僚制度由明到清的细化完备，读书人中不曾应举者几乎没有。士大夫阶层与富裕庶民子弟一到五六岁便开始学习如何通过科举考试，也就成了理所当然的事情。

科举所检验的是关于儒教经典"四书五经"的知识与赋诗作文的能力，合格者，作为体察天子之心、充当天子手足、替天子效命的高级官僚，被安排在中央和地方。对他们所要求的，不是行政上的专门知识与实务上的技术能力，而是关怀当地民生——当然，这是在积极的意义上说——的情怀，和调动胥吏、幕僚的某种基于人事关系的处理行政关系的高超技巧。他们认为，这种能力正是由于对"四书五经"等儒家经典的学习、研究获得的。

他们还坚信，这种能力——道德修养——不应该只是完结于自身的东西，而且应该由自己而家族、由家族而国家、由国家而天下——即所谓的修身、齐家、治国、平天下——逐渐延伸开来，为"经世济民"而发挥作用，即"内圣外王"。也就是说，通过人伦与法制持之以恒的学习与训练，成为人间的道德典范，成为政治统治者。建立在这种观点基础之上的科举制度的完成，深刻地规定了读书人的宿命：由皓首穷经的读书到参加科举考试。不仅如此，它还深刻地规定了中国的教育、学术、文化状态与知识分子的生存方式。简言之，由于持续千年的科举制度如此成熟，以致传统知识分子的思维方式——士大夫意识——根深蒂固：宋代以来便担负起政治中枢重责的士大夫阶层，不久便产生出被称为宋学或朱子学的属于自己阶层的思想；元代一时被废止的科举复活后，朱子与其学派的经典解释被排他性地采用；其后，在明清两朝，它成为国家的主流学说，保障了国家官僚稳定的再生产。

在分析了封建知识分子所寄身其中的思想和制度桎梏之后，丸尾常喜又借对鲁迅笔下的一个人物形象——孔乙己——的分析，特别是他和咸亨酒店里的小伙计关于"茴香豆"的"茴"字有几种写法的对话，揭

---

① 关于地主阶级重视科举教育远胜于生产技术教育的情况，费孝通在《中国绅士》（中国社会科学出版社 2006 年版）中，专列《绅士和技术知识》一章，进行了更加细致的分析，并由此引申出对中国封建统治特性的分析。

示出中国传统文化所负载的另一个重大困难：迂腐的文字信仰和腐朽的语言崇拜。当然了，这是封建知识分子维护自身权威的强而有力的武器，以致落魄如乞丐的孔乙己仍然抱残守缺，念念不忘自己的所谓知识分子身份。丸尾常喜借鲁迅于1927年在香港做的题为《无声的中国》的演讲，深化了这一论点："难懂的古文"，使大多数中国人被剥夺了表现、传达自身思想、情感的文字，使大家相互不能了解、不能团结，因而人民成了一盘散沙，而中国也因此成了一个"无声"的国度。

值得再次强调的是，正如笔者在上文所指出的，科举制度的发展，不仅深刻地规定着中国文化的生存方式，而且，也给中国农村的社会构成带来了重大变化，其最显著的特征，就是士绅/绅士阶层的形成。他们不仅仅是地主，而是在科举官僚制度下形成的一个特殊的社会阶层，是凭借科举制度与皇权的下属——官僚权力阶层——结为一体，在地域社会里形成的一个超越地主—佃户关系、波及自耕农的强而有力的统治体制。另外，加上种种政治上、经济上的特权，以调停的名义掌握事实上的审判权，以及为了统治农民而配置家兵等暴力组织，使其统治力更加惊人。

由于科举制度囚禁性的成熟和士大夫意识压抑性的发展，在其内部也产生了批判性的思想：在历史上，不仅可以看到士大夫阶层所有的士大夫观念的消长，而且也可以看到对士大夫传统生存方式的自觉背离，以及思想史上的突破和超越。仅仅从小说世界来看，清代中期就出现了像《儒林外史》《红楼梦》那样从士大夫阶层内部进行自我批判的作品。其后，随着清王朝的动摇以及西学东渐的浪潮，对科举制度和士大夫意识的批判终于激烈地爆发了。清末，维新派和革命派对中国的存亡同样具有强烈的危机意识，对科举制度都持批判态度，但在选择克服危机的道路上则尖锐对立：以康有为为代表的维新派是"在儒教传统的延长线上构想现代化"，即主张把具有协助君主、关怀民生责任的士大夫原封不动地转化为现代国家的官僚、议院；与此相反，以章炳麟为代表的革命派则认为，戊戌变法以来改革运动失败的原因，在于改革者道德的腐败，而腐败的根源则在于希冀参与王朝统治、获取功名利禄这种士大夫根性，因此，为了中国的未来，必须创造出与腐败传统彻底决裂的新型革命知识分子。也就是说，如果没有敢于同王朝制度绝缘的、独立不倚的、真正具有责任感的知识分子队伍的形成，那么，中国的政治危机、文化衰退就不能得救。

多么犀利的话语，何其激烈的批判。

在科举制度、士大夫意识中囚禁了千年的知识者，终于迈出了要求脱离王权独立的意义深远的一步，喊出了呼求独立人格的振聋发聩的一声。而这，也意味着"知识者"视野的转变：把从前只是作为自己"关心"对象的民众，重新作为民族的主体纳入自己心灵和视野之中，从而奠定了重新理解中国的基础。

在内外交加的冲击下，封建科举制度终于在 1905 年废止了。

在条分缕析其来龙去脉并历数其历史"原罪"之后，我们必须把语气舒缓下来，回到"辩证法"的轨道上来，看看封建科举制度这枚硬币的另一面，即其开放、流动、合理的一面。从某种意义上，我们可以说科举在一定程度上是个开放的制度。虽然在士大夫阶层与从事生产劳动的庶民阶层之间存在着深刻的鸿沟，但其差别并不是世袭性的、身份性的。如其经典所言，阐释脑力劳动与体力劳动区别的儒家学说把"君子"与"小人"的分裂固定化，把统治与被统治的关系合理化，这固然是腐朽的看法，但这封建的"世界观"并非铁板一块，而是隐藏着一条秘密通道，供"君子"与"小人""流动"，虽然这"流动"也是有限的。如《荀子·王制》所言："虽王公士大夫之子孙也，不能属于礼义，则归之庶人。虽庶人之子孙也，积文学，正身行，能属于礼义，则归之卿相士大夫。"通过荀子这段话，我们可以看出，"君子"与"小人"的区别不是身份性的、世袭性的，而是有着交替转换的可能。由于这个原因，有学者称之为"道德性的阶级制度"。①

我们必须放宽历史的视域来观察这种历史现象，也就是说，我们必须在因袭的门阀贵族制度崩溃的基础上观察科举制度，并阐释其历史进步意义。同时，我们还必须指出的是，虽然使子弟走上科举之路必须具备一定的经济条件，因而这限制了庶民阶层的权利，但据日本学者滋贺秀三研究，如果把几代连起来看，就会发现：在中国传统社会，无论是

---

① 这是日本学者小岛祐马对科举制度下士人独占知识的状态和阶级内容的变通性进行的概括。转引自［日］丸尾常喜《"人"与"鬼"的纠葛：鲁迅小说论析》，秦弓译，人民文学出版社2001 年版，第 82 页。

阶层还是职业分工，都有很大流动性。① 何炳棣则根据对各种文献的统计学调查指出：明清社会里对身份变动的有效的法律障壁几乎解体。② 这也可以看出儒教意识形态对社会的浸透，以及身份制度的流动性。

事情的复杂之处在于问题并没有伴随着这种"流动性"戛然而止，并在一定程度上保持了"阶级制度"的"道德性"。问题的核心在于这种变动带来了另一个影响更加深远的变动：科举制度固然保证了士人阶层——知识分子——的新陈代谢，不断地把庶民阶层的优秀人才输送进士人阶层，然而，这同时导致了知识与学问被士人阶层独占的结果。尤其重要的是，由于这不断的"流动"，庶民基层就受到不断的"侵蚀"，他们中的优秀分子不断被吸取到官僚科举体系中，并逐渐"异化"，形成一个有自己利益、有自己特权、有自己话语的阶层，因而，他们就很难拥有自己的知识者，很难拥有、创造、发展自己的与统治阶级相异的独立的生活原理和独特文化，尽管他们原本是想通过"人才"的流动和输出创造、培养能代表并保护自己利益的人，能为自己说话的人。

这真是一个悖谬的结果。

在这样的思想、语言、生活多重牢笼的囚禁下，知识分子探求自立的道路必然是艰难甚至绝望的，因为，他们不仅要抛弃寄身其中上千年的生活原理，而且更重要的是，他们必须直面新的价值体系形成的困难，他们必须探索、创造新的价值坐标，从而衡量自己、衡量自己的民族、衡量自己的国家，而后发现中国文化"固有之血脉"，从而使"沙聚之邦""转为人国"。

然而，诚如鲁迅所言，中国文化"固有之血脉"在士大夫那里早已荡然无存，而只有从"古人之记录"和"尚未失去天性之农民"身上才能看出，并且，农民身上这"固有之血脉"因时时面临名教的威吓与压

---

① ［日］滋贺秀三：《中国家族法的原理·序说》。转引自［日］丸尾常喜《"人"与"鬼"的纠葛：鲁迅小说论析》，秦弓译，人民文学出版社2001年版，第82页。

② 何炳棣在《科举与近世中国社会》第三章"上升运动——入官场"中指出："尽管不断补充生机勃勃的新进人才，但平均来看，新进士的大约三分之一出身于中、高级官僚家族，官僚社会也还是能够维持内在的连续性与均衡。事实上，庶民及下层官僚家族出身的新人可能渐进地完全被同化。由于要给有志于仕途者提供机会、维持官僚社会的安定性，文官考试制度能起重要的政治、社会作用。"转引自［日］丸尾常喜《"人"与"鬼"的纠葛：鲁迅小说论析》，秦弓译，人民文学出版社2001年版，第82页。

抑，其流露与萌蘖也实在不怎么容易。

中国现代知识分子虽然意识到了自己和社会的病灶，并发出了探求新生的呼喊，然而，上述这一切，决定了他们从封建士大夫那僵化而又坚硬的躯体里突破，必然充满艰难困苦。他们探求自立的行走，必然时时面临新旧枷锁的羁绊，他们的行走，必然颠踬而多坎坷，因此，在这行走的途中，他们所发出的，除了孤独的呐喊——以自我鼓舞——以外，更多的则是充满了失望的自言自语，是充满了血泪的绝望呼喊，以及苦涩的自我棘刺、批判。

这行走，在呐喊者鲁迅那里，因其"抉心自食，欲知本味"的决绝，所以，多是惨烈的记录：《狂人日记》里，"狂人"发现历史里满是吃人的记载后，呼喊着"救救孩子"，以最疯狂的方式进行了最理性的反抗，结果却出人意料——在古文体的引子里，作者以"然已早愈，赴某地候补矣"，给小说画上了一个圆满的句号，也给读者留下了一个意义深远的"圆"。这包含自我否定在内的深刻的民族批判，转了一大圈后，似乎又回到了起点，一切努力化为乌有——反叛者最后竟然成为自己反叛的对象，成为恶毒而麻木的"吃人者"。真是一个充满讽刺意味和宿命色彩的结果，难道这是作者给我们的一个委婉的讽喻式象征？在《药》里，作者则借人血馒头，一针见血地给出了自己的答案：现代知识分子即使有自立的愿望，但如果这愿望以及实现这愿望的实践与民众相隔膜的话，迎接他们的，除了残酷的悲剧——当然，这首先是知识者自我的悲剧，因为这深刻的隔膜，自己竟然被自己立志"解放"的"民众""吃"了——还是残酷的悲剧。当然，在鲁迅那里，这还是"民众"和民族的悲剧，因为这隔膜的深刻，民众竟然"吃"掉了自己民族的先觉者、先行者。

鲁迅之后，这样的探索虽然没有那么决绝，却也一脉相承，不绝如缕。然而，在以启蒙为己任的现代知识者们那里，因其探索的狭隘，尤其是因为"启蒙"自身的黑暗——只想用自己这束明亮的光照亮黑暗的民众，却没有想到自己本身也有黑暗的一面，因而也需要一束同样明亮的光来照亮自己，并通过这灯塔一样的相互关照而洞悉民族的现实，从而照亮未来的道路——他们甚至没有看出鲁迅绝望的呼喊中蕴藏的希望的光亮，即：现代知识分子解放自己、解放民众的途径在于与民众的大融合，并在这融合、冲撞、激荡的过程中，通过扬弃实现升华，找到中华民族真正的精神之火。所以，他们的探索，在经历了短暂的明快和欢乐之后，迅即转入浓重的压抑之中，并因这压抑之浓重，滋生灰色的失望之情和颓废之思，甚至因这失望和颓废，而从先行者们为之奋斗的"阵线"上溃退下来，甚至"仿生"其祖先，营造了一套同样晦涩的话语的堡垒，把自己小心翼翼地包藏了起来。与其祖先们唯一不一样的是，现在他们所倚赖的，不再是抱残守缺的封建主义话语，而是他们沐浴"欧风美雨"之后，从西方得来的资产阶级自由主义话语，甚至是这两者"混生"的话语。

或许，我们可以说，在这"探索"的途路中，小资产阶级知识分子甚至形成了自己的阶层、自己的话语，从而产生了自己的利益。也就是说，虽然他们探求从封建官僚体系中解脱、解放的道路，但由于他们没有与最广大的民众融合的愿望，特别是没有为实践这愿望而进行艰苦卓绝的努力，因此，在经历了短暂而疼痛的"碰壁"之后，他们迅即转向，走上了"第三条道路"：自我创造、自我言说、自我争取、自我保护的道路，当然，也是自我囚禁的道路。更进一步说，他们在摆脱一个牢笼的时候，又为自己创造了另一个牢笼。或者说，他们在努力为自己纺织华丽的"锦裘"时，却走到了自己的背面，为自己打造了坚硬的"牢笼"。

在这个意义上，我们可以说，中国现代文学史就是一部小资产阶级知识分子文学史，或者，是一部小资产阶级市民文学史。

钱理群、温儒敏、吴福辉合著的《中国现代文学三十年》（修订本）《前言》中，对"现代文学"下了一个定义：所谓"现代文学"，即是用"现代文学语言与文学形式，表达现代中国人的思想、感情、心理的文学"。[①] 虽然这个概念颇有些自我阐释的意思，然而，却不妨害我们理解其意义并找出其关键词：现代的文学语言，现代的文学形式，现代中国人的思想、感情、心理。如果我们进一步分析，抛除"文学语言""文学形式""中国人"等易于理解的词语，那么这个概念的核心词就只有一个："现代"。

找到了这个关键词中的关键词，一切就豁然开朗了：只有纳入"现

① 钱理群、温儒敏、吴福辉：《中国现代文学三十年》修订本，北京大学出版社2000年版，《前言》第1页。

代"这个范畴的人，他们的思想、感情和心理才能得以表达；而未被纳入这个范畴中的人，则不在此列。由此，我们可以看出，这里的"现代"不仅仅是一种时间观，也不仅仅是一种充满进化论意义的观念，而且，还是一种制度安排、一种阶级划分。

无须多说，写到这里，笔者已经部分地解释了自己的问题。如果结合我们的现代文学史教材所圈定的作品进行阅读的话，我们会发现这个关于"现代文学"概念是多么恰切啊：除了"现代"的小资产阶级知识分子从封建主义腐朽的母体上挣扎的呐喊和彷徨，除了"现代"的小资产阶级知识分子启蒙的辛劳和失败的哀怨，除了"现代"的小资产阶级知识分子的沾沾自喜和自怨自艾，在这片"现代"的领地上，我们几乎看不到其他的芸芸众生，尤其是看不到广大的工人，看不到广大的农民，看不到他们为改变自己的生活而精打细算、流汗流血，更不用说看到他们坚硬的身影，听到他们爽朗的笑声了。或许，在"现代知识分子"眼中，这"坚硬"和"爽朗"，恰恰是愚昧乃至愚蠢的表现？

我们还看到，在这片"现代"的领地上，尽管小资产阶级知识分子屡战屡败，但他们却又屡败屡战，永远不想从这丰富而痛苦的领地上撤退，更不要说出走了。除了短暂的失意和对民众的抨击，我们几乎看不到他们从民众那里发现什么光明的东西，甚至很少看到他们对自己的批评和反思。即使智慧如钱锺书者，虽然敏锐地发现了小资产阶级知识分子的虚无、虚伪、虚弱，并在《围城》中给予酣畅淋漓的讽刺，但他的力量也仅仅到讽刺为止。

因此，我们可以说，"现代"知识分子虽然在一块战场（与民众结合的战场）上一败涂地，却又在另一块战场（自我创造、自我言说、自我塑造的战场）上大获全胜。我们甚至可以进一步说，与封建的乡村士绅相比，"现代"的小资产阶级知识分子，尤其是那些从乡土上走出去的小资产阶级知识分子，更加远离了土地，对土地甚少"眼里常含泪水"的深沉感情，更不要说什么责任担当。他们轻轻地挥一挥手，就告别了这片土地，浮荡在其上空，若隐若显、时远时近，形成了另一种遮蔽甚至压抑的力量。

诚如鲁迅所昭示的，转了一大圈后，他们又回到了原点。

这真是一个犀利得近乎恶毒的预言。

这个问题，只有到了"毛泽东时代"，到了延安，特别是在延安文艺座谈会上的讲话之后，才得到了初步的解决。在《在延安文艺座谈会上的讲话》中，毛泽东开宗明义地指出："在五四以来的文化战线上，文学和艺术是一个重要的有成绩的部门。革命的文学艺术运动，在十年内战时期有了大的发展。这个运动和当时的革命战争，在总的方向上是一致的，但在实际工作上却没有相互结合起来，这是因为当时的反动派把这两支兄弟军队从中隔断了的缘故。抗日战争爆发以后，革命的文艺工作者来到延安和各个抗日根据地的多起来了，这是很好的事。但是到了根据地，并不是说就已经和根据地的人民群众完全结合了。"因此，要把革命工作向前推进，就要"使这两者结合起来"，就要"使文艺很好地成为整个革命机器的一个组成部分，作为团结人民、教育人民、打击敌人、消灭敌人的有力的武器，帮助人民同心同德地和敌人做斗争"。为了达到这个目的，我们就要解决"文艺工作者的立场问题、态度问题、工作对象问题、工作问题和学习问题"。①

　　随后，毛泽东旗帜鲜明地进行了鞭辟入里的阐述。在立场问题上，"我们是站在无产阶级和人民大众的立场。对于共产党员来说，也就是要站在党的立场，站在党性和党的政策的立场。"② 态度是随着立场而分化的，但毛泽东着重分析了文艺工作者对人民群众应该采取的态度问题："至于对人民群众，对人民的劳动和斗争，对人民的军队、人民的政党，我们当然应该赞扬。人民也有缺点的。无产阶级中还有许多人保留着小资产阶级的思想，农民和城市小资产阶级都有落后的思想，这些就是他们在斗争中的负担。我们应该长期地耐心地教育他们，帮助他们摆脱背上的包袱，同自己的缺点错误做斗争，使他们能够大踏步地前进。他们在斗争中已经改造或正在改造自己，我们的文艺应该描写他们的这个改造过程。只要不是坚持错误的人，我们就不应该只看到片面就去错误地讥笑他们，甚至敌视他们。我们所写的东西，应该是使他们团结，使他们进步，使他们同心同德，向前奋斗，去掉落后的东西，发扬革命

---

① 毛泽东：《在延安文艺座谈会上的讲话》，《毛泽东选集》第三卷，人民出版社1991年版，第847—848页。

② 毛泽东：《在延安文艺座谈会上的讲话》，《毛泽东选集》第三卷，第848页。

的东西，而决不是相反。"① 他还指出："工作对象问题就是文艺作品给谁看的问题。"② "文艺作品在根据地的接受者，是工农兵以及革命的干部。"③ 在对这一切客观因素进行了环环相扣的分析后，毛泽东犀利的笔触指向了文艺工作者的主观世界，提出了工作方法问题，提出了"大众化"的问题，即"文艺工作者的思想感情和工农兵大众的思想感情打成一片。"④ 毛泽东并以自身的转变过程为例，生动形象地指出这转变是艰难乃至痛苦的，但只要实现了这转变，那么看到的，将是一个迥然不同的世界，即：转变前，"觉得世界上干净的人只有知识分子，工人农民总是比较脏的，知识分子的衣服，别人的我可以穿，以为是干净的；工人农民的衣服，我就不愿意穿，以为是脏的。"⑤ 转变后，就觉得"最干净的还是工人农民，尽管他们手是黑的，脚上有牛屎，还是比资产阶级和小资产阶级知识分子都干净。"⑥

时隔多年之后，在经历了说不尽的误解、曲解、涂抹乃至污蔑之后，我之所以字斟句酌地阅读、引用这深入浅出、言简意赅的文字，原因很简单，就因为这是"国民精神前进的灯火"，而这"灯火"在当时照亮了多少人黑暗的眼睛，温暖了多少人冷寂的心灵啊。恰恰是靠了这"灯火"的指引，有理想、有智慧的小资产阶级知识分子才得以摆脱自怨自艾的灰色情绪，从"现代"文学的"领地"上突围而出，与人民大众打成一片，从而睁开"第三只眼"，开创了一个崭新的艺术世界和现实世界："当代"中国。

从此，"解放区的天"成了"晴朗的天"。

从此，被颠倒了的世界终于被再次颠倒了过来：人民大众第一次健康、爽朗地登上文学艺术的舞台，并成为这舞台的主人公。

从此，喜儿被从黑暗中拯救出来，小二黑和小芹幸福地结合了，梁生宝们也顺理成章地走上了互助合作的康庄大道……

我之所以字斟句酌地引用这文字并热情地歌颂这文字，还因为这思

---

① 毛泽东：《在延安文艺座谈会上的讲话》，《毛泽东选集》第三卷，第848页。
② 毛泽东：《在延安文艺座谈会上的讲话》，《毛泽东选集》第三卷，第849页。
③ 毛泽东：《在延安文艺座谈会上的讲话》，《毛泽东选集》第三卷，第850页。
④ 毛泽东：《在延安文艺座谈会上的讲话》，《毛泽东选集》第三卷，第851页。
⑤ 毛泽东：《在延安文艺座谈会上的讲话》，《毛泽东选集》第三卷，第851页。
⑥ 毛泽东：《在延安文艺座谈会上的讲话》，《毛泽东选集》第三卷，第851页。

想改造运动在取得一定的成功之后，再次遭遇深刻的挫折。特别是"新时期"之后，在"伤痕文学"的哭诉声中，在"百年中国文学"的构思中，在"重写文学史"的实践中，这"人民文学"的努力再次为资产阶级和小资产阶级"人的文学"所排挤、瓦解、遮蔽……知识分子再次打着"人性解放"和"回归学术"的旗帜，以一种"艺术"的方式现实乃至自私地离开民众，回归自我。尤其严重的是，今天，在新自由主义话语的蔓延中，在知识"精英"们的演说中，人民大众——特别是工人和农民——再次被塑造为愚昧而危险的群氓，因而被设计为发展生产力所必需的"牺牲"，被拆除了包括教育、养老、医疗、住房等一系列生活、生存、发展所必需的社会保障措施，而堕入艰难的情境之中。

我们甚至可以说，在全球化的今天，所谓的知识"精英"们已经在与"国际接轨"中成为一个强势的社会存在，并被自己肥大的利益的屁股这一物质存在左右了自己轻浮的意识活动，说出了一系列自私自利的话语，营造了一套套自私自利的"理论"，严重地压抑、危害了广大工人、农民甚至中产阶级的利益。从某种意义上说，我们又来到了一个抉择的十字路口。至少在思想层面上是这样，而在知识的层面上则更是如此。

我之所以于今天在知识界灰色的氛围中再次提起《在延安文艺座谈会上的讲话》，再次提起毛泽东思想，是因为，从那时起，被侮辱与被损害的中国人民，就有了温暖他们心灵的思想之火，有了指引他们前进的精神之火，因而，面对任何压抑，他们都有智慧、有力量在这思想、精神之火的指引下，为自己的命运而战斗。近年来，以网络为主要载体、各阶层广泛参与的对新自由主义思潮和制度安排自发的全面而深刻的反思，即是明证之一。

既然现代知识分子的来龙去脉以及其社会作用已初步梳理清楚，那么，就让我们以此为坐标，回到《秦腔》中去，看看夏风这个"现代"知识分子在清风街的所作所为吧。

虽然夏风也是《秦腔》中的一个重要角色，但他在小说中出现的频次却不高——他似乎游离在小说之外。他与清风街的关系，也若即若离、忽隐忽显。他是清风街的一个影子，一个"缺席的在场者"。当然了，这表现与他的身份十分相称，可关键不在这里，关键在于他对清风街、对秦腔、对白雪的态度：事不关己则高高挂起，乐得做一个看客；火烧到自己头上时，则坚决离开，不惜抛弃自己的父母兄弟、妻子女儿，不惜割断自己的根。

虽然小说是在夏风和白雪的婚礼中开始的，可夏风在小说中真正"出场"的时间，是在小说的第44页，他和父亲就买"生产队老仓库"做宅基建房进行争论的时候。也正是在这个时候，他毫不隐晦地表达了自己对"故乡"的态度。当夏天智跟他讲"叶落归根"的道理时，他明明白白地回答说："有父母在就有故乡，没有父母了就没有故乡这个概念了。"① 按照小说情节的内在逻辑来看，他是"忠实"于他关于故乡的理解的，甚至在父亲去世的时候，也没有、没能回家送葬。有了这样的态度，他在清风街的所作所为就不难理解了：他厌恶秦腔，并因此而厌恶自己的妻子和女儿，最后抛弃了他们；在三伯夏天礼的葬礼上，这个做侄子的人竟置身事外，抛弃最基本的礼仪，而是揣着"文人的想法"——好奇心和窥视欲——趁机观察丧事的过程，为自己的写作积累素材，而且，他对"嗇皮"三伯的死不仅漠不关心，而且似乎颇有微词②，将赵宏声给葬礼所写的对联一律换成诸如"一死便成大自在，他生须略减聪明"之类不无讽刺意味的词句；对县剧团的王老师，他更是厌恶……这些细节，充满了象征意味。

所谓的"现代"知识分子对故乡、对乡土是何其冷漠啊。

然而，不要小看了这些所谓的现代知识分子。虽然他们只是像一片浮云一样，或远或近地游荡在"乡土中国"上空，可谁也不知道他们什么时候要下雨，更不知道他们要下的是什么雨了。

关于这一点，作家也用极其简约而精妙的笔法进行了刻画。应前任县秦腔剧团团长、现任县宣传部长夏中星之约，夏风去找市长帮夏中星要官。这一段彼此映衬，写得极其传神：在市长面前，县委宣传部长夏中星一半是恐惧，一半是期望，忐忑得什么话也说不出来，只剩下流汗的份；夏风则举重若轻，大智若愚，只一句"我这不是要官，是推荐人才么"，就巧妙地化解了这个尴尬的问题。而且，他的话管用了，不久夏中星就去临县高就了。

---

① 贾平凹：《秦腔》，作家出版社2005年版，第44页。
② 当然，夏天礼这个人物形象值得辩证地批判，可这却无法遮掩夏风的轻慢。

仅此一项，就可看出夏风们的"能力"来了。

只不过，引人深思的是：他们超凡脱俗的介入能力却是建立在对"故乡"、对"乡土中国"的疏远和隔膜因而不熟悉甚至陌生的基础之上的，而他们的动机，也只是缘于个人好恶、"人情操作"和自己狭隘的知识。这样的介入，效果如何，令人担忧。

总而言之，正如上文所写的一样，夏风在强有力的介入（政治的、经济的甚至文化的）中离开（思想的、情感的、知识的）了清风街，离开了乡土中国。不过，在我看来，或许这话反过来说更准确：恰恰是由于所谓的现代知识分子们在思想、情感、知识上离开了乡土中国，离开了农民，离开了现实，却又像一头莽撞的牛一样，在政治、经济、文化领域野蛮地干涉乡土中国，试图将人民大众当作他们所谓的"现代化"构想的"底肥"而加以牺牲、抛弃，他们才被乡土中国拒绝了，被人民大众抛弃了。[1]

小说结尾时，夏风欲奔丧而不得，似乎是一个深刻的寓言。

现在，我唯一要祈祷的是：但愿贾平凹借夏风这个人物形象讲述的这则"寓言"，不因其深刻而变成一个"恶毒"的预言，就像鲁迅在《狂人日记》中所"恶毒"地预言的那样。

第五节　君　亭

我们用如此庞大的篇幅和有点近乎繁琐的方式讲述了夏天智和夏风的故事，以及这对"欢喜父子"之间的渊源和禀赋差异，但我们才刚刚开始，我们不过是在历史线索的清理中刚开辟了一条叙述的道路，好让那些现实的、在场的"主人公"顺利出场。

不过，既然线路理顺了，剩下的事情就是顺水划船了。

---

[1] 仅就《秦腔》而言，我对夏风的故事进行这样的解读似乎有点"过度阐释"，因为，由于表述的含蓄，夏风在清风街的介入似乎并没有我说的那么严重。然而，如果放宽我们的视野，结合社会现实之种种，把夏风当作一个代表、一个象征来阅读的话，那么，这样的阐释不仅不过度，而且简直恰如其分。在我看来，这个小说中，夏天智、夏风，以及下面即将谈到的君亭、夏天义、白雪等，不仅仅是一个个具体的人物，而且还是一个个充满象征的黑格尔意义上的"这一个"。

看，我们的主人公，某些评论家们真情呼唤的"当代英雄""农村年轻一代干部"、粗朴而有活力的君亭，果然一路迤逦而来了。他时而叫天骂地，时而花言巧语，时而老谋深算，时而暴跳如雷，时而冷眼观察，时而倨傲不恭……

好一幅生动传神的"时代弄潮儿"画像。

果然如我们的评论家所说的，君亭是"粗朴"的，他不但"粗朴"，而且简直有些粗鄙了。为了达到自己的目的，他简直就不择手段，就像他从水库管理站要水回来后，向夏风和赵宏声半是诉苦半是炫耀时拿朱元璋做比较所说的那样："朱元璋打江山，啥事没干过，咱给他当孙子，目的是做他的爷么！……"① 为了在清风街干件大事——建农贸市场，他君亭果然"啥事"都干了：为了搬掉他事业的第一块"绊脚石"，他只是抓住时机打了一个匿名的举报电话，就把以前的领导、现在的副手——村主任秦安——以赌博的罪名抓到派出所去了，不"粗朴"的秦安觉得丢了面子，因此一蹶不振，最终竟积郁成疾，一病不起。更令人"刮目相看"的是，当秦安老婆指桑骂槐，想拐弯抹角地骂他一顿出出气时，他竟然"死猪不怕开水烫"，当面承认那举报电话是自己打的，并三言两语就把秦安老婆给打发了。搬掉秦安这块"硬石头"之后，他又抓住会计上善与妇女主任金莲的把柄，把上善这块"软石头"摆平了。摆平村委会内部矛盾算不了什么，因为秦安和上善毕竟是两个"面人"，厉害的是，为了干他的事业，他竟"礼贤下士"，去拜访他平日连搭理都不愿搭理的泼皮三踅，恩威并用，掀翻了这块软硬不吃、好坏不分、只顾个人利益的"臭石头"。当建农贸市场的事大局已定，他卸磨杀驴，准备用七里沟和水库管理站换鱼塘，惹得三踅写告状信，发动村民联名告他时，他又精心设计了一场"捉奸"的好戏，不仅再次挫败又臭又硬的三踅，而且重创了夏天义……

而且，也果然如我们的评论家们所说的，君亭"有活力"，他不仅"有活力"，而且简直是"有火力"：他"过五关，斩六将"，突破重重"障碍"，把一个原本希望并不怎么大的"事业"——农贸市场——硬是给弄得红红火火、热热闹闹；当河南人马大中依靠其资金和网络优势在

① 贾平凹:《秦腔》，作家出版社 2005 年版，第 68 页。

市场上一家独大、不听指挥时，他又隔山打虎，通过对万宝酒楼施压，挫伤了"马老板"；尤其难得的是，当市场经营陷入困难、土特产卖不出去时，他上天入地地想办法，最后竟然通过在高巴县做县长的夏中星，将货物处理得干干净净；在家里他也是"活力四射"，当他在万宝酒楼被自己老婆捉了奸后，他竟悄无声息地说服自己老婆，让她到街上向人们"主动承认"是自己吃醋，看错了，胡说八道……

可让人困惑的是，在粗朴而有活力的君亭领导下，清风街虽然粗朴了，然而，却不仅没有如他君亭一样有活力，反而每况愈下，厄运连连，借用一句"迷信"的说法，清风街的"风水"似乎被破坏了，因而，一股阴暗不祥的气息，时时笼罩在清风街上。

先是狗剩因为害怕在"退耕还林"地里种菜遭受重罚，喝了农药，凶险地死去了；然后是郁闷的秦安得了脑瘤，变成了个"瓜"人；再就是跟着李英民在建筑队里打工的白路，因为脚手架倒塌，和几个工友一命归西了；还有，鱼塘里的鱼半夜三更被人哄抢了；更耸人听闻的是，一向老实巴交的屈明泉因为邻里纠纷，竟然怒从心头起、恶向胆边生，拿斧头砍死金江义的老婆后，喝农药没死，又拿斧头砍自己的脖子，鲜血淋漓地死去……

自从这恶性事故以后，清风街上的怪事、坏事似乎层出不穷，更加多发：绝迹了的狼竟然光顾了七里沟，并与夏天义对峙了老半天；夏天礼因为几块银元，大清早在河堤上被人谋财害命；福无双至、祸不单行，他那原本风光无限的客车司机儿子也因为顶风违纪，收钱而不给乘客车票，被公司重罚，从而一蹶不振；白雪生孩子了，可她生的却是个没有屁眼的孩子；夏中星那一生神鬼莫测的父亲蹊跷地死了——他相信自己积德行善，也必然与南沟寺庙里的昭澄师傅一样，死后肉身不坏，再因为禁不住疾病的折磨，就爬到寺庙后的崖顶上，钉了一个木箱，自己钻进去后，请一个信徒用铁钉钉死木箱盖，几天后就烂得骨肉分离，臭水横流；红火了一阵子后，农贸市场也不怎么兴旺了，货物摆在摊位上发不出去，而摊位费却照收不误，于是那些摊位就成了烫手的山芋，倒腾来、倒腾去，没个准点了——倒腾出去的知道那个是水坑，一进去扑通就淹没了，而要倒腾进来的，却希望那水里有鱼，手一摸就能抓上几条来；"笑贫不笑娼"的风气在清风街上越来越盛了，不仅个别的女孩子外出打工"赚钱"去了，也不仅万宝酒楼里有了三陪女，而且让人感到匪夷所思的是，马老板帮助夏雨的女朋友在万宝酒楼办起了"外出劳务介绍所"，可这"劳务介绍所"竟然只向外介绍女的，却不介绍男的；清风街上"挣钱要紧"的风气也越来越浓了，不仅一些青年为了赚几个钱，外出打工，卖力气换钱，也不仅村人越来越认钱不认人了，也不仅仅因为一些外出打工的青年为了钱竟然干上了打家劫舍的勾当，更因为这"打家劫舍"的风气竟然在清风街也安营扎寨了——以文成为代表的一帮半大小子竟然在312国道上干起了无本买卖……

这一切的一切之后，不祥的气息越来越浓，干柴见着烈火一般，噼里啪啦地烧了起来，终于以暴力征税为导火索，引发了一起集体抗税的暴力事件：有人敲锣，有人打鼓，相互传递消息；有人拿锨，有人抄棍，彼此发狠。一众人等呼哗啦啦地赶到乡政府，包围了乡政府，冲击了乡政府，把正在吃熊掌的乡干部吓得魂不守舍。粗俗而有活力的君亭呢？他连给乡政府通风报信的心思也没有了，听了上善的话，半推半就，就鞋底抹油——溜了。

假如真的像我们的某些评论家们说的那样，君亭是"一种类型的乡村能人"[①]，粗朴而有活力，"没有他（清风街）就没法转动"，那么，在君亭领导下，清风街不仅应该生机勃勃、充满活力，而且还应该稳定、平安、和谐，可为什么事情却恰恰相反，清风街不仅不稳定、不平安、不和谐，反而贫穷、混乱、动荡呢？

我一一列举清风街的一系列反常事件，并一再不无反讽地引用评论家们评价君亭时最爱使用的词语——"粗朴而有活力"，并不是要把罪责一股脑儿地推到君亭头上。因为，作为一个具体的人来说，无论是在艺术中，还是在现实中，虽然君亭身上有不少缺点，诸如急功近利，诸如不择手段，但客观地讲，他确实是一个能干的人，或者再次借用我们评论家的话，他是一个"有活力"的人，而且他确实是想在清风街上干出一番事业来，就像他自己不止一次激动地说的那样。但问题的关键是，在这个小说中，君亭不仅仅是一个具体的个人，他还是一个象征、一套话语装置、一种政策或制度，就像我们前文分析的夏天智和夏风一样。

---

① 这是陈晓明几次谈论《秦腔》时的论断，见《众说纷纭话〈秦腔〉》，《文艺理论与批评》2005年第4期。

因此，我们质疑的对象和批评的指向，就由君亭这个具体的个人，转向了他所象征和代表的话语和制度。那么，这到底是一套怎样的话语，又是一种怎样的制度呢？彭慕兰的著作《腹地的构建：华北内地的国家、社会和经济（1853—1937）》一书，为我们提供了极其有益的启发。在书中，彭慕兰通过对 1853—1937 年"黄运地区"[①]的信贷市场、税收缴付、经济作物的机遇、农业中不断变化的劳动力需求、对拾荒权的威胁、越来越严重的燃料短缺、粮食、不断增加的强制劳役、实物索取、棉花巡护等问题的深入分析，用一种发展中的"农民视角"，不落俗套地对华北内地的国家、社会和经济进行了观照、演绎、归纳，最后以小见大，对这个地区，甚至整个国家的发展路线、发展方向及其后果，得出了令人信服的结论。可以说，彭慕兰的著作为我们提供了一面镜子，我们借此可以对君亭领导的清风街以及我们生活的世界上发生的事情进行理性观察，并由此得出相对客观的结论。

事实上，彭慕兰所努力的方向是通过对"黄运地区"的具体分析，见微知著，以局部见整体，分析与国家建构同时发生的国家放任，进而解析这一过程中发生的令人费解的问题。彭慕兰指出，其时中国国家发展中的一个重要问题是：国家在作为资源榨取者与作为服务提供者（并因此是资源分配者）的能力之间的差异。毫无疑问，正如那些看到了国家构建的人所强调的那样，在 19 世纪后期和 20 世纪，中国政府的榨取能力极大地提高了。[②]尽管这种榨取的效率极为低下，但国家和各省收入增长很快。与不对等的榨取者增加相联系的是资源分配中惊人的低效率，并且，主要是作为一个有效的公共秩序、治水等事务的提供者的国家，不能有效地行使职能及失败的结果，吸引了那些认为这个时段中国国家已经崩溃了的学者的关注。与之相匹敌的军阀的榨取，提供了在没

---

① 由于研究的区域没有正式名称，彭慕兰为了分析的方便创造了"黄运"这个词语。大体上说，这个地区的大部分包括山东西部，加上毗邻的直隶（1928 年更名为"河北"）和河南部分地区。20 世纪早期修筑的中国两条南北向铁路有助于标定其界线：它从东部的津浦线延伸至西部的平汉线，以及从山东的南部边界延伸至略微越过它的北部边界的界线。到 1900 年，这个地区至少拥有 1500 万人口。由于两条水道（黄河和大运河）在这个地区的中部交汇，并形成了这里的环境、经济和政治，故作者称其为"黄运"。具体内容参见［美］彭慕兰《腹地的构建：华北内地的国家、社会和经济（1853—1937）》，马俊亚译，社会科学文献出版社 2005 年版，《导言》第 5 页。

② ［美］彭慕兰：《腹地的构建：华北内地的国家、社会和经济（1853—1937）》，马俊亚译，社会科学文献出版社 2005 年版，第 304 页。

有改善服务的情况下，农民负担上涨的最直观的案例。

让人钦佩的是，通过把国家的榨取能力和提供服务的能力区分开来，彭慕兰提供了一套精妙的观察装置，使我们穿透纷繁芜杂的现象，把国家构建和国家崩溃的形态从地理上进行了区分。

在战略上显得重要和商业化程度较高的地区，譬如长江三角洲、京津地区等，国家增加了其影响力，不让其他的竞争者来控制正在创办的机器工业。此外，这些地区强大的商业经济不但使得当权者可以在当地征收税赋，而且可以更容易地流通和分配，因而，在这样的地区，研究者们容易看到国家和社会的强化。人们还可以发现，在这样的地区中，国家既变成了一个更加成功的捐献者，也是一个更加成功的榨取者——警察、公共卫生和其他关键服务看起来确实得到了改善。因而，从地方层面看，在这样的地区所进行的现代化国家构建过程，与欧洲早期阶段没有什么太大区别。值得再次指出的是，并不是这些地区没有诸如杜赞奇、孔飞力等人在著作中所强调的县级以下贪婪的人员，而是这些地区的民间精英和越来越活跃的国家对他们的行为进行了限制。

然而，正如作者在叙述"黄运地区"的交通、治水和植树等事务时所分析的那样，晚清和民国时期的国家为取得在这些沿海地区所显示的活力付出了极大的"现代性后果"：部分代价是国家从其曾经极为重视的地区撤退了出来，因为，这些地区此时既不能提供充足的财富，也没有足够的外国威胁，吸引本已负担沉重的政府来维系这里的公共事务；另一个代价就是过于单纯地强调沿海地区财富的影响，"头痛医头，脚痛医脚"，使政府在一定程度上沦落为"富裕者的俘虏"。

总之，晚清和民国政府的治国方略发生了"大转折"：从强调"再生产"——所有地区都与其有关，并且，那些在维持自身生计方面具有极端困难的地区，通常获得了特别的关照——以稳定帝国统治，转向了"挑选胜利者"的政策，放弃其传统使命，只强调关键地区的守卫，鼓励某些地区先富起来、强起来，以与其他国家展开竞争。这样的治国方略在取得了部分繁荣和成功的同时，也付出了相当沉重的代价：使除了被"挑选"上的"胜利者"之外的广大地区逐渐边缘化，政治、经济、生态环境等不断恶化，被构建为作者所说的贫瘠的"腹地"，灾害频仍，动荡连连，因而反过来吸食、吞噬国家并不怎么丰富的"现代化"成果，甚至耗尽其精力，使其陷入腹背受敌、朝不保夕的困境之中。①

这就是彭慕兰提供给我们的"镜子"，通过这面"镜子"，君亭的故事，清风街上的风波，一目了然。当君亭全心全意地谋划、劳作，想在"前门"这一"关键地区"干出点名堂来，以扬名立万——他也确实在一定程度上实现了自己理想——时，他却忽视了深广的"后院"，甚至不惜牺牲"后院"，以换取"前门"的繁荣。然而，让君亭出乎意料的是，当"前门"开花、形势一片大好之时，后院却烧起了熊熊烈火：村庄进一步"沙化"，青壮年严重流失——连死了人都找不到抬棺材的了；社会风气进一步恶化，色情、凶杀、抢劫层出不穷；最后，竟出现了大动荡的苗头——村民们"哗变"了！可怕的是，参与这"哗变"的，除了三踅这好事者之外，竟都是些像瞎瞎那样只敢在老婆面前耍威风的老实巴交的农民，而且更加发人深思的是，在这样的事件面前，农村基层组织彻底瘫痪了，不仅没有人出面化解这"人民内部矛盾"，甚至连个给上级部门通风报信的人也没有——村支书君亭躲了，村会计上善望风去了，作为基层组织一分子的小组长竹青②，竟风风火火地参加到"哗变"中去，"自己反对自己"了……

这才是最可怕，也最引人深思的地方。

还是要回到上文我已强调过的问题：我没有把这些错误一股脑儿地推到君亭身上，因为，问题的根源在于他所执行的错误发展观。作为个人来说，甚至他自己都成了这"错误发展观"的牺牲品。在这个意义上，我特别赞成某些评论者的呼吁：要包容和理解君亭。我不仅包容和理解他，甚至十分同情他，因为和他的乡亲们一样，他也不过是他所追求的片面"现代化"的牺牲品。但话还得说回来，对君亭所象征的错误发展观，笔者是不惮以最严肃的态度来批判的，因为，这种顾头不顾腚的发展观带来的必然是国家的动荡、社会的萧条和民众的苦难。小说中，作

---

① 关于这一部分论述，详细内容参见［美］彭慕兰《腹地的构建：华北内地的国家、社会和经济（1853—1937）》，马俊亚译，社会科学文献出版社2005年版，特别是该书的"结论"部分《黄运、中国与世界》。

② 作为一位农民，竹青的行为不仅无可厚非，而且合情合理，可如果作为一位村干部，她的行为就既不合情也不合理了，尽管她有无数为自己辩解的理由。

家借半人半神的夏中星父亲的"遗嘱",对其进行了猛烈的批判,甚至进行了无情的诅咒。这份"遗嘱"说:"君亭将来在地上爬。"①

是的,错误的发展观必将被清风街的人们打翻在地!

清风街人们的声音已借着传统的"喇叭"大声响起来了。

这"诅咒",看似是传统的回音,其实是未来的呼喊。

第六节　夏天义

终于要写夏天义——清风街上最异质性的人物——了。

他到底是怎样的一位人物呢?

虽然同样都干过村支书,而且他干的时间更长,几乎干了一辈子,下台后在清风街也是威风八面;虽然他们都想干一番"大事业",而且在干"大事业"的过程中,他也曾"败走麦城",甚至付出了血的代价,但他与君亭不一样:因为,他心里揣着的,始终是清风街的人们——正因为如此,在自己"正当年",即将被提拔的时候,仍然带头抵制上级修路的决定;而在老年的时候,他再次带头,抵制上头以野蛮手段征粮收款的决定。他照管着的,始终是清风街的土地——正因为如此,他成了"七里沟的土地爷",一辈子跟土地打交道——看着荒芜了土地他心疼,于是贴本耕种俊奇哥抛荒了的土地;看到众多的人外出打工,土地撂荒,于是他不畏风言风语,登记造册,发动组织,计划重新划分土地。最终,在清风街因建农贸市场而失去了前街一片肥田之后,为了后人有一个宽广的"后院",他重拾壮年时未了的雄心壮志,在老年之时,带领一个"哑巴"、一个"傻瓜",还有一条狗,"愚公移山",干上了淤七里

---

① 在句话是夏中星父亲杂记本里的话。迟到的夏中星在父亲去世后,上坟并焚烧父亲的遗物,引生从夏中星手中留下了这个诡异的杂记本。从小说的逻辑发展来看,虽然夏中星父亲说自己肉身不坏的预言没有应验,但他这个杂记本里诸如"天义埋不到墓里""三踅死于绳""夏风不再回清风街了"等预言却是必然应验的。事实上,这个杂记本并非什么"迷信"的产物,而是"民心"的产物。在一定意义上,我们可以说,夏中星的父亲,这个"占卜记事"的人,这个除了絮絮叨叨就冷眼观察的人,是清风街的历史书写者和预言者。我们甚至可以说,这短短几句"遗言"就是这部小说的文眼,不仅包含了清风街的人情冷暖和苦辣酸甜,而且还蕴含着清风街人饱经磨难之后做出的道德判断,以及基于这判断而发出的扬善贬恶的深沉呼声。贾平凹:《秦腔》,作家出版社2005年版,第372页。

沟这感天动地的工作，并埋骨青山。他念叨着的，始终是清风街的稳定与和谐——正因为如此，他看不惯君亭们"披了被单就想上天"的急功近利的做法，看到清风街世风日下、江河鱼烂，他就忧心如焚、坐立不安……总之，他与君亭的区别是本质上的区别：他考虑的不是"只管前门花开，不顾后院失火"的局部繁荣和片面发展，更非"崽卖爷田心不疼"的败家子行为，而是清风街的长治久安、和谐稳定及可持续发展。

虽然同是清风街上德高望重的老人，而且两人也有一定的共同语言，可他与夏天智不一样：因为，与夏天智的"好行小惠"相比，他的气象大得多——他考虑的是清风街的整体利益，而非一卒一兵、一朝一夕的得失，说到底，他考虑的是"公事"，而非"私事"；他心里揣着清风街的一切，却唯独没有他自己，所以，他才"横眉冷对千夫指"，敢于疾恶如仇，批判一切不公的现象，也才"俯首甘为孺子牛"，乐于劳作奉献，承担一切的劳苦愁怨。

虽然同样志在富民，怀揣淤七里沟的宏大理想，可他与秦安不一样：后者经不得风雨，简单的挫折之后，竟然困顿不起，不仅让人哀其不幸，更让人怒其不争；而他却百炼成钢，"咬定青山不放松"，为了自己的理想不屈不挠，生命不息，奋斗不已……

无须一一对比了，他与清风街所有的人都不一样：他是一个彻底与众不同的人物，他是这个顺流而下的社会里唯一勇于溯流而上的人物，他是这个光怪陆离的社会里唯一异质性的力量。

那么，这到底是怎样的一种异质性的力量呢？

其实，与上文叙述的所有人物一样，夏天义不仅仅是一个个人，而且还是一个寓言、一个传统、一种象征。而这一切，并不隐讳，作家已通过小说中村民们对他的命名，一清二楚地揭示了出来。村民们对他的命名是：清风街的毛主席。

事情已经一目了然。可以毫不夸张地说，夏天义的故事，是一个双重的故事：一方面，在历史回顾中讲述像他这样的"社会主义新人"的生命历程，以及他们所从事的社会主义事业，尤其是互助合作事业的兴衰沉浮；另一方面，在现实的碰撞中，讲述这样的"社会主义新人"在后改革时代的困境，从而既反思历史，又指出现实中的问题种种，并思考他们对于今天和未来的意义。

关于"社会主义新人"成长的故事，由于历史的湮没太久，在今天这种"天下熙熙，皆为利来；天下攘攘，皆为利往"的语境中，似乎很少有人愿意说起了，即使偶尔说起，也满是鄙夷与不屑。但"往事并不如烟"，如果我们有足够的勇气，翻开那并未尘封历史，翻一翻丁玲、周立波、柳青、赵树理等人的作品，看看诸如张裕民、郭全海、梁生宝、王金生等人物的成长过程，我们就会理解这对过来人是常识的"社会主义新人"的深刻内涵。

如果我们有足够的勇气，愿意翻一翻那些纪实性的作品①，看一看河北省五公村耿长锁合作社、河北省西铺村合作社、山西省大寨农业合作社——这样的合作社可真不少——的创业史，看一看耿长锁、王国藩、陈永贵等"穷棒子"——这样的"穷棒子"/社会主义新人也真不少——以"敢叫日月换新天"的精神，白手起家，愚公移山，愣是办起了一个个所谓的"穷棒子"②合作社，而且在这"穷棒子"艰苦创业精神的鼓舞和引领下，让"鸡毛飞上了天"——把昔日一穷二白的山村，改造成富裕文明的社会主义新村——的历史，我们就会更加深刻地理解这"社会主义新人"的深刻内涵，而且知道上述文学作品并非向壁虚构的，而且这些文学作品中人物的所作所为也不是所谓"纸上的舞蹈"。

当然了，如果我们不愿意掩耳盗铃，而愿意睁开眼睛看看我们的现实世界的话，那么，我们也许应该从现在南街村、华西村、大寨村的繁

---

① 可参考《中国农村的社会主义高潮》（人民出版社1956年版），如果怕这本书时代色彩太浓，意识形态因素太多的话，可参考《当代中国典型农业合作社史》（中国农业出版社2002年版）等资料。

② "穷棒子"原意是指讨饭时用来打狗的棍子。笔者之所以引用这个故事，是因为有一个典故：解放前，河北省遵化县的西铺村的广大农民过着"糠菜半年粮，祖居破草房，全家一条被，三载着一装"的苦日子，有20多户常年靠讨饭度日，全村每年都有30多口人被饿死。解放后，党和政府每年都要拨给他们4万多斤救济粮和100多套寒衣，但救得了急，救不了穷。为了改变这种面貌，1952年秋，王国藩带领本村23户贫农办起了初级社。当时，这23户当中有11户是靠讨饭度日的。这个社总共的家产只有"三条驴腿"（因为1/4的驴是属于社外单干户的），被富裕户称为"穷棒子"社。但社员们穷有穷志气，硬是靠自己的一双手艰苦创业，从无到有，从小到大，经过多年奋斗，摆脱贫困，走向富裕。事实告诉我们：西铺村的历史是一部互助合作的历史，"穷棒子"社的历史是一部艰苦创业的历史。在中国，"穷棒子"社的历史具有典型意义，笔者愿意以其指称所有白手起家的合作社。"鸡毛飞上天"也有同样的寓意，故一并引用。

荣、发达、稳定、和谐中悟出点什么东西来。①

把夏天义放在这样的知识谱系中来观察，问题就清晰多了。

李杨在对《创业史》进行再解读时，提出了两个互相参照的概念："旧农民序列"和"新农民形象"。在他的分类中，"旧农民序列"不仅包括梁三老汉和郭振山——一个在土改时类似于赵玉林、郭全海式的英雄人物，但在时间的延伸和叙述的延展中却"落伍"了，否定了前期的自我，重新回到"旧农民"队伍中去了，而且还包括表面上看起来异常"革命"、异常赞成互助合作的高增福，因为，他对互助合作的感情不是纯粹的，而只是因为仇恨富农姚士杰，也就是说，他不是"自觉"地走到互助合作的道路上来的，而是被仇恨他者的反作用力"推"到互助合作的道路上来的。与这些"旧农民"相比，梁生宝则是"新农民"。原因十分简单：他对互助合作的社会主义道路的感情是自觉的。②

这为我们观察夏天义提供了一个方便的坐标。实际上，在夏天义身上，浓缩了郭振山、高增福、梁生宝身上的一些因素。或者说，与上述几个人物形象只是相对静态地展示农民某个阶段的精神状态不一样，夏天义相对动态地展示了从郭振山到高增福、从高增福到梁生宝的动态发展过程，即：夏天义展示了从"旧农民"到"新农民"演变的完整过程，虽然小说写得比较模糊，只提供了一个大概的轮廓。事实上，如果我们用比较严格的标准来要求的话，土改时期的夏天义完全不能算是一个合格的"新农民"，当然了，更不能算一名合格的共产党员和一名合格的村干部。或者，如果与梁生宝相比的话，与其说夏天义身上更多些社会主义新人的因素，倒不如说他身上更多一些农民主义的因素。比如，俊奇爹是地主成分，挨批斗，为了少受些罪，就让俊奇娘去勾引村干部夏天义。夏天义果然把持不住，中了俊奇娘的"美人计"。但中了"美人计"之后的夏天义却认"茄子一行，豇豆一行"的理，仍然我行我素，该批斗俊奇爹就批斗俊奇爹，该中"美人计"就中"美人计"。还有，他不像梁生宝那样，注重工作作风，注意摆事实讲道理，而更多的是运用农民

---

① 这些繁荣和谐的村庄，在公社化时期多是互助合作的典型，即使在今天，互助合作以及艰苦创业的精神，仍然是指引他们前进的灯火。潘维的《农民与市场》（商务印书馆 2003 年版）对这一现象做了精辟分析。

② 李 杨：《50—70 年代中国文学经典再解读》，山东教育出版社 2003 年版。

的强悍与猾狭促进工作。比如，他着急的时候往往骂人，动手打人，甚至还动用一些"厚黑学"的东西，来摆平工作中的一些难题……

贾平凹没有为尊者讳，而是运用绵密的史家笔法，在对家长里短的描写中，把夏天义身上的一切缺点都生动地描摹出来，展示了从封建的农民村社向社会主义农村转变时，要想涤除人们身上积攒了几千年的污秽是多么的困难，更警示人们从旧社会到新社会转变这一改天换地的过程，其实是一个泥沙俱下的过程，告诉人们在这一转变过程中，思想建设和文化建设是多么的重要。

然而，瑕不掩瑜。夏天义固然不是一位好党员，也不是一位好干部，甚至不是一位社会主义的"新农民"，但他却展示了向这个方向发展的要求和努力。最重要的是，随着岁月的流逝，他身上显示出越来越多社会主义新人的因素。比如，为了公家的利益，为了保护耕地，他竟然和自己的侄子君亭斗得你死我活。再比如，为了给子孙后代留下一片好地，他竟然不顾自己已是老年之身，不顾自己身单力孤——只有一个哑巴、一个傻子和一条狗跟着自己，不顾亲人劝告，毅然决然地走向七里沟，淤沟造田。这件事具有足够的悲剧色彩。与"愚公移山"时子孙齐集且"子子孙孙无穷匮也"的盛大场面不同，他一出场，就是一幅众叛亲离、孤家寡人的凄凉景象——他的子孙完全背弃了他的事业，只剩下他一个人，像孤独的堂吉诃德一样，坚守着自己的理想。

然而，真理并不一定掌握在多数人手中。为了证明夏天义所坚持的事业的正确性，作家安排了一个有意味的伏笔，特意在情思细腻、环环相扣的小说中安排了一段文采上寡淡无味、内容上却切实可行的科学论文——当年放水淤七里沟的方案报表。翻阅着这份论证严密的可行性报告，我们禁不住由衷赞同夏天义的自我评价："我夏天义失败了，我失败就失败在这七里沟上。可我不服啊，我相信我是对的，我以一个老党员的责任，以一个农村干部的眼光，七里沟绝对能淤成地的！"[1] 面对着作家几乎要跳出来呼喊的激动之情，我们不得不停顿下来，指出作家之所以如此动情，是因为夏天义的呼声并不是他一个人的呼喊，而是一代人的心声。或者说，在作家笔下，七里沟已不是一个孤立的空间，而是一

---

[1]　贾平凹：《秦腔》，作家出版社 2005 年版，第 258 页。

个具有象征意义的历史存在。简言之，它象征着中国农村的互助合作之路，象征着社会主义事业这一崭新而科学的构想。

由于刻意的遗忘，多年来，对这一社会主义事业的分析甚少，我无法沿着前辈学者的足迹去细致地描摹这一伟大事业的科学构造。但为了表达对这一事业的敬意，我不惮才疏学浅，仍想冒昧地对这一互助合作的社会主义事业做一粗线条的勾勒——

借用威廉·韩丁的说法，我们可以用"梯子"这一实物来描绘这一事业的基本构造：由于当时一穷二白的历史条件所限，互助合作的社会主义事业在开始之时，必须从"梯子"的最低一级——小规模的互助组——开始，这样，初步解决了耕畜和工具不足的问题，保证按时播种、按时收割，并推动农业生产继续发展；等有了一定公共积累之后，也由于在初步的互助合作中产生了一些诸如按劳动力分红和按生产工具分红的比例等矛盾，在这样的矛盾面前，走"回头路"必然是没有出息的，因而只能推动矛盾向更高阶段发展，扩大互助合作规模，办合作社，而且由初级社而中级社，由中级社而高级社，依次发展，最后爬到这架"梯子"的顶端——将分散的一家一户的"小农经济"改造成规模化、集约化生产的农业，并且与城市化和工业化相结合，从而最终解决城乡、工农、脑力劳动和体力劳动这"三大差别"。

这样的组织结构，首先保证新生的中国有一个宽广深厚的后院，为解决吃饭和穿衣这样的大问题——在当时，这尤其是一个大问题——奠定坚实的基础，从而为新中国的生存和发展提供强有力的保障。同时，除了农业互助合作之外，还发展了供销合作社和信贷合作社，使广大农村除了在农业生产上和整个国家紧密结合在一起之外，还在商业和金融上与国家密切地联系在一起，既提供了农村资源向城市输送的道路，也提供了城市资源向农村流通的渠道。后来的许多评论者，往往囿于意识形态限制，无法同情地理解当时的历史局势，只看到农村资源上行到城市和国家的道路，从而抱怨国家和城市对农村的剥夺，但却没有意识到，在这个过程中，同样也为国家和城市资源向农村流动提供了一个畅通的渠道。遗憾的是，由于历史突然中断，我们没能看到城市反哺农村、工业支持农业的历史实践发生，尽管在记载中我们已看到在当时捉襟见肘的财政情况下，这样的努力已时有发生。

有必要指出的是，为了让这个像一架高度精密的机器一样的庞大国家顺利而稳当地在人类历史发展的轨道上前进，必须要建立一套完备而高效的社会保障制度，以解决人们最基本的生活需要。革命后的新中国，近乎完美地完成了这个似乎不可能的任务。让·德雷兹和阿玛蒂亚·森在《饥饿与公共行为》一书中，就这一情况做了两个颇有意义的比较。① 首先，他们将中国和印度的情况进行了比较。他们指出，当中国于 1949 年革命后，印度于 1947 年独立后，实施发展规划时，两者都处在一个极低的经济与社会成就的基础上——两国的人均 GNP（国民生产总值）都处于世界最低行列，饥饿泛滥，文盲比例极高，而且人均预期寿命都不超过 40 岁。也就是说，尽管两个国家间存在不少差异，但相似的程度却相当惊人。然而，更加惊人的却是此后的道路取向及结果的巨大差异。

最触目惊心的反差要属于与生死相关的问题：中国的人均预期寿命似乎稳固地维持在 60—70 岁的中上段（据一些估计接近 70 岁），而印度看起来大约在 50—60 岁的中上段②；5 岁以下儿童的死亡率，根据联合国儿童基金会（UNICEF）的统计数据，中国为 47‰，而印度为中国的三倍多，即 154‰。③ 据报道，1982—1983 年中国出生体重低的婴儿比例约为 6‰，而印度是其五倍。④ 也就是说，人体测量学数据以及发病模式的分析都确证，中国在卫生和营养状况上取得了非凡的转变，而相关的转变却未在印度发生。在基础教育领域，两个国家的情况也发生了根本的背离，成人识字率的百分比在印度约为 43%，而中国大概有

---

① 让·德雷兹和阿玛蒂亚·森并不是简单地肯定中国的一切，他们对中国 1958—1961 年的大饥荒进行了严厉批评，说"在中国的碗橱里也有着不为人所知的骸骨"。正是因为严谨的治学态度，使他们的结论更真实可信。具体内容，参见［印度］让·德雷兹、阿玛蒂亚·森《饥饿与公共行为》，苏雷译，社会科学文献出版社 2006 年版。

② 《世界发展报告（1988）》列着中国在 1986 年的人均预期寿命为 69 岁，中国官方基于 1982 年普查得到的 1981 年的统计数据为 68 岁。朱迪思·巴尼斯特（1987）在对不完全的报告进行修正后，他们给出了一个更低的估计值，即 1986 年的人均预期寿命为 65 岁。转引自［印度］让·德雷兹、阿玛蒂亚·森《饥饿与公共行为》，苏雷译，社会科学文献出版社 2006 年版。

③ 可参见 UNICEF（1988），表 1。转引自［印度］让·德雷兹、阿玛蒂亚·森《饥饿与公共行为》，苏雷译，社会科学文献出版社 2006 年版。

④ 可参见 UNICEF（1988），表 2。然而，已有人对这一数据的可靠性表达怀疑，尤其因为其中使用的标准存在一些差异。转引自［印度］让·德雷兹、阿玛蒂亚·森《饥饿与公共行为》，苏雷译，社会科学文献出版社 2006 年版。

69%。

在对这些数据和材料进行对比之后，让·德雷兹和阿玛蒂亚·森追问：是什么让中国领先的呢？在对一系列看起来相互矛盾的数据进行整理分析后，让·德雷兹和阿玛蒂亚·森引用朱迪思·巴尼斯特（Judith Banister）的话指出："在 1957 年与 20 世纪 70 年代晚期之间，中国的人均食物产量与饮食质量看起来仍未得到改善……1977 年的人均年产谷物量几乎与 20 世纪 50 年代晚期毫无区别：1955—1957 年平均 301 千克及 1975—1977 年 305 千克。"在澄清了从人均 GNP 或人均消费总量或人均食物消费量来看中国的平均财富标准并未迅猛增长这一事实后，两位研究者得出如下结论："就援助导向的保障而言，中国所做的努力却相当引人注目。中国在革命之后就引进了与过去截然不同的卫生服务网，该网的涵盖内容异常丰富，包括互助的医疗制度、公社诊所、赤脚医生及普遍的公共卫生设施。这方面与印度的反差足以使人瞩目。这不仅因为在每个单位人口上中国有着印度两倍以上的医生以及近三倍的护士，而且这些及其他医疗资源，也在国家中（即使在城市与农村之间）得到了更加均衡的分配，从而提供了——对比印度所能组织的——更多的大众获得途径。"① 而且，"类似的反差还可见于通过公共渠道以及配给制度进行食物分配上，该类分配在中国的覆盖面很广（除了经济、政治混乱时期，如 1958—1961 年饥荒时）。在印度，给人民提供的公共食物分配，当它存在时，也仅限于城市地区（除了一些诸如喀拉拉邦的地区，那里农村人口也能获利）。实际上，中国与印度不同的是，将食物分配作为广泛的社会保障方案的一部分。这些方案对保障与促进食物及基本必需品——包括医疗保障——的权利所产生的影响，在中国相对较低的死亡率上得到了反映。"②

在将中国的情况和印度的情况进行比较时，让·德雷兹和阿玛蒂亚·森顺便将中国改革前和改革后的情况做了一个比较。他们指出："自从 1979 年推行了影响深远的经济、社会改革后（大量利用了以市场为基础的刺激因素），中国的发展速度突飞猛进——比此前快得多。

---

① ［印度］让·德雷兹、阿玛蒂亚·森：《饥饿与公共行为》，苏雷译，社会科学文献出版社 2006 年版，第 216 页。

② ［印度］让·德雷兹、阿玛蒂亚·森：《饥饿与公共行为》，苏雷译，第 216 页。

但这时死亡率并未进一步降低，事实甚至相反。根据官方统计，在1978年改革前夕，中国的死亡率达到了最低标准，而在改革后，正当产量与收入以惊人的速度增长时，死亡率标准反而上升了。"[1] 经过严密分析，他们为这一奇怪的现象找出了答案：改革后一段时期内的限制性发展，不仅包括强制推行的家庭人口控制，还包括中国农村可获得的医疗保健和卫生服务在总体上的大幅度下降。在以改革前中国就已取得的成就为基础的"援助保障"，由于改革对经济和社会所造成的影响，在某些重要的方面被削弱而不是加强了。实际上，暂不论产量与收入的增长，中国成功构建的援助制度也面临极其严峻的考验。公共援助措施上的投入明显减少了，这部分上是观念变化所致——与近来经济自由主义激发的热情有关。然而，这还与农村中地区级公共援助措施的财政和制度基础被削弱有关。随着这一制度的瓦解，以前农村生产队提供的广泛互助的卫生保险医疗也渐渐减少，从1977年的90%降至1985年的34%左右。实际上，改革前建立的那套医术上虽不完善却具有社会实用性的制度彻底衰退了。还有，伴随着改革所发生的变化，原来构建的城乡医疗服务基本比较平等的均衡体系也被打破了——中国居住在农村的人口占中人口的3/4，却不得不凑合着使用只有半数的开业医生提供的服务，即只占城市人均的1/3。[2]

无须多说了，让·德雷兹和阿玛蒂亚·森的分析，虽然只是社会援助这一方面的问题，但即使如此，也已清楚地告诉我们，新中国成立后，夏天义们所构建的"七里沟"是多么宽广、厚实。

需要用最简短然而却最重要的篇幅指出的是，这一革命中国的构建过程，并不仅仅止于经济建设、社会保障建设，而是将这一伟大的建设过程延伸到思想文化领域。也就是说，这一建设始于物质活动，却以精神活动为终极目标，以人的发展为归宿。正因为这一原因，在这个伟大的过程中，对人的教育和改造——包括自我教育和自我改造——从来就没有停止过，直至这些形形色色的历史存在物变成有自觉的历史和阶级意识的历史创造者为止。这也是笔者说夏天义是一个动态的演变过程的

---

[1] ［印度］让·德雷兹、阿玛蒂亚·森：《饥饿与公共行为》，苏雷译，社会科学文献出版社2006年版，第216页。

[2] ［印度］让·德雷兹、阿玛蒂亚·森：《饥饿与公共行为》，苏雷译，第227页。

原因。是的，夏天义从来就没有忘记自己的使命，从来没有忘记自我改造。这一改造是如此的艰难，以至于对他而言，清风街变成了一处修行之地，而他，也日益像一位社会主义的"苦行僧"——肉体逐渐衰老，精神却日益坚定，并渐渐焕发出感天动地的迷人光彩。

是的，当泥石流突如其来，把他淹没在他始终割舍不下的泥土中后，这宏大的光彩终于冲破迷雾，灿烂地弥漫开来，照亮了荒凉的七里沟，照亮了萧条的清风街，照亮了山河大地。

是的，他用自己一生的"修炼"，用一位党员的责任，用一位老农村干部的眼光，印证了自己从事的事业的正确性，并用挫折和坎坷把自己的心磨成一面清澈的镜子，照亮了未来的道路。

这一切，无须多辩。

七里沟的无字丰碑就是最好的明证！[①]

第七节　为了忘却的回忆[②]

好了，到此为止。

通过对夏天智、夏风、君亭、夏天义等人物及其所代表意义的系统分析，浮躁的乌云渐渐散去，喧嚣的尘埃也逐渐落定，隐含在《秦腔》中的深沉呼喊也终于明晰起来了：在苦难中呼喊。

是的，这绝不是所谓"终结"的戏剧——既不是"乡土中国"终结的戏剧，也不是"革命中国"终结的戏剧。既然如此，那么，这当然更不是在"终结"的废墟上上演的对所谓"新新中国"或"后新中国"顶礼膜拜的戏剧。

---

① 这块墓碑原本是夏雨给他爹夏天智准备的，但却被夏天义使用了。我认为这不是一个无足轻重的细节。因为，按照小说的叙述，夏天智是清风街德高望重的长者，连他也没有资格"享受"的石碑却被夏天义使用了，这是别有一番深意的，这充分肯定了夏天义的所作所为。更重要的是，这石碑是无字的，蕴含着两层含义：一是他的一生充满争议，死后也无法盖棺定论；二是他的功绩十分突出，远非几句碑文所能概括得了。从小说来看，后一种解释更符合夏天义的实际。

② 这个小标题是贾平凹的原话，他说："法门寺的塔在倒塌了一半的时候，我用散文记载过一半塔的模样，那是至今世上唯一记下一半塔的文字。现在我为故乡写这本书，却是为了忘却的回忆。"贾平凹:《秦腔》，作家出版社2005年版，第504页。

是的，与其说贾平凹是在为以君亭为象征的"新新中国"或"后新中国"摇旗呐喊，不如说他是在呼吁打碎这后患无穷的社会安排，从而迎接一种新的生活，就像马克思所说的："当人们好像刚好在忙于改造自己和周围的事物并创造前所未闻的事物时，恰好在这种革命危机时代，他们战战兢兢地请出亡灵来为他们效劳，借用他们的名字、战斗口号和衣服，以便穿着这种久受崇拜的服装，用这种借来的语言，演出世界历史新的一幕。"①

的确如此，为了迎接新生活，作家不仅满怀崇敬地请出革命中国时代的夏天义，而且还战战兢兢地请出封建时代的夏天智。

写到这里，一种尴尬感油然而生，我禁不住怀疑个别夸夸其谈的评论者不仅没有睁开眼睛好好读一读我们生活于其中的现实世界这本大书，而且似乎也没有好好地读一读《秦腔》。因为，在袒露心声的《后记》里，作家的所思所想表达得十分清楚。

既然如此，那就让我们看看作家是怎么说的吧——

> 但老虎不吃人，名声在外，棣花街人多地少，日子是极度的贫困。那个春上，河堤上的柳树和槐树刚一生芽，就全被捋光了，泉池里石头压着的是一筐一筐煮过的树叶，在水里泡着拔涩。我和弟弟帮母亲把炒过的干苜蓿在碾子上砸，箩出面儿了便迫不及待地往口里塞，晚上稀粪就顺了裤腿流。我家隔壁的厦子屋里住着一个李姓的老头，他一辈子编草鞋，一双草鞋三分钱，临死最大的愿望是能吃上一碗苞谷糁糊汤，就是没吃上，队长为他盖棺，说："别变成饿死鬼。"塞在怀里的仍是一颗熟红苕。全村镇没有一个胖子，人人脖子细长，一开会，大场子上黑乎乎一片，都是清一色的土皂衣裤。②

这是作家对人民公社时代经济极端匮乏心有余悸的回忆，可就在这如此痛苦的回忆中，竟然有那么多文化的欢乐——

---

① ［德］马克思:《路易·波拿巴的雾月十八日》,《马克思恩格斯选集》第一卷，人民出版社 1995 年版，第 585 页。
② 贾平凹:《秦腔》，作家出版社 2005 年版，第 500 页。

就在这一群人里谁能想到有那么多的能人呢：宽仁善制木，本旺能泥塑。东街李家兄弟精通胡琴，夜夜在门前的榆树下拉奏。中街的冬生爱唱秦腔，吃了上顿没下顿的，老婆都跟人去讨饭了，他仍在屋里唱，唱着旦角。五林叔一下雨就让我们一伙孩子给他剥玉米棒子或推石磨，然后他盘腿搭手坐在那里说《封神演义》，有人对照了书本，竟和书本上一字不差。生平在偷偷地读《易经》，他最后成了阴阳先生。百庆学绘画，拿锅黑当墨，在墙上可以画出二十四孝图。刘新春整理鼓谱。刘高富有土木设计上的本事，率领八个弟子修建了几乎全县所有的重要建筑。西街的韩姓和东街的贾姓是棣花街上的大族，韩述绩和贾毛顺的文墨最深，毛笔字写得宽博温润，包揽了全村镇门楼上的题匾。每年从腊月三十到正月十五，棣花街都是唱大戏和闹社火，演员的补贴是每人每次三斤热红苕，戏和社火去县上会演，总能拿了头名奖牌……①

　　但当作家还沉浸在这种文化欢乐中不能自拔时，"棣花街"突然风流云转，告别了那个物质贫瘠、文化丰满的时代，迎来了一个截然不同的时代，不仅文化丰盈，物质似乎也丰富起来——

　　一九七九年到一九八九年的十年里，故乡的消息总是让我振奋，土地承包了，风调雨顺了，粮食够吃了，来人总是给我带新碾出的米，各种煮熟的豆子，甚至是半扇子猪肉。他们要评价公园里的花木比他们院子里的花木好看，要进戏园子，要我给他们写中堂对联，我还笑着说：棣花街人到底还高贵！那些年是乡亲们最快活的岁月，他们在重新分来的土地上精心务弄，冬天的月夜下，常常还有人在地里忙活，田堰上放着旱烟匣子和收音机，收音机里声嘶力竭地吼秦腔。我一回去，不是这一家开始盖新房，就是另一家为儿子结婚做家具，或者老年人又在晒他们做好的那些将来要穿的寿衣寿鞋了。农民一生三大事就是给孩子结婚，为老人送终，再造一座房子，这些他们都体体面面地进行着。他们很舒心，都把邓小平的像贴在墙

───────────

① 贾平凹：《秦腔》，作家出版社 2005 年版，第 500 页。

上，给他上香磕头……①

作家的这一段描写，其实是当时中国农村的缩影，每一位有农村生活经验的人，都会对这一段幸福时光念念不忘：家家不仅粮仓满了，而且钱包也逐渐鼓起来，于是，盖新房的盖新房，娶新媳妇的娶新媳妇，祝大寿的祝大寿……在这舒心的生活映衬下，自然风光似乎也格外美好：山朗润，水清冽，风温暖……

可这美好的生活似乎那么切近而又遥远，现实而又虚幻。

突然间，这一切美好的东西都烟消云散了，不仅物质的丰裕"得而复失"，而且文化的充盈似乎也在眨眼间荡然无存了——

就在要进入新的世纪的那一年，我的父亲去世了。父亲的去世使贾氏家族在棣花街的显赫威势开始衰败，而棣花街似乎也度过了它短暂的欣欣向荣岁月。这里没有矿藏，没有工业，有限的土地在极度地发挥了它的潜力后，粮食产量不再提高，而化肥、农药、种子以及各种各样税费迅速上涨，农村又成了一切社会压力的泄洪池。体制对治理发生了松弛，旧的东西稀里哗啦地没了，像泼去的水，新的东西迟迟没再来，来了也抓不住，四面八方的风方向不定地吹，农民是一群鸡，羽毛翻皱，脚步趔趄，无所适从，他们无法再守住土地，他们一步一步从土地上出走，虽然他们是土命，把树和草拔起来又抖净了根须上的土栽在哪儿都是难活……张家的老五，当年的劳模，常年披着褂子当村干部的，现在脑中风了，流着哈喇子走过来。他喜欢地望着我笑，给我说话，但我听不清他说些什么。堂兄在告诉我，许民娃的娘糊涂了，在炕上拉屎又把屎抹在墙上。关印还是贪吃，当了支书的他的侄儿家被人在饭里投了毒，他去吃了三大碗，当时就倒在地上死了。后沟里有人吵架，一个说：你张狂啥呀，你把老子×咬了？！那一个把帽子一卸，竟然扑上去就咬×，把×咬下来了。村镇外出打工的几十人，男的一半在铜川下煤窑，在潼关背金矿，一半在省城里拉煤、捡破烂，女的谁知道

---

① 贾平凹：《秦腔》，作家出版社2005年版，第500页。

在外边干什么，她们从来不说，回来都花枝招展。但打工伤亡的不下十个，都是在白木棺材上缚一只白公鸡送了回来，多的赔偿一万元，少的不过两千，又全是为了这些赔偿，婆媳打闹，纠纷不绝。因抢劫坐牢的三个，因赌博被拘留过十八人，选村干部宗族械斗过一次。抗税惹事公安局来了一车人。村镇里没有了精壮劳力，原本地不够种，地又荒了许多，死了人都熬煎抬不到坟里去。我站在街巷的石磙子碾盘前，想，难道棣花街上我的亲人、熟人就这么很快地要消失吗？这条老街很快就要消失吗？土地也从此要消失吗？真的是在城市化，而农村能真正地消失吗？如果消失不了，那又该怎么办呢？①

在连天的浩叹中，作家的一切疑问、一切困惑、一切向往都连珠炮般地抛了出来。我不得不遗憾地说，他不是在为所谓"历史的终结"而感慨伤怀，也更不是在为所谓"新新中国"的姗姗来迟而欢欣鼓舞，他是在"回忆"，是在"回忆"故乡或古老或年轻的魂灵，而这"回忆"却是为了忘却，是为了"忘却"现实的苦难、苦恼、困惑而深情地"回忆"故乡或古老或年轻的魂灵。

总而言之，《秦腔》绝非其他，而是"为了忘却的回忆"。然而，正如笔者上文引用马克思的名言所指出的那样，这"为了忘却的回忆"却还有更深层的寄托，即：为了在对亡灵的回忆中忘却现实的苦难，而且，让历史与现实在这"为了忘却的回忆"中彼此观照，从而在对历史和现实的连续性理解中，既压抑、消解彼此的恶性因素，又释放、光大彼此的活力，从而认真规划、艰苦创业，再次创造一个物质丰盈、文化充沛的新农村、新中国。

我想补充的是，虽然作家没有明确地说出自己渴望的是一个什么样的农村社会，但如果结合现实语境，我们可以替作家加上一个合理的"尾巴"：他朦朦胧胧中渴望的，其实就是生产发展、生活充裕、乡风文明、村容整洁、管理民主的社会主义新农村。

作家用一个比喻，表达了这种美好的愿望——

---

① 贾平凹：《秦腔》，作家出版社 2005 年版，第 501—502 页。

我清楚，故乡将出现另一种形状，我将越来越陌生，它以后或许像有了疤的苹果，苹果腐烂，如一泡脓水，或许它会淤地里生出了荷花，愈开愈艳……①

毫无疑问，无论从情感上，还是从理智上，作家都无法接受故乡化作一个腐烂的苹果，如一泡脓水，因此，淤地里生出且愈开愈艳的荷花，是作家对故乡未来唯一的祝福和深切期望。

第八节　改造传统农业

尽管作家"为了忘却的回忆"到此戛然而止，但一个疑问却如作品中那些或古老或年轻的灵魂一样萦绕不去，始终追随着我。相信任何一位认真读过这本小说的人都会有这样的疑问，即：如何建设生产发展、生活充裕、乡风文明、村容整洁、管理民主的社会主义新农村呢？虽然作家没有明确回答这个问题，但通过其情感倾向，我们却仍然能找到一些文化、制度线索，而曾提出"穷人经济学"的 1979 年诺贝尔经济学奖得主西奥多·W. 舒尔茨，则从经济学的角度对这一问题进行了颇有启发意义的分析。

毫无疑问，尽管有夏天义所努力追求的社会主义集体经济的影子，也有君亭不择手段追求的自由主义市场经济因素，但《秦腔》所提供的仍然主要是一个传统的小农经济语境。对这一语境，上文我们已经从文化和制度方面做了诸多分析，下面，就让我沿着西奥多·W. 舒尔茨的思想线索，从经济学角度进行初步探讨。尽管在这个问题上我力有所不逮，但照葫芦画瓢仍然是必要的。或许，在这模仿的过程中竟能借着别人的明镜发现一束光亮？②

---

① 贾平凹：《秦腔》，作家出版社 2005 年版，第 503—504 页。

② 以下论述主要是在［美］西奥多·W. 舒尔茨《改造传统农业》（梁小民译，商务印书馆 1987 年版）一书提供的知识框架内展开的，梁小民精到的翻译和言简意赅的《译者前言》，更为我这经济学"门外汉"打开了学习的门径。

过去，许多经济学家往往从一个社会的文化特征、制度结构，或生产要素的技术特征来论述传统农业的性质，而西奥多·W.舒尔茨则认为传统农业是一个经济概念，所以不能根据其他非经济特征进行分析，而要从经济本身入手分析。他指出，完全以农民世代使用的各种生产要素为基础的农业可以称之为传统农业，而且，从经济分析的角度看，传统农业应该被视为一种特殊类型的经济均衡状态。这种均衡状态主要体现在以下几点：一是技术状况长期内大致保持不变，即所使用的生产要素与技术长期未发生变动；二是如果把生产要素作为收入的来源，那么，获得与持有这种生产要素的动机也是长期不变的，即人们没有增加传统使用的生产要素的动力；三是由于上述原因，传统生产要素的供给和需求也处于长期均衡的状态。通过以上分析，我们可以说，西奥多·W.舒尔茨所说的传统农业实际上是一种生产方式长期没有发生变动的、基本维持简单再生产的、近乎停滞的小农经济。

　　为了对传统农业的特征做进一步分析，西奥多·W.舒尔茨驳斥了两种长期流行而且影响深远的观点：一种是认为传统农业中生产要素配置效率低下，另一种是有名的"隐蔽失业"理论。持第一种观点的人认为：传统农业中的农民愚昧、落后，对经济刺激不能做出正常反应，经济行为缺乏理性，所以生产要素配置的效率必然低下。① 西奥多·W.舒尔茨不同意这种观点。他根据社会学家对危地马拉的帕那加撒尔和印度的塞那普尔这两个传统农业社会所做的详细调查资料证明：在传统农业社会中，生产要素配置效率低下的情况是比较少见的。这就是说，传统农业中的农民并不愚昧，他们对市场价格的变动能做出迅速而正确的反应，经常为了多赚一个便士而斤斤计较。他们多年的努力，使现有生产要素的配置达到了最优化，重新配置这些生产要素并不会使生产增长，外来

---

　　① 这是在中国知识界流传最广的"迷思"之一，特别是自20世纪80年代中期以来，这个观点似乎成为中国知识界的"迷信"，以至于这竟成为一种"文化"。其实，只要看看中国农民在那么狭窄的土地这一舞台上上演着虽然艰难然而却精彩的演出，我们就会知道这个从经济学领域散播出来的观点是多么的不经济学。因为，生存的艰难，不仅早就把他们变成了最讲经济的"经济学家"——不是只研究书本的那种，而且甚至把他们变成了艺术家（也不是那种只说不练的艺术家）和魔术家，为了生存的艺术家和魔术家。他们会在有限的时空中利用有限的资源变出尽可能多的生存、生活和发展资源，"一分钱瓣成两半花"，表达的就是这样的意思。

的专家也找不出这里的生产要素配置有什么低效率之处。①

"隐蔽失业"理论——又称"零值农业劳动学说"——的基本观点是：传统农业中有一部分人的边际生产率是零，这就是说，尽管这些人在干活，实际上对生产却毫无贡献。这种就业实际上就是隐蔽失业，把这些人从农业中抽走，并不会使农业生产减少。西奥多·W.舒尔茨详细分析了这一理论的历史渊源和理论基础，并根据印度1918—1919年流行性感

---

① 西奥多·W.舒尔茨引用的危地马拉的帕那加撒尔的例子源于索尔·塔克斯的经典性研究《一个便士的资本主义》。在该书开篇，作者单刀直入地写道：这是"一个微型的'资本主义'社会。这里没有机器，没有工厂，没有合作社或公司。每个人就是自己的企业并辛勤地为自己干活。只有小额货币；存在着靠自己运送物品的贸易；自由企业家、没有人性的市场、竞争——这些都存在于乡村经济中。"索尔·塔克斯确信，这个社会是非常贫穷的，它处于强大的竞争行为之下，并且确信这个社会的800个人充分利用了自己所掌握的大部分要素和生产技术。

这里的生活非常贫穷，索尔·塔克斯这样描述了他们的贫穷：他们"缺医少药，居住在几乎没有家具的肮脏的茅棚里，只能用炉灶来照明，以至于弄得满屋子都是烟，也许还用油松火把或是一盏洋铁皮做的小煤油灯照明；这里的死亡率很高；他们缺乏食物，大部分人每周吃不起半磅肉……这里几乎没有学校；农田里的活计离不开孩子们的劳动……生活的主要内容就是从事艰苦的劳动……"

这个社会里到处存在产品和要素的定价的竞争："一切家庭用品——陶器、磨石、篮子、葫芦制成的容器、瓷器等等——特别是所有的家具，诸如桌子、椅子和草席，都必须从其他城镇运来。许多穿用的东西，诸如做裙子和上衣的材料、帽子、凉鞋、毛毯、手提包，以及编织其他东西的棉花和线必定也是这样。大部分基本食物：大部分玉米，所有的橙子、盐和调味品，大部分辣椒，以及大部分肉食……也必定是这样。他们依靠出售农产品来得到货币……主要用于销售的商品是洋葱和大蒜、大量的水果，以及咖啡。"从各方面说，价格都是非常灵活的。

索尔·塔克斯继续提供了这样的事实：印第安人"首先是一个企业家，一个商人"，他总是在寻求哪怕能赚到一个便士的新途径。他购买自己能买得起的东西时非常注意不同市场上的价格，他认真地计算其生产用于销售或家庭消费的谷物时自己劳动的价值，并与受雇工作时的情况加以比较，然后根据计算与比较再行动。他机灵地注视着出租或典当一块土地的收入，而且在得到从别人那里买来的少量生产资料时，他也是这样做。所有这些商业活动，"都可以作为，在一个非常发达的、倾向于完全竞争的市场条件下，由一个既是消费单位又是生产单位的居民中所组织的货币经济的特征"。并不是印第安人从来不寻找新途径来改变自己的命运，索尔·塔克斯注意到："印第安人一直在寻求新的更好的种子、化肥和耕作方法。"但是，进步不是经常的，而且他们的努力对生产的影响也非常小。

《一个便士的资本主义》中对这种社会人民行为的仔细描述和许多说明价格、成本和收益的表中所反映出来的各种证据有力地支持这样的推论：人民在配置当前生产中他们所拥有的要素时是很有效率的。

印度的塞那普尔的例子来源于W.戴维·霍珀的《中印度北部农村的经济组织》，该书用更加精确的数据证明了同样的结论：由典型农户所做出的平均要素配置在现存技术关系的范围内是非常有效率的。没有什么证据可以说明，在农村依靠传统的资源和技术时，通过改变现在的要素配置能使经济的产量得到提高。

笔者之所以如此详细地引用这些资料，就是为了再次强调这种关于"传统农业社会中农民愚昧、落后，因而对经济刺激不能做出正常反应"的论调是多么的愚蠢！

冒所引起的农业劳动力减少使农业生产下降的事实证明：在传统农业中，农业产量的增减与农业人口的增减之间有着极为密切的关系，农业劳动力的减少必然使农业产量下降，所以，"贫穷社会中部分农业劳动力的边际生产率为零的学说是一种错误的学说。"①

既然传统农业中生产要素的配置是合理的，也不存在隐蔽失业问题，那么，传统农业为什么停滞、落后，不能成为经济增长的源泉呢？一般的看法认为传统农业中储蓄率和投资率低下，缺乏资本，而储蓄率和投资率低下又是因为农民没有节约和储蓄习惯，或缺乏抓住投资机会的企业家。② 西奥多·W.舒尔茨则认为：传统农业中的确存在储蓄率和投资率低下、资本缺乏的现象，但其根源并不是农民储蓄少或缺乏企业家，而是传统农业中对原有生产要素增加投资的收益率低，对储蓄和投资缺乏足够的经济刺激。为了说明这一点，西奥多·W.舒尔茨提出了"收入流价格理论"，即用西方经济学中传统的均衡分析法来说明投资和经济增长之间的关系，其基本观点如下：收入是一个流量概念，它由每单位时间既定数量的收入流所组成——例如，每年的收入流为一美元——因此，收入流量的增加就等于经济增长。既然如此，那么，要得到收入流——即经济增长——就要增加收入流的来源，而收入是由生产要素生产出来的，所以收入流的来源就是生产要素。生产要素是有价值的，在这一意义上说，收入流是有价格的。研究经济增长就应该研究收入流的来源及其价格。所以，中心经济问题是要解释由什么决定这些收入流的价格，而要说明收入流价格的决定，就要从供给和需求入手。

西奥多·W.舒尔茨用收入流价格理论解释了传统农业停滞、落后、不能成为经济增长源泉的原因，即：在传统农业中，由于生产要素和技

---

① 尽管西奥多·W.舒尔茨的研究对批驳"传统农业社会中农民愚昧、落后，因而对经济刺激不能做出正常反应"的论调具有极大的战斗力，但我个人对这种将"生产关系"从传统农业中彻底剥离出来而运用"纯市场"的方法研究传统农业社会的做法持保留意见。因为，小农经济不能以研究资本主义的学说来理解，资本主义的利润计算法不适用于小农的家庭式农场，因为这种农场不是依赖于雇佣劳动，其家庭全年所投入的劳动很难分计为一个个劳动单位的成本。农场一年所生产的农产品，是全年劳动的成果，也不易像现金收入一样按单位计算，最重要的是，小农的家庭农场式的生产主要是为了满足其家庭的消费需要，不是为了追求最大利润。实际上，西奥多·W.舒尔茨提供给我们的只是一个视角，他所批评的"隐蔽失业"论也是如此，换言之，对农村社会的观察特别需要一种综合的视野，对今日之中国农村社会的观察尤其如此。

② 这又是一个类似污蔑的所谓"学术"结论。

术状况不变，所以，持久收入流来源的供给是不变的，另一方面，传统农业中农民持有和获得收入流的偏好和动机是不变的，所以，对持久收入流来源的需求也不变，这样，持久收入流的均衡价格就长期在高水平上固定不变，也就是说，来自农业生产的收入流来源的价格是比较高的，即传统农业中资本的收益率低下。在这种情况下，就不可能增加储蓄和投资，也无法打破长期停滞的均衡状态。因此，改造传统农业的出路就在于寻找一些新的生产要素作为廉价的经济增长源泉。

引进新生产要素实际上是许多经济学家反复强调的、促进经济增长的关键因素，那么，如何才能通过引进现代生产要素来改造传统农业呢？西奥多·W.舒尔茨着重论述了三个问题：一是建立一套适于传统农业改造的制度；二是从供给和需求两个方面为引进现代生产要素创造条件；三是对农民进行人力资本投资。

在西奥多·W.舒尔茨眼中，所谓适于传统农业改造的制度就是：运用以经济刺激为基础的市场方式，通过农产品和生产要素价格的变动来刺激农民；不要建立大规模的农场，要通过所有权与经营权合一的、能适应市场变化的家庭农场来改造传统农业；改变农业中低效率的不在所有制形式——即土地所有者并不住在自己的土地上也不亲自经营，实行居住所有制形式——即土地所有者居住在自己的土地上并亲自进行经营。西奥多·W.舒尔茨特别强调引进新生产要素时供给的重要性，因而，他建议：为了供给新生产要素，就需要政府或其他非营利企业研究出适合本国条件的生产要素，并通过农业推广站等机构将它分发出去。而如果从需求角度看的话，要使农民乐意接受新生产要素，就必须使这些要素真正有利可图。这既取决于新生产要素的"价格和产量"，也取决于"决定地主和农民之间如何分摊成本和收益的租佃制度"。此外，还要向农民提供有关新生产要素的信息，并使农民学会使用这些新生产要素。

值得强调的是，西奥多·W.舒尔茨特别强调人力资本在改造传统农业中的重要作用。他认为，资本不仅包括作为生产资料的物，而且应该包括作为劳动力的人。所以，引进新生产要素，不仅要引进杂交种子、机械这些物的要素，而且要引进具有现代科学知识、能运用新生产要素的人。而且"各种历史资料都表明，农民的技能和知识水平与其耕作的生产率之间存在着有力的正相关关系"，这样，就需要对农民进行人力资本投资。

在集中谈了学校教育投资的重要性之后，西奥多·W.舒尔茨指出，还有如下具有人力投资性的活动：首先，对于正在从事耕作而不能上正规学校的成年人来说，农闲期间的短期训练班、教授新耕作法和家庭技术的示范，以及不定期地对农民进行教育的会议都能起到重要作用，而且，经验已经表明，在这种成人教育中，农民学校、社区计划和特别的农业推广站可能是成功的，而在农民有文化的地方，出版物、报纸和广播电视等媒介是对农民进行继续教育的主要工具；其次，在向农民的投资中，正式建立初等、中等和高等学校是基本的，虽然基本成本比一般所认识到的高；再次，保健设施和服务的投资也不可或缺，广义地讲，包括所有影响农民的寿命、力量和精力、活力的支出都应属于主要投资的类别，因为，其他条件相等时，收益率取决于预期寿命，能使人的生产性生命增加五年、十年或更多年的保健水平的提高，都大幅度地增加了其他任何一项人力资本投资的收益率；第四，使一个人从所从事的一项工作转移到一项更好的工作的成本可以作为对做出这种转移的人的一种投资，由于这种原因而促成的农业内部的移动有时是重要的……

西奥多·W.舒尔茨对教育的经济价值进行分析后指出，农民所受的教育是解释农业生产的一个重要变量，而且按成本和收益来看，这是一项非常有利的投资，即使所考虑的只是归于获得教育的那些人的好处，看来收益率也大大超过了对物质资本投资的收益率——卡尔·S.肖普及其助手的估计，根据无文化的农业工人与受过六年教育的农业工人的收入差别来看，委内瑞拉初等教育（从一年级到六年级）增加的收益是每年130%。他进一步指出，教育收益率的估算是初等教育大大高于中等和高等教育，虽然后两类教育的收益率也超过了一般投资的收益率。

总而言之，一个受传统农业束缚的人，无论土地多么肥沃，也不能生产出许多食物。节约和勤劳工作并不足以克服这种类型农业的落后性。为了生产丰富的农产品，要求农民获得并具有使用有关土壤、植物、动物和机械的科学知识的技能和知识。即使农民得到了知识，如果是命令农民去增加生产也必然要失败。需要向农民提供刺激和奖励的方法。使得这种改造成为可能的知识是一种资本的形式，这种资本需要投资——不仅对体现了部分知识的物质投入品投资，而且重要的是向农民投资。[①]

授之以鱼，不如授之以渔。

西奥多·W.舒尔茨农业思想的光芒终于四射了。

坦白地讲，西奥多·W.舒尔茨剥除生产关系的因素来分析传统农业的方法太过于模型化，因而过于纯粹，显得有些理想化。因为，对传统农业来讲，恰恰是落后的生产关系对生产的发展起了相当大的阻碍作用，所以，改变落后的生产关系是改造传统农业的重要举措之一。此外，长期的殖民主义和国际经济关系中的不合理之处也是发展中国家农业落后的重要原因之一，因此，改变发达国家对发展中国家经济上的控制和掠夺，也是发展中国家改造传统农业时必须注意的问题之一。更为严重的是，西奥多·W.舒尔茨强调通过市场方式来改造传统农业，实际上是主张通过资本主义道路来发展农业，也正是基于这一点，他反对土地国有化而赞成维持适度规模的家庭农场。我们并不反对利用市场机制来发展农业，但需要指出的是，这与走资本主义道路是两码事，而且，所谓的市场机制也仅仅是改造传统农业的手段之一，而不是被某些新自由主义学者奉为圭臬的市场主义。因为，正如贾平凹在《秦腔》中通过君亭的农产品市场所反映的一样，无数从事农业、农村、农民研究的专家、学者和官员不仅已从理论层面论证了以市场主义为导向的资本主义道路在中国行不通，而且还从现实层面指出其种种危险。尽管有上述种种，西奥多·W.舒尔茨仍是一位值得尊敬的农业经济学家，特别是他将改造传统农业的着力点放在对农民进行人力资本投资上，不仅使他突破了学术思想的限制，而且甚至突破了意识形态的限制，使他从纯粹的学术立场出发，却推究出了不那么纯粹的学术结论：加强社会保障，努力发展生产，而且，教育是达成这个目标的重要手段。

这不是我们在上文中一直强调的思路吗？

只是，我们关于社会保障和教育的概念不仅仅是一个经济的概念，

---

① ［美］西奥多·W.舒尔茨：《改造传统农业》，梁小民译，商务印书馆1987年版，第153页。

而且还是一个政治的概念，更是一个文化的概念。

总之，西奥多·W.舒尔茨展示了令人尊敬的学术精神，不像我们的某些学者，打着学术的旗号，却干着非学术的勾当。

当事物跌到谷底的时候，反弹的时刻就到了。

是的，在绝望中希望、在苦难中崛起的时刻到了。

这是一个最困惑的时刻，也是一个最清醒的时刻。

我们面前似乎一无所有，我们面前似乎无所不有。

而关键中的关键是，如何告别蒙和骗的心态，在历史和现实巨大的砥石上将心灵打磨得公正、清晰、睿智，从而客观地淘洗历史与现实，凝聚其成功的经验，牢记失败之教训。也就是说，体面地埋葬死者——失败者——的尸骸，救助生者，让正在活着的和继续活下去并更好地活下去的人们在"历史"成功与失败的双重注视下，怀着一颗为人民服务的心，如"凤凰涅槃"一样，在热烈而痛苦的燃烧中，引接一个新鲜的、馨香的未来。

听，美好的歌响起来了——

> 我们更生了，
> 我们更生了。
> 一切的一，更生了，
> 一的一切，更生了。
> 我们便是他，他们便是我，
> 我中也有你，你中也有我。
> 我便是你，
> 你便是我……

第九章　从文学拯救历史

——《第九个寡妇》中的乡村世界

在每一个时代，我们都要付出新的努力，以在随波逐流的势力将要吞没传统之时，将其拯救出来。

——瓦尔特·本雅明《启迪：本雅明文选》

第一节　地母之神

旅美作家严歌苓的长篇小说《第九个寡妇》一问世，因其立意独特，立刻在文化圈和媒体上引起了不大不小的反响。

故事的大致梗概是这样的：自幼在孙家做童养媳却又在花样年华成了寡妇的王葡萄（与其他八位为了保护八路军游击队而牺牲了丈夫的英雄寡妇不同，她丈夫是在鬼子走后的夜晚被人给悄悄击毙了的，而且，乡亲们心里嘀咕的"老八最公平：有功的赏，有恩的报，有奸也要除"①这句话暗示，她丈夫似乎是被"老八"给"除"的），土改时，将被错划为恶霸地主的公爹从死刑场上背回家，藏在红薯窖中，而且历尽辛苦，一藏就是二十几年。

在这跌宕起伏、变动纷繁的历史时期里，每一个人都经历着"人性"的严峻考验，大多数人不得不多次蜕变以求苟活，而强悍朴拙、蒙昧无邪的女主人公却始终恪守其最朴素、最基本的人伦准则，凭着自己的勤劳和聪慧，使自己和公爹度过了一次次饥馑、一次次政治动乱。在这风雨如晦、鸡鸣不已的历史时期里，王葡萄"跪着宽容世界"：她不仅原谅了"出卖"过自己父亲的二哥孙少勇，而且最终克服心理障碍，与他

---

① 严歌苓：《第九个寡妇》，《当代》2006年第2期，第6页。

过起了患难生活，给他生下并千方百计地养活大一个健康的儿子；她不仅在作家"反党老朴"发达时不卑不亢地接待他，无微不至地关心他，并心照不宣地与他保守着一个共同的秘密——红薯窖里藏着一个"人"，而且在"反党老朴"落难时与他相濡以沫，张开自己的身体、情感和精神，包容他、温暖他、呵护他，而在"反党老朴"再次时来运转荣归城市时，她又轻轻地挥一挥手，与他作别，就像作别西天的云彩，不留一丝的眷恋；她不仅在春喜情窦初开、简单纯粹时关心他、帮助他，并满怀爱意地拒绝他不无欲念的想法，但当春喜复员回家并蜕化为一个浮夸、野蛮、虚伪的"公社书记"欺侮她时，她"以一场猛烈的快活复了仇"[①]；在寻衅知青穷追猛打春喜时，她又不计前嫌，用曾经藏匿过公爹的地窖保护了这位当时的"县革委会主任"；她还像亲人那样关心那个苦命的女知青；小说结尾，她又把躲避计划生育的枝子隐藏到地窖中……

在这一次次情感、精神和身体或激烈或委婉的交锋中，这个蒙昧混沌而又无知无畏的寡妇就像一枝白荷一样，带着皎皎的佛性的光辉，从无所不在的淤泥中脱颖而出，照亮了那个污秽不堪、是非不断、虚幻迷离的世界。是的，她已经羽化而登仙了，变成了陈思和所谓的"来自中国民间大地的民族的内在生命能量和艺术美的标准"的"地母之神"[②]。

我无意就王葡萄这尊散发着熠熠"人性"光辉的"地母之神"多说什么，因为，就像死亡与爱情是文学永恒的主题一样，"人性"同样是文学永恒的主题。或许，这话反过来说更准确也更公平些，即：正因为爱情和死亡是呈现"人性"的最佳载体，它们才成了文学永恒的主题。所以，毋庸置疑，"人性"，美好的"人性"，尤其是像王葡萄这样"大慈大悲的仁爱与包容一切的宽厚"[③]的"人性"，是人类最可宝贵的真挚情感之一，应该是每一位正常人所追求并呵护的。然而，令人诧异的是，当王葡萄施展"人性"的轻功提纵术，如蜻蜓点水般，踩着那八位同样花样年华的"英雄寡妇"的肩膀、踩着春喜和冬喜的肩膀、踩着"反党老朴"的肩膀、踩着孙少勇的肩膀，甚至踩着他公爹孙二大的肩膀，一路

① 严歌苓：《第九个寡妇》，《当代》2006年第2期，第71页。

② 陈思和在为《第九个寡妇》所写的《跋语》中为王葡萄如此命名，这一命名迅速成为媒体追捧的关键词，不时见诸报端。严歌苓：《第九个寡妇》，作家出版社2006年版。

③ 陈思和：《第九个寡妇·跋语》，严歌苓：《第九个寡妇》，作家出版社2006年版。

在"人性"的无涯宇宙中凌空高蹈时，我们却看不到人们"日出而作，日落而息"的大地了，看不到具体而宏阔、辛劳而幸福的人间烟火了，看不到如汤汤河水一样从古流到今的历史了，尤其是看不到自1840年以来中国人民浴血奋战，推翻帝国主义、封建主义、官僚资本主义，求富、求强、求自由、求民主的革命历史了，而人民英雄纪念碑上永垂不朽的"三年以来，在人民解放战争和人民革命战争中牺牲的人民英雄们"，"三十年以来，在人民解放战争和人民革命战争中牺牲的人民英雄们"，"由此上溯到一千八百四十年，从那时起，为了反对内外敌人，争取民族独立和人民自由幸福，在历次斗争中牺牲的人民英雄们"更是烟消云散、踪迹皆无，只剩下一个无所不在、无所不能的王葡萄。难怪有"明眼"的批评家不无赞叹地说：在严歌苓的作品中，文学比历史更真实，这是"文学对历史的胜利"。[①]

第二节 文学对历史的胜利

好一个"文学对历史的胜利"。

果真是"文学对历史的胜利"？

回答当然是否定的。如果真有所谓的"胜利"，那么，这也不是"文学"对"历史"的胜利，而是"历史"对"历史"的胜利、"观念"对"观念"的胜利，是一种"文学史观"对另一种"文学史观"的胜利——说到底，就是"人"的文学观对"人民"文学观的胜利。就像作家在网络上与读者聊天时所说的那样："王葡萄的很多篇幅是通过王葡萄的个人经历来映照了一个社会的农村的整个发展变化。这是我着重写的，反过来用社会的发展映照小洞穴里的生活，是两面相互映照的。对那几个寡妇，我觉得我的着重点不是在写她们，我确实只是想提一两个就行了。"[②]

---

① 这是张新颖的观点，据《东方早报》报道，他说在一些"将个人命运与历史结合"的中国作品中，往往只能看到"历史对文学的胜利"，但在严歌苓的作品中，文学比历史更真实，这是"文学对历史的胜利"。

② 2006年3月12日，严歌苓在新浪网读书频道与读者聊天，当某网友为她将那八个寡妇一笔带过而遗憾时，她如是解释。为了准确，笔者引用时，在不影响原意的前提下修改了个别字词。

这样的回答已经很清楚了：并不是那八个寡妇不存在，也不是"一个社会的农村的整个发展变化"不存在，而是这一切都不重要，因为作家的重点是"小洞穴里的生活"，其他的不过是用来映照这"小洞穴里的生活"的一面镜子。或者说，作家偶尔提及社会生活，也不过是用其混乱、无情衬托"小洞穴里的生活"的安宁、温暖。所以说，这是以"王葡萄"为中心的"小洞穴"的"历史"对以"人民"为中心的"社会""历史"的胜利。

　　说到"洞穴"，我们有必要把话题说开去，提一提文学史上另外一个更加有名的"洞穴"——"白毛女"的"洞穴"。一些敏锐的评论者指出，严歌苓的《第九个寡妇》是对当代文学名著《白毛女》的摹写与颠覆：同样是"洞穴"，同样是"藏"，只不过，一个藏的是被错划了成分的"恶霸地主"，一个藏的是被侮辱与被损害的"佃农之女"。而且，小说中也有意无意地设计了女兵演出《白毛女》并启发王葡萄（在这些女兵眼中，王葡萄是"比喜儿更苦大仇深的人"）揭发孙怀清（同样，在这些女兵眼中，孙怀清是比黄世仁还要阴险毒辣的恶霸地主），并因王葡萄的不觉悟而演化成一场闹剧的故事。这么一个简单的角色换位，就收到了乾坤挪移的效果：中国现代历史一下子由人民受苦受难，因而奋起反抗、翻身做主、建设新生活的历史变成了地主受冤屈、受迫害而东躲西藏，直到"新时期"才不了了之的历史。

　　这样的解读，固然揭示了《第九个寡妇》的一个内在逻辑，然而，我认为这样的比较还不够有力，这样的揭示也没有触及事物的本质，而之所以如此，是因为评论者没有注意到这两个文本中主人公对"洞穴"迥然不同的情感和态度。在新歌剧《白毛女》中，喜儿原本是与他所生活的社会浑然一体的，她不愿意离开她所生活的环境——即使那环境非常逼仄，她是被逼进"洞穴"的——黄世仁逼死了她的父亲杨白劳，赶走了她的大春哥，侮辱了她后又想把她卖掉……她是在走投无路的情况下才逃进凄凉的"洞穴"中的，也就是说，她是被残酷的社会力量硬生生地从所生活的社会母体上"切割"下来并抛弃的，"洞穴"是她不得不然的选择。只有弄清楚了这一点，我们才能明白她在奶奶庙中与黄世仁和穆仁智狭路相逢，黄世仁和穆仁智喊她"鬼"时，她那"半惊半疑"的反应："鬼？鬼？（四处察看，半晌）唔！你们说我是鬼？……（看看

第九章　从文学拯救历史

自己的头发和身体）老天爷呵，我的亲爹、亲娘、亲人们哪，我，我变成了'鬼'啦！……"① 我们才能够明白当大春误以为她是"白毛仙姑"，一路追赶，把她堵在山洞中，问她"是人是鬼"时，她那无比激烈的唱词：

> 我……我……（忽然如爆发一般）
> 我是人，
> 我是人！——
> 我有血肉，我有心，
> 为什么说我不是人？②

这一切都说明，尽管她已经在社会和自然的凄风苦雨无情的摧残下，由一个豆蔻年华的美少女变成了人不人、鬼不鬼的"白毛仙姑"，或者就是黄世仁和穆仁智眼中可怕的"鬼"，可对她而言，这一命名却是被强加的，她对这一命名是不认可的，是满腔愤恨地抗拒的，她呼喊的仍然是自己的亲爹、亲娘和亲人。这意味着她对自己的家、对自己生活的社会的思念与渴望——渴望回归那个社会，尽管那里充满了黄世仁、穆仁智之类的邪恶力量。

《第九个寡妇》中王葡萄的情况，虽然从表面上看与"喜儿"相似，可这相似只是形似，而非神似。这一切都得从王葡萄的"异禀"说起。她似乎始终生活在与社会隔绝的真空——洞穴——中。小说一开头，她的表现就与众不同：面对凶残的日本鬼子，她不仅毫不畏惧，而且竟然不知道他们是什么人，主动闯进人人避之唯恐不及的包围圈；面对日本鬼子血腥的屠刀，她竟然又蒙昧得泰然自若、"大义凛然"，引来日本鬼子一句"假如你这样的小姑娘都能舍自己的亲人救你们的抗日分子，那你们这个民族还不该亡"的"高度评价"③。此后，她的目光似乎始终定格在七岁，她也始终怀有一颗蒙昧的童心。正是这颗所谓的"蒙昧"之

---

① 延安鲁迅艺术文学院集体创作，贺敬之、丁毅执笔：《白毛女》，《贺敬之文集》第五卷，作家出版社 2005 年版，第 74 页。
② 延安鲁迅艺术文学院集体创作，贺敬之、丁毅执笔：《白毛女》，《贺敬之文集》第五卷，作家出版社 2005 年版，第 89 页。
③ 严歌苓：《第九个寡妇》，《当代》2006 年第 2 期，第 7 页。

心，决定了她对"地窖"的态度。在她眼中，整个社会就是一个虚伪、虚幻、虚妄的名利场，所有的一切不过是"斗人"的戏剧，就像她对"反党老朴"说的那样："这里常斗人。过一阵换个人斗斗。台上的换到台下，台下的换到台上。"① 与闹剧一样的社会相比，她和公爹营造的那个"洞穴"多么实际啊，既没有"斗人"闹剧，也没有功名利禄，有的只是有滋有味的生活。

最后，这"洞穴"竟然成了她的世界观，她竟把自己的家也营造得像一个"洞穴"一样——垒高的墙头，忠实的看门狗，与世隔绝的生活。与此相对应，"洞穴"自然也营造成了家，甚至成了她的本能。一有什么困难，她首先想到的就是"洞穴"。无论什么人"避难"，她都想把他们藏到"洞穴"里去，好像这个"洞穴"不在人间，除了她，别人无法发现一样。她不无自得的人生哲学，竟也不过是一个"躲"字。她坚信只要捏紧了这"躲"的秘诀，就没有过不去的坎儿。可见，她是从心窝子里认同这个"洞穴"的。她把这个"洞穴"当作自己的"社会"，而周围的"社会"，不过是一个陌生、异质，乃至异化的世界——洞穴。

从这个意义上说，与其说王葡萄的"洞穴"是一个"避难所"，不如说这是一个"安乐窝"。或者说得更直接些，这个艺术地"创造"出来的"洞穴"，不过是作家保存其布尔乔亚和波希米亚情感、幻想、审美、趣味的意识形态载体。

或许，有读者会批评乃至责备笔者"过度阐释"了，然而诚恳地说，我只是点到为止，因为，正是严歌苓自己泄露了"天机"。她一再强调这篇小说是有生活原型的（这与《白毛女》的诞生又何其相似），而且不止有一个这样的故事。她还在网络上与读者聊天时说："从土改镇压躲起来是五十年代初，到出来是七八年底落实地主政策，一共是二十多年。七几年的时候，事发了，被发现了，这个地主出来以后就吓死了，连病带吓死在监狱里了。这种结局，我不太喜欢，就改成了现在小说的结局。"②

---

① 严歌苓:《第九个寡妇》,《当代》2006年第2期, 第7页。
② 2006年3月12日, 严歌苓在新浪网读书频道与读者聊天, 当主持人就这个故事的传奇性大发感慨时, 严歌苓做了这样的解释, 而且说这是一个能够使人"对一个国家、一段历史认识的故事"。引用这段对话时, 为了考虑书写准确和阅读方便, 笔者对过分口语化的句子做了语法性的修改, 但并不影响作家的原意。

事情说到这里已经水落石出：我没有否认这个故事的真实性，而且十分肯定地承认，在一个改天换地、泥沙俱下的大变革时代，会存在形形色色的"冤假错案"，而且，对置身于其中的活生生的个人来说，这样的"冤枉"是多么的残酷和可怕啊——从某种意义上说，不计成败、不计生死、不计功利、摆脱因果逻辑的大革命就其本质而言，是一幕伟大的悲剧，而处于这悲剧中的人物，无不为悲剧色彩所包裹！严歌苓叙述的这个在大变革中躲避了二十几年，被发现后惊吓而死的"地主"的故事，就像一面透彻的镜子，照出了这悲剧性的大革命的严酷和决绝——这与她在小说中书写的那个"洞穴"世界截然不同。

虽然作家只是对人物的命运做了简单修改，然而，这样的修改却是关键的，由此而引发的对理解历史的误导也是致命的。我反对合着自己的政治见解和情感喜好修改"真实"的故事，而后又打着所谓"真实"的旗号宣传自己的故事。正是在这个意义上，我说王葡萄的"洞穴"是个艺术地"创造"出来的"安乐窝"，是作家保存其布尔乔亚和波希米亚情感、幻想、审美、趣味的意识形态载体，是拿别人悲剧的酒杯浇自己小资情绪的块垒。

其实，这样坚硬而私密的"安乐窝"——私人空间——并不是什么新鲜事物。在王安忆的《长恨歌》中，新中国成立后的王琦瑶不也是用自己鸟儿一样细密的心思和技巧为自己在大上海的弄堂里营造了一个舒适的"洞穴"吗？在这样的"洞穴"里，小资产阶级市民的情感、趣味、生活就像浸泡在福尔马林溶液里边的尸体一样，保存得活灵活现、活色生香，并含蓄地包裹着新旧小资们颓废的现代性想象。不过，与严歌苓对这小资情感充满爱恋不同，在小说结尾，老到的王安忆让一个无所事事的小瘪三罪恶而有力的双手掐断了王琦瑶这个现代性尤物颓废的脖子，从而给了新旧小资们一厢情愿的现代及后现代想象一记响亮的耳光。

第三节　城头变幻大王旗

如果说严歌苓的布尔乔亚和波希米亚审美、情感、趣味由于遮着"人性"温情脉脉的叙事面纱而"犹抱琵琶半遮面"的话，那么，这种文学观和历史观在评论家陈思和那里，则清楚多了。在《第九个寡妇·跋语》里，陈思和借鲁迅的"梦里依稀慈母泪，城头变幻大王旗"一诗，大发"感时忧国"之思，说"鲁迅梦中呈现的'城头变幻大王旗'的混乱与轻浮之像，反衬了垂泪慈母的雕塑般的凝固的艺术力量"。说"慈母让人联想到中国民间的地母之神，她的大慈大悲的仁爱与包容一切的宽厚，永远是人性的庇护神。地母是弱者，承受着任何外力的侵犯，犹如卑贱的土地，但她因为慈悲与宽厚，才成为天地间的真正强者，她默默承受一切，却保护和孕育了鲜活的生命源头，她是以沉重的垂泪姿态指点给你看，身边那些沐猴而冠的'大王'们正在那儿打来打去，乱作一团。庄严与轻浮，同时呈现在历史性的场面里。"

在巧手轻施，移花接木，悄悄地将鲁迅对民国时横生的社会乱象和残暴的政治压制的猛烈抨击挪移到社会主义革命和建设的历史时期，将对革命烈士及其伤心慈母的不尽同情挪移到被"冤枉"的"地主"——必须再次指出，我无意否认在一个改天换地、泥沙俱下的历史时代，会有一些冤假错案，并造成沉重的历史伤痛——身上之后，作者不再遮遮掩掩，而是直奔主题，借对《古船》《白鹿原》《故乡天下黄花》等"新历史叙事"作品的分析，点明在纯粹得出离了真的"慈母"之泪的照射下，整个中国历史，尤其是"为有牺牲多壮志，敢叫日月换新天"的近现代中国革命和建设的历史，不过是"狐狸方去穴，桃偶已登场"的活报剧，从而引出"民间"，以对抗他所谓的"庙堂"。

在陈思和那里，"民间"是一个重要概念。在其主持编写的《中国当代文学史教程》中，"民间意识"与"潜在写作"是支撑起这部作品的两个核心概念。然而，正像李杨指出的，在以"民间意识"和"潜在写作"为支柱的《中国当代文学史教程》使我们"看到了许多被从前的文学史边缘化的东西"，使一些"历史的盲点浮出水面"的同时，"许多我们曾经熟知的文学史现象竟然又在不知不觉间沦入到历史苍凉的雾霭之中，成了文学史上新的'失踪者'，我们因之失去了'把特定时代里社会影响最大的作品作为这个时代的主要精神现象来讨论'的可能性。"①

李杨这里说的"我们曾经熟知的文学史现象"就包括以"十七年"

---

① 李杨:《当代文学史写作：原则、方法与可能性》,《文学评论》2000 年第 3 期。

小说为核心的革命文学作品。因而，这样的文学史观，不过是"将被颠倒的历史重新颠倒过来"，也就是说，将新中国人民把帝王将相、才子佳人、地主太太、老爷小姐们从文学的中心舞台上赶下去，使颠倒了封建主义、帝国主义、买办资本主义的文学史观而建立起来的人民文学史观再次颠倒过来，将人民重新赶到历史阴暗的角落里去，将帝王将相、才子佳人、地主太太、老爷小姐们重新请上历史舞台的中心。所以，此处的"民间"，不过是另一种"庙堂"——资产阶级的"庙堂"，小资产阶级的"庙堂"，而所谓的"民间意识"，也不过是打着"民间"旗号、穿着布尔乔亚和波希米亚花衣的资产阶级、小资产阶级意识。

　　事实上，陈思和的文学史观既非新鲜事物，也非偶然现象。这不过是20世纪80年代中期以来日益蔓延以至肆虐的"新启蒙主义"意识形态和"重写文学史"思潮的冰山一角。旷新年通过多年研究，对"当代文学"和"现代文学"概念做出了一个十分大胆而又有启发意义的界定。他指出，"当代文学"是社会主义性质的文学，是"工农兵文学"或者"人民文学"，这一时期文学实践的根本特征是建立社会主义文化领导权和社会主义文化合法性。而"现代文学"则是"人的文学"。在这个意义上，尽管"新时期文学"和"现代文学"属于不同的历史时期，但却都具有同样的质的规定性，都属于"人的文学"的范畴。在对"当代文学"和"现代文学"的概念进行了界定之后，旷新年接着抽丝剥茧，探询"当代文学""危机"的由来。他指出，陈晓明、张颐武等许多人不断谈论的"现代文学"对"当代文学"学科的霸权和压抑，不过是因对历史的误解而错开的话语之花。因为，他们所认为的"当代文学"是在"新时期"从"现代文学"研究中分离、派生出来的，因而"新时期"形成了"现代文学"对"当代文学"的巨大学科优势，使"当代文学"被贬低为"次等学科"的话语，不过是一种有意无意的误读。

　　洪子诚通过对"现代文学"和"当代文学"关系的细致梳理指出，"当代文学"是在20世纪50年代开始积极构建起来的。50年代"当代文学"的视野，是与"新时期"以"现代文学"为视点的"文学现代化"图景完全不同的另一幅图景。毛泽东《在延安文艺座谈会上的讲话》被视为新文艺的历史开端，"解放区文学"和"工农兵文学"被视为"新中国文艺的方向"，"当代文学"被视为"现代文学"的更高发展阶段，是对"现代文学"局限性的克服与超越。所以,陈晓明、张颐武等人不过是把"当代文学"的失败和崩溃的过程误认为是"当代文学"发生和被压抑的过程,是错误地把结果当作了原因。

事实上,"当代文学"的危机来源于当代文化政治所面临的严重问题。"当代文学"是在 20 世纪 80 年代"新启蒙主义"成为话语霸权和"重写文学史"笼罩文坛的过程中丧失话语权和中心地位的。正是由于"新启蒙主义"和"现代化"话语在"新时期"的大获全胜,"现代文学"和"当代文学"的学科等级发生了颠倒,"现代文学"的研究标准被移用来研究和评价"当代文学",阶级冲突被转译成"文明与愚昧的冲突"。"革命"进展的故事和创造一个以工农为主体的、崭新的现代民族国家的故事,在 80 年代被"新启蒙主义"转译成"救亡压倒启蒙"的故事,甚至"封建主义复辟"的故事……就这样,"当代文学"被编织进"现代文学"的故事里,20 世纪 50 年代被划分为"现代文学"和"当代文学"的"中国新文学"在"现代文学"和"人的文学"的基础上重新得到整合,成了"现代文学"的一统江湖。也正是在"当代文学"的崩溃之际,反过来产生了以"启蒙"为主题和宿命的"中国新文学整体观"和"20世纪中国文学"。因而,按照"现代文学"的标准"重写文学史"就成为一种必然。

不过,正是由于对话语冲突的敏锐感觉,作为"20 世纪中国文学"和"重写文学史"领军人物钱理群和陈平原的导师,王瑶一开始就指出了"20 世纪中国文学"和"重写文学史"本身的压抑性质,他曾质疑道:"你们讲 20 世纪为什么不讲殖民帝国的瓦解、第三世界的兴起,不讲(或少讲,或只从消极方面讲)马克思主义、共产主义运动,俄国与俄国文学的影响?"[1]

言犹在耳,世事已非。

几十年过去了,这位睿智老人清醒的质疑依然不绝如缕。然而,物已非,人更非。不是我不明白,这世界变化快。在"当代文学"的崩溃中,"典型环境中的典型人物"烟消云散,欲望取代了性格,内分泌取代了内心,资产阶级活跃的人性和"洞穴"——一个绝妙的比喻,重新

---

[1]　旷新年:《"当代文学"的构建与崩溃》,《读书》2006 年第 5 期。

占据意识形态舞台中心，并不断颂扬其新自由主义的福祉，而社会主义革命和建设的伟大历史及其渴望的远景目标，则被远远地踢到了舞台背后阴暗的角落里。

这种"重写文学史"思潮，并非空穴来风，而是有其重要的外部推动力量。简单地说，这外部力量就是以夏志清为肇始、以李欧梵为中坚、以王德威为殿军的"启蒙主义""颓废现代性"和"晚清多样现代性"的文学叙事，而这样的文学叙事背后又有殖民主义意识形态和资本主义政治、经济傲慢与偏见的话语为其强大后盾。尽管从夏志清到李欧梵再到王德威，时间跨度长达四十余年，并且他们的思想和表述也不尽相同，时代思潮也从现代性向后现代性转换，但他们三人却始终坚持同一立场，并抱守同一观念，即：他们都把自己文学史叙事的"他者"确定为五四和左翼文学叙事。夏志清在1961年出版的《中国现代小说史》中确立了这一"他者"，并在1971年第二版时把五四叙事传统的核心观念明确地表述为"感时忧国"精神，并认为这是"中国文学进入现代阶段"的特点。他认为"感时忧国"精神是因为知识分子感于"中华民族被精神上的疾病苦苦折磨，因而不能发奋图强，也不能改变它自身所具有的种种不人道的社会现实"而产生的"爱国热情"。这种"感时忧国"精神让人们把目光集中到文学的内容上而不是形式上，集中到得天独厚的"现实主义"上，以便利用文学来探讨和了解自己所处社会政治的混乱。这样，中国现代文学研究就负载着中国现代史的重负。李欧梵对"感时忧国"的精神弊端推陈出新，进行了新的解释，认为《新青年》思潮背后有一个"现代性"的意识形态和历史观，而且，这一现代性和西方启蒙思想的传统一脉相承，它最大的影响则是"进化"史观和"进步"意识形态，而其最终的趋势是知识分子的偏激化和全盘革命化，把历史道德化，把进步的观念视为不可阻挡的潮流，把现实主义作为改革社会的工具，把个人和集体合而为一，把"人民"笼统地视为革命的动力和图腾，导致了一场惊天动地、恶果深远的社会主义革命。王德威继承了李欧梵的这一思想，并且用晚清被压抑了的多样的现代性来消解这一革命的现代性。

可以说，夏志清、李欧梵、王德威一脉相承的"现代性"叙述有其不可回避的合理性——他们看到了启蒙现代性的悖论，看到了它颓废的另一面。然而，遗憾的是，由于他们太想用这颓废的现代性取代革命现代性，因而在敞开了现代知识的一扇大门的同时，也把自己关进了话语的牢笼。即在找出了五四和左翼"革命现代性"的"病灶"之后，他们都不约而同地选择了"人性"和"日常生活"的"灵丹妙药"来"救治"五四和左翼文学。对夏志清来说，这条文学史叙事线索最重要的代表是以人生"安稳"的一面反抗"飞扬"的一面的张爱玲，是书写日常生活的钱锺书、沈从文等作家。而李欧梵进一步把现代主义文学纳入到"日常生活"叙事之中，认为"颓废"是优秀小说的基本特征，并建构了一条"颓废"的文学史叙事线索，把《恶之花》《红楼梦》《野草》以及张爱玲的小说等都纳入其中，他认为"颓废"文学的实质是用审美现代性来反抗启蒙现代性。在王德威那里，"颓废"得到了细化，而且，他进一步提出了一套"晚清现代性"的文学史叙事，更多地把通俗文学纳入到"日常生活"叙述之中。①

　　写到这里，我们已经清楚地看到，严歌苓的"第九个寡妇"王葡萄身上所散发出来的使她成为"地母"的"人性"，绝非什么纯粹的、包容一切的"自然人性"，而是散发着浓郁的小资产阶级气息的"人性"；她身上所表现出来的那种混沌的"欲望"，也绝非什么纯粹的"动物性"，而只是资产阶级欲望的自然流露。或许，在作家那里，这样的文学观不过是一种无意识或潜意识，但唯其是无意识，尤其是因为这种无意识已经成为这个社会心照不宣或懵懂无知的意识形态，才显示出其疯狂和可怕。因为，恰恰就是在这样的无意识和潜意识中，我们再也看不到"人民"这个创造历史的真正主人了，再也看不到馨香的社会主义未来了。

第四节　秋　千

　　在《路易·波拿巴的雾月十八日》中，马克思旗帜鲜明地指出："在不同的所有制形式上，在生存的社会条件上，耸立着由各种不同情感、幻想、思想方式和世界观构成的整个上层建筑。整个阶级在它的

---

　　①　关于从夏志清到李欧梵再到王德威的文学史研究线索，郑闯琦的《从夏志清到李欧梵到王德威》有比较清晰的分析。郑闯琦：《从夏志清到李欧梵到王德威》，《文艺理论与批评》2004 年第 1 期。

物质条件和相应的社会关系的基础上创造和构成这一切。通过传统和教育承受了这些情感和观点的个人，会以为这些情感和观点就是他的行为的真实动机和出发点。"① 这就是说，资产阶级社会并不是简单地建立在其资本主义私有制的经济基础之上，它还依赖其共同的审美趣味和情感经验，因此，通过不同的视角进行观察，是批判资本主义社会的重要方式。麦克尔·哈特和安东尼奥·奈格里在前言中介绍其著作《帝国》的研究方法时说："为了写作这本书，我们力图使用一种跨学科的研究方法，均衡地使用哲学和历史学、文化学和经济学、政治学和人类学的方法。这个研究需要这种宽广的视野，因为，在帝国中原先楚河汉界般清晰的学科界限分崩离析了。比如，在帝国中，一个经济学家必须掌握一些文化生产的基本知识，以帮助他理解经济活动；同样，一个文化批评者必须掌握一些经济运行的常识，以帮助他理解文化。这是我们的研究所必需的。在本书中，我们所提供的，是一种总体性的理论框架和理论的工具箱……"②

麦克尔·哈特和安东尼奥·奈格里的方法论，为我们提供了一个绝佳的观察视角——我们可以抛开文学叙述，去看看历史学和社会学是如何看待新中国的这段历史的。幸运的是，与文学研究的无知和粗鲁相比，在历史学和社会学那里，有许多基于细致研究而得出的相对科学、客观的见解。由于《第九个寡妇》中被王葡萄灿烂的"佛性"照耀得黯淡无光的历史主要是从土改到改革开放这一时段乡土中国的历史，因此，我准备将我们讨论的焦点也集中在这一时段，不过，我并不打算单刀直

① ［德］马克思：《路易·波拿巴的雾月十八日》，《马克思恩格斯选集》第一卷，人民出版社 1972 年版，第 629 页。

② ［美］迈克尔·哈特、安东尼奥·奈格里：《帝国》，杨建国、范一亭译，江苏人民出版社 2005 年版。因本书译文不太理想，这段引文是笔者自己直译的，其英文原文如下：In writing this book we have tried to the best of our abilities to employ a broadly interdisciplinary approach. Our argument aims to be equally philosophical and historical, cultural and economic, political and anthropological. In part, our object of study demands this broad interdisciplinarity, since in Empire the boundaries that might previously have justified narrow disciplinary approaches are increasingly breaking down. In the imperial world the economist, for example, needs a basic knowledge of cultural production to understand the economy, and likewise the cultural critic needs a basic knowledge of economic processes to understand culture. That is a requirement that our project demands. What we hope to have contributed in this book is a general theoretical framework and a toolbox of concepts for theorizing and acting in and against Empire .

入——这样或许会因为太迫切而造成新的盲目。不如让我们将目光上溯到这个时段以前，看看那个时候乡土中国的生活状况和社会结构，从而反观我们所关注的这段历史。因为，"过去"是"现在"得以发生的母体，不理解"过去"，对"现在"的理解必然是不全面的。

《中国绅士》一书是费孝通在自己的《皇权和绅权》《乡土重建》两书中选出一些文章，于 1949 年口述给美国的雷德斐尔德夫人，由她回国后独自整理、补充后出版的。由于处于 1949 年这样一个天地玄黄的大转折时代里，更由于希望自己变成共产党政府的一个"忠实的对立面"①而为新中国出力献策，所以，书中那些设身处地的言论，现在读来，仍令人感到清新和感动。

费孝通首先从理论上指出，农村和城市社区是整个国家有必然联系的统一的两部分。农村是国家赖以生存的生产农产品的地方，同时，不从事农业生产的那些城里人有赖于农村的食物供应，因此，城市社区是农村产品的市场，市场越发达，所消费的食物价值越高，农民的利润越多。城市中心也是工业中心，它的原材料像大豆、烟草等也可能是农村生产的，这些工业原材料有时甚至比粮食的价值高，因此是一种经济作物。当现代工业在城市发展的时候，其内地有机会按照土地的性质和其他条件来发展这种作物。另一方面，工业品及其他的商品供应超过了城市居民的需要时，其中的大多数会流到农村去。因此，工业品和粮食之间不断地交换，这种城乡之间贸易的类型将会提高双方的生活水平。

然而，令人遗憾的是，费孝通指出，从中国近代历史可知，中国城市的发展似乎并没有促进农村的繁荣，相反，现代中国城市的兴起是和中国农村经济的衰弱相平行的。他举例来印证这个观点：在与日本人打仗的最初几年，当时绝大多数的现代沿海城市被占领了，城乡之间的经济关系被封锁切断了，但在中国农村出现了一段时期的经济恢复，如果说不是"繁荣"的话。

接下来，作者就探询城乡互补失败的原因。他通过令人信服的经济账指出，在当时的综合条件下，由于资源禀赋的限制，如果一个佃农不

---

① 这是罗伯特·雷德斐尔德在给本书写的序言中使用的直接引语。费孝通：《中国绅士》，中国社会科学出版社 2006 年版。

用交地租的话，土地上的收入会使他们保持最低的幸福标准——不受饥挨冻。但是，中国的佃农农业已经在中国存在了很长时间，而且佃农大概要将收入的一半左右交给地主。疑问也随之而来：在传统的农民经济中，并没有发生农民和地主之间的激烈冲突，那么，是什么充当了农民和地主之间严重冲突的缓冲器呢？费孝通论证说，是农村的工业和手工业，是诸如纺纱之类分散的家庭工业的附加收入支持了没有足够土地的农民，使他们能够生活下去，因而使传统的中国社会可以维持下去。然而，自近现代以来，这种传统机制或有机调整开始崩溃，农民维持一种最低下的生活标准也做不到了。在农业技术、人口规模、农业领域、收租数目和地主权利相对未变的情况下，这种崩溃是如何发生的？作者认为，一个关键因素是一个重要的齿轮——农村手工业——脱落了，而农村手工业的衰落是和西方高度机械化的工业竞争的结果。面对一种纯粹的没有人格的力量，农民是无法反抗或自我保护的。也就是说，手工业市场被外国货夺去了，那些买外国货的人享受着较高的生活标准，同时，众多乡村却在破产。

在这个困难的时候，地主并未失去收租的权利，甚至租息也没有降低，相反，受到进口商品涌入的刺激，他们提高了生活标准，比以前消费得更多。在这种变化了的情况下，佃农如果付租的话，他们将面临饥荒，因而开始抗拒地主的地租要求，地主也不理解为什么佃农的态度发生了变化——无声无形的外国工业的侵入，打乱了传统机制，把农民原来还可以忍受的地主变成了他们眼中拿走他们最后一粒粮食的"饿鬼"。这是大规模革命爆发的根本原因，是帝国主义和封建主义双鬼拍门把穷人逼到了悬崖上，他们不得不"舍得一身剐，敢把皇帝拉下马"——舍命自救。

从这个历史教训也可以看出，挽救中国经济必须迅速恢复城乡关系，即农村和城市应该在生产和消费两方面互相补充。但实现这个目标比相信它更为困难，问题的本质是如何把城镇和城市变为能维持它们自身的生产中心，而不是去继续剥削农村。从农村的观点来看，问题在于如何提高他们的收入，同时，发展农村工业和特色的农民经济作物。城市和农村是同样重要的，它们应该在一起。但是，主动性的变化必须来自城市。最根本的是要把一群寄生的消费者控制的传统城镇变成一个生产社区，人们在这里能够找到一些其他的收入来源，而不是靠高额土地租息和高额利息贷款。换句话说，主要的问题是：土地改革。①

费孝通为我们勾勒的乡土中国变迁的线索，回答了我们的问题：中国现代革命和建设的历史到底是怎样的历史？到底是一段虚无主义的乌托邦史，还是一段不计功利、不计生死、打破因果的历史？到底是一段应该被踢到历史的垃圾场中的闹剧般的历史，还是应该被客观地书写出来警醒、勉励我们前进的历史？

桃李不言，下自成蹊。答案不言而喻。

就像我们不否认在这历史洪荒中会发生诸如孙怀清之类的"冤假错案"一样，我们也不否认在这革命和建设的大历史中会出现沽名钓誉、好大喜功的"落伍者"，我们还不否认在这革命和建设的过程中出现了一些代价沉重的失误、错误，但我们必须同样客观地承认，中国人民改天换地的社会主义革命和建设，从本质上讲，是符合社会发展的逻辑的，而这革命和建设中的绝大多数人，是值得我们怀念和感激的大无畏的革命者，是努力扭转那个不公的社会逻辑的"社会主义新人"。正是他们流血流汗、牺牲奋斗为中国今日之发展奠定了深厚的基础，缔造了一个坚实的后方，开创了一片广阔的根据地。尽管他们失败了，但他们绝不是历史舞台上沐猴而冠、打来打去的"大王"，他们可以是正剧的主人公，可以是悲剧的主人公，但绝不是滑稽剧中的"小丑"。

忽视社会发展的本质规律，对这努力超越"自然王国"向"必然王国"进军的历史进行涂改、污蔑的做法，不仅是懒惰的，而且是庸俗的；不仅是庸俗的，而且是粗鄙的。在《第九个寡妇·跋语》中，陈思和在肯定了小说内容之后，却为小说命名失望不已：

> 对于这部长篇小说的书名我有些不满足，"第九个寡妇"与王葡萄的整体故事和意象都没有必然的联系，而且从故事情节上说，构成寡妇的故事也是整个小说里最没创意的，而是在以前《苦菜花》之类的抗日故事里常见的，本身没有引申出故事的新的生长点。这部分小说的情节是从村里妇女荡秋千开始写起的，我觉得这个秋千

---

① 费孝通：《中国绅士》，中国社会科学出版社 2006 年版，第 72—86 页。

的意象倒是一个绝好的象征，始终笼罩了王葡萄的命运。人在历史里就仿佛是荡秋千，往往在不停地摇摆中丧失自我，唯有紧紧抓住手掌里的绳子，才能不被摇晃的秋千所掀翻，才能完成人之所以为人的自我塑造。再推而广之，我们生活在这部历史里的人们，又有哪一个不是这样在身不由己的秋千架上挣扎出一个弯弯曲曲的人生来呢？所以，我觉得这部小说如果能够用"秋千"来命名，比现在的书名更加切题和富有表现力。①

难道"王葡萄"们生活的历史真的是忽忽悠悠的秋千？
难道我们置身其中的历史真的是如游丝一样的秋千？
对此，我们必须做出明确的回答！
我们的历史我们不去回答，又该交给谁去回答呢？

---

① 陈思和：《第九个寡妇·跋语》，严歌苓《第九个寡妇》，作家出版社 2006 年版。

后记　一篇"未完成"的论文

　　这篇"后记"的题目延续了我硕士论文答辩时的题目。

　　2004年夏天我进行硕士论文答辩的时候，答辩内容大约只占本书内容的三分之一，经过三年多断断续续的艰难书写，虽然本书文字不断增加，内容不断丰富，思考不断延伸，但我发现，与我当初提交给我的老师们的是一篇"未完成"的论文一样，今天，我提交给读者朋友们的，仍是一部"未完成"的书稿。

　　之所以说这是一部"未完成"的书稿，基于以下几个原因。

　　首先，就像当初在学校读书时不知道珍惜，导致时间倏然而逝，没有充足的时间构思、书写一篇完整而完美的论文一样，今天，我提交给读者朋友们的，也只能说是一部相对完整但不怎么完美的书稿。导致这一问题的原因，一是整齐工作和琐碎家事的干扰，二是自己仍然没能汲取此前的教训，把握住每一寸光阴。当初的时候，懵然无知，沉迷游乐，导致读书太少，思考不深。如今回望，不仅后悔，而且心痛——想一想，那可是读书、写作的大好时光呀。就是说，这部书稿，本是应该写得更"完美"些的。

　　其次，是从一个深远些的意义上说的：不仅中国当代文学是一个尚未完成的叙事，而且作为一个客观存在的主体，中国农村和中国农民是而且必定是一个几乎永远无法完成的"叙事"。这种绵延性决定了笔者的研究几乎处于一种无法完成的过程中。这绝不是一个自我辩护的借口，与其这么说，不如说这是一种自我召唤、期待与鞭策：但愿我能够在今后的时间里继续追踪、思考这个问题——生命不息，研究不已，把这篇"论文"一直写下去。

　　再者，这个问题跟我在书稿中所引用的马克思的名言有关：哲学家们只是用不同的方式解释世界，而问题在于改变世界。他说得多好啊！

其实，真正的"论文"又有多少是在封闭的书斋里完成的呢？所以，这不仅要求我努力学习，用不同的方式认识和解释世界，更要求我学以致用，用自己的实践和工作去改造世界。而且，在我看来，这不仅仅是某个人的问题，而是任何一位不想虚度年华的人，尤其是青年的共同问题。所以，我也想以这篇"未完成的论文"为请柬，邀请志同道合的朋友们一起，用我们的真诚劳作，用我们的汗水、泪水乃至血水来书写并"完成"这篇论文。

这部书稿是我十年间虽不成熟但也从未间断的思考的产物。2001年进入北京大学中文系师从韩毓海老师攻读硕士研究生开始，我就关注这个问题——农民及对农民的文学表述问题。硕士研究生毕业，走上工作岗位之后，虽几经波折，但也没有放弃。具体说，从2002年开始，我就断断续续地书写、发表了部分章节的内容；到2007年下半年，书稿的整体部分已初步完成；此后三年，到2010年下半年，又进行了一些局部性的调整、修改。在书写、修改过程中，我牢记维特根斯坦的名言：能说的，务必说清楚；不能说的，务必保持沉默。我尽了自己最大的努力，想把能说的全都说清楚，而对不能说的，则以沉默保持最高的敬意。可我本能地知道，自己肯定有许多能说的没有说清楚，而许多不能说的又没有保持必要的沉默。这次通读、通校书稿，我明白地意识到了这个问题，但除了一些技术性的问题，我却没有对书稿进行大修大改，即我有意识地保持了这部书稿的"未完成性"。之所以如此，一是因为我发现自己的价值判断、情感倾向、研究方法，即本书的基本框架没有大的问题，因而没必要大修大改。更重要的是，重读这部书稿，使我与自己青春的诚实劈面相遇，我发现自己既没有用浮华的技巧去装点自己的无知，也没有用造作的姿态去掩饰自己的不满，因而，我愿意为自己"无能的力量"买单。还有，我想以这种"青春"精神刺激自己：在这个越来越老迈、世故、功利的社会中，千万不要"老"去，千万不要虚伪！

这部书稿还意味着一段美好的记忆，即我进入北京大学中文系师从韩毓海老师读书之后的一段记忆。感谢韩毓海老师，感谢他那时"酒肉穿肠过，佛祖心中留"的教育方式，感谢他在我困顿时的鼓励、虚浮时的批评，感谢他对底层、对人民、对中国、对革命的热心热肠、热言热语，没有他，这篇"论文"根本不可能出现。感谢何吉贤、李云雷、石一枫、杨凯、王东玲、蒙娃、卢燕娟等师兄弟、师姐妹，他们让我在北京这座阔大的城市中感受到了人间的温暖，让我珍爱这人间，珍惜这温暖。感谢我的爱人张希红，感谢她对我因读书、写作而带给她的孤寂、疲惫的理解与宽容。感谢我的儿子鲁坤泽，感谢我的父亲、母亲、兄弟、亲人，感谢他们让我知道了生活的真味，知道了"老吾老以及人之老，幼吾幼以及人之幼"的真意。尤其要感谢中国文联出版社学术分社的邓友女女士，没有她的真诚邀约、友情督促，这部书可能还要"躲"在电脑里，连老鼠也无法批判。最后，感谢春天，让生命怒放。

2007 年 8 月 12 日初定
2018 年 4 月 15 日改定